조선의 발바닥

윤찬모 장편소설

도서출판 청어

조선의 발바닥

윤찬모 지음

발행처 · 도서출판 청어
발행인 · 이영철
영　업 · 이동호
홍　보 · 최윤영
기　획 · 천성래 | 이용희
편　집 · 방세화
디자인 · 김바라 | 서경아
제작부장 · 공병한
인　쇄 · 두리터

등　록 · 1999년 5월 3일
(제321-3210000251001999000063호)

1판 1쇄 인쇄 · 2015년 12월 15일
1판 2쇄 인쇄 · 2016년 11월 30일

주소 · 서울특별시 서초구 효령로55길 45-8
대표전화 · 02) 586-0477
팩시밀리 · 02) 586-0478

홈페이지 · www.chungeobook.com
E-mail · ppi20@hanmail.net
ISBN · 979-11-5860-377-9(03810)

이 도서의 국립중앙도서관 출판시도서목록(CIP)은 서지정보유통지원시스템 홈페이지(http://seoji.nl.go.kr)와 국가자료공동목록시스템(http://www.nl.go.kr/kolisnet)에서 이용하실 수 있습니다.(CIP제어번호: CIP2015030157)

조선의
발바닥

작가의 말

『조선의 발바닥』은 1895년 을미년에 지평군(지금의 양평군)에서 젊은 유생과 포수가 뜻을 모아 일으킨 의병을 소재로 한 이야기다.

단발령으로 일어난 공분의 화약고에 불을 댕긴 지평에 세 젊은이들이 걸어간 길을 따라 일백이십여 년 전으로 뒷걸음질을 쳐서 자료를 모으고 그들의 흔적을 되밟았다. 그들의 힘겨웠을 시간들을 생각하면서 파고들면 들수록 꼬리를 물고 이어지는 의문을 풀려다가 새롭게 써내는 기나긴 시간 여행을 이제야 마친 것이다.

그때에 지평에서 일어난 을미의병에 대하여 기록으로 전해오는 자료는 많이 있지만 의문의 빈 곳들이 많아 오래전부터 언젠가는 소설로 형상화하여 메우는 작업을 해야겠다는 생각을 해왔었는데 이제야 마치게 되니 늦은 감이 없지 않다.

지평 땅 시골 마을에서 태어나 자란 세 젊음이 어떻게 큰 군사를 일으키려는 간 큰 생각을 했었는지. 그토록 큰일을 하게 한 가르침이 무엇이며 배움의 뿌리는 또 누구인지. 동학으로 쫓기는 쪽과 쫓던 쪽이 어떻게 의기투합하여 한 편이 되는지. 머리카락을 지키는 일이 목을 지키는 것보다 그리도 더 중한 것인지. 그때에 위정자들이 구하고자 했던 것이 과연 나라였는지 아니면 자신들의 체통이었는지. 귀한 아들을 선뜻 사지(死地)로 내보내는 아비와 어미의 심정이 어땠는지. 홀어머니와 처자를 두고 기꺼이 싸우겠다고 나가는 아들들의 결심은 어디서 나왔는지.

이야기가 한 대목씩 풀리면서 그들의 가슴속에 묻혀 있던 공분이 작가의 가슴으로 스르르 옮겨 붙어 쓰는 몇 달 동안은 거의 신들린 채로 지냈다. 잠들어 있는 영혼을 깨우는 것 같아 미안하기도 했지만 그들의 묘 앞에서, 그들이 싸웠던 흔적어린 땅 위에서 무엇이 당신을 그토록 싸우게 했느냐고 묻고 또 물었다.

그들의 한결같은 대답이 의병은 시대를 넘어 이 땅에 잠재하고 있는 나라 지킴의 근원이란다.

쥐들이 조선 땅에 어지러운 상황을 예고하면서 동학도가 처참하게 죽어간 과정은 결코 우연이 아니었다. 역사의 밑에 고여 있던 그 가족들의 삶도 파보고 기록으로 남아있지 않은 뒷얘기도 펼쳤다. 거울을 보듯이 왜병들의 눈으로 조선을 다시 비춰 보기도 하였다. 소설이 아무리 허구라도 함부로 건드릴 수 없는 진실이라고 판단되는 부분들은 그대로 살려 썼다. 동학도와 관군의 싸움, 단양 장회협의 승전, 충주읍성 치고 빠지기, 수안보전투, 가흥창 공격, 남산성 결전, 모두다 승패를 떠나서 결코 헛되지 않은 값진 희생이 서려 있으니 읽으면서 그 의미 또한 되새겨지리라 믿는다.

출간에 즈음하여 고귀한 목숨을 오로지 의(義) 하나에 바치고 이 세상을 떠난 을미의병 영령들의 명복을 빌면서, 이 작품을 쓰는 데에 넉넉한 자료와 생생한 구술로 많은 도움을 주신 분들과 을미의병 후손 제위께 이 지면으로나마 감사와 위로를 표하고, 책을 만들어 주신 청어출판사

이영철 사장님에게도 고마움을 전하며, 대적거리도 안 되는 쥐들과 고양이의 싸움을 붙이면서 『조선의 발바닥』 이야기를 시작한다.

이제 작가를 떠난 이 책, 조선의 발바닥이 어떤 형상으로 세상 사람들의 손에 쥐어질 것인지는 읽는 분들의 몫이라고 생각한다.

용문산 백운봉 밑에서

윤찬모

조선의
발바닥

차례

작가의 말 • 4

묘서(猫鼠)던 • 12

동(東)으로 간 사람들 • 51

풍암리에 사냥꾼들 • 89

짐(朕)의 의(意)를 극체(克體)하야 • 128

지평에서 안창으로 • 166

승자의 패주 • 210

조선의 발바닥 • 243

고장 난 육혈포 • 285

장미산 회군 • 321

돌아온 의병 • 351

나오는 사람들

(*표는 가공인물)

다나카 : 조선을 정탐하러 잠입한 일본군 장교. 을미의병 토벌관군을 뒤에서 조종한다.

***월두** : 천탄의 아들. 글을 배우는 재주가 뛰어나 이를 막는 아비를 버리고 나와 방황하다 다나카의 부하로 들어간다.

***천탄** : 아비가 관에 죽임을 당한 뒤 쇳물 끓이는 일, 사냥질, 숯쟁이로 전전하다가 동학에 눈뜨고 단발령이 내리자 의병에 참가한다.

***막쇠** : 천탄과 함께 숯을 굽다가 의병에 따라나선다.

차기석 : 동학 접주로 홍천 서석에서 관병과 전투에서 패배하여 수많은 동학도가 죽임을 당하자 도주한다.

이춘영 : 호 괴은(槐隱), 을미의병 거의를 주도하며 유인석 대장 이후에는 중군장으로 충주 수안보전투에서 전사한다.

이근원 : 금리정사에서 유생들을 가르쳐 이춘영 의병을 지원한다.

***민숭민** : 민 씨 일가에 부호다. 이춘영을 거의케 한다.

맹영재 : 동학군 토벌공로로 지평군수가 되어 의병활동을 방해한다.

김백선 : 지평에 포수로 맹영재에 포군이 되어 동학을 토벌하다가 이춘영과 함께 의병을 거의를 주도하고 가홍전투 후에 유인석에게 죽임을 당한다.

안승우 : 호 하사(下沙), 유인석의 장담서사 유생으로 이춘영이 거의하자 안창으로 달려 와서 함께 주도한다. 남산전투에서 전사한다.

유인석 : 호 의암(毅庵), 장담서사에서 유생들을 가르치다 영월에서 제자들의 추대로 의병대장이 된다. 의병들이 소강하자 요동으로 향한다.

묘서(猫鼠)던

이번 조선 땅에서 몇 달은 섬에서 살던 평생과 맞먹었다. 지난해에 후쿠오카에서 배를 타고 올 때만 해도 육지를 쉽게 생각했다.

사람들은 순하다 못해 미련하기까지 하고, 꼬임에 잘 넘어가고, 인심이 너무 좋아 자기 욕심 부릴 줄 모르고, 먹을 것은 산천에 널려 있고, 양반이라는 이름의 반수도 넘는 백성은 일도 안 하고 글만 읽으면서 종을 부리고, 낯선 손님도 대가 없이 후하게 접대하고……. 그러니 조선 팔도는 숨겨둔 이리의 발톱만 드러내 보이지 않는다면 얼마든지 살아갈 수 있는 땅으로 알고 왔다.

조선의 말과 글을 배워 읽고 쓰고 말하는 데는 걸림이 없었지만, 여러 달 동안 조선인을 만나면서 민습도 익히고 말을 트면 틀수록 모르는 게 더 생겨나는 곳이 조선이었다.

말주변이 모자랄 땐 필담으로 좀 난체하려니 족보를 따져들고, 나그네 행세를 하려니 걸어온 땅 이름이 귀에 설어 말문이 막혔다. 만나는 사람들은 밑받침 아끼는 어눌한 그의 몇 마디 말투로 대뜸 다른 땅에서 온 자임을 알아챘다. 눈치 빠른 주막집 주모마다 귀에 설은 말투 때문에 눈에

다 쌍심지를 켜고 의심의 눈초리로 살펴왔다. 조선을 살피러 왔다가 살핌을 당하는 우스운 꼴이 된 것 같았다.

다나카 지로, 그는 왜나라에서 군부의 명을 받아 세키아 오노타로와 혼마 규스케, 시바타 고마지로, 세 명의 탐문꾼과 함께 지난해에 부산 내이포로 들어왔다. 부산에서 한양으로 길을 잡고 조선인 행세로 조선 팔도를 휘돌아 오르면서 약한 곳과 강한 곳이 어디인지를 깐 보는 중이었다.

우리 제국의 군대는 앞으로 삼 년 안에 조선 땅을 다시 밟는다. 군인이 남의 나라 땅을 밟는 것은 피를 흘리든지 성한 몸으로든지 달리 말할 것도 없는 정복이다. 정복은 지배자가 되기 위함이다. 지배는 군림하고자 하기 위함이다.

조선을 지배하기 위하여 조선인의 발바닥부터 머리끝까지, 밥통이 들은 내장부터 살 껍데기까지 모조리 알아야 한다. 귀관들은 앞으로 이 년간 조선에 살면서 조선을 익혀라. 조선을 위에서 내려다보고 밑으로 파보고 옆구리도 건드려 보고 심장도 후벼 파 봐라.

대륙의 피는 짠바람 맞고 붉어진 섬의 피와 다르다. 연한 것 같으면서 질기고, 묽은 것 같으면서 진하고, 약한 것 같으면서 강하고, 어리석은 것 같으면서 약은 것이 육지의 살과 피다.

이빨만 날카롭다고 모두 잡아서 찢어 먹을 수 있는 것이 아니다. 섣불리 베어 물었다가는 그 강함에 송곳니가 부러질 수도 있고, 물렁하다고 움켜쥐었다가는 그 독함에 심장이 뜨끔거릴 수도 있고, 달콤하다고 입맛다시며 삼켰다가 밥통에 들어가서 요동치며 배신할지 모른다.

귀관 한 사람은 우리 군대 일개 대대와 맞먹는다. 그러니 귀관들 넷은 우리 일본군 네 개 대대가 조선 땅에 상륙하는 것이나 다름없다. 귀관들은 대일본 제국이 대륙정복을 하느냐 못하느냐의 명운이 담긴 막중한 중책을 맡았다.

이 년 후엔 반드시 조선 땅을 맛있게 요리할 수 있는 쓸 만한 식칼을 만들어 와야 한다. 매 석 달 보름마다 정해진 항구에서 보고서와 밀령을 바꿔 받고 임무를 모두 마치면 이곳 내이포에서 귀국선을 탄다. 그때 귀관들은 제국에서 조선반도 정복역사에 위대한 영웅이 될 것이다.

고이시 대장은 길을 떠나는 네 장교에게 따끈한 사케를 한 잔씩 따라주면서 똑 부러질 듯 꼿꼿하고 딱딱한 말투로 명령했다. 그 울림이 아직 다나카의 귀에 쟁쟁했다.

일본으로 데려간 조선인에게서 조선말을 배웠고 여지도(輿地圖)를 보고 지리를 익혔다.

짧은 조선말의 정체가 드러날 것 같으면 입을 다물고 벙어리가 되어라. 손짓 발짓으로 통하지 않으면 갓 쓴 자들을 찾아 필담으로 통하라. 벙어리로 위장하고 필담을 나누면 상대는 말 못하는 귀관들을 진실하게 생각할 것이고 불쌍히 여겨 도우려 할 것이다. 정에 약한 조선인 감정을 유용하게 써먹어라.

다나카 지로. 그는 우두산에서 차가운 서풍을 맞으며 곡수 땅 빈 들판을 내려다보면서 오늘 더 가기를 멈추고 마을에 내려가서 묵기로 했다. 산에서 내려와 만난 집은 빈집이었다. 너저분한 세간이 누군가 살고 있는 듯도 했고 퀴퀴한 냄새가 오래전에 나간 집 같기도 했다. 밖에서 보니 제법 산다 하는 집이었던 것 같은데 저물어가는 햇빛을 받아서인지 몰락의 기운이 뚜렷했다. 다나카는 신도 벗지 않은 채 마루에 올라가 방문을 조심스럽게 열었다.

방 안에는 사방탁자가 쓰러져 있었고 서안이 그 옆에 뒤집혀 있었다. 방바닥에 서책 한 권이 눈에 들어왔다. 『묘서(苗緖)뎐』. 펼치니 가느다란 붓으로 직접 쓴 옛날 이야기책이었다. 『묘서뎐』이라면 고양이와 쥐의 얘긴데, 서로 얘기가 될까? 다나카는 고개를 갸우뚱거리며 책을 펼쳐 읽기 시작했다.

나는 쥐다. 어느 날 조그마한 굴 안에서 여섯 형제가 한날한시에 함께 태어났다. 어미는 오래전에 이곳에다 지푸라기를 구해다 깔고 몸으로 따뜻하게 보금자리를 만들어 우리 형제를 낳았다. 우리는 젖을 떼고 나서 어미가 물어다 주는 먹이만 감질나게 받아먹다가 굴 밖 세상으로 나들이를 나왔다. 굴 밖은 곧바로 사람의 부엌이어서 먹을 것이 넉넉했기에 우리는 실컷 먹고 남는 것을 굴속으로 물어 날랐다.

처음에 집주인은 나와 형제들의 존재를 눈치채지 못했다. 혹시 하나둘씩 우리가 눈에 띈다고 해도 어엿한 어미의 모습으로 자라기까지는 놀랍게 늘어나는 형제들의 우글거리는 수효를 전혀 눈치채지 못하고 있었던 것이다. 나는 굴 밖으로 머리를 내밀어 부엌에서 주인의 모습이 보이지 않을 때면 형제들을 데리고 먹이사냥을 시작했다. 조심조심 부엌 바닥으로 내려가서 고구마나 감자를 갉아 먹기도 했고, 옥수수 알갱이나 수수, 조 등이나 삶아놓은 보리알을 먹기도 했다. 부뚜막에 대궁밥 주발 뚜껑을 뒤엎어 남은 밥을 포식을 하기도 했고, 운이 좋을 때면 장독대 위에 놓인 큼직한 시루떡 조각을 통째로 굴 안에 물어다 놓고 형제들이 신나게 뜯어먹으면서 폭신한 북데기 위에 배부른 몸으로 뒹굴기도 했다. 그러면서 우리는 사람의 덕으로 자라났다.

우리가 부엌에서 음식을 훔쳐 먹거나 굴속으로 날라 가는 양이 눈의 띄게 늘어나면서 집주인은 천방지축 날뛰는 우리 형제들을 잡으려고 무진 애를 썼다. 신나게 먹이를 찾아 먹다가 주인이 방망이를 들고 쫓으면 우리는 순식간에 흩어져 각자 다른 굴로 들어가서 다시 합쳐지는 굴 안에 모였다.

우리의 피함은 주인의 쫓음보다 빨랐다. 주인은 우리 중 어느 하나에 집중하지 못하고 항상 여럿을 쫓다가 모두 놓쳐서 우리들은 항상 모두 살아났다. 주인이 내리치는 방망이에 얻어맞아 몸이 으스러지기라도 한다면 주인은 득의양양하여 쫓기를 즐길 테지만, 주인의 모든 쫓음은 늘 허사로 끝났다. 형제들은 수없이 많은 쫓김의 순간을 앞으로 살아가야 할 삶의 연습으로 즐겨가며 몸이 불고 새끼를 가질 수 있을 만큼 성숙해졌다.

나는 어미젖을 떼기 시작할 무렵인 생쥐 시절부터 호기심 많고 겁이 없어 굴에서 나올 때마다 집 안 곳곳을 돌아다녔다. 안방 맞은편에는 헛간이 있었고 집 주변 울안에는 제법 넓은 텃밭이 있었다. 그러다가 형제들이 점점 늘어나자 그 집 곳곳에 굴을 뚫어 땅속 세상을 독차지하고 광으로 부엌으로 쏘다니면서 집주인이 거둬들인 먹이들을 야금야금 알겨먹고 자랐다.

주인댁 안방에서는 아이가 태어났고 부엌 굴속에서는 나의 후배 형제들이 속속 태어났다. 어미는 한배에 형제를 일곱이나 아홉씩 낳았고 봄부터 추운 겨울이 올 때까지 적어도 너덧 번을 더 낳아서 열심히 젖을 먹여 길렀다. 우리 형제가 더 늘어갈수록 어미는 조그마하던 굴속에 보금자리를 더 파서 넓게 늘려갔다. 우리의 늘어남으로 어미의 일이 늘어났고 고생이 늘어났다. 어미는 연일 우리를 위하여 먹이를 구하고 젖을 물리고 집을 늘리면서 우리를 키워나갔다. 이미 몸집이 커버린 우리는 그 옆으로 얼기설기, 군데군데 굴을 더 만들어 각자의 방을 만들거나 아예 부엌 밖으로 나가서 담 밑이나 장독 뒤에 새로운 굴을 만들어 새끼를 배고 낳아 길러서 어미의 길을 따라갔다.

그런데 어느 날부터인지 매일 아침마다 마당을 밟던 주인의 큼직한 발이 보이지 않았고 부엌을 드나드는 안주인의 아담한 발도 보이지 않았다. 우리는 주인의 발이 어느 곳에서든지 나타나기만 하면 재빠르게 도망쳐서 각자의 굴속으로 들어가든지 까맣게 그을린 천정 서까래와 바자 틈새로 들어가 몸을 감출 만큼 익숙한 도피술을 익혀 놨었는데 부엌에 나타나던 주인의 발이 사라졌으니 이제는 그런 수고로움을 겪지 않아도 되었다. 주인 홀로만 사라진 것이 아니라 집 안에는 영문도 모르게 아예 사람들의 기척이 모두 사라져버린 것이다. 어미도 거기에 대해선 전혀 아는 게 없었다. 그러나 이 집 주인이 사라지던 그날 나는 벌어진 소란을 똑똑히 기억했다.

날이 어두워지기 시작하는 저녁때쯤이었다. 갑자기 낯선 발들 여럿이 대문을 열고 집 안으로 들어오더니 방 안에서 비명이 들렸다. 집주인의 버선발이 밖으로 끌려 나갔고 얼마 후에 안주인도 사라지고 아이도 사라졌다. 우리는 그날 헛간에 숨어 밖으로 나가는 발들을 끝까지 지켜봤다.

주인이 사라진 집 안은 쫓는 사람이 없어졌으니 우리 세상이 될 줄 알았는데 먹이마저도 서서히 사라지니 난감해졌다. 부엌에 남아있던 사람의 먹이가 차츰 줄어들고 썩어 없어지더니 이내 우리가 먹을 수 있는 것들은 찾아볼 수 없게 되었다. 배가 고파 먹이가 있을 만한 찬장이며 선반, 대접을 엎어놓은 부뚜막까지 모두 뒤졌지만 먹이라는 먹이는 씨가 말라 있었다. 찬 바람이 불 때까지 부엌은 썰렁하고 냉랭한 기운이 계속 감돌아서 주인이 있는 동안에 피둥피둥 살찌웠던 몸집을 서서히 말려가고 있었다.

이제야 우리를 그토록 쫓아내던 원수 같던 주인이 바로 우리에게 먹을 것을 대주었던 은인이었음을 알게 되었다. 나는 부엌 곳곳을 샅샅이 뒤져서 결국 우리가 먹을 수 있는 것이 전혀 없다는 것을 확인하고 굳게 닫힌 찬장 문만 애꿎게 이빨로 긁어댔다.

앞니는 필요 이상으로 자라났다. 몸은 먹는 것만큼 정직하게 살이 되어 불어났고, 털도 제가 자랄 만큼 몸에서 자라난 다음에는 더 이상 큰 욕심을 부리지 않았지만, 이빨만은 먹이 앞에서 포획하여 취해야 할 임무를 결코 포기하지 않겠다고 몸의 각 부분이 공평하게 자라야 하는 묵계된 균형질서를 무시하고 홀로만 그 날카로움을 키워냈다. 그래서 이빨은 몸에서 가장 거추장스런 강자였다. 나는 매일 자라나는 이빨의 오만방자함을 꾸짖으며 저와 상대할 수 있는 것들을 맞닥뜨리기만 하면 긁어대는 일을 열심히 시켰다. 그 일이 때로는 막힌 길을 뚫어주기도 하고 근질근질한 몸을 시원스럽게 풀어주기도 하고 닫힌 문 안에 먹이를 탐하여 통할 수 있는 구멍을 만들어내기도 했다.

찬장 문에 각각 구멍을 내고 들어갔지만 굵은 소금 몇 알갱이와 허옇게 골각지가 낀 배추김치 몇 조각과 말라비틀어진 된장 종지가 있을 뿐이었다. 우리가 부엌엔 허기진 배를 채울 수 있는 것이 아무것도 없다는 것을 알았을 때 부뚜막을 타고 곧바로 안방으로 통하는 쪽문으로 몰려가서 정자(井字) 문살을 하나씩 맡아 쏠아대기 시작했다.

안방은 주인이 살고 있는 동안 감히 우리들이 들어가 볼 수 있는 빈틈을 허락하지 않았었다. 우리가 그동안에 안방을 넘보지 않았던 것은 부엌에 먹을 것이 넉넉했기 때문이었을 것이다. 우리는 그동안 안중에도 없던 방으로 들어가는 쪽문에 달라붙어서 각자의 몸이 들어갈 수 있는 구멍을 내려고 덤벼들었다.

배 안에서 꼬르륵 소리가 나도록 굶었는데도 앞 이빨은 어디서 그렇게 힘이 나오는지 몰랐다. 이빨은 몸이 숨을 다할 때까지 열심히 긁어대지 않으면 자멸한다는 비장함으로 언제나 공격의 선봉군사가 되어 방으로 들어가는 통로를 내기 위하여 미친 듯 문살을 갉아냈다. 몇 십 년을 묵었는지도 모르는 검게 그을린 문살은 우리들의 집중공격에 오래 버티지 못해 잘라지고 뚫어졌다.

구멍 하나가 뚫리자 모두 제 구멍 뚫기를 포기하고 어느 형제가 먼저랄 것도 없이 그리로 줄줄이 꼬리 물듯 들어갔다. 방 안은 어두침침했는데 이불은 바닥에 깔린 그대로 있었고 살림은 멋대로 흩어지고 깨어지고 찢어지고 박살이 나서 방바닥 여기저기 널브러져 있었다. 식구는 단출했지만 넉넉해 보이던 살림은 정돈되었던 질서를 깨고 집 안이 멸망한 역사를 고스란히 보여주고 있었다. 이러한 아수라장에서 우리 형제들이 찾는 것은 방 안 어딘가에 조금이라도 남아있을 먹이었다. 딱딱하든지 물렁하든지 상했든지 싱싱하든지 가리지 않고 오로지 먹을 것만 찾아서 입에 넣을 것이다. 그러나 실망스럽게도 난잡하게 어질러진 방 안에는 곡식 낟알 하나 남아있지 않았다.

형제 중 하나는 이미 방바닥을 포기하고 부엌 쪽문 옆으로 나 있는 다락문으로 기어 올라가서 창호지가 겹겹으로 붙은 밑창을 벌써 갉아내고 있었다. 갉아내고 말고 할 것도 없이 삭은 종이에 구멍은 쉽게 뚫렸고 한 형제가 그리 들어가는 것을 신호로 줄줄이 따라 들어갔다. 우리는 어두침침한 다락 안에 점령군이 되어 찍찍거리며 전리품이 될 만한 먹이를 찾아 곳곳을 뒤졌다.

천정에는 새끼줄이 걸려 있었고 그 끝에는 무언가 매달려 있었다. 무엇일까? 의문을 갖고 생각할 겨를도 없이 한 형제가 벌써 기둥을 타고 서까래로 올라가 새끼줄을 쏠았다. 새끼줄에 매달렸던 자루가 떨어졌다. 형제들은 어두운 바닥에 떨어진 것이 먹이이기를 바라며 몰려들었다. 그것들은 알곡을 담은 자루였다. 우리의 이빨은 낡은 자루를 쉽게 찢었다. 어둠 속에서 혀에 닿은 것은 콩이었다. 다락 바닥으로 여기저기서 흩어지는 콩알은 오랫동안 주린 우리 배를 채우는 구원의 양식이었다. 어떤 형제는 벌써 하나하나 갉아 먹으며 허기를 달래고 있었다. 이때까지만 해도 오늘 우리들의 먹이 구하기 작전은 대성공이었다. 이제 누구의 침입이나 훼방도 걱정하지 않고 느긋하게 배불리 먹을 수 있는 먹이가 눈앞에 가득 쌓여 있었다. 그런데 우리 형제들의 집단 외출을 걱정하고 뒤따라온 어미의 조용한 훈계는 어둠 속 다락방을 긴장시켰다.

먹지 마라. 옛날 너희들의 선대 조상이 이 방에 들어와서 그것을 먹고 모두 죽었다. 이것은 사람들이 우릴 잡으려고 독을 넣어 만든 죽음의 먹이다. 우리가 아무리 사람의 집에 자리 잡고 살면서 사람의 먹이를 앗겨 먹고 살아가는 쥐라고 하지만 우리를 살리는 먹이와 죽이는 먹이는 구별할 줄 알아야 한다. 저걸 먹으면 모두 죽는다. 지금까지 먹은 것은 모두 토해내라.

어미의 엄숙한 경고는 우리를 모두 아연실색케 만들었다. 그 몸으로 벌써 여러 배의 형제를 낳은 어미는 과거 사람들과 대적했던 숱한 경험과 미끼나 덫의 유인으로 빠져들었던 악몽, 죽음의 순간에서 겨우 벗어나던 곤욕의 기억이 우리 쥐들의 가문에 노련한 우두머리로서 형제들을 키워 다스려온 것이다. 어미는 아직도 미련을 못 버리고 슬금슬금 콩 알갱이를 입에 무는 형제에게 달려들어 주둥이를 세차게 물어뜯고 목덜미를 물어 다락 귀퉁이 어둠으로 내동댕이쳤다.

가라.

어미의 경고를 입증이라도 하듯이 제일 먼저 올라와 게걸스럽게 먹던 형제가 얼마 못가서 비실거리며 쓰러졌다. 우리는 그날 모골이 송연하여 삼 년은 감수한 기분으로 어미의 뒤를 따라 패잔병처럼 줄지어 방을 나와 굴속으로 돌아왔다.

이제 우리는 이 부엌 안에서 안락하게 먹을 것을 받아먹기만 할 것이 아니라 조금 떨어진 다른 집으로 옮겨 가든지 더 멀리 들판으로 나가든지 해서 먹을 것을 구하는 원정을 가야만 했다. 그렇게 먹이가 궁해가는 중에도 어미는 또 포태하여 한배의 새끼를 낳았다. 그 새끼들이 어엿한 어미 쥐로 자라기까지도 부엌의 주인은 나타나지 않았다. 우리는 그 안락하던 부엌에 굴을 새로 낳은 아기 쥐들에게 완전하게 물려주고 부엌 밖으로 나가 담 밑이나 장독대 밑이나 헛간 같은 곳에서 각자의 굴을 새로 만들어 짝을 데리고 들어가서 어미가 그랬던 것처럼 새로운 새끼 밸 준비를 하였다.

비록 먹이 구하기는 조금 더 힘이 들었지만 집 안에 사람이 없어진 것은 우리네 쥐들에게 오히려 집 안 전체를 누비고 다닐 수 있는 자유로움을 누릴 수 있는 다행스런 일이었다. 우리는 위험 앞에서 먹잇감의 풍족

함보다 생명의 안전함에 더 위안하면서 그 집에서 빠져나와 먼 들판까지 먹이를 구하러 다녔다. 집 안 굴속에서만 안달복달하던 우리는 집주인이 없어진 덕분에 위험이야 덜했지만 조금 더 넓은 세상을 구경하게 되었다.

넓은 밖으로 나오게 된 것은 한편으로 행운이고 또 한편으로는 세상을 살아가는 재미였다. 몸을 숨기기 좋게 덩굴이 가득 덮인 고구마 밭으로 들어가면 흙을 조금만 파헤쳐도 평생 먹을 만큼 물이 흥건하고 달콤한 고구마들이 가득했다. 언제 어느 때 나타나서 우리의 몸을 삼킬지 모르는 구렁이나 독사나 살모사 같은 것들만 피하면 들녘에 하루는 배부른 나날이었고, 운 좋게 알밤을 만나면 겨우살이 먹이로 입에 물어다 굴속에 모았다. 우리 형제가 날로 번창하여 집 안 곳곳에는 이제 우리 굴이 아닌 곳 없게 만들었을 때쯤이었다.

어느 해 심한 가뭄이 들었고 흉년이 들어 들판에 곡식들은 형편없이 망가져 있었다. 우리들은 집에서 더 멀리 방랑을 떠났다. 탄탄한 담을 만나 뺑뺑 돌다가 겨우 수챗구멍 하나를 찾아서 집 안으로 들어갔다. 집 안에 외딴 곳간이었다. 우리는 나무판자로 막은 밑단을 갉아내고 들어가서 곡식 섬을 쏠았다. 멀기는 하지만 배고픈 형제들에게는 가뭄의 단비와 같았다. 가뭄이 들었지만 그해 우리 쥐들은 부잣집 곳간을 만나서 모처럼 풍년을 맞았다. 풍년 때나 가뭄 때나 그 곳간에는 우리 먹이들이 항상 가득가득했다. 그 덕에 집 안에서 먹이 가뭄에 지쳐 있던 형제들은 활기를 되찾고 다시 새끼를 낳아 길렀다.

그런데 어느 날 부터인지 고양이 두 마리가 우리 쥐들만 사는 이 집 안에 들어와서 안방을 차지하고 주인행세를 하기 시작했다. 고양이는 주인행세뿐만 아니라 날로 늘어나는 우리 형제들을 야금야금 포식하기 시작했다. 고양이 한 쌍은 나란히 주인 행세를 하면서 안방에서 잠을 잤고 하루 종일 햇별 잘 드는 봉당에서 노닥거리다가 출출하면 우리들 중에 하나씩을 물고 방으로 들어가서 배를 채웠다. 그러니까 우리가 자리 잡았던 집은 그들에게 무궁무진한 밥 밭이 되어버린 셈이었다.

처음에는 우리 형제 중에서 누구 하나 이러한 기막힌 사실을 깨닫지 못했었다. 놈은 낮잠을 자는 듯하면서도 오랫동안 우리의 행로를 관찰해 두었다가 길목에 앉아서 날래고 잽싼 동작으로 목덜미를 콱 물어 목숨이 끊어질 때까지 뒤흔들어 제 뱃속을 채우고야 방 안으로 들어갔다. 우리들은 기겁을 하여 도망치다 숨어 되돌아서 찍소리 한번 못 낸 채로 숨죽이고 앉아 그 참담한 모습을 보면서 형제나 사랑스런 새끼 하나 잃은 슬픔을 가슴으로 삭혀내야 했다.

그러니 고양이 놈들은 우리를 쫓아내려던 이 집에 부엌 주인보다 더한 악독한 존재로 다가왔다. 세상에 인간들은 자기네들 먹이를 우리가 건드렸기 때문에 우리를 쫓았고 간혹 잡아다 우리들의 시체를 시궁에 내던져 버리기도 했지만 고양이는 숫제 이곳을 자기네들 먹이 밭으로 알고 터를 잡아 출출할 때마다 하나씩 하나씩 잡아먹으니 기가 차고 환장할 노릇이 아닌가.

우리는 몇 차례씩이나 어미굴에 모여서 차라리 이 집을 버리고 멀리 떠나가 버릴까 하고 입을 모아보기도 했었다. 그런데 어느 곳을 가더라도 우리를 먹이로 하는 족속들은 또 있을 것이니 어차피 쫓기기는 마찬가지일 것이라는 생각에 그런대로 몇날 며칠을 더 버텨보기로 했다. 어미가 그동안 이곳저곳에서 살아온 경험으로 보아 우리가 다른 곳으로 모두 떠나간다고 해서 고양이로부터 자유로워지는 것은 결코 아닐 것이기 때문이었다.

할 수 없이 우리는 그 집에서 그냥 그렇게 눌러살기로 했다. 안방을 점령한 두 고양이는 여전히 봉당에 나와서 따뜻한 햇볕을 쬐면서 낮잠을 잤고, 잠에서 깨어나면 서로의 털을 핥아주며 우리를 먹이로 잡던 날카로운 네 개의 위아래 송곳이빨을 넉넉한 입술 속으로 감추었다.

우리는 고양이가 우리 형제를 포식하고 한숨 늘어지게 자는 틈을 타서 어미의 굴에 모였다.

고양이가 이 집에 안방을 차지하고 있는 한, 우리는 항상 불안에 떨어야 하고 끊임 없이 귀한 목숨을 먹이로 바치는 희생을 반복해야 한다. 누구 좋은 묘안이 없느냐.

맏형은 걱정스럽게 다 자란 우리를 둘러보면서 의견을 구했다.

고양이가 제아무리 사납고 포악하고 날렵하다 해도 약한 곳이 있을 것이다. 이 집에서 우리 형제들의 수는 고양이가 당해낼 수 없을 정도로 많은데 놈이 잠자는 틈을 타서 한꺼번에 달려들어 물어뜯어 죽고살기로 싸운다면 대적하지 못할 법도 없는 것이다. 하지만 그 방법은 많은 희생을 감수해야 한다. 놈은 우리를 짓밟고 할퀴고 물어뜯어 상처를 내고 죽일 것이다. 그러는 중이라도 우리는 개미떼처럼 들러붙어 고양이의 치명적인 약점을 집중 공격한다면 이겨낼 수도 있는 싸움이었다. 그런데 문제는 누가 자기 목숨과 고양이 목숨을 바꾸겠느냐는 것이었다. 일부 형제들은 내 목숨이 끊어진 다음에야 고양이가 쥐들을 잡아먹든 상처를 내든 무슨 소용이 있느냐는 것이다. 그러나 철이 든 형제들은 자기 한 몸이라도 바쳐서 다른 가족들이 편히 살 수 있다면 기꺼이 그렇게 하겠노라고 공공연하게 떠들었다.

며칠 동안 어미 앞에서 서로의 눈치만 살피느라 어색하고 지루하게 날이 갔다. 그렇다고 굴 안에서만 살 수도 없는 법. 놈은 우리가 슬슬 바깥의 눈치를 보면서 주둥이를 밖으로 드러내면 굴 앞에 앉아있다 날름 목숨을 채다가 제 뱃속을 채우는 것이다. 그러던 중에 어미는 결심한 듯 각 굴에 있는 맏형들을 불러 모았다.

고양이는 둘, 우리는 수백이다. 우리가 살아남을 쥐들을 위하여 죽기를 각오하고 덤벼들면 천하에 힘센 고양이라도 싸워 이기지 못할 바 아니다. 우리는 고양이가 방심한 틈을 타서 한꺼번에 공격한다. 우리에게도 앞이빨의 무기가 있다. 비록 고양이의 송곳니만은 못하지만 모든 쥐들이 고양이의 얼굴을 집중공격하면 이길 수 있다. 고양이가 우리 쥐를 죽이듯 쥐가 고양이를 죽이기까지는 못하겠지만 이 집안에서 따끔한 맛을 보여주는 혼쭐을 내고 몰아낼 수는 있다. 우리의 바람은 이 집 안에서 고양이를 몰아내고 평안하게 사는 것이다. 그러니 내일 저녁 해질 때에 고양이에 대한 총공격을 개시한다.

어미의 결심은 비장했고 무서웠다. 감히 그 앞에서 제 목숨 아깝다고 꽁무니 빼는 형제는 없었다. 우리도 어미의 생각과 같았다. 고양이는 둘이고 우리는 이 집 안 곳곳에 셀 수 없을 만큼 많은 수효가 포진해 있었다. 사방에서 공격을 한다면 제깟 고양이란 놈도 별 수 없겠지. 끈질긴 우리 형제 몇몇이 제 이빨과 발톱으로 해치우려고 끊임없이 달려들어 물어뜯으면 도망을 치든지 지쳐 쓰러지든지 결말이 날 것이다. 어미 앞에 모였던 형제들도 모두 같은 생각이었을 것이다. 고양이가 느긋하게 낮잠을 즐기다가 몽롱한 잠결에서 깨어날 무렵 우리는 떼로 몰려들어 고양이를 처치할 것이다.

결전의 시각이 다가왔다. 젖먹이만 남겨놓고 모든 쥐들이 굴에서 슬금슬금 기어 나와서 고양이가 잠들어 있는 봉당을 중심으로 사방 곳곳에 보이지 않게 몰려들었다. 어미는 멀리 헛간 시렁에서 내려다보면서 우리를 지휘했다. 놈의 앞 눈을 먼저 콱 후벼 파서 물어뜯어야 한다. 당황한 놈은 방향을 잃어 이리 뛰고 저리 뛰고 하면서 주 무기인 발톱으로 우리를 잡으려고 천방지축 날뛸 것이다.

어미의 신호는 간단명료했다. 찌익! 하는 소리와 함께 우리는 각자의 위치에서 고양이를 향해 한꺼번에 달려들었다. 놈은 뒤로 물러서면서 두리번두리번 피할 곳과 공격할 곳을 동시에 물색하는 듯 눈동자가 돌아갔다. 그러나 공격의 결기를 더한 힘이 수백, 수천으로 늘어난 형제들의 눈동자는 고양이의 약점을 찾아 덤벼들었다. 우리가 고양이에게 할 수 있는 공격은 겉으로 드러난 앞 입술과 코에 생채기를 내는 것뿐이었다.

수많은 형제들이 동시에 집중해서 고양이가 정신을 차릴 수 없도록 덤벼들었다. 고양이는 몸을 날려 방문 옆 뒤주를 타고 천장 들보 위로 튀어 올라갔다. 그러나 우리라고 못 오를 리 없었다. 모든 쥐들이 고양이를 쫓아 담벼락과 기둥을 탔다. 그러나 역부족이었다. 들보 위로 오른 고양이는 수많은 우리 형제들을 일대일로 대할 수 있는 유리한 위치였다. 아무리 우리 숫자가 많다고 해도 날개가 없는 한 공중으로 날라 한꺼번에 덤벼들 수는 없는 노릇이었다. 용감한 형제가 먼저 달려들자 놈은 날카로운 발톱으로 툭툭 쳐서 바닥에 떨어트리고 여유 있게 하품까지 하는 것이 아닌가. 싸움은 우리의 참패였다. 우리는 지치고 상처가 나고 맥이 빠졌다. 오히려 고양이가 적극적으로 우리에게 덤벼들어 물어 죽이지 않는 것만도 다행이었다. 배가 덜 고팠기 때문이리라. 어미는 복귀명령을 내렸다. 찍찍-찍찍. 패배를 인정할 수밖에 없었다. 이대로 돌아간다면 다음부터 우리를 더 잔인하게 잡아먹을 것이다. 어미의 걱정이 이만저만이 아니었다.

나는 그때에 퍼뜩 떠오르는 생각이 있었다. 이럴 것이 아니라 내 몸 하나를 던지자.

그런데 내 생각을 꿰뚫은 어미는 걱정스런 눈빛으로 바라봤다. 너는 내가 제일 아끼는 새끼인데 너 말고 다른 누가 대신 희생을 감수 할 수 있느냐.

모두들 나서기를 꺼려하는 눈치였지만 나는 스스로 형제들 앞에 나서서 우리 형제를 불안에 떨게 하는 고양이를 잡을 수만 있다면 내 목숨 하나 기꺼이 바칠 수도 있다는 결심을 굳혔다. 그런 내 모습을 보는 어미는 여전히 걱정스런 표정이 역력했다. 오히려 그 표정이 나로 하여금 희생의 의무감에 더 빠져들게 했다. 내가 나서자 다른 형제들은 기대와 안도의 한숨을 쉬는 눈치였다. 만일 어미마저 '그래 잘되었다. 너의 여러 형제들의 평안한 삶을 위해서 너라도 희생을 해줘라. 고양이라는 폭군이 이 집에 함께 있는 한 차례차례로 네 형제들의 몸은 놈의 먹이가 될 수밖에 없으니 차라리 그게 낫다' 하면서 속마음을 노골적으로 까발렸다면 나는 슬그머니 말을 바꾸어 한 발을 뒤로 뺐을 것이다.

어미. 왜 나만 희생을 당해야 해. 나는 형제들 중에서 제일 민첩하고 고양이의 공격으로부터 피난, 도피할 소식도 제일 먼저 알려주는 재주를 가졌으니 쥐들의 나라에서 꼭 살아있어야 하잖아.

뭐 이렇게 말하며 좀 칠칠하지 못하고 느릿느릿하며 덜 떨어진 형제 하나가 멋모르고 선뜻 나서주기를 바랐을 것이다. 그러나 내 속마음은 진정으로 나 혼자만의 희생이었다. 형제들 앞에서 값진 죽음을 선택한다는 것은 우리 쥐들의 역사에 길이 남을 수 있는 공헌을 하게 되는 것이니까. 죽음의 순간이 두렵고 고통스러울지도 모르지만 고양이 죽고 나 죽을 수 있다면 나, 쥐로서는 분명히 가치 있는 싸움을 싸우는 것이고 죽어도 이기는 싸움이 되는 것이다. 형제들은 나의 죽음에 감사하며 추도의 눈물을 흘려줄 것이다. 나의 새끼들도 잘 보살펴 줄 것이라고 어미를 믿었다.

그러나 내 몸 하나로 고양이를 죽이는 것은 그렇게 단순한 게 아니었다. 안방을 차지하고 있는 고양이는 둘이었다. 놈들은 분명 한입 거리밖에 안 되는 나의 몸을 사이좋게 반씩 찢어서 나누어 먹지는 않을 것이다. 그러니 나 혼자가 아니라 최소한 둘이라야 한다. 동반 희생할 형제를 구해야 한다. 나의 동반자를 골라내는 일을 어미는 차마 못할 것이다. 내가 해야 한다. 그날부터 나는 함께 희생할 제물을 찾았다. 먹이가 생겼을 때에 물렁한 것, 딱딱한 것 안 가리고 서로 간에 양보 없이 제일 먼저 달려들어 배를 채우는 매우 성질이 난폭한 형제 하나는 골라냈다. 보아하니 놈은 우리들의 안방 침입사건이 있고 나서 태어난 후배인데 젖먹이 때부터 제일 먼저 달려들어 어미의 젖꼭지 하나를 차지하고 제 배를 불려왔던 탓에 형제들 중에서 몸이 제일 통통하고 실했다.

나는 먹이가 생길 때마다, 먹이를 구할 때마다, 치열하게 달려들어 그 형제의 먹이 먹기와 먹이 찾기를 방해했다. 나의 이유 없는 방해에 그 형제는 날이 갈수록 포악해지고 나를 고양이보다 더한 적으로 여겼다. 얼마가 지나더니 그 형제는 먹이가 생겼을 때면 어느 곳에서 공격해 올 것인지 내 위치부터 확인하고 동태를 살폈다. 그 형제는 내가 태어난 다음배로 나왔지만 유독 게걸대며 먹어댄 덕에 그의 몸과 나의 몸은 엇비슷해졌고 서로 만만한 대적의 상대가 되었다. 하지만 나에게는 안방을 들어가 본 경험이 있고 그에게는 없었으니 죽음에 이르는 독이 아직 무엇인지 모르는 맞춤한 희생의 동반자였다.

굴속에 들어앉아 활동이 뜸해지던 겨울이 가고 봄이 왔다. 고양이는 여전히 우리 형제를 하나둘씩 먹어치우면서 점점 더 부른 배를 드러내고 양지바른 댓돌에서 늘어지게 낮잠을 잤다. 어미가 어느 날 고양이의 동태를 살피기 위하여 봉당 맞은편 헛간으로 나와 멀찌감치 잠자는 모습을 지켜보다가 긴 한숨을 내쉬었다.

큰일 났다. 저것의 뱃속에 새끼가 자라고 있는 것이 분명하다. 저것이 새끼를 낳는다면 이제 우리 쥐들의 목숨은 한둘의 희생으로 그치지 않을 것이다. 저것들이 여러 마리로 태어나기 전에 서둘러 막아야 한다. 이를 어찌할까?

어미의 한숨 끝에는 대략 이러한 중얼거림이 섞여 있었다. 어미의 걱정스런 모습을 지켜보고 있던 나는 더 이상 기다릴 것도 없이 아무도 모르게 거사의 날을 결정했다. 때는 봄. 어미의 배에서도 또 형제들이 태어날 것이지만 침입자인 고양이도 새끼를 함께 낳는다면 이 집 안에서 우리는 더 아픈 희생을 겪어야 할 것이고 결국 어디론가 떠나야만 할 것이다.

나는 그 날부터 내가 점찍어 두었던 동반 형제를 더욱더 무섭게 괴롭혔다. 그를 먹이 먹기로부터 더 처절하게 밀어냈다. 그 형제는 분함으로 애꿎게 헛간 기둥만 빠득빠득 긁어냈다. 그 형제의 증오가 극에 달할 무렵에 어미는 각 굴에 있는 쥐의 맏형들을 어미 굴로 모두 불러 모았다.

오늘부터 사흘 동안 각 굴에서는 한 형제도 굴 밖으로 나가지 못하게 하라. 사흘 내내 굴 안에 모아둔 먹이만 먹어라. 없으면 그냥 굶어라. 굶는 게 죽는 것보다 낫다. 만일 한 형제라도 밖으로 나오면 모든 일이 수포로 돌아가는 죽음만 있을 뿐이다.

어미의 명령은 언제나 단호했다.

햇볕이 흠뻑 내리쬐는 오후였다. 어미의 외출금지령으로 이틀을 굶은 고양이는 주린 배를 채우려고 전보다 더 조급하게 뜰 안을 어슬렁거렸다. 하지만 형제들은 그림자도 보이지 않았다. 그렇게 어미의 명령이 있은 이후로 이틀째 되던 날 어미 곁에서 먹이를 먹으려고 덤벼드는 동반 형제를 나는 무참하게 몰아내고 주둥이로 물어뜯다시피 했다. 그 형제는 반사적으로 나에게 덤벼들었다. 이제는 제 먹이 먹기를 포기하고 너부터 잡아먹겠다는 눈빛이었다. 그렇기도 하겠지. 거사를 위하여 무르익은 반쯤의 성공이었다. 나는 주둥이로 그 형제의 귀를 한 번 더 물어뜯고는 잽싸게 부엌바닥으로 달아났다. 멈추고 살짝 뒤를 돌아보니 쫓아온다. 나는 날랜 몸짓으로 부뚜막에 올라섰다. 그 형제도 나를 쫓는 솜씨가 만만치 않았다. 눈빛에는 살기마저 깃들여 있었다. 그 형제가 나를 쫓아 부뚜막에 오르자 나는 부엌에서 방으로 나 있는 지게문에 예전에 쏠아 놓았던 정(井)자 살 틈 문종이를 비집고 방 안으로 들어갔다. 예상했던 대로 형제는 나를 따라 방 안으로 들어왔다. 그가 아직껏 모르고 있었던 금지구역에 들어온 것이다.

나는 방 안에 널브러진 살림 사이를 요리조리 피해 다니다가 서로가 지쳐갈 무렵에 날름 다락 문턱에 기어올라 미닫이 밑창에 난 구멍으로 들어갔다. 생각했던 대로 형제는 나를 잡으려고 따라 들어왔다. 다락 안에서 그 형제는 바닥에 여기저기 쌓여 있는 자루에서 흘려져 나온 콩알들을 살폈다. 내가 요리조리 피해 다니면서 오래전에 헤집어 놓았던 알곡

낟알의 속살들을 야금야금 갉아 먹자 그 형제는 나 쫓기를 포기하고 먹이로 달려들어 먹기 시작했다. 그때에도 그 형제는 내 눈치를 보면서 언제 또 내가 그의 먹이 먹기를 방해할지도 모른다는 염려로 방어 자세를 취했다.

그래, 마음껏 먹어두어라. 이제는 너를 방해하지 않을 테니 실컷 먹어두어라. 미안하다 형제야. 많은 형제들이 살기 위하여 이 방법밖에는 없었단다. 너와 나는 이제 쥐들의 나라에서 가장 가치 있게 죽을 것이다. 이제 우리의 값진 희생은 어미만 알 것이다. 형제들은 아무도 모를 것이다.

그 형제를 바라보니 측은한 마음이 생겼다. 그런데 내 마음을 네가 어찌 알겠냐.

오! 가여운 형제여. 죽어서야 나의 마음을 이해하게 되리라.

눈물이 흘렀다. 그러나 아직 약해지면 안 된다. 아직 끝나지 않았다. 형제는 그 동안 주렸던 배를 채우려고 더욱 맛있게 콩 알갱이를 갉아 먹고 있었다. 나도 먹을 만큼 먹었을 때쯤이었다. 동반 죽음을 맞이할 시간이 다가오고 있었다. 형제의 배가 거의 채워졌을 때쯤, 내 배도 어지간히 채워졌다고 생각되었고 나는 그 형제에게 다가가 목덜미를 물어뜯었다. 그 형제는 먹기를 멈추고 되돌아서 내게 덤벼들었다. 나는 다락 문턱에서 방바닥으로 몸을 던지듯 뛰어내렸다. 물론 그 형제도 함께였다. 당분간 찍찍거리며 쫓고 쫓기는 어수선한 혼란이 계속 되었다.

소란을 감지한 고양이는 여닫이 문틈으로 얼굴을 들이밀었다. 나는 서서히 마비되는 몸으로 꼬리를 내놓은 채 부서진 장롱 쪼가리 뒤로 몸을 숨겼다. 그 형제도 눈치 빠르게 몽당 빗자루 뒤에 몸을 숨겼다. 고양이는 납작 엎드려서 우리 쪽을 주시하고 있었다. 그 와중에도 한 고양이의 새끼를 밴 배는 잔뜩 불러 있는 모습이 확연했다. 우리 몸은 점점 마비되어 가고 있었다. 그래 얼른 먹어다오. 그 형제의 몸도 점점 마비되어 가는지 숨소리마저 들리지 않았다. 정신이 몽롱해질 무렵 무언가 방 안에 휙 날아왔고 날카로움에 덥석 물렸다고 생각했는데 아무것도 보이지 않았다.

나의 형제들아 안녕. 동반 죽음을 당한 형제야 안녕.

두 고양이는 방 안에서 몸을 배배틀며 펄쩍펄쩍 뛰다가 밖으로 튀어 나와 앞뜰에서 쓰러졌다. 이 모습을 바라보는 쥐들의 어미는 안도의 표정과 귀한 새끼를 잃은 슬픔의 눈물을 흘렸을 것이다. 쥐들은 형제의 죽음을 애도하고 고양이의 죽음을 축복하며 아무 일도 없었던 것처럼 각자의 굴속으로 돌아갔다.

『묘서던』은 그렇게 끝나 있었다. 다나카는 책을 덮고 부엌에 들어가서 아궁이에 나뭇단을 풀어 넣고 불을 지폈다. 하루 종일 걸은 탓에 어느새 잠이 들었다가 밖에서 들리는 인기척에 훈련된 습관으로 맑게 깨었다.

얼마나 잠을 잔 것일까? 봇짐을 더듬어 회중시계를 꺼내보니 자정이 넘은 한 시. 그는 습관적으로 잠에서 깨어나 품 안에 총을 확인했다. 행전 속에 끼워 넣은 단검도 손끝으로 만져봤다. 사람의 기척은 부엌 쪽에서 났다. 주인이 있는 집이었던가. 그렇다면 다나카 자신은 허락 없이 들어와 누워서 잠까지 잔 방도둑이 되는 것인가? 그대로 나갈 수도 없고 그대로 누워 있어도 부엌에서 방 안으로 사람이 들어온다면 복잡한 상황이 벌어질 것 같았다.

그는 잔뜩 긴장을 하면서 부엌 쪽에 귀를 기울여서 소리의 움직임을 살폈다. 주인도 모르게 불을 피웠으니 지금 부엌에 있는 자는 이미 방에 누군가 있음을 이미 알고 있었을 것이다. 방 안에 동태를 살펴 공격해 들어올 준비를 치밀하게 하고 있을지도 모른다. 그렇다면 이대로 뛰어나가 쫓기는 몸이 될 수도 없고 해치워 버린다면 앞으로 운신의 폭만 좁아질 테니 당당하게 사정을 말하고 맞서야 한다. 말투에서 꼬투리 잡힐까봐 말을 하지 않고 필담을 하려면 상대도 글을 알아야 한다. 상대가 누굴까?

그는 매사에 여유 있고 침착했다. 여유와 침착은 상대에 대하여 이쪽이 우월하다는 생각에 확신이 설 때 가능한 것인데 지금 그는 왜나라의 조선에 대한 우월감으로 왔으니 조선 안에 사람쯤이야 이미 자신의 손아귀에 있다고 생각하는 것이다. 다만 자신의 신분을 감추어야 하는 것이 불편할 따름이었다. 그는 서서히 문을 열고 밖을 살폈다. 머리는 뒤로 늘어뜨린 산발이었다. 상대는 부엌에서 무언가 분주한 손놀림에 열중이었다. 첫눈에 앳된 소년이었다. 아직도 사람의 기척을 눈치채지 못했다. 다나카는 들으란 듯 헛기침을 했다. 그때서야 상대는 놀라 일어나 손에 창칼을 들고 두 손을 모아 쥐는 방어자세로 일어서서 재빠르게 부엌 뒷문을 퇴로로 예비해 두었다. 그 모습이 제법 침착하다. 꼬지지한 얼굴이 열다섯은 넘지 않을 것으로 보였다.

아이는 집 안에 들면서 빈집 아궁이에 불이 지펴 있는 것으로 봐서 집 안에 누군가 있으리라는 짐작은 했었을 것이다. 아이가 보기에 차림새가 집주인이 아니다. 난데없이 나그네가 들어와 있을 줄은 전혀 몰랐을 것이다. 창칼을 모아 쥔 아이가 잔뜩 긴장하면서 한 걸음 뒤로 물러서는 사이에 다나카는 두 손을 땅으로 향했다가 내리 흔들었다.

그냥 바닥에 앉으라는 표시로 상대를 안정시키려는 몸짓이었다. 다나카는 자신에게 사람을 해칠 연장 같은 것은 아무것도 없다는 표시로 양

손바닥을 보이며 좌우로 흔들었다. 둘 사이에 끊어질듯 한 활시위의 팽팽함이 느껴졌다. 아이는 눈빛을 다나카의 눈에서 떼지 않고 한 손으로 서서히 내려 바닥에 있는 것을 움켜잡았다. 죽어있는 고양이었다. 껍데기가 반쯤 벗겨져 있었다. 무슨 일이 있어도 잡은 것을 놓치지 않겠다는 표시다. 다나카는 털퍼덕 주저앉아서 검지로 상대가 볼 수 있도록 '安心(안심)' 이라고 거꾸로 쓰고 손가락을 입술에 댔다가 손을 좌우로 흔들었다.

글을 알아봤는지는 모르지만 그때서야 아이는 들고 있던 고양이를 부엌 바닥에 내려놨다. 다나카를 향했던 칼끝이 바닥을 향했지만 손에서 놓지는 않았다.

"이건 절대 건들지 마오."

첫 음성은 아이가 다나카에게 한 엄포이자 명령이었다. 상대가 자신보다 몸집이 크고 힘도 세어 보이는데도 자기 고양이를 빼앗으면 그냥 두지 않겠다는 투다. 다나카는 그 앞에서 앉은 채로 고개를 끄덕였다. 그리고 아이에게 앉으라는 손짓을 계속했다. 아이는 겨우 바닥에 쭈그려 앉아서 상대의 반응을 살폈다.

"나는 나그네다. 널 해치지 않는다. 이 고양인 뭣할 거냐?"

아이는 말투에서 이미 앞에 있는 사내가 이곳 사람이 아니라는 것을 알아챘다. 그가 배짱 좋게 빈집에 들어와서 불을 피운 것도 알았다. 내 집처럼 지내던 곳에 다른 나그네가 주인처럼 차지한 것이다. 아이는 경계를 풀지 않고 딱딱하게 대꾸했다.

"쥐 먹이요."

고양이 고기를 쥐의 먹이로 한다고 했다. 그러면서 아이는 가른 배에서 살덩이를 한 점 도려내더니 부엌 한 귀퉁이에 놓인 궤짝을 들추고 던져 넣었다. 칼을 다루는 솜씨가 첫눈에 봐도 익숙하다. 부엌바닥 밑에 커다란 항아리가 드러났다. 찍찍거리는 소리가 소란스럽게 들려왔다. 다나카는 호기심에 다가가 그가 궤짝을 들어 낸 곳을 들여다봤다. 독 안에서는 찍찍거리며 쥐 여러 마리가 아우성이었다. 그야말로 빠져나갈 곳이 없는 독 안에 든 쥐였다. 쥐들은 떨어진 고깃덩이를 가운데 두고 동그랗게 모여들어 뜯어내고 있었다. 제아무리 재주가 좋은 쥐라고 해도 가운데가 봉긋하게 벌어진 독을 타고 올라올 수는 없고 누가 꺼내주지 않는다면 평생 동안 밖으로 나오지 못할 것이다. 사람이 던져주는 먹이만 먹을 뿐이다.

"쥐를 기르나?"

"내가 먹을 고기를 기르오."

"쥐를 먹나?"

"고기를 먹으오."

아이는 사내의 얼굴을 또렷이 쳐다봤다. 다시 봐도 이 근처 사람이 아니다.

"어디서 왔소?"

"한양으로 가려고 산을 넘다가 길을 잃었다. 여기가 어디쯤인가?"

"지평 땅이오. 잠을 자려면 저 아래 장터거리로 갈 것이지."

아이는 말꼬리를 슬쩍 비틀었다. 남의 잠자리를 건드렸다는 투정이다. 처음에는 당황하고 겁을 먹었는데 상대가 길을 잃은 나그네라는 데에 약점을 잡고 자신감이 생긴 것이다. 길 잃은 나그네라면 불안하고 이곳 지리에 설어 주눅 들어 있어야 할 것이다. 아이는 아궁이에서 숯 검둥이가 다 되어 지글지글하는 고깃덩이를 꺼내 칼에 꽂았다. 손으로 툭툭 털더니 한 입 베어 물고 다나카에게도 한 점 건넸다. 다나카는 칼끝에 고기를 빼내 한 입 베어 물었다. 단내가 매캐했지만 입속에 고기 맛은 여태껏 빈 속이어서 제법 입맛을 돋웠다. 다나카는 우물우물 씹으면서 고개를 끄덕였다.

"고양인 쥐를 잡는데 사람은 고양이를 잡아 쥐에게 먹이는구나."

"쥐들이 모이면 고양일 잡으오. 전에는 잡아 놓고 먹질 않았는데 이젠 먹으오."

"독에 든 쥐들이나 먹겠지."

"혹시 동비(東匪)요?"

"동비가 뭐냐?"

"동학쟁이."

아이의 눈앞에 하늘이 짧게 보였다. 하루 종일 먹잇감을 구하다가 허탕치고 두 끼를 걸렀으니 어지럼증이다. 상대가 주막거리로 가지 않고 예서 묵으려는 걸 보면 쫓기는 몸일지도 모른다는 의심이 아이에게 부쩍 들었다. 차림이 후줄근하면서도 글은 제법 한 것 같으니 동학쟁이가 틀림없다면 눈치채지 않게 어서 빨리 포군에게 가서 알려야 한다.

다나카는 그 앞에서 고개를 흔들었다.

"이게 뭔 줄 아냐?"

"말 두 마리 그림 아니오. 그런 걸 뭣에 쓰오."

"못된 벼슬자리들을 다스릴 것이다. 발설하면 죽는다."

아이는 다시 한 번 다나카의 얼굴을 훑어보며 고개를 갸우뚱거렸다.

"머잖아 새로운 세상이 올 것이다. 글을 아느냐?"

"아비에게 칼 도(刀) 자만 익혔소."

다나카는 아이의 손에서 아직 놓지 않고 있는 창칼을 내려다봤다. 날은 활활 타는 아궁이에서 비추는 불빛에 번쩍거렸다. 첫눈에 봐도 한두 해 쓰던 칼이 아니다. 불빛에 봐도 날이나 자루나 손때로 길이 매끈하게 들어 있었다.

"아비가 있느냐?"

"없으오. 내가 아빌 버렸소."

"알겠구나. 이름이 있냐?"

"월두요."

"성(姓)은?"

"성 같은 거 난 없소."

다나카가 일어서자 아이가 일어섰고 다나카가 방으로 들자 아이가 따라 들어갔다.

"이걸 본 적이 있느냐?"

다나카는 생각난 듯 바닥에 서책을 들어보였다. 총각은 고개를 끄덕였다.

"누구의 것이냐? 읽었냐?"

"거긴 칼 도(刀) 자가 없으오."

다나카는 실소했다. 이리저리 살펴보니 마땅히 쓸 만한 자였다. 다부질 것 같았지만 적당히 무식하고 적당히 어수룩했다.

아이의 아비는 그를 월두라고 불렀었다.

너는 본래 월도였다. 성은 감추어라. 성이 없음은 뿌리 없음이다. 뿌리가 없으니 뿌리로 인하여 죽임을 당하는 일은 없을 것이다. 모든 싸움은 제 성을 뿌리로 지키려다 칼부림이 나는 것이다. 성은 세상 사람들이 스스로를 얽으려고 만들어 놓은 인연의 끈일 뿐이다. 월도의 도는 칼 도 자니라. 그러나 도는 감추어라. 칼은 밖으로 드러내면 남이 두려워하고 두려움이 극에 달하면 그 두려움을 피하기 위하여 너를 살(殺)하려 할 것이다. 그러니 도는 감추고 두(兜)로 써라. 두는 투구니라. 투구는 상대의 칼을 막는 방어의 표시다. 그러니 절대로 상대를 먼저 공격하지는 않을 것이라고 믿을 것이다. 네가 알고 있는 배움 또한 감춰라. 삼시세끼로 살아가는 세상살이엔 배움이 필요 없다. 배움이 필요할 때는 세끼 밥이 넘쳐나서 낙(樂)을 구하려 할 때다. 하고자 함(慾)은 모두 낙이다. 나의 욕으로 낙을 누림은 남의 세끼 밥까지 축내는 짓이다. 네 평생 거기까지 이르지는 않겠지만 성을 드러내려 하면 뜻하지 않아도 이르게 될 것이고 이름이라도 칼로서 드러내면 낙이 과하여 화를 입을 것이다. 먹을 것은 천하지상에 널려 있다. 취하기를 게을리 하지 않되 과욕하지 않는다면 평안하리라.

월두는 아비에게 귓바퀴에 굳은살이 박이도록 들은 얘기였다. 아비에게 배운 대로 했다. 사냥질로 끼니를 메우고 헛손질에 잡히는 먹이가 없으면 전답에 널려 있는 이삭 낟알을 주워 연명했다. 운 좋게 사냥감이 잡히면 먹을 만큼 먹고 남으면 독에 담긴 쥐에게 먹였다. 남는 고기를 먹인 독에 쥐는 월두가 먹이를 구하지 못한 날이면 땟거리로 요긴했다.

장터거리에서는 눈동자가 또렷한 그에게 성(姓)을 주겠다는 사람은 많았다. 성을 받으면 홀로 먹이를 구하러 쏘다니거나 걸식을 하지 않아도 된다. 하지만 성을 얻는 것은 아비의 뜻을 거스르는 짓이다. 모든 욕심은 성으로부터 비롯되는 것이라고 배웠다. 배움조차 드러내지 말고 살라 했지만 배움은 가슴에 되새겨 가며 살 필요가 있었다.

그런데 이렇게 한 방에 누워 있는 이 자는 누굴까? 처음 들어보는 말투인데 느낌이 매우 살갑다. 이 집 주인은 분명 아니다. 겉차림은 허름해도 돈푼이나 지니고 있을 법한 여객인데 객사로 가지 않고 왜 이리로 온 걸까? 잠을 청하려 할 때서야 코고는 소리가 거북하게 귀를 거슬렀다. 저리도 쉽게 잠이 드는 걸 보니 정말로 태평스런 나그네다. 그러나 실은 영악해 보이는 아이가 두려워서 눈을 감고 코고는 시늉만 하고 있는 것이다.

조선이 먹기 좋게 익어가고 있었다. 보고서를 본 고이시 대장의 얼굴이 환해질 것이다. 조금만 더 쑤시고 다니면 조선의 내장까지 훤히 들여다볼 것이다. 이놈이 월두라고 했겠다. 성도 없고 제 놈이 아비를 버렸다니 뭔가 사연은 있는 모양이다. 잘 쓰면 큰 고기를 잡는 미끼가 될 것이다.

이튿날 아침에 월두는 포근한 기분을 느끼면서 기분 좋게 잠에서 깨었다. 오랜만에 따스한 방 안에서 깊게 들어본 잠이었다. 아직 온기가 식지 않은 방바닥에 등을 붙이고 누운 월두의 몸에는 어느새 이불이 덮여 있었다. 그 온기가 배곯은 몸을 살찌게 할 것 같았다. 불현듯 생각나 일어나보니 어제의 사내는 방에 없었다. 방을 두리번거려 봐도 변한 건 없었다. 월두는 방 안에까지 스며든 노린 냄새에 부엌으로 통하는 쪽문을 열어 제꼈다. 사내는 차가운 흙바닥에 앉아서 해 뜨는 쪽으로 고개를 숙이고 입을 중얼거리고 있었다.

문 여는 소릴 들었는지 사내는 중얼거림을 멈추고 고개를 들었다.

"한양이라는 곳에 가 봤느냐?"

"들어는 봤소."

"가고 싶지 않느냐?"

"보고 싶긴 하오."

"가야 보느니라."

"한양까지 가오?"

다나카는 고개를 끄덕였다.

"배우고 싶지 않느냐?"

"무얼 배우오?"

"무엇이든."

"좋소. 배워서 배를 채울 수 있다면 사냥은 더 배우겠소."

다나카는 얼굴에 만족스런 미소를 지었다. 품에서 묵직한 주머니를 꺼냈다. 엽전 꾸러미였다.

"받아라. 이거면 배울 수 있을 것이다."

"싫으오. 내 이걸 받으면 그쪽은 잽혀 죽으오. 이걸 갖고 먹을 것을 구하려 하면 장터거리에서는 분명 어디서 얻었는지 닦달을 할 것이고 내가 불면 그쪽을 쫓을 것이오. 괜히 서툴게 평생 나그네 노릇 하지 말고 그걸로 장터거리에 나가 국밥이나 한 그릇 먹게 해주오. 그걸 내가 지니고 다니면 도적이 내 목을 노리오. 그러니 한 끼 밥만 채우면 그만이오. 다음 끼니는 그때에 생각하고."

어리고 무식한 척하면서 세상 요리는 다 터득하고 있으니 이놈이 보통 놈이 아니다.

"그럼 어서 나와서 앞장서라. 조반을 해야지 않느냐."

다나카가 방을 나서자 월두는 방바닥에 있던 서책 『묘서면』을 챙겨 품에 넣고 앞장섰다. 다나카가 그 뒤를 따랐다. 둘은 지평 땅 우두산 밑에서 한 마장은 더 걸어 곡수장터 쇠장거리로 내려갔다. 월두의 경험으로 거길 가면 항상 먹을 것이 있었다. 국밥집 마당 쪽으로 난 아궁이에 타는 불은 솥에 거뭇한 소 내포를 통째로 끓이고 있어서 구수한 냄새를 풍기니 잠에서 깨어난 배 안에서 밤새 굶은 회를 꿈틀거리게 했다. 섣달이 아니라면 평상에 앉아서 한 그릇 받아서 뚝딱 밥 말아 먹고 가던 길을 떠나련만 몸을 녹여야 속이 남의 내장살을 받을 준비가 될 것 같아 둘은 방 안으로 들어갔다.

벌써 새벽녘에 섰던 우시장이 파한 시각이니 소를 끌어 오고 끌어가려는 사람들로 방 안은 북적였다. 새벽 내내 우직한 황소의 힘과 씨름했었을 사람들이 그 내포로 끓인 국물을 한 뚝배기씩 들이킴으로서 황소와의 싸움을 이겨내고 있었다. 다나카는 방 안에 들어가 빈 곳을 찾아 자리를 잡았고 아이가 뒤를 따라 들어가 마주 앉았다. 먹기에 여념이 없던 사람들이 힐끗힐끗 본다. 보아하니 장꾼도 아니고 나그네인 것 같은 데 이 시각에 주막에 드니 어젯밤을 어디서 지냈을까 하는 의문들이 이어지는 방 안 분위기를 금방 눈치챘다. 잠자는 객점이나 주막을 비워두고 아침녘에야 끼니를 이으려고 찾아 들어왔다면 밤새도록 먼 길을 걸어왔거나 남의 빈집털이를 했거나 둘 중에 하나일 텐데 먼 길을 걸어온 것처럼 지치지도 않았고 생김이 남의 빈집털이 할 행색은 아니니 다시 묵묵히 먹기나 할 수밖에. 그릇을 비운 사람들은 헛기침을 하면서 하나둘씩 빠져나갔다.

아무래도 먹고 나서 그들끼리 뜨뜻한 아랫목으로 몰려 앉아서 투전판을 벌여 소 몇 마리쯤 더 겨눠보고 갈 심산들이었는데 난데없이 지체를 가늠할 수 없는 낯선 손이 방 한쪽에 자리를 잡으니 김이 샌다는 눈치들이었다. 밖으로 나간 그들은 분명 어느 곳엔가 음침한 노름방을 하나 잡아서 다시 헤쳐모일 것이다.

방 안으로 주모가 들어오자 아이는 품안에서 서책을 꺼내 건넸다. 다나카에 눈에 들어온 것은 서책의 모습보다 '묘서뎐' 이라는 세 글자였다. 엊저녁에 읽어보고 무심코 넣어두었던 것을 아이가 챙겨온 것인데 주모에게 전하는 뜻이 무엇인가.

"그건 방에 있던 서책이 아니냐? 『묘서뎐』. 이 책을 이 집에 파는 것이냐?"

"여기서 얻어먹은 밥이 많으오."

다나카는 고개를 끄덕였다.

"네가 썼냐?"

아이는 고개를 옆으로 강하게 두세 번 돌렸다.

"오호라. 어디서 얻었구나."

"맞으오. 오늘도 밥값은 없으오."

"주모. 그 서책을 내게 넘기시오. 대가를 쳐 드리리다."

상대가 누군지는 모르겠지만 차림새는 어수룩해도 용모가 범상치 않았다. 그 말을 거부했다가는 용모 뒤에 숨은 권세를 모르기에 무슨 변을 당할지 모를 일이다. 주모는 받았던 책을 다나카에게 건넸다. 다나카는 책장을 한 장, 한 장 넘겼다. 다시 보아도 활자본이 아니라 직접 필사를 하였거나 새로 쓴 글씨였다.

"귀한 것이니 네 몸에 지녀라. 밥값 걱정은 말고."

아이는 서책을 다시 받아 품안에 고이 넣었다.

"어미를 아느냐?"

"모르오."

아이는 국물 속에서 밥알을 건져 입에 넣으면서 쉽게 대답했다.

"알고 싶지 않느냐?"

아이는 고개를 흔들었다.

"알면 죽으오."

"죽는다? 누가 그랬느냐?"

"모르오. 그냥 죽으오."

다나카는 더 이상 묻지 않고 묵묵히 밥을 먹었다. 아이는 먼저 뚝배기를 비우고 앉아 다나카의 모습을 넋 놓고 쳐다봤다.

"나리. 엊저녁 그 말 그림 내게 주소."

"안 된다. 그걸 발설하면 너는 죽는다. 이 날 이후로 그 말 얘긴 절대 입에서 꺼내지 마라."

말소리가 너무 거세서 다나카의 입에서 밥알이 튀겨나가 밥상에 떨어졌다. 다나카는 반쯤 남은 밥을 그대로 남기고 수저를 놓았다. 말 그림을 달라니 어수룩한 것 같으면서도 보통 영악한 게 아니다.

"한양으로 나를 따라가겠느냐?"

아이는 고개를 끄덕였다.

그들은 전곡역*까지 걸어가서 말을 타고 한양으로 내달렸다. 봉안역에서 둘은 말에서 내려 강을 바라보며 쉬었다.

"나리는 무슨 벼슬을 한 사람이오?"

"벼슬?"

다나카는 코웃음을 쳤다.

"거지 노릇 하던 사람이 갑자기 말을 얻어 타고 가니 대단한 벼슬 아니오."

---

*지금의 경기도 양평군 지평면 송현리 역말.

"벼슬이 부럽냐?"

"무섭소."

"그래. 맞다. 조선의 벼슬은 무서운 것이다."

"맞소. 우리 아비도 벼슬을 절대로 하지 말라 했소."

"누가 너에게 벼슬을 준다더냐?"

"벼슬은 글 많이 읽은 사람한테 준다던데 우리 할아빈 글을 읽지 말라고 했다고 들었소. 그러니 내 맘이 편소."

"허허. 그럼 어제 그 집이 뉘 집이냐."

"할아비가 거기서 살았던 적이 있다고 들었소."

"할아빌 보았느냐?"

"내 낳기 전에 끌려가서 죽었다고 했소."

"끌려가? 누구한테?"

"모르오. 여하튼 글을 배워 끌려갔고 품성 곧아서 죽었다 했소. 그러니 글은 이제 안 배우오."

다나카는 입맛을 다셨다. 이 아이가 장차 어떻게 될 것인가.

월두가 알고 있는 아비는 할아비가 끌려가 죽은 후에 용문산 기슭으로 도망쳐 산비탈을 일구고 감자 심고 콩 심어 매해 겨울을 지냈고 샘다랑이 논을 풀어 귀한 쌀알을 얻었다. 논밭에서 가꾸어 거둔 것보다 세곡을 더 걷다시피 하는 관리들의 횡포에 못 견디고 가뭄에 빌어먹은 환곡을 결국 못 갚아 달아났다가 잡혀 야철장에서 쇳돌을 녹였다. 거기서 화승총 만드는 법을 배웠는데 사냥꾼의 꾐에 빠져 만들어 놓은 화승총 십여 자루를 갖고 용문산 속으로 튀어 사냥패들과 어울렸다. 그가 사냥패들과 어울려 다니는 동안은 평생에 가장 자유롭고 행복한 시간이었다. 그러다가 나라에서는 용문산을 임금의 사냥터로 쓴다고 하여 일체의 사냥을 금하였다. 그러나 언제 사냥을 왔다 가는지 임금의 사냥꾼들은 뵈지 않았고 곳곳에 아름드리나무들은 사정없이 베어져 나갔다. 한양에서 임금의 아버지가 앞장서서 대궐을 짓고 있다는 소문이 나돌았다. 대궐은 임금의 힘이 나오는 근원이었으므로 흥선대원군 이하응이가 그 힘을 키우려고 힘센 대궐을 짓고 있다는 설이 소문 뒤를 따라다녔다.

사냥꾼들이 득실거리면서 용문산에는 토끼 한 마리 보기가 어려워졌다. 꿩들도 모두 사냥꾼 없는 산으로 날아갔다. 오른쪽 앞 발바닥이 제일 맛있다는 곰들도 사냥꾼들 등살에 날개를 달고 백두산으로 날아갔다는 터무니없는 소문까지 나돌았다. 호랑이는 산에 먹잇감이 없어지자 어슬렁거리며 때 없이 마을로 내려왔다. 처음에는 마을길에 나대는 개를 잡아먹더니 찝찔한 고기 맛을 알고 나서부터 간장 냄새 나는 사람의 집까지 기웃거렸다.

사냥꾼들은 모든 사냥을 포기하고 매일 호랑이 사냥에 나섰다. 호랑이 사냥은 목숨을 건 일이었다. 노루와 토끼, 고라니 사냥은 쫓다가 놓치면 그만인데 호랑이 사냥은 사람이든 호랑이든 어느 한쪽이 죽는 끝장을 봐야 했다. 사람이 호랑이 사냥에 실패하면 호랑이로부터 사람이 사냥을 당해야 했다. 그래서 둘 중의 패배는 서로가 서로의 먹잇감이 되었다.

그때에 월두 아비는 호랑이 사냥을 포기하고 숯 굽는 일로 나섰다. 지평이나 양근 땅에서는 숯보다 장작으로 불을 구했지만 한양에 사는 양반들은 바싹 마른 소나무 장작조차도 관솔 그을음이 난다고 꺼려 껍질이 곱게 탄 떡갈나무 백탄만 구했다. 그래서 늙은 소나무는 잘려 대궐 짓는 재목감으로 가고 아름드리 참나무는 숯으로 구워져서 한양에 양반댁 부엌간으로 들어갔다. 사람들은 벗겨진 산 위에다 화전을 일궈 콩을 심고 조를 심었다. 관아에서 이방들은 화전까지 이를 잡듯 낱낱이 조사하여 세곡을 물렸다.

아비는 일구던 화전도 포기하고 더 깊은 곳으로 들어가서 숯을 구웠던 것이다. 숯쟁이 우두머리가 그들을 보고 이름을 물었다. 월두의 아비가 이름을 못 대자 이름을 주겠노라며 백탄을 열 번 구워내면 '천탄' 이라 불러주겠다고 했다. 아비는 열심히 숯을 배워 구워내고 천탄이라는 이름을 얻었다. 그러니 이름 없던 월두의 아비는 천탄이 되었다.

말이 하루 종일 달려 다다른 곳은 도성 밖 목멱산 및 으슥한 곳에 허름한 집인데 대문은 굳게 닫혀 있었다. 다나카가 문을 두드리고 두어 걸음 물러나 서 있자 대문이 열렸다. 겉으로 보면 여느 민가와 다름없는데 대문을 열고 안으로 들어가니 칼을 찬 무인 몇몇이 집을 지키고 있었다. 난생처음 보는 무인의 옷과 칼을 보고 월두의 눈이 휘둥그레졌다.

"겁먹지 마라. 여기가 너 지낼 곳이다. 저 분이 널 살려주고 가르쳐줄 것이다."

다나카와 세 사람의 탐문꾼을 지원하기 위하여 조선으로 잠입한 민복 차림의 요시다였다. 그는 아이를 받아 월두보다 두어 살은 더 많아 보이는 총각에게 넘겼다. 총각은 월두를 부엌으로 데리고 들어가더니 셀 수 없이 덧입은 누더기를 벗겨내고 가마솥에 물을 퍼서 몸에 끼얹었다. 난생처음 맛아보는 뜨듯한 물맛이었다. 덜덜 떨리던 몸에 뜨거운 물이 감싸주니 김이 오르면서 말 위에 매달려 찬 칼바람을 쐬고 왔던 몸이 풀리고 있었다.

총각은 두루마기보다 더 늘어지는 옷자락을 월두에게 걸쳐주고 가죽신 지을 때 쓰는 가위를 들었다. 월두의 봉두난발 머리채를 싹둑 잘랐다. 몸의 일부를 잘라냈는데 아프지 않고 시원했다. 그러나 갑자기 묵직하던 뒤꼭지는 가벼워졌고 목덜미가 허전했다. 총각은 잘라낸 머리채를 둘둘 말더니 장작불이 타고 있는 아궁이에 던져 넣었다.

월두의 머리카락이 지글거리며 열기를 못 견뎌 오그라들고 있었다. 월두의 머리가 타고 있었지만 월두는 아프지 않았다. 고양이털 타는 냄새가 났고 쥐를 불속에 넣어 끄슬리던 냄새가 났다. 사람의 머리털이나 고양이 몸털이나 쥐 털이나 불에 타면서 모두 같은 족속의 냄새였다. 총각은 잘라낸 뒤꼭지에 목덜미를 바리캉으로 밀어냈다. 윗머리는 가위로 다듬었다.

총각은 월두의 눈앞에 체경을 비춰줬다. 거울 안에는 웬 아이 하나가 밤송이 같은 머리로 월두를 향해 씩 웃고 있었다. 월두는 체경을 뒤집어 봤다. 뒤에는 아무도 숨어있지 않았다.

월두는 총각이 내주는 왜옷을 입었다. 요시다는 월두에게 일본말과 말타기를 가르쳤다. 월두는 그렇게 거처가 결정되었고 다나카에게 조선 땅에서 다루기 좋은 일가마리가 되어가고 있었다.

"여기서 모든 걸 배워라. 글을 배우고 말하는 걸 배우고 말 타는 걸 배워라. 넌 귀하게 쓰일 것이다. 세상을 살아가려면 무엇이든 배워야 한다. 쓰이고 안 쓰이는 것은 네 운명이 결정한다."

"나리 배가 고프오."

"나는 나리가 아니다. 지금부터 날 대위라 불러라. 나는 다나카 지로 대위다. 너는 그냥 월두다. 새로운 이름은 없다. 밥은 저 방에 가서 먹어라. 먹을 것은 언제나 있으니 배고프면 네가 직접 꺼내 먹어라. 오늘은 내가 먹여주겠다."

다나카는 부엌에 붙은 방으로 월두를 데려가서 밥을 먹였다.

"나리는 이렇게 부잔데 왜 거지 행세를 하고 다녔소?"

"또 나리냐? 그런 건 묻지 마라. 아직 네가 알 게 아니다."

"나리, 아니 대위, 식구들은 없소?"

월두가 두리번거리며 궁금한 걸 물었다.

"아직도 무서우냐? 저 사람들이 모두 내 식구다. 식구는 한 지붕 밑에서 자고 한 솥에 밥을 먹는 게 식구다. 그러니 이제 너도 나와 한 식구다. 하지만 나는 당분간 더 나갔다 올 것이다. 내 식구가 되려면 저 사람들이 가르치는 모든 걸 잘 배워둬라."

다나카 지로는 월두를 목멱산 밑 민가에 남겨두고 조선 땅을 걷기 위하여 또다시 홀연히 길을 떠났다. 월두는 거기서 마당을 쓸면서 밥 얻어먹고 사랑채에 불 때면서 말 먹이를 먹이고 자랐다. 사냥질에 이골이 나도록 짐승을 잡는 데에는 재주가 있어서 말을 다루는 재주 또한 능숙했다. 누구에게 배운 것도 아니고 스스로 터득한 기술이었다.

그로부터 이태가 지나서 월두를 맡기고 나갔던 다나카가 다시 돌아왔다. 그동안 월두는 말 타기와 활쏘기 총 쏘기를 배우고 글은 원하는 걸 읽고 쓸 줄 알 만큼을 배웠다. 월두를 가르치는 선생은 월두의 깨우침이 놀라워서 가르쳐주기가 겁이 난다고 했다. 천자문을 뗀 월두는 소학과 동몽선습을 주인댁 서실에 있는 자전 한 권 갖고 홀로 마쳤다. 서가에 꽂혀 있는 수많은 경서들을 제쳐놓고 병서만 탐독했다. 사랑채에 끝 달린

방에서는 어디서 구해왔는지 줄곧 이야기 책들만 읽었다. 곡수에서 품에 넣어 가져온 『묘서뎐』은 종이가 피어나서 콩기름을 먹여 다듬잇돌에 눌러두었다가 또 읽고 또 읽었어도 버리지 못할 물건이 되었다. 어렵고 딱딱한 병서보다 더 재미있고 오래 기억되었다.

그동안 다나카는 조선 땅을 더 휘젓고 다녔다. 잠을 자는 일이며 말을 타는 일이며 어음을 바꾸어 노자를 마련하는 일이며 이 모두가 조선 사람을 내편으로 만들어 통하지 않고는 이루어지기 어려운 일이었다. 모든 양반이 그런 건 아니지만 양반의 족보를 금 몇 알갱이 주고 산 자들은 다나카가 던져주는 엽전 몇 꿰미에 그렇게도 도도하던 체통이 쉽사리 무너졌다. 한 번 잡은 벼슬의 끄나풀은 배가 불러 체할 때까지 놓지를 않으니 『경국대전』에 조목조목 박아놓은 벼슬 이름과 임기는 휴지조각이 되는 판이었다.

거리를 휘젓는 관리들의 입에서는 주가에서나 풍겨오는 썩은 내가 진동했고 굵직하고 중요한 일들은 기생들이 득실거리는 객관에서 이야기했다. 관아에 들어와서 보는 일은 주가에서 이미 정해진 일들을 붓으로 쓰고 붉은 인장을 찍는 통과의례에 불과했다.

죄에 대한 벌은 대명률에 조목조목 정해져 있었지만 장안에서는 그 벌에다가 붓으로 가격을 매겨 놨다. 대명률에는 태형(笞刑), 장형(杖刑), 도형(徒刑), 유형(流刑), 사형(死刑), 천도(遷徒 : 강제이주)로 각각의 급이 있었으나 모두 속전이라는 이름으로 구리 마흔두 관이나 베 이백십 필이면 사형도 면할 수 있으니, 물화가 곧 명줄이었는데 그 속전에 이문을 조금 붙인 것이 죄 값을 사고파는 벌의 가격이었다. 그래서 재복이 있든지 재물이 있든지 하는 자들은 아무리 죄를 지어도 그 목숨이 길고 질겼고, 주린 배

채우려고 저잣거리에서 감자 몇 알 슬쩍 집어 달아나다 잡히는 양민은 장독과 허기로 제명을 못 채우기 십상이었다.

백성들은 항상 배가 고팠다. 몸 하나로 땅을 부치는 데에는 한계가 있으니 온전하게 한해 농사를 짓는다면 마누라에 아들이든 딸이든 둘을 넘어서 네 식구가 넘는 가족의 한 해 양식으로 빠듯했고 어쩌다가 흉년이 덜컥 들거나 그해에 군수나 현감이 바뀌면 그 앞에 아부 떨기 위해서 아전이 그 몫으로 조금씩 더 얹어 거둬가기 때문에 밤을 새워 품팔이를 늘리거나 깊은 산에 들어가서 재목이라도 몰래 베어다 팔아야 했다. 썩어가는 고을의 속도 모르고 새로 부임하는 관찰사나 군수나 현감은 아전들이 서류를 만들어서 가져다주는 대로 코를 킁킁거리며 주머니에서 붉은 도장을 꺼내 꾹꾹 눌러댔고 저녁에는 거나하게 취해볼 주안상과 기녀의 허리를 휘감아 흔들어볼 요량으로 하루해가 얼른 저물어가기만 기다리며 흥얼거렸다.

다나카는 조선 땅에 부패를 올무에 걸려 서서히 죽어가는 사슴처럼 들여다보면서 죽은 고기 좋아하는 여우같이 침을 꿀꺽 삼키고 시장기 어린 입맛을 다셔댔다. 그는 구운 고기에 먹기 좋게 간을 맞추는 소금을 뿌리듯 전라도 고부에서 민란이 일어나는 것을 시작으로 동학이 전국 방방곡곡에서 일어나 분노로 들끓고 있는 것을 보고 입에 군침을 삼키고 다녔다. 망가지는 조선을 보고 신이 나서 혀를 날름거리며 이태 동안 여기저기 바쁘게 돌아다닌 것이었다.

다나카는 목멱산 밑으로 돌아온 후 하루 종일 방 안에 틀어박혀 고이시 대장에게 보낼 보고서를 정리하고 다음 날 집을 나섰다.

동(東)으로 간 사람들

후쿠오카에서 함께 배를 탔던 세 사람은 제물포에서 만나 그동안 거둬 모은 수확물을 서로 견줘보고 객관에 들어가서 생선회 안주에 술잔을 기울이며 눈 속에 음흉한 미소들을 감추고 있었다.

"역시 고기는 날로 먹는 게 제 맛이야."

"지금 조선의 해는 석양으로 지고 있습니다. 최제우, 최시형에 전봉준이라는 자가 동학이라는 걸 일으켜서 조정까지 위태위태해지고, 임금의 아버지 이하응이라는 자는 며느리를 잘못 들여서 매사에 남편을 제쳐놓고 자기가 나서는 통에 우리가 좀 도와줘야 할 듯하고, 동학이 나라 안에 열병처럼 퍼져서 왕궁을 들먹거리게 되면 그때도 우리가 나서주어야 하는데 궁지에 몰린 궁에서는 청나라 하고 우리나라 중에 어디로 손을 내밀지를 저울질하고 있는 모양입니다. 엉뚱하게 이홍장 쪽으로 손짓을 하면 우린 다된 밥을 개들에게 뺏기는 고양이 꼴이 될 터이니 얼른 손을 써야 합니다."

"음. 맞는 얘기야. 개다리를 분질러 놓으면 어쩔 수 없이 고양이가 판을 치게 될 것이 아닌가. 그 안에 불붙은 동학이 사그라지지 않게 부채질을 잘해주는 것이 중요하지. 아주 잘들 일어나고 있어. 그렇게들 스스로 망가져 주는 것이 우리에겐 얼마나 고마운 일인가. 조선이 우리 주머니 속으로 들어오고 있어. 하하하하.”

혼마 규스케의 제안에 다나카는 그 방법을 구체적으로 가르쳐 주면서 통쾌하게 웃고 있었다.

“그동안 길러 놓은 쥐새끼들을 좀 풀어 놔봐. 먹은 밥값은 해야 할 것 아닌가.”

그들은 조선 땅 곳곳을 돌아다니면서 인심을 베풀어 인연을 맺고 수족 같은 심복을 심어 놓았다. 그들을 겪어 본 사람들은 ‘멀리서 물 건너 온 사람들이 있는데 친절하고 인정이 많아 어려운 사람만 찾아다니면서 돕고 있더라’ 고 알려지고 있었다. 임진년에 나라를 짓밟던 자들인 게 믿기지 않게 삼백 년 만에 개과천선해서 돌아왔다더라. 그들에게 도움을 받은 얘기는 누구에게도 절대로 하지 말라고 하다더라. 그들이 조선 땅에서 베푼 선행은 누가 알까 부끄러워 감추고 다닌다더라. 세상이 어려워지면 다시 온다고 한다더라. 그런 말은 만들어 흘리면서 돌아다녔다.

그들은 관리들에게 억울한 일을 당해 상심하는 사람들을 찾아가서 돕고 고을마다 다니면서 썩은 관리들의 학정을 입속에 담아서 고개 너머 마을로 퍼 날랐다. 그들이 이 고을 저 고을 다니면서 질러놓은 불은 갑오년에 와서 활활 타오르더니 온 나라가 뜨거운 불바다가 된 것이다. 그렇게 백성들의 울분은 불같이 일어나고 있었다. 그들은 그렇게 쾌재를 부르며 서서히 일을 마쳐가고 있는 중이었다.

인천부 제물포 부둣가에 시시덕거리는 객관으로 선부(船夫) 차림의 남자 하나가 찾아들었다. 다나카 지로와 부하들은 그 앞에 넙죽 엎드려 절했다.

"모두 수고들 했다. 오월이면 우리 군대 육천이 제물포로 들어온다. 너희는 앞길을 더 닦아라."

고이시 대장이 배를 내이포에 대지 않고 제물포까지 올라온 것은 그들의 활동시간을 더 벌게 하기 위한 배려였다.

월두의 총명은 다나카를 유혹했다. 다나카는 한양으로 돌아온 다음 날부터 월두가 배운 왜말을 시험했다. 기모노를 입혀서 내놔도 손색이 없을 만큼 익숙했다. 월두는 왜말을 배울 때면 아비가 떠올랐다.

"잊었느냐? 글로 성한 자는 글로 망한다. 배우지 마라. 그런데 너는 지금 말(馬)을 배웠고 칼을 배우고 활을 배웠고 왜말과 왜글을 배웠다. 이는 가르친 자가 너를 칼로 쓰기 위함이고 활로 쓰기 위함이고 말로 쓰기 위함이다. 배움은 목적이 없어야 하고 가르침은 쓰임을 전제로 하지 않아야 네 것이 되는 것이다. 지금 말(言)을 가르치고 있는 것은 가르치는 자가 너를 말로 쓰기 위함이니 배운 말로 망할 것이다. 지금이라도 어서 배움의 옥(獄)에서 벗어나라."

도관에 쇳물을 녹이던 아비는 노하고 있었다. 붉은 숯덩이를 손에 든 채로 허허 웃고 있었다. 그러다가 아비는 뜨겁다고 울고 있었다. 월두는 아비의 울음을 본 적이 없다. 본적 없는 아비의 울음이 월두를 더 괴롭혔다. 그럼에도 다나카가 가르치는 일본말은 눈을 감아도 귓속에 들어와 박혔고 귀를 막아도 눈에 비쳤다. 눈 감고 귀를 막으면 가슴으로 울리면서 입을 열라고 재촉했다.

민가에서 집으로 드나드는 사람들의 쑥덕거리는 말을 토막토막 들어모은 얘기로 월두는 돌아가는 세상을 조금씩 알게 되었다. 소문들 중에는 남녘에 조병갑이라는 자가 농민들에게 군수 자리에서 쫓겨났더라는 이야기와 동학군이 삼례에 모여 봉기했다는 얘기가 귓가로 흐르다가, 전주성이 동학군 차지가 되었는데 전봉준과 홍계훈이 서로 싸우기를 마치고 썩어 문드러지는 정치를 개혁하기로 약속했다는 얘기가 들려올 무렵에 다나카는 일본군 장교복을 입은 채로 목멱산 밑 민가에 나타났다.

"월두. 오늘은 나와 함께 가자."

다나카는 옛날 지평 땅 곡수 빈집에서 함께 자던 나그네의 모습이 아니었다. 월두의 눈으로 보기에 그의 얼굴에는 평생 맑은 물만 마시고 살았을 것 같이 순수하고 깨끗한 위엄이 흘렀다. 따라나서지 않을 수가 없었다. 둘은 말을 타고 원 없이 달렸다.

"조선은 지금 망가지고 있다. 우리 군대가 너희나라 조선을 구하러 왔다. 너는 조선 사람이 아니냐. 네 나라를 구하기 위해선 너 같은 놈이 필요하다. 앞장서야 한다. 다 네 나라를 위하는 일이니 명심하라. 넌 누가 뭐래도 조선 무뢰배들의 꾐에 빠져서는 아니 된다. 동비들은 강릉 관아를 점거하고 세상을 뒤엎으려 하고 있다. 나라가 위험하면 청나라 되놈들이 몰려올 것이다. 우린 그걸 막아야 한다. 네 나라를 오백 년 무지에서 깨어나게 할 것이다. 모두가 배불리 잘 먹게 할 것이다."

다나카는 말을 타고 가는 내내 월두에게 자기네가 나라를 구원하는 화신임을 일깨워주었다.

"강원도에서 동비 떼가 강릉 관아를 쳐들어가 자기네들 천하를 만들겠다고 일을 벌였다. 양민의 양식과 재산을 털어가던 자들이 관아 창고를 털어 양민들에게 나누어주는 인심을 쓰는 게 우스운 꼴이 아니냐. 우리 군대가 양민의 재산을 털어가는 비적 토벌을 도울 것이다. 너는 이번에

통역을 맡아라."

월두는 어려서부터 나라가 무언지 모르고 어떤 것이 도(道)인지도 모르다가 글을 읽으면서 서서히 세상에 눈을 떴고 아비가 왜 그토록 배우지 못하게 말렸는지 야속한 생각만 들었다. 아비가 자기를 진즉에 맘먹고 가르쳤더라면 하는 생각에 휩싸인 채 강원도로 가는 행군 내내 마음이 걸렸다. 이게 나라를 위하는 일이라고 하니 나서 보자. 못된 비적들을 토벌하겠다고 험한 바다를 건너에서 왔다는데 얼마나 고마우냐. 월두는 배운 만치 생각이 늘어났다. 다나카가 행군을 재촉하는 발걸음 끝에는 동학군과의 싸움터가 가까워지고 있었다. 차기석의 동학군은 강릉에서 대관령을 넘고 계방산을 넘어 홍천 내면 쪽으로 들어오고 있다는 소문이 행군 진영으로 퍼졌다. 그 소식을 듣고 다나카 일행은 강릉으로 가려던 길을 바꿔 홍천으로 향했다.

용문산에서 호환을 당했다는 소문이 들렸다. 나물을 뜯는다고 산으로 갔던 서래 할미는 갈기갈기 찢겨 피 묻은 옷 조각과 나물 다래끼만 남겨 놓고 몸은 흔적 없이 사라졌다.

"그놈의 뱃속으로 들어간 게 틀림없어. 죽은 게 틀림없는데 시체를 찾을 수 없으니 뭘로 장사를 치루나? 앞으론 놈의 굴 앞에다 대고 제사를 지내야 할 판이야."

놈은 잊을 만하면 내려와서 사람을 해쳤다. 도제(김백선)가 몰이꾼들을 데리고 호환을 당했다는 연안막에 들어서자 사냥꾼으로 도제를 따라다니던 서래는 투덜거렸다.

"그게 아니오. 이놈들 수효가 늘어나서 먹이가 줄어드니까 사람을 해

치러 덤벼드는 거요."

몰이꾼 하나가 애써 변명하듯 서래를 위로했지만 들은 체 만 체하고 다래끼와 흩어져 있는 옷 조각만 주워 모았다.

"그놈의 똥을 찾아다 무덤을 만들 수도 없고 이거라도 갖다가 장례를 치러야지."

도제는 어깨에 멘 화승총을 내려놓고 허망하게 그를 바라보고 있었다. 사냥질 십 년에 사냥꾼이 호랑이 먹잇감을 죄다 잡아서 굶주린 호랑이가 사람 잡아먹는다는 얘기는 여기서 처음 듣는 게 아니었다. 배고픈 땅에서 그래도 기름진 먹을 것을 제일 구하기 쉬운 일이 사냥질이었다. 활과 총만 제대로 갖춘다면 하루 종일 산을 헤매서 사나흘 땟거리는 넉넉히 구했다. 고기를 잡아 뜯어먹은 몸은 나물 먹은 배보다 힘이 솟았다.

"다른 짓 다 그만두고 호랑이 사냥을 해야 해여. 그래야 사람도 다치지 않고 사냥감들도 남아나지. 놈이 사냥감을 죄다 먹어치우고 있어."

도제는 매대기친 풀숲을 살펴 놈이 갔을 만한 방향을 찾았다. 사람들은 봄마다 탐스런 취밭을 노렸고 놈은 취 뜯는 사람을 노렸던 것이다. 놈은 피 흐르는 입을 아들메기(큰기름새) 줄기에 씻어내고 곧장 능선으로 올라간 모양이다. 부른 배를 널찍한 바위에 깔고 멀찌감치 펼쳐진 사람들의 세상을 군침 삼키면서 느긋하게 내려다보고 있을 것이다.

도제는 함께 간 사냥꾼들을 손짓으로 불러 모았다.

"이 핏자국 봐. 놈은 능선 쪽으로 올라갔어. 호렵은 노루하곤 달라. 노루란 놈이야 우리가 쫓다가 놓쳐 포기하면 그만이지만 이놈은 외려 우릴 잡으려고 덤비기 땜에 끝장을 봐야 하는 놈이여. 호랑이 사냥이라는 것은 둘 중에 한쪽은 죽어야 끝장이 나는 싸움이라고. 각오 단단히 허고 침샘키는 소리도 조심해."

모두 도제의 뒤를 쫓아 손에 쥔 총을 다잡고 능선 쪽으로 발을 옮겼다. 능선을 오르면서 돌서덜이 밟히자 소리를 감출 수 없었다. 모두들 몸을 더듬어 창칼을 확인했다. 힘이 장사인 놈을 잡는 법은 먼저 봐서 단번에 쏘아 잡아야 한다. 첫발에 못 잡으면 목숨을 내놓고 손에 쥔 칼로 맞장을 떠야 한다.

꺾어진 풀냄새 사이로 피비린내가 확 풍겨왔다.

지평 땅 미지산 가섭봉에서 동쪽으로 흘러내린 산줄기, 싸리골 안막에서 피어오르던 한줄기 희뿌연 연기가 어젯밤을 끝으로 보이지 않았다. 어느 놈이 불구멍을 막은 걸까. 천탄은 장으로 가려고 등에 졌던 숯 짐을 다시 내려놓고 손날을 이마에 얹어 싸리재 능선을 휘둘러보았다. 혹 바람에 꺾였겠지 했지만 아무리 기다려도 연기는 다시 솟아오르지 않았다. 무슨 일이 생긴 걸까?

"연기가 죽었어."

제대로 숯을 구우려면 연기는 이틀 더 피어올라야 했다. 천탄은 모처럼 부숭부숭하게 차려입은 옥양목 솜저고리를 벗어 던지고 숯검정이 된 누비바지 저고리에 부랴부랴 팔다리를 꿰어 넣었다. 눈치 빠른 아내는 부엌에 들어가서 소금에 절여둔 배추와 기둥에 새끼로 묶어 아껴두었던 돼지비계 한 덩이와 보리쌀 한 됫박으로 보자기를 쌌다.

허둥지둥 아내가 챙겨준 짐을 지게에 얹어 지고 산길 쪽으로 가는 사내의 뒤 꼭지가 예전 같지 않게 많이 굽어 있었다. 아내는 부른 배를 만지작거리면서 아무 일이 없기를 바랐다. 시집 올 때만 해도 꼿꼿하던 사내였다. 농사일을 내팽개치고 산으로 들어갔던 사내는 집으로 내려올 때마가 캑캑거리며 뱃속에 가득한 욕설을 세상에 쏟아내듯 검은 숯가루 섞인 가래를 뱉어냈다.

하루 이틀을 오른 곳이 아닌데 숯막에 오를 때마다 숨은 더 가빠졌다. 그대로 피어올라야 할 연기가 끊어졌기 때문에 마음이 급해서였을 것이다. 며칠을 더 타야 할 가마에 숨통이 끊어지면 숯은 모두 죽고 만다. 살아 있는 숯을 만들어야지 죽은 숯은 장마당에 나가면 시체 값어치만도 못하다.

그렇지 않아도 천탄이 떠남을 예정하기 시작했을 때에 막쇠의 눈치는 이상한 게 한두 가지가 아니었다. 슬금슬금 재물을 탐하고 있었다. 머잖아 자기가 가마에 주인이 되니까 제멋대로 하는 게 눈에 보였다.

가마에 다다랐을 때에 가쁜 숨은 내장까지 들어가 훑어 오르지 못하고 목줄에서만 깔짝이다가 헉헉하고 토해냈다. 막쇠는 땀을 줄줄 흘리며 숯막 앞에 잔뜩 쌓아놓은 흑탄에 껍질을 정신 모르게 벗겨내고 있었다. 낫으로 숯등걸을 긁어낼 때마다 검은 숯가루가 휘날려서 막쇠의 얼굴은 붉은 눈과 입만 빼놓고 검둥이가 되어 있었다. 천탄을 보자 누런 이빨로 반가워하다가 이내 저지른 일 때문에 얼굴이 굳어졌다.

"불구멍을 왜 막았어!"

그러려는 것이 아니었는데 차오르는 숨을 돌릴 틈도 없이 천탄은 막쇠에게 호통을 쳤다.

"형님! 오늘 양근장을 안 보고 여긴 왜 또 올라왔소."

"연기가 죽었잖아. 지금."

맘먹고 단단히 야단을 치려고 작정하고 왔는데 말해놓고 보니 검은 숯가루 쓰고 덜 탄 숯 껍데기를 벗기는 막쇠의 얼굴 모습에 터져 나오려는 웃음을 참고 천탄은 고개를 돌렸다.

"이젠 좀 못 본 척하고 그냥 가소, 형님."

막쇠가 손을 놓고 정색을 하며 천탄에게 대꾸했다.

"숯을 설구우면 나무도 아니고 숯도 아니고 불을 피워도 연기만 나고 불기운도 시원찮고 대장간밖에 더 팔려갈 데가 없게 되는 벱이여."

천탄은 삽을 들고 가마 앞으로 다가가서 밑바닥에 바람구멍 막았던 흙을 퍼내려 하자 막쇠가 달려들어 삽을 빼앗았다. 못 당해낼 젊은 힘이었다.

"언제까지 기와집 부엌에 고기 굽는 숯이나 대 줄 거요."

"아녀. 숯은 익어야 해여. 숯이 익질 못하면 다시 살아나지 못해. 설구운 숯은 아무도 안 받아."

삽은 아직도 막쇠의 손에 있었다. 천탄은 숯가마 언저리에 군데군데 막아놓은 연기구멍에 흙을 걷어냈다. 그러나 한동안을 기다려도 연기는 다시 살아나지 않았다.

"완전히 죽었군." 천탄의 목소리는 사람이 죽기라도 한 것처럼 무거웠다.

"다 태워버리고 알맹이만 남기면 뭘 팔아 밥 먹어요."

"이거나 궈서 목구멍에 숯가루나 벗겨내."

가져온 돼지비계 덩어리를 내밀며 천탄은 그 자리에 주저앉았다.

가마에 불이 죽기를 기다려 숯을 꺼내내는 내내 막쇠는 천탄의 백탄만 구워내는 고집이 불만이었다. 검탄에 비해 백탄은 불로 다 사위어 버리고 반도 더 줄어들었다. 하지만 연기가 자욱하게 오르는 검탄은 막숯으로 나가 대장간 쇠달구는 일에나 썼지 곱다랗게 풍로에 들어가서 때깔 좋은 쌀밥을 끓이고 양반집 부엌 뒤꼍에서 고기산적을 굽는 데는 어림도 없었다.

숯은 용문산 싸리재에서 온 천탄네 숯이 최고여.

양근장, 지평장에 나와 기웃거리는 아낙들의 눈길에는 천탄이 가져온 백탄을 제일로 쳤고 한양으로 다니는 장사꾼들도 천탄의 떡갈나무 백탄만 찾았다. 천탄은 아직도 그걸 눈앞에 그리고 있었다. 그러나 그 일도 이제는 훼방꾼들이 너무 많아 저물녘을 맞아가고 있었다. 막쇠는 차라리 막숯으로 대장간 숯이나 대자고 했고 천탄은 끝까지 곱게 사윈 백탄을 고집했다.

매캐한 숯내가 남아있는 가마에는 도끼로 내리쳐야 부서지는 덜 사윈 나무 등걸이 그대로 나왔다. 이번 가마는 막쇠의 욕심으로 허탕을 친 것이다.

"떡갈나무가 베임을 당해 죽어서 숯불로 되살아나려면 속에 든 연기를 쏙 빼내야 하는 거여. 이러려면 참나무 장작을 때고 말지."

천탄네 숯가마에 떡갈나무 백탄은 불이 한번 붙으면 연기 한줄기 없이 빨갛게 피어올라 다 사위도록 깨끗한 열만 오르다가 하얀 재로 사위어가는 백탄이었다. 천탄은 막쇠에게 처음부터 가르치듯 떡갈나무 숯목을 가마에 차곡차곡 다시 재웠다. 이번을 끝으로 가마를 막쇠에게 내놓고 뜰 참이었는데 막쇠의 욕심이 그새에 숯을 망친 것이다.

백탄은 가마에 불을 넣고 엿새를 꼬박 태워야 했다. 진흙을 질축하게 개어 바른 불문을 부셔내고 차곡차곡 세워두었던 숯나무 등걸이 빨갛게 폭삭 주저앉아서 이글거릴 때에 시뻘건 불덩어리를 조심스럽게 자루 긴 삽으로 퍼내면 숯쟁이 천탄의 얼굴에는 땀이 비 오듯 흘렀다. 땀이 마를 때쯤 붉은 불덩이는 세상을 만나 불기를 잃고 식어가면서 하얀 재로 껍질을 뒤집어쓴 백탄이 되었다. 꼬박 엿새 동안 몸을 태우고 태어나는 백탄의 모습은 세상에서 뒤집어썼던 더러움을 모두 태워내고 나온 정결(淨潔)이였다. 불덩이는 모인 채로 두면 그대로 사위어 재가 되어버릴 것이다. 마저 사위지 못한 정결이 아직 뜨거운 온기와 함께 남아 백탄이 되는 것이다.

백탄이 식기까지 한참을 기다려 천탄은 조심스럽게 억새로 엮은 숯섬에 넣어 한 포씩 묶어냈다. 한 포씩 쌓일 때마다 볏섬이 쌓이듯 숯쟁이들의 마음은 뿌듯했다. 천탄은 기어이 한 가마를 더 재워 엿새를 지켜가며 백탄을 뽑아냈다. 그러나 천탄에게는 이번이 마지막 가마였다.

천탄은 백탄 작석을 마치고 물골에서 버드나무를 베어다가 따로 재워 구워낸 필탄(筆炭)을 조심스럽게 챙겨서 짐을 쌌다. 이거라면 붓이 없어도 글을 쓸 수 있을 것이다. 막쇠가 그러는 천탄을 보며 서운한 듯 거들었다.

"형님. 꼭 이렇게 가야 되오."

"음. 길을 가다가 잘못 든 줄 알았으면 지금이라도 되짚어 돌아가야지. 우린 그동안 숯가마 밑에서 하늘을 잊고 살았어. 우리가 하늘을 잊고 살았다고 하늘이 없어지지 않아. 이렇게 나와 보니 하늘이 보이지 않냐?"

"없어요, 하늘은. 하늘이 있다면 우릴 이렇게 내버려두진 않았을 거요."

"그러냐? 기다려라. 내가 얼마 안 있어 널 데리러 올지도 모르겠다."

"그럴 일은 없을 거요, 형님이 포기하고 다시 돌아온다면 모를까."

"부탁이 있다. 내가 떠나면 내 집은 빈집이 될 것이다. 네가 쓸 만한 걸 모두 거두고 이걸로 불을 질러라. 재 한 줌 남지 않도록 살던 흔적을 모두 없애란 말이다." 천탄은 막쇠에게 부싯돌을 건네주었다.

"집을 태우라고요? 형수는 어쩌고요?"

"떠날 것이다. 그러니 더 필요가 없다."

천탄이 산을 막 내려오려는데 가마 위쪽에서 귀에 익은 목소리가 들렸다.

"이게 누구여. 천탄이 아녀? 사냥질 손 놓고 숯쟁이 하니깐 맘이 편혀?"

도제였다. 그 뒤로 누런 털에 검은 줄기가 난 호랑이 한 놈의 다리를 묶어 목도로 두 사람이 둘러메고 오는 게 보였다. 천탄이 놀란 것은 우연찮게 만난 도제보다 뒤에 메고 오는 호랑이였다.

"아니 이 사람 도제 아닌가. 호랑일 잡았구먼. 해코지 당하면 어쩔려구."

"포군이 도적질하는 놈들만 잡는 게 아니고 사람 목숨 노리는 이놈까지 잡아야 하니, 옛날에 하던 사냥질을 다시 시작하든지 해야지."

도제 일행은 가마 앞에 메었던 호랑이를 내려놓고 둘러앉아 쉬었다.

"그래. 아직도 우리 포군에 들어올 생각이 없어? 천탄이 자네가 꼭 들어와 줘야 하는데."

천탄은 고개를 흔들었다. 도제와 사냥을 다니다가 숯쟁이로 나섰으니 벌써 꽤 오랜 세월이 흘렀다. 도제는 호탕함과 그 패기가 변함이 없었다. 포군이 된다는 것은 관에 든다는 것인데 아비의 가르침으로는 절대로 못할 짓이었다.

"자넨 집돼지 사냥을 해왔구먼. 하하하하. 우리가 사냥한 고기도 맛 좀 보게."

함께 온 사냥꾼 하나가 토끼 껍질을 벗겨 불 위에 얹었다.

가마 앞에 피어오르는 숯불에서 지글거리는 돼지비계를 보고 도제는 산이 울리도록 웃어 젖혔다.

"이놈의 짝이 또 있을지도 모르니 조심하게."

도제는 둘러멘 호랑이를 뒤로하고 천탄의 손을 아프도록 움켜쥐다가 놓고 산을 내려갔다. 천탄은 그 뒤로 해 저물녘이 되어서야 숯막 일을 모두 막쇠에게 맡기고 백탄 한 포를 등에 진 채로 하서(下西)*에 있는 집으로 내려왔다.

눈치가 빤한 아내는 숯검정으로 범벅이 된 남편이 돌아오자 몸을 씻기 위하여 가마솥에 물을 끓였다. 몸을 씻는 것은 천탄이 글을 읽기 위한 준비였다. 검정이 덕지덕지 묻은 몸으로 경전을 대할 수는 없었다. 천탄은 아내가 차려준 늦은 저녁을 마치고 우리글로 쓴 경전을 더듬더듬 읽다가 그대로 잠이 들었다. 잠결에 부스스 깨어보니 어느새 이불이 덮여져 있었다. 등잔불 밑에서 실눈을 뜨고 보니 아내는 해어진 버선을 꿰매고 있었다. 풀을 먹여 다림질한 이불은 봄바람을 맞아 푸석한 사내들의 얼굴처럼 겉감이 뻣뻣하고 어석어석했다. 이불 홑청 머리는 빨간 물들인 광목이었고 다리 덮는 쪽은 검은 먹물을 들였다.

굶기를 겨우 면한 정도의 여염집에서 덮는 흔하디흔한 이불이었다. 그나마 속은 목화솜 중에서도 포근한 햇솜을 가득 넣었기에 아직 숨죽어 잠들지 않고 살아있어 넉넉한 안락을 느낄 수 있었다. 그러함에도 깊은 잠이 들기 전에는 웃풍 도는 찬 바람이 속으로 그냥 스며들어서 이불 속에서는 서로의 체온으로 따스함을 열심히 비벼내야 겨우 온기를 느낄 수 있었다. 말하면 무엇하랴? 밖엔 불던 바람까지 불러 세워 꽁꽁 얼려놓고 마는 얼음 추위인 것을. 이럴 때에는 나이가 들었거나 말았거나 굳은살이 박여서 까슬까슬한 속살이 서로 비벼져도 그나마 남아있는 서로의 따

*지금의 경기도 양평군 용문면 중원리쯤 되는 곳.

스함을 잃지 않기 위해서 어쩔 수 없이 참고 견뎌야 하는 밤일 수밖에 없었다. 초저녁 단잠을 깨었으니 더 잠이 올 리 없이 맑아졌다.

천탄은 어두운 방 안에서 눈을 뜨고 천정을 바라보면서 그걸 하늘이라 생각하고 노래를 지어 부르고 있었다. 그 노래를 듣는 아내 또한 방 안이 아무리 따스하다고 해도 내일 먼 길을 떠날 사내를 옆에 두고 앞으로 며칠이 걸릴지 모르는 가슴이 시려 오는 밤을 지낼 날을 생각하면 잠이 올 리가 없었다.

하늘은 땅 위에 없어
네가 손짓하던 곳은 거길 뿐
거길 하늘이라 불러도 대답 없어
땅은 하늘을 드높이 사모해도
영원히 안겨 볼 수 없는 그리움
하늘도 땅을 품으련만 품을 몸 없어
서로를 바라보며 아득히 흘려보낸 세월
땅은 하늘이 내려앉길 바라고
하늘은 땅이 떠오르길 기다려
하늘을 땅이라 하고
땅을 하늘이라 할 날이 오면
서로는 두 손 떠받친 서로의 하늘이 되어
평생 당신 얼굴만 바라보리라.

하늘이라는 곳에 도대체 무엇이 있기에 사내는 밤낮 하늘, 하늘 그러는 것인지. 아내는 다 듣고 있지만 잠자는 듯 대꾸가 없다. 천탄이 홀로 중얼거리는 소리니 대꾸할 일도 없지만 이쯤 중얼거렸으면 '어서 잠이나 자라' 고 핀잔 한 번 할 만한데 아내는 그대로 이불 속에 들어와 혼자서 한밤중인 척 했다. 며칠 전에 눈물을 펑펑 쏟던 아내를 겨우 달래 놨으니 무슨 소리를 지껄인다고 해도 참아야 하는 천탄이었다.

세상살이 한번 달라져 보겠다고, 세상을 바꾸는 큰일을 한 번 해보겠다고 저녁상에서 운을 떼었다가 아내는 금방 울상이 되어 왜 그걸 당신이 해야 하느냐며 저녁 숟가락을 아예 놔버렸다. 소금물에 배추절임 몇 조각 띄어 놓은 것 같은 시큼한 김칫국이니 말아서 몇 숟갈 뜬 다음에 울든지 불든지 해도 좋으련만 하루 종일 살이 익을 만큼 뜨거운 가마 안에 숯을 꺼내며 땀을 흘려내고 왔을 고단한 몸일 터인데도 노부모나 자식도 없이 단둘이서 먹는 밥상에 숟가락을 내동댕이치듯이 내려놓았으니 엔간치 않게 서운했던 모양이었다. 천탄은 그게 마음에 걸렸다. 아내는 나이를 먹으나 안 먹으나 좁아터진 소갈딱지 때문에 사내의 마음을 그렇게 힘들게 했었다.

"여보, 자우?"

묵묵히 남은 밥을 다 먹고 상을 치울 때까지 쓰다 달다 말 한 마디 안 하고 있다가 천탄이 잠이 들자 이불을 덮어주고 그 속으로 슬며시 스며든 아내였다. 눈만 감고서 밤새도록 기와집을 열두 채는 더 지어야 할 시월상달 긴긴 밤이 아직도 꽤 많이 남아있는데 여태껏 정신은 말똥말똥하니 큰일이었다. 그렇다고 일어나서 등잔불을 켜고 사내의 누비바지 저고리에 동정이나 옷고름을 달 것인가. 나뭇가지에 찢겨나간 솜바지나 꿰맬 것인가. 사내는 떠난다고 했으니 한 달이든 세 순(旬)이든 날을 잡아 떠날 것이다. 날은 그렇게 잡았지만 칼바람 부는 동지섣달까지 갈지도 모를 일이었다.

아내는 남편의 손을 끌어다가 배에 얹었다. 꿈틀거리는 아이를 봐서라도 길 떠나는 사내를 잡아두려는 생각이었다. 어렵게 포태한 아이니 사내도 귀히 생각을 했으나 아이를 기르고 낳는 것은 아내의 몫이었다. 천탄은 아내가 제 배로 끌어간 손끝에서 꾸물거리는 움직임을 느꼈다.

잘 자라라. 숯쟁이 애비는 너에게 보여주지 않으리라.

천탄은 슬며시 손을 빼서 아내를 도닥였다.

차갑기만 하던 이불이 방바닥 구들장의 열기를 받아 서서히 덥혀지기 시작했고 아내도 슬금슬금 얼었던 몸이 풀리기 시작했다. 숯을 굽는 일이 뜨거운 가마 안에 들어가서 하루 종일 옷을 짜내면 오줌동이로 하나 가득 받아낼 만치 땀을 흘려야 하는 일이니 천탄은 낮에 땀을 흘릴 대로 원 없이 흘렸다. 그러기 때문에 천탄은 방이 아내의 열기로 아무리 더워진다고 해도 더 이상 흘려낼 땀이 없을 것 같았다. 사람은 몸속에 있는 땀을 내쏟아서 힘으로 쓰는 것인데 하루 종일 땀을 몽땅 쏟아 냈으니 구들장을 지고 잠드는 일밖에 없는 것이다. 오십 줄에 가까운 중늙은 나이가 천탄에겐 그나마 다행이었다.

아내는 사내가 약속한 게 이러한 밤에 다소곳이 몸에 손을 얹어 안아주지 못해서가 아니고 뱃속에 늦게나마 애기가 들어섰는데도 대문 밖에만 나서면 집안일이란 싹 잊어버리고, 아내의 생각이라고는 눈곱딱지 만치도 안 하는 서운함 때문이었다. 애기가 들어서고 나서부터 사내는 아내의 몸을 매우 어려워했다. 얼마나 소중하고 귀한 아기인가.

"여보 벌써 잠들었우?"

아내는 궁박한 살림에도, 나이 오십이 가까워 오면서도 여전히 소녀였다. 냉이보다는 냉이꽃을 좋아했고 살구나무에는 살구가 열리든 말든지 눈이 내릴 때까지 만발한 꽃이 그대로 붙어 있기를 은근히 바라는 여인네였다. 여름날 밭에 풀을 뽑다가 사내가 감자꽃이라도 따내면 팩 토라졌고 꽃이라면 무슨 꽃이든지 사족을 못 쓰고 달려들어 냄새 맡고 따보고 꺾어보고 살펴보고 하는 통에 김을 매야 할 긴 이랑은 한 이랑을 못가서 해를 넘기기 일쑤였다. 그런 아내였기에 밤에는 잠보다 생각이 더 많았다.

옆에서 슬그머니 돌아눕는 아내의 입안에 가득히 하품을 머금는 기척이 들렸다. 그러니 여태껏 안 자고 있었던 거였다. 숯을 굽던 사내가 총을 갖고 사냥질을 핑계 삼아 먼 길을 떠나겠다니 더욱 수상하다. 보나마나 사냥에 정신이 팔려서 아내가 집에서 밥을 먹고 사는지 잠은 자고 사는지 추운 방에 불은 때고 사는지 고뿔은 걸리지 않았는지 방문 밖에서 말하는 수호랑이가 침을 흘리며 어른거리다 가지는 않는지, 도무지 궁금하지가 않은 모양이다. 그 모든 것이 궁금하다면 한 달을 작정하고 떠난 길을 하루라도 접고 스무아흐레 만에 돌아올 법도 한데 기약한 날짜보다 늦으면 늦었지 하루라도 빨리 돌아와 본 적은 없었다.

"방이 추워서 잠이 안 오는감?"

"내 맴이 춥소. 시방."

"방은 뜨뜻한데 맴이 왜 춥남?"

"서방이 먼 길 떠난다는데 왜 안 춥겠소? 심란해서 그러오."

"그 춘 맴을 뜨뜻한 방바닥에 뎁히오."

아내의 집게손이 사내의 팔뚝살을 꼬집어서 홱 비틀었다. 이제 무슨 투정을 하고 수작을 할 나이는 지났는데도 말이다. 젊어서부터 버릇처럼 그래 왔으니 이제 고깝던 마음이 정으로 들어 있을 법도 한데 이번 떠나는 길에는 더 보채며 치근거린다. 그렇다고 밤을 어쩌자는 것도 아니고 그냥 불안한 마음 가라앉혀나 주게 잠이 안 오는 대로 얘기라도 자분자분 나누면 좋으련만, 십여 년 넘게 그래 왔으면서 서로의 속을 다 알고 있겠건만, 시침 뚝딱 떼 놓고서 서로 자는 척을 하고 있으니 야속한 생각에 잠든 척하다가도 확 불이 나고 만 것이다.

이번에는 누구하고 어디로 가는지, 날은 며칠이나 잡았는지, 쌀독에 쌀은 며칠 치나 남았는지, 싸리골 숯막으로 퍼 올리던 김칫독은 텅텅 비지나 않았는지, 이것저것 챙겨봐야 할 것인데 날이 어두워서 들어오는 탓도 있었겠지만 해도 너무한다 싶은 것이 아내의 삐친 마음이었다. 그렇다고 떠나는 곳마다 얼굴 예쁜 '새악시'를 감춰두고 다니는 게 아니라는 것은 사내의 그동안 살아온 바르고 반듯한 성정으로 봐서 너무도 빤히 잘 알고 있는 터였다. 그것은 단지 사내의 심성대로 성긴 체를 치듯이 자상함은 숭숭 흘려버리고 마는 건건(乾乾)함 때문이었다.

날이 밝기까지도 사내는 떠나는 곳에 대하여 이렇다 저렇다 할 단서를 드러내지 않고 아침상을 받았다. 여느 집안 같으면 이럴 때에 너더댓 살 먹은 늦둥이가 제 애비의 밥숟가락 쥔 팔을 붙들고 옹알옹알 거리며 이것저것 물어봐 주어야 하는데 다 늦어서 포태한 아내를 알아주지 않으니 그 속마음이 오죽이나 서운하겠는가. 하지만 아침에 아내의 태(態)는 어젯밤보다 훨씬 다소곳해졌다.

된장에다 고추장을 섞어 풀고 염장해두었던 도야지 살을 녹여 썰고 나탈한 모두부를 두껍게 저며 넣어 구수하게 두부장국을 끓였다. 궁박한 살림에 모처럼 풍요였다. 끓이면서 '돌아다니다가 요 손맛이 그리워서라도 불현듯 돌아오련만' 하다가 이내 마음을 포기했다. 어젯밤 밤새도록 흘겨 뜬은 눈으로 보낼 수는 없었다. 이것저것 넣어서 봇짐을 싸는 모습이 예전 같지 않았기 때문이다. 어른의 팔뚝 하나 들어갈 만큼 길고 좁다란 자루에 미숫가루를 꼭꼭 채워 담고 추녀 밑에 걸어 겨울바람에 얼며, 짧은 햇살에 녹으며 말린 도야지 육포를 몇 움큼 삼베 보자기에 둘둘 말아서 넣었다. 그렇다고 해서 혼자만 챙겨 먹을 것이 아닐 테지만. 사내는 닥지(紙)에 기름 먹인 서책 한 권을 봇짐에 둘둘 말아 넣었다. 모두 한문이 아니고 세종임금 적에 만들었다는 훈민정음으로 쓴 언해본 우리글이니 아내도 조금만 터득을 했다면 읽을 텐데 아직 무슨 글인지 모른다. 그게 오히려 가는 곳이 어딘지를 드러내지 않아 다행이었다. 눈치가 조금만 빨라도 이번에는 사내가 가는 곳이 사냥터가 아니라는 것쯤은 알았을 것이다.

사내는 지난해 봄에 동학에 입도하고 나서 어딘가에 다녀오더니 사람이 부쩍 달라졌다. 글이라면 숯보다 더한 까막눈이던 사내가 '가갸거겨'에 '고교구규'를 하얗게 깨우쳐서 읽었다. 곡조에 맞추어 무슨 창가(唱歌)도 불렀다. 쓰기 쉬운 한문 글자도 벌써 여러 자를 익혔다. 버드나무 숯을 구워서 붓을 삼아 편편한 돌바닥에 검은 가루 날리며 글자도 써보았다. 늦어서야 몰래 배운 글 도둑이 밤새는 줄 모르게 읽고 썼다. 글을 읽다가 보니 사람은 각자 태어난 대로 타고난 목숨대로 꼭 그렇게만 살아가야 하는 것이 아니었다.

몸은 어미의 뱃속에서 나왔지만 목숨은 숨을 쉬기 시작하면서 하늘이 준 것이었다. 그런데 이 세상에 귀하고 귀한 집들과 재산 많은 부자들은 아예 하늘을 지어미 뱃속에 넣어두었다가 몸과 목숨을 함께 세상에 태어나게 했다. 그러니 그들은 저 높이 있는 하늘에서 준 목숨과는 다른 가문의 의지대로 평생을 살아갔다. 사내가 죽었다 깨어나도 다시 살 수 없는 값나가는 목숨들을 그들은 살고 있는 것이다. 그들은 사내가 구워내는 숯검정조차도 손에 묻히지 않고 숯에서 피워나는 따뜻한 열기만 발려내서 쬐면서 살아갔다.

바로 이거였다. 그가 보던 책에 쓰여 있는 대로라면 사내가 굽는 숯 값과 그들이 고상하게 읽고 있는 글 값은 같아야 했다. 글은 시원하고 따뜻한 방 안에서 편하게 읽고 익힐 수 있으니 그 값이 헐할 만도 한데, 하루 종일 몸에 물을 쥐어짜듯 진을 빼고는 땀을 흘려 만들어내는 숯 값은 그에 반절도 미치지 못했다. 글 값에 비하면 숯 값은 거저였다. 그 연유를 따져 보자면 숯을 만든 자들의 숯 값은 글을 읽는 자들이 사주지 않으면 팔아먹지 못했지만 글 값은 글을 아는 양반들이 값을 받고 가르쳐 주지 않으면 결코 살 수조차 없는 바꿈의 불균형성 때문이었다. 숯은 사는 사람은 따로 있으니 그게 바로 글 읽는 사람이었고 숯쟁이는 만든 숯을 꼭 팔아야 하니 글 읽는 사람의 얼굴만 쳐다보고 처분만 바랄 수밖에 없는 약자여야 했다.

글 값과 숯 값이 서로 같아야 하는 게 천탄이 보는 세상에 이치였지만 글은 모두 읽고 싶어 하는 것이기 때문에 갖고 있는 사람이 팔지 않으면 그만이니 글 값은 그쪽에서 정할 수밖에 없는 것이다. 그래서 사내는 숯 한 포에 글 대여섯 자를 배우듯이 황공무지(惶恐無地)로 머리 조아려 가며 비싼 값을 치러야 했다. 억울할 정도로 비싼 글 값을 내고 배워낸 글 덕에 사내는 숨구멍을 막아 놓은 숯가마 속처럼 깜깜하던 세상눈이 요 몇 달 사이에 확 트여 버렸다. 세상 돌아가는 이치가 새록새록 읽혀지기 시작했던 것이다.

그동안 숯을 팔러 돌아다닌 세상이 모두 헛것이었다. 안 보이던 것들이 보이기 시작했고 등불 없이도 눈앞에 새로운 세상이 환하게 트였다. 지금까지 숯을 굽기 위하여 살았는데 이제부터는 숯을 더 구어내지 않기 위하여 살고 있었다. 곱게 체로 쳐서 반죽하여 숯가마에 넣고 애벌구운 황토판에 버드나무를 구워 숯을 만든 필대로 물 없이도 그 비싼 글을 마음껏 쓰고 마른걸레로 지웠다.

천탄은 아내가 끓여 준 국물에 보리밥을 말아 후루룩 마시듯 속을 채웠다. 얼굴 표정이나 행동은 느긋한 듯했지만 엊그제 산으로 찾아온 사람의 다급한 모습을 생각한다면 그 즉시라도 서둘러 가야 했을 터였다. 내일부터 감역(監役) 맹영재가 포군들을 데리고 지평에 온 산을 이 잡듯 샅샅이 뒤지고 다닐 거라는 소문이 숯막마다 휘돌았다. 그들의 말로는 이런 숯막 하나쯤은 동비들이 발붙이지 못하게 가죽신발로 사정없이 짓밟아서 단박에 아장을 내버릴 것이고 숯막 안에 글을 쓴 종이때기가 한 쪽이라도 보일라치면 숯막 식구들을 그대로 끌고 가서 석 달 열흘 가둬두고 너희 패들에게 이 글을 가르쳐준 자가 어디에 있는지 대라, 대지 않으면 죽음과 바꿀 만큼 그게 그렇게 값진 거냐며 그럼 소원대로 바꾸게 해주겠노라고 으름장을 놓으면서 족쳐댈 것이다.

그러니 아내는 숯 일만 알던 사내가 글인지 뭔지 배운다고 하면서부터 오랫동안 멀리 떠나는 일이 부쩍 잦아졌고 밥 먹다 말고 세상일에 참견하지를 않나, 잠자다가도 못된 벼슬아치들 욕하는 소리가 입에서 터져 나오니 더욱 불안했던 것이다. 그냥 숯이나 굽고 살면 그나마 밥술은 안 굶고 살 만한데 그놈에 글이란 것은 뭣 하러 배워가지고 또 신세 달달 볶

이는 생활을 해야 하느냐며 속으로만 안달복달할 뿐이지 새벽에 길을 떠나는 사내에게 바가지를 북북 긁어댈 일은 아니었었다. 아무리 철없어 보이는 아내라도 그쯤은 다 아는 것이다.

여인네 팔자는 얼굴로 간다고 했는데 딱히 빼어나지도 않고 그렇다고 뒤웅박형도 아니고 그저 수수하게 정 나누고 살기에 사내로서는 과분하다 싶었지만 이번에 떠나는 길은 아무래도 아내 얼굴 다시 못 볼지도 모른다는 방정맞은 생각이 앞서니 그 생각을 쫓아버리려고 눈앞에다 훠이 훠이 헛손질을 했다. 짐을 싸고 나서 옷을 입다 말고 그렇게 손짓을 움직거리는 사내의 속을 아내가 알 리 없었다.

사내는 텅텅거리는 쇳소리가 나도록 잘 구운 백탄을 포대에 한 도막 한 도막씩 깨어지지 않도록 조심스럽게 쟁여 넣고 꼭 백탄 두 동강이 들어갈 자리를 남겼다. 그 빈 곳으로 검은 주머니에 싼 물건을 조심스럽게 끼워 넣었다. 그 한쪽으로 여러 겹 누벼서 만든 검은 주머니를 넣고 포대의 주둥이 오므리는 줄을 당겨 마구리를 지었다. 검은 주머니 안에 든 것은 화승총이었다. 이렇게 넣고 등짐으로 지면 아무리 도적이라도 숯을 재산된다고 빼앗을 리 없으니 홍천으로 가는 신당고개와 며느리고개쯤은 무사히 넘을 수 있을 것이다. 홍천에서 화양강을 따라 인제 방향으로 가다가 구성포 주막거리에서 먼저 오는 대로 막걸리 한 사발쯤 받아서 찔끔찔끔 마시며 기다릴 것이다. 이제 지평 땅에서는 맹영재의 날고뛰며 사람 닦달하는 재주 때문에 동학도들이 들통날까봐 더 이상 머물러 있을 수가 없었다.

지평에 있던 삼십여 동도들이 흩어졌다가 홍천으로 다시 모여서 이풍구(李豐求)를 만나기로 했다. 이풍구는 양근과 지평에 동학도를 끌어들이고 있었고 그 끈은 서석 출신 접주 차기석(車奇錫)과 맞닿아 있었다. 조정에서 어윤중이가 대대적인 토벌령을 내렸다지만 홍천 내촌에 사는 차기석이 일찍이 동학에 눈을 떠서 깊은 산골에 자리를 잡았던 터라 더 번성하고 있었다.

아내는 당분간 집 안에 쓸 만한 짐을 챙겨 친정인 상동에 있는 섬실로 보내기로 했으니 그렇게 하는 것이 아내의 몸을 온전하게 보존하기 위한 방법이었다. 나중에라도 천탄이 이풍구와 한 패거리가 되어 동학도로 나갔다는 걸 알게 되면 아내가 그 집 자리에서 배겨나긴 틀려버린 일이기 때문이었다.

늦장가를 들기 전 천탄에게는 본래 아이가 하나 있었다. 그 애는 일곱 살이 되자 글방을 사나흘 기웃거리더니 명심보감에 근학편(勤學篇)을 줄줄이 외워댔다. 천탄은 그 아이가 할아비처럼 될까봐 그 영악이 겁나서 다시는 글방 근처로 보내지 않았고 밖으로 휘돌아치지 못하도록 잔심부름을 일부러 만들어 시켰다.

"글을 배우지 마라. 글은 독이다."

그때까지만 해도 그랬다.

그러나 아내는 글방에라도 기웃거리면 거기서 어른을 대하는 예의범절을 배우고 양반 댁처럼 대우받지는 못하더라도, 상것이라고 내리깔아 보는 비하를 면할 것이고 까막눈의 답답함은 조금 벗어날 수 있을 것이 아니겠느냐 하는 생각에 티격태격 다투었었다.

그런 아이가 나이 몇 살을 더 먹더니 때까치가 날갯짓을 배워 집을 쳐 나가듯이 사라져버린 것이다. 아내는 아이가 집을 나간 것이 그의 배움

길을 막았기 때문이라고 했고 천탄은 어디로 가서 살든지 사는 것은 타고난 제 팔자소관이라고 둘러댔다. 하지만 영악한 아이는 천탄의 아내가 포태한 것을 눈치채고 자신이 더 이상 이 집에 머물러 살 곳이 아니라는 것을 알고 나갔을 것이라고 달리 생각했지만 그 일로 상처 만들지 않기 위해 서로 내놓고 말은 못했다.

그 아이에게 가르쳐 준 것은 용문산에 사냥질뿐이었다. 천탄이 성(姓)이 없다는 것은 아비가 없다는 얘긴데 아비 없이 세상에 나올 수 없으니 아예 없는 것이 아니고 스스로 성을 버렸다는 것이다.

길을 떠나면서 아내를 섬실 쪽으로 보내는 뜻은 굳이 친정 근처로 보내고 싶어서가 아니라 자신이 없는 사이에 관군이든 왜적패든 와서 보면 아직 반반한 얼굴을 집적거릴 것이 뻔하고, 그러면 배운 것은 없어도 지조(志操) 하나는 굳은 아내가 손찌검만 당한다 해도 혀를 깨물게 될 것이라는 빤한 염려 때문이었다.

"한 달 기한을 잡고 이천 장이나 여주 장과 장호원으로 돌아서 다녀올 터이니 친정 다녀오는 셈 치고 당분간 섬실에 가서 지내고 있두룩 혀. 일이 일찍 끝나면 내 그리로 데리러 갈 테지만 혹여 늦더라도 뱃속에 아이 간수 잘하고 지내두룩 혀."

떠나면서 사내는 상동으로 아내를 데리러 가겠다고 단단히 일러두었다. 자신이 가는 일정을 자세하게 말해주었다가는 그 걱정에 밥을 제대로 못 먹을 것 같아서였다.

집을 불사르라고 막쇠에게 일러 놨으니 아내는 친정에서 돌아왔다가 집이 잿더미만 남은 것을 알면 당장은 땅을 치고 통곡할지언정 헛걸음을 하더라도 목숨은 부지하여 그대로 돌아갈 것이고 친정 근처는 그래도 피붙이들이 함께 있으니 험한 꼴은 안 당할 것이라는 사내의 내밀한 계산이 있었다. 불을 질러본댔자 탈 것은 사십여 년 넘게 살아온 지붕의 썩은 쇠 몇 동과 부엌살림인데 값나갈 것 없으니 그냥 버린다고 해도 아까울 것은 없었다. 아니 아내보다 더 값어치 나가는 것이 집 안을 넘어 세상천지를 휘둘러 봐도 뭐가 있겠는가. 아내의 몸만 태우지 않으면 되는 것이지. 그런 속을 모르는 아내는 숯 짐을 지고 나서는 사내의 등 뒤를 보며 어젯밤 말없이 철없는 앙탈을 부린 것을 후회했다.

"부디 조심해서 잘 다녀오세요. 사냥을 하더라도 아기를 가진 짐승은 절대로 잡지 말고 요깃거리를 마련 못하면 미숫가루라도 풀어서 끼니 거르지 말고요. 육포는 산짐승한테 냄새 들키지 않게 간수하고요. 짐승들 냄새 한 번 맡으면 마른고기 먹으려다가 내 몸에 생고기 뜯길 테니까."

말을 해놓고 아내는 길 떠나는 사내에게 방정맞은 말을 했다고 손으로 입을 막으면서 금방 후회를 했다. 그러나 거기에 연연할 사내가 아니니 아내를 향해 씩 웃고는 돌아선다. 그 웃음 하나로 그동안 아내로부터 묵어 있었던 서운한 감정들이 싸악 풀릴 것이다.

저 넓은 가슴팍에 언제 또 안겨볼 것인가. 아내는 숯짐을 짊어지고 내려가는 사내의 드넓은 어깨를 바라보면서 막연한 기대를 했다. 사내의 등짐 진 어깨는 내려가는 좁은 길을 꽉 채웠다. 이 길을 언제 또다시 꽉 채우면서 올라올 것인가.

싸리재 밑 안막에서 일꾼 너덧을 데리고 숯을 굽다가 홍천 장에서 이풍구의 눈에 들었으니 사람을 설득하는 언변과 상대의 기분을 상하지 않게 하는 마음 씀이 여러 사람을 거느릴 수 있는 인물이라는 것을 대번에 알아봤던 것이다. 비록 숯쟁이 중에 우두머리라고 하지만 인품을 보면 산에서 숯가루만 먹고 살기는 아까운 인물로 본 것이다.

"자넨 배워서 남을 가르치고 살아야 할 사람이야. 숯장사만으로는 이 세상에 태어난 인물이 아까워."

이제 와서 이 나이에 무얼 배우고 가르친단 말인가. 그 말이 진심인지 인사치레인지는 모르지만 듣는 사람의 마음을 추어올리는 데는 아편과 같은 말이었다. 가르친다는 것이 글을 가르친다는 뜻이었겠지만 숯 굽는 일을 여러 사람에게 가르쳐서 키워왔으니 그 말도 꼭 틀린 말은 아니었다. 장바닥에 숯장수 나부랭이를 점잖은 선비가 그렇게도 아까워하니 글이란 것은 담을 쌓고 살아온 그에게 옛날 아비로부터 글을 배우지 말라는 말을 그토록 듣고서도 그 나이에 슬그머니 배움에 투기가 솟아오르는 것이었다.

홍천 장을 갈 때마다 만나서 익힌 한 글자 두 글자가 늘어서 한 줄 두 줄을 배우고 또 늘어서 한 장 두 장씩 글을 익혀 온 것이 이풍구라는 선비로부터 일취월장하고 있다는 칭찬을 들으니 더 욕심이 났고 그가 내 주는 한글풀이 경전을 선뜻 받아 들었던 것이다. 겨우 이레 밤을 끙끙거리면서 깨우치고 책을 읽을 수 있는 것이 한글이니 사내 같은 자들에게는 과연 세종임금이 은인은 은인이었다. 천지인(ㅣ · ㅡ)은 쉽게 알겠는데 쌍받침 겹받침과 반치음(ㅿ)·순경음(ㅸ)은 쉽게 배워들었다가도 어찌 읽어야 할지를 잊어버리게 되어 점점 어려워졌다.

더욱이 하늘이 사람이고 사람이 곧 하늘이라는 알쏭달쏭한 말을 하고 있는데 어째서 하늘과 사람이 서로 같은지도 도무지 모를 일이었다. 하늘과 땅 가운데에는 사람이 끼어 살고 있으니 서로 같다면 모두들 한통속이라는 얘긴지 숯이나 굽는 깜깜한 속으로는 그 뜻을 알 수가 없었다. 글을 배우면 모든 것을 알게 되리라는 이풍구의 권유는 천탄의 호기심을 돋우게 했다. 그런데, '너는 절대로 글을 배우지 마라. 검을 배운 자는 검에 죽고 글을 배운 자는 글에 죽는다.' 하던 아비의 말이 퍼뜩 스치는 게 아닌가. 그런 자기가 지금 글을 배우고 있으니 그 아이에게도 글을 배우지 못하게 했던 죄책감이 드는 게 아닌가.

영문도 모르고 아비가 관가에 끌려가던 때에 천탄이 들은 말이다. 어려서 글방에 여러 번 기웃거리다가 쫓겨나고 아비를 원망하며 그 널따란 그늘조차도 버렸는데 이제야 글을 배웠으니 어떻게 글에 죽는지 두고 보아야 할 일이었다. 동경대전 풀이를 읽고 막연하게 그 뜻을 알 것 같기도 했지만 깊이는 모르고 한해가 훌쩍 지나갔다. 이번에 가면 제대로 한번 배워보리라. 도(道)라는 것이 무언지 알아보리라.

천탄은 새벽에 길을 나서 부지런한 걸음으로 신당고개를 지나 머느리고개에 이르러 길가 샘물에서 미숫가루 한 주먹을 입안에 털어 넣고 물로 배를 채운 채로 거의 파장 무렵이 되서야 홍천장에 닿았다. 홍천장은 겨울잠을 잔 사람들처럼 얼굴을 덮은 더부룩한 수염에 벌써부터 토끼털 가죽을 어깨에 두른 자들이며, 지난여름에 바싹 말려서 겨우내 손질한 건약재며, 한겨울 내내 들어앉아 깎았을 물푸레나무 밥그릇에 수저, 오리나무 쇠물박, 느티나무 함지박, 굴참나무 공이에 편백나무 방망이, 갈참나무 절구통까지 즐비하여 아낙들의 눈길을 끌었다. 남들은 짐을 싸기 시작하는데 아직 헐지도 않은 숯짐을 진 채 장바닥에 들어서는 사내를 보고 장마당 가운데서 올챙이묵을 말고 있던 아낙이 흘금흘금 눈짓을 보냈다. 어쩌면 그에게서 숯을 살 마음도 있는 모양이었다.

천탄은 숯 짐을 내려놓고 아낙이 담아주는 올챙이묵 한 그릇을 훌훌 마시듯 들이켰다. 이쯤에서 속을 채우고 걸으면 자정 안에는 구성포에 닿을 것이다. 사내는 혹시나 하는 마음으로 장바닥 주변을 둘러보았다. 만나야 할 사람은 이풍구, 고석주, 이희일, 신창희, 정사원, 신재규, 서병승, 유덕준, 윤창근, 윤복성, 이렇게 해서 자기까지 꼭 열 하나였다.

구성포까지 가는 길에는 같은 길을 밟아 가지만 절대로 만나지도 말고 합치지도 말아라. 얼굴을 마주쳐도 알은체하지 말고 걸어라. 토벌대의 정탐꾼들은 둘이 모이면 살펴보고 하나를 더하여 셋이 되면 뒤를 쫓고 넷이 모이면 포군에게 일러바친다.

설지 않은 장마당이었지만 사람은 아는 이가 없었다. 지난겨울에 내촌에 모여서 한 달간 수학(受學)하고 헤어진 지 꼭 일 년 만이었다. 며칠 전 고석주가 숯막까지 올라와서 시월 초이렛날 아무 시에 내촌에서 최열주 선생이 한글 경전에 『논학문(論學文)』* 풀이를 강하는 모임이 있다는 말을 전하자 천탄은 숯막을 아예 막쇠에게 맡겨 버리고 길을 떠난 것이다. 떠나오기 전에 이미 길목마다 관군과 왜병이 쫙 깔려서 동도들을 토벌하려고 나섰다는 소문을 들었다. 그런데 홍천까지 오는 동안 며느리고개에 출몰하던 비적들까지 자취를 감췄는지 보이지 않았다. 포군들이 고을을 이렇게 텅텅 비워 놓을 수가 있을까. 그래도 그 때문에 숯짐 안에 싸 넣은 화승총이 무사하게 그의 등에 업혀서 가고 있으니 다행이지 않는가. 사냥하던 화승총이 동도를 동비로 몰아 토벌하려는 자들에게 따끔한 선물이 될지도 모른다. 천탄은 올챙이묵에 간장을 치고 나서 후룩후룩 마시면서도 숯 짐을 쥔 멜빵끈을 놓지 않았다.

"파장인데 숯장사가 되겠수?"

---

*동학을 논한 경문. 천지조화의 무궁한 운수와 천도의 무극한 이치를 설명.

올챙이묵을 먹고 난 빈 그릇을 챙겨가는 아낙이 걱정해주는 투로 한마디 던졌다.

"팔 일이 없소."

"옳다. 그럼 관아에 바치러 가는구먼."

"알 일도 없소."

"고 참. 말도 올챙이묵처럼 또옥 똑, 끊어지네. 내 걱정되서 한마디 한 소리유. 그러고 다니다가 혹시 동비로라도 몰리면 관아에다 숯만 바치겠수? 부모님께 물려받은 그 알 두 쪽까지 모두 바쳐야지."

주모는 나이가 적건 많건 간에 객으로 들어오면 모두 자기 손아귀에서 주무르겠다는 투다.

"동비라니? 숯이나 굽는 무식쟁이더러 어딜 보고 그런 소릴 하는 거요?"

"그럼 동비가 유식해서 동빈가요. 무식하고 없어서 양반네와 부자들 것 털고 다니니까 비적이 된 것이지."

아낙은 핀잔을 하듯이 내던지고 다시금 사내의 눈치를 힐끔 살폈다. 정말로 걱정하는 눈치다.

"내 여기 올 때까지 동비를 잡는 관군이나 왜병들은 눈을 부비고 씻고 찾아봐도 볼 수 없었소."

"정말로 모르고 있었구만. 관에 녹을 먹고 있는 자들이나 구실아치들은 오늘 동비를 잡는다고 내촌으로 모두 몰려갔는걸."

"내촌?"

천탄은 더 입을 열려다가 다물고 말았다. 자기가 지금 숯을 지고 불구덩이로 들어가고 있는 것이다. 사냥하던 화승총을 꼭 갖고 오라던 고석주의 당부가 생각났다. 산속에서 그냥 공부 쉬는 틈을 이용해서 짐승 몇 마리 잡아먹을 생각으로 가져오라는 것인 줄 알았는데 그 쓸모가 달라질 것이라는 생각이 소름 돋듯 스쳤다. 천탄은 아직까지 그 총으로 사람을 쏘아본 적이 없었다. 천탄은 엽전 한 닢을 아낙에게 건넸다.

"내달 장에 또 만나려면 조심하우."

아낙이 사내를 정말로 걱정해 주는 목소리였다. 사내가 막 홍천 장터를 빠져나오려는데 뒤에서 작은 목소리가 들렸다.

"형씨. 거 떡갈나무 백탄이 맞아요?"

장마당에 어둠이 점점 짙어졌지만 소리만은 어둠에 관계치 않고 더 또렷했다. 떡갈나무 백탄은 사내를 확인하는 암어였다. 어둠 속에 누군지 잘 알아볼 수가 없었으나 천탄 쪽에 대고 부르는 것만은 분명했다.

"지평에 사는 천탄 형님이 맞지요?"

천탄은 요즘에 들어보지 못하던 자기를 부르는 소리에 귀가 번쩍 뜨였다. 이 장바닥에서 자신을 불러줄 만한 사람은 없었다. 안다면 같은 숯막에 사람들이거나 그의 처가가 있는 섬실 사람들뿐일 텐데 그들 중에 이 장 저 장 돌면서 짐을 풀고 싸는 장사치가 없었다. 그가 아는 사람들은 오로지 한곳에서 낳아서 한곳에 땅을 파고 심어 거두며 살았다. 자신의 이름을 안다면 여기까지 온 내력을 모두 알고 있는 사람이다. 동학사람? 뒤를 돌아 자세히 보니 구성포에서 만나기로 했던 고석주였다. 그는 이 시간에 구성포에서 기다리고 있어야 할 사람이었다.

"아니, 고 처사(處士)가 어떻게 여기까지?"

"형님. 일이 급하게 됐어요. 구성포로 가는 결운리 자라목에서 포졸들이 짐 보따리를 진 자들은 보부상단의 험표(驗標)*가 없으면 모두 잡아들이고 있어요. 강물 얕은 곳을 내가 알고 있으니 여기서 앞강을 건너서 산

기슭으로 거슬러 오릅시다. 형님이 이 시각쯤에 당도할 것 같아서 기다리고 있던 참이오."

고석주는 주변을 돌아보더니 천탄의 손을 잡아끌고 화양강 쪽으로 화급히 내려갔다.

"양근과 지평에서 온 사람들이 지금 구성포에서 이풍구 성찰**을 기다리고 있을 것이오. 이희일이 하고 신창희도 거기 있을 것이오. 지금 동학관으로 경기, 강원에 학도들이 모여드는 낌새를 알고 관포군들이 내촌으로 들어가는 길을 곳곳에서 막아 기찰을 하고 있어요. 고향에 드나드는 사람이 아니면 무조건 잡아서 족치고 있으니 잡히면 이 인생 헛걸음질하는 거요."

동학에 관하여 지식이 깊지 못한 천탄은 묵묵히 고석주의 얘기를 들으면서 뒤를 따라갔다. 글을 배워 세상이치를 새롭게 깨닫는다는 기쁨이 잠시 왔었는데 이제 의욕이 솟아 제대로 배워보겠다는 일념이 앞서 그 염원의 뼈대를 굳히고 있는 중이었다. 무슨 연유로 아버지가 관에 끌려가 죽임을 당했는지는 모르지만, 관군은 그 이유야 어쨌든 간에 세월이 아무리 흐르더라도 관(官)이라는 글자 하나만으로 아버지를 죽인 막연한 증오의 대상이었다.

천탄과 고석주는 화양강가로 줄잡아 두어 시간을 걸어 올라가다가 구성포에 이르러 물이 얕은 곳을 골라 객점들이 즐비한 쪽으로 강을 건넜다. 구성포는 춘천부로 가는 길, 인제 가는 길, 서석을 거쳐 양양으로 빠지는 길과 홍천에서 들어오는 사통길이 만나는 길목이었다. 강을 건너

---

*보부상의 신분증.

**동학집강소의 임원.

한길로 오르려니 멀리 네거리가운데서 화톳불을 밝히고 있는 포졸 서넛이 보였다. 고석주는 천탄의 팔을 잡고 두리번거리다가 불빛이 닿지 않는 객점의 삽짝 뒤로 몸을 숨겼다.

구성포 네거리는 홍천 장거리 못지않은 객점이 즐비했다. 올챙이묵 한 그릇으로 저녁요기를 하고 두어 시간을 걸었으니 뱃속은 출출했다. 그러니까 지평에서 신당고개와 며느리고개를 넘어 홍천을 오기까지 하루 종일 걸어가도 안 보이던 기찰포졸이 여기서 눈에 띈 것이다. 때는 술시(戌時)가 가까운 시각인데도 양양에서 한계령을 넘어 인제 원통으로 며칠을 걸어 들어온 도부(到付)꾼들이 봉노마다 차지하고 있어 객점은 왁자지껄 시끄러웠지만 포졸들의 살피는 눈을 피하기에는 그게 오히려 다행일 듯 싶은데도 고석주는 그곳마저 지나쳤다.

둘은 강 쪽을 향해 후미진 곳에 지은 야트막한 지붕 밑 객점 안으로 들어갔다. 거기엔 천탄보다 먼저 입도한 신창희가 들어 있었다. 방 안에 희미한 등잔불을 가운데 두고 셋은 마주 앉았다. 여기서 이풍구를 만나기로 한 것이다. 이풍구, 그는 이미 육 년 전에 해월(海月)을 만나 입도를 하였는데, 그의 밑에 있는 송암(松庵, 孫天民)이 손바닥만 한 쪽지에 세필로 써서 각 처소로 보내는 글들을 품에 숨겨 날랐다.

그는 발이 빠르고 이곳저곳 떠도는 소문을 긁어모으는 재주가 비상했다. 소문을 모아서 송암을 통해 해월에게 전했고 해월로부터 나오는 송암의 글을 전했으니 해월이 머리고 각지의 접주와 집강(執綱)이 몸의 사지(四肢)라고 하면 이풍구는 조직의 피였다.

신창희는 천탄보다 먼저 동학에 입도했다. 그는 천탄을 반갑게 맞았다.

"천탄. 먼 길 잘 왔소. 그냥 오기도 힘이 들 텐데 귀한 백탄을 이렇게 한

짐 지고 오니 우리 동학에 풍요가 오는구려. 백탄은 연기가 없어 전장(戰場)에서 요긴한 땔감이오. 참 귀한 물건을 가져 오셨소."

그러나 지평에서 숯가마가 산에 즐비한 강원도 홍천으로 백탄을 지고 왔다면 벼 익은 들녘으로 쌀 팔러 가는 것이고, 포구로 생선을 지고 팔러 들어가는 것과 다름없었다. 천탄이 그걸 앎에도 굳이 백탄을 지고 나섰던 것은 그 안에 화승총을 숨기기 위함이었다.

그들이 방 안에 들어선 지 오래지 않아 이희일, 신재규, 정사원이 떡갈나무 백탄을 사겠다며 문을 두드리고 들어오자 반갑게들 서로의 손을 맞잡았다. 모두들 잡는 손에는 무언가 해보겠다는 결기가 천탄의 손으로 굳게 전해졌다.

"주모. 떡갈나무 백탄을 사러 왔소."

떡갈나무 소리를 듣자 천탄은 벌떡 일어서서 문을 열었다.

"여기요. 여기."

이풍구가 서병승, 유덕준, 윤창근, 윤복성을 데리고 들어왔다.

"여기까지 오느라고 고생이 많았소. 얼른 빠져나가야 하오. 자시(子時)에 관군들이 이 근처 객점을 모두 뒤진다는 소식이오. 기찰을 당해서 봇짐장수 험표가 없으면 무조건 잡아다 족칠 거요. 자, 어서 떠납시다."

이풍구는 쫓기는 기색이 역력했다. 모두들 주모가 차려다 준 보리밥에 마른 나물 삶아 무친 나물 얹은 밥을 꾸역꾸역 떠 넣고 된장국으로 목구멍에 남은 밥알을 우물우물 부셔 넣었다. 천탄은 백탄포대를 풀어 화승총을 싼 주머니를 꺼내고 미숫가루와 육포와 서책이 든 봇짐을 둘둘 말아 등에 걸머멨다. 백탄은 객점에 저녁끼니 값으로 치렀다. 백탄으로 동도들의 저녁 한 끼가 해결되었다. 모두들 등에 봇짐 하나씩 걸머메었으니 그들에게도 서책과 화승총이 들어 있으리라.

그들은 구성포에서 철정으로 가는 길을 버리고 화촌에 솔치를 넘어 서석 쪽으로 가는 길을 잡았다. 모두 관군에 서로 통하는 등짐장수의 흉내는 내었는데 기찰에 걸린다면 보부상단이라 둘러대기는 하겠지만 험표를 보자고 하면 난감할 수밖에 없었다. 만약을 대비한 차림이었지 기찰하는 포졸과 맞닥뜨리면 좋을 게 없어 숲길을 택했다. 그게 지름길도 되고 관군에게 걸리지도 않아 상책이었다. 다행히 밤길이라 숨죽여 걷는다면 그들의 눈에 띌 염려는 없을 것이다.

일행은 가을걷이를 끝낸 논밭을 가로질러 물을 그대로 건넜고 작은 산은 곧장 타넘어서 돌아가는 길을 줄였다. 천탄은 걷다가도 어깨에 묵직한 봇짐을 여러 번 손으로 만져 확인하면서 고석주가 사냥에 쓸 총은 꼭 가지고 오라는 말을 되새겼다. 오늘 밤에 곧바로 내촌에서 창고를 터는 일에 함께할 것이라는 이풍구의 얘기를 듣고서야 화승총은 짐승사냥이 아닌 관군과 일본군 사냥임을 깨달았다. 그러면서 이번 길은 홍천 깊은 산속에서 경전을 깨우치는 것이 아니라 싸움에 나가는 길이 될 것이라는 생각이 짙어졌다.

숯막에 찾아왔던 고석주의 말이 다급하고 긴요했었을 때 천탄은 자신이 분명 무언가에 귀하게 쓰일 것이라는 각오로 왔다. 그러나 산에서 짐승을 잡아 동학하는 사람들의 요깃거리를 대어줄 것이라는 정도의 예상은 했었지만 돌아가는 분위기를 보니 죽이고 죽는 싸움이 매우 험하게 벌어질 것 같은 기분이 들었다. 싸움이란 서로 덤비고 덤비는 것이다. 한쪽이 쫓고 다른 쪽이 쫓기면 그대로 토벌이다. 그러나 바삐 걷는 중에 고석주의 얘기를 듣고 보니 싸움은 분명 관군이 아니라 동도 쪽에서 먼저 걷고 있는 것이다. 고석주가 일행의 가운데 끼어 걷고 그 길을 여러 번 다니면서 익혀두었던 신재규가 맨 앞에서 어둠을 헤치며 방향을 잡았다.

"동도들이 오늘 밤 겨울양식을 구하기 위해 내촌 물걸리에 있는 동창(東倉)을 털 것이오. 그 곡식들은 이 고을에서 거둬들인 것이니 우리가 이 세상을 평정하는 데에 쓴다면 바르게 쓰는 것이오. 결코 도적질이 아니라는 말이오. 우린 오늘 밤에 양식을 무사히 옮길 수 있도록 외곽에서 들어오는 적을 막아주어야 하오. 이대로 걸으면 축시경에 동창말 어귀에 다다를 것이니 지체하면 일을 그르치게 된단 말이오."

이풍구는 은근히 일행의 발걸음을 재촉했다. 아무도 이풍구의 말에 토를 달지 않았다.

홍천에서 모은 세곡은 물걸리 동창에 모아두었다가 장마철 물 사정을 봐서 화양강을 타고 북한강으로 가는 배에 실어 한양으로 내려갔다.

관에서는 가뭄이 들었을 때에 인심 쓰는 척 쭉정이 벼를 내어주고 다음 해엔 잘 영근 알곡만 가려서 받았다. 이곳에 곡식은 높은 산에서 떠서 높은 산으로 지는 짧은 해를 받아 소출이 형편없었지만 세곡은 너른 평지의 소출과 같은 결수대로 받았다. 밤을 새워 땅을 파고 새로 일군 땅도 샅샅이 찾아내 관적에 올리고 꼬박꼬박 세곡을 받아갔다. 비단 내촌만의 일이 아니었다. 천탄이 숯짐을 메고 근처에 여러 고을을 돌아다니면서 이러한 얘기는 숱하게 들어왔었다. 나라를 지탱하는 재정인 전정, 군정, 환곡이 모두 관리들의 탐욕에 의해 썩어 문드러지고 있었다. 후미진 곳에 모여서 모두 세상이 뒤집혀야 한다는 얘기들을 조심스럽게 했다. 천탄은 고석주에게 이곳 사정 얘기를 들으면서 어둠 속에 자신도 모르게 고개를 끄덕이고 있었다.

손바닥만 한 농사에 이리 뜯기고 저리 뜯기니 남는 게 없는 농사를 버리고 숯막에 들던 시절이 새롭게 천탄의 가슴을 건드리고 있었다.

"싸움에선 제일 먼저 적을 살펴야 하오. 적을 먼저 보면 이기고 지고를 떠나서 목숨은 살릴 것이지만 적이 살피는 눈에 먼저 띄면 죽음을 면치 못할 것이오. 죽는 것이 패배고 살아있음이 승리요. 그러니 눈으로 살피는 것이 첫째고 듣는 것이 둘째요. 귀는 눈으로 볼 수 없는 곳을 보는 눈과 같소. 그래서 쫓는 소리를 먼저 들으면 살고 놓치면 죽소. 하지만 내 목숨만 하나 부지하려고 애를 쓴다면 그만큼 동학도들의 목숨을 잃어야 할 것이오. 그러니까 살되 함께 살아야 하는 것이고, 죽으려면 동도들을 살리는 가치 있는 죽음을 죽어야 하는 것이라오. 이것이 우리들의 삶과 죽음의 법칙이오."

화촌에서 내촌으로 넘어가는 잔솔치 마루에서 고석주는 일행을 잠시 멈추게 했다. 주변은 불빛 하나 없는 흑막이었다.

"여기서 부터는 기찰하는 포군을 만날 염려가 없으니 봇짐을 풀어서 화승총을 메시오. 이제부터는 그 총이 여러분을 살리기도 하고 죽게도 할 것이오. 몸에 지닌 모든 것을 다 버려도 총은 손에서 놓으면 안 되오."

천탄은 봇짐에서 총을 꺼내고 둘둘 말아서 다시 멨다. 그의 총 끝에서 쓰러진 것은 모두 짐승이었지 사람에게 총구를 들이대본 적은 지금까지 한 번도 없었다. 모두들 더듬더듬 손짐작으로 신들메를 단단히 묶고 등에 멘 봇짐 멜빵끈을 바싹 줄였다. 몇은 벙거지를 썼고 몇은 패랭이를 썼다. 차림으로 보면 오합지졸이었지만 어둠 속에서 걸음을 내딛기 시작하는 그들에겐 오늘 밤 임무를 꼭 해내겠다는 결기가 서렸다. 천탄은 가슴 앞으로 총을 바투 잡았다. 허리께에 매단 화약통도 더듬어 확인했다.

"우리 임무는 본진이 동창을 털어 곡식을 나르는 동안 철정 쪽에서 들어오는 관군의 길을 막아 시간을 지체시키는 것이오. 우리 쪽 한 패가 그곳에 포진해 있지만 화기가 부족하오. 우리가 도착하면 막강한 힘을 더하게 될 것이오. 축시 안에는 닿아야 하니 속히 갑시다."

고석주는 이미 훈련된 군사로 동학에서 중책을 맡고 있는 듯 보였다. 지평 사람으로 일찍이 동학에 들어 하나둘씩 후진을 끌어들이고 있었다. 관포군의 추적으로부터 몸만 겨우 피해 홍천으로 온 지평에 동학도들은 수하리 곧은골 동학관에 이미 들어가 있었고 화승총을 가진 과거의 사냥꾼 출신들만 모아 이번 일에 끌어들이게 된 것이다.

차기석의 동학농민군은 내촌 수하리 곧은골 동학관에서 겨울날 채비를 하고 있었다. 대원들을 이끌고 동창에서 일백여 보 떨어진 거리까지 접근하다 멈춰서 창고를 지키는 포졸의 동태를 살폈다. 초군은 어둠 속에서 불을 놓고 추위에서 떨며 이리저리 서성이고 있었다. 차기석 쪽에서 대원 하나가 총을 숨겨 놓고 큰기침을 하면서 앞으로 성큼 걸어 나갔다.

"나으리. 큰일 났습니다요. 동비들이 창고를 털려고 지금 이리로 몰려오고 있답니다요."

"뭐라고? 넌 웬 놈이냐?"

포졸은 대원을 향해 총을 겨누고 다가갔다. 그때 반대편에서 대원 하나가 포졸의 등을 향해 날듯이 덤벼들어 오른팔로 목을 싸안고 발을 처 밀어서 눕혀 목을 꺾었다. 포졸은 졸지에 당한 공격에 다리만 버둥거리고 있었다. 앞에서 배짱 좋게 나서던 대원이 포졸의 몸을 뒤져서 창고 쇳대를 찾아냈다. 창고 뒤쪽에서 놀라 누구냐고 소리치며 달려오던 또 한 명의 포졸은 바닥에 엎드려 있던 대원이 걸은 발에 걸려 앞으로 고꾸라졌다. 대원은 재빨리 총을 뺏고 개머리판으로 허리를 누르면서 한쪽 발로는 목을 눌러 몸을 묶었다. 이윽고 먼저 접근한 대원들이 몰려나와 둘에게 무명천으로 재갈을 물리고 나무에 꽁꽁 동여맸다. 순식간에 해낸 일이었다. 초군 둘은 나무에 묶인 채로 발버둥을 치고 있었다.

쇳대를 쥔 대원은 창고 문을 열고 휘파람으로 신호를 보냈다. 순식간에 이룬 무혈점령이었다. 몇몇이 창고 안에 들어가서 세곡 창고에 곡섬을 빼냈고 대원들은 곡섬을 하나씩 등에 지고 줄지어 올라갔다. 묶인 포졸이 입에 물린 재갈을 못 풀고 허둥거릴 때 빈 창고에는 불길이 치솟아 오르고 있었다. 그때서야 마을이 발칵 뒤집혀서 모두들 밖으로 뛰쳐나왔지만 발을 동동 구르면서 어찌할 바를 몰랐다. 대원들은 골을 따라 두 갈래로 흩어지고 난 뒤였고 불이 난 창고 근방에는 포졸 둘이 묶여서 발버둥을 칠 뿐이었다.

풍암리에 사냥꾼들

마을 어귀 내촌 쪽 길목에 매복하여 지키고 있던 고석주 일행은 동창 쪽에 불길이 치솟는 것과 동시에 근처 논 볏짚가리에 두 군데에다 불을 질렀다. 불길은 어두운 하늘을 뚫을 듯이 치솟고 있었다. 이미 낌새를 채고 내촌 와야리 쪽에서 약 이십여 명의 관군들이 말을 타고 달려오고 있었다.

관군들은 불붙은 볏짚가리에 다다르자 아무도 없는 것을 알고 휘휘 돌며 주변을 살폈다. 고석주 쪽은 모두 화승총 심지에 불을 붙여 하나씩 맡아 가슴을 정조준하고 그들의 움직임을 따랐다. 천탄은 화약을 다지고 탄환을 장전했다. 심지에 불을 붙이자 타들어가는 시간이 왜 그리도 늦을까. 이번에는 사람을 쏘아야 한다. 그는 타오르는 짚가리를 빙빙 돌고 있는 관군을 조준하려다 곁에 있는 말의 머리로 조준점을 옮겼다. 타오르는 불길이 밝아 정조준 하기에는 맞춤이었다. 거의 동시에 십여 발의 탄환이 그들의 가슴을 때리고 머리를 때리자 그 자리에서 쓰러졌다.

천탄이 조준사격한 말도 그 자리에서 '히힝' 하더니 고꾸라지고 말았다. 당황한 관군은 어리둥절하며 허공에 대고 총을 쏴댔지만 어디서 총알이 날아왔는지 갈피를 못 잡고 있었다. 그러는 사이에 심지에 불을 붙여 두 번째 사격을 가하였다. 불을 피해 어둠 쪽 엄폐물을 찾아 피하던 관군은 그대로 등을 맞고 쓰러졌고 남은 두엇이 말을 타고 와야리 쪽으로 오던 길을 되돌아 도망쳤다. 멀리 내촌 쪽에서 불길이 치솟아 오르는 것을 보고 사정을 알아보려 달려온 모양인데 턱 앞에서 변을 당한 것이다.

관군으로서는 어처구니없는 패배였지만 신재규가 볏가리에 불을 지르는 재빠른 판단과 기지가 관군의 추격을 막은 것이다. 본대에서 출동하여 오려면 시간이 꽤 걸릴 것이다. 이미 창고는 불타고 등짐으로 지고 간 양곡은 동학관에 도착할 것이다. 그들은 와야리 쪽에서 동창이 타는 불길을 보고 달려온 것인데 막상 마을 어귀에 다다라서 보니 눈앞에 불길이 타올라 그 불길을 와야리 쪽에서 본 것으로 알고 어리둥절하는 사이에 칠흑 같은 어둠 속에서 몸이 드러나 길목을 지키던 이풍구 일행에게 고이 목숨을 바친 것이다.

신재규의 명령대로 화승총을 겨냥해서 사살 당하는 관군을 보고 천탄은 가슴이 두근거리며 다리가 후들거려 견딜 수가 없었다. 그 떨림이 가을 밤 오슬한 추위 때문만은 아니었다. 사람을 죽이는 전쟁을 치룬 것이다. 그것도 나라의 관군을. 신재규가 다가와서 그의 등을 두드렸다.

"천탄 형, 수고했소. 오는 첫날부터 험한 꼴을 보는구려. 이게 다 썩어가는 이 세상 바로 세우자는 일이오. 너무 두려워 마오. 그런데 말 한 필이 아깝게 쓰러졌소. 그 놈은 우리가 요긴한 병장비로 써야 할 텐데 말이오."

그가 말을 겨냥해서 쏜 것을 알고 그러는 것일까. 그는 아마도 천탄이 후들거리며 떨고 있는 모습을 측은하게 지켜본 모양이었다. 천탄은 자신이 그들 앞에서 겁쟁이처럼 보인 것 같아 계면쩍기도 했고 창피하기도 했다. 고석주가 자신만 지목해 한마디 하는 데에는 속이 뜨끔했다.

그래, 앞에 나타나는 관군이라도 승냥이 떼라고 생각하면 되지. 저들 손에 돌아간 아버지를 생각하면 되지. 그 앙갚음이라고 생각하면 되지. 그런데 왜 그걸 못해.

그러나 아내의 뱃속에 자라는 아기를 생각하면 산 사람에게 총질을 하는 건 개운치 않은 일이었다.

십여 명의 일행은 두 패로 나누어 잰걸음으로 개울가 숲을 타고 올라갔다. 한 쪽은 고석주가 앞섰고 다른 쪽은 신재규가 길을 잡았다. 신재규는 곧바로 차기석을 따라잡아 짐을 거들어 동학관에 들어갈 것이고 고석주는 혹여 일행을 뒤쫓는 관군이 있을 것에 대비해서 서석에서 들어오는 길을 타기로 했다. 천탄은 고석주 쪽으로 붙어 따랐다. 수하리 동학관이 있는 곧은골까지 가려면 한참을 더 걸어야 할 것이다. 고석주 일행도 바삐 걸어서 본대를 만난다면 그들이 지고 가는 짐을 덜어 줄 수 있을 것 같았다. 천탄은 이대로 동학관에 들어간다면 내일쯤은 최열주 선생의 경전 강연을 들을 수 있을 것이라는 기대로 한껏 부풀어 있었다.

천탄은 어깨와 겨드랑을 가로질러 등에 멘 봇짐을 확인했다. 얼마나 걸어 올라왔을까? 개울을 지나서 올라가야 할 골짜기가 나와야 하는데 큰길로 나서는 삼거리를 만난 것이다. 어둠 속에서 길 감각을 못 잡고 수하리로 들어야 할 길을 그대로 서석 가는 길로 내처 올라온 것이다. 일행은 '이곳이 어디쯤 되나' 하면서 방향을 찾고 있는데 길 옆 솔숲에서 총을 잡은 자들이 튀어 나와 앞을 막아섰다. 화승총을 잴 겨를도 없었다. 창을 들이댄 그들은 민보군인 듯했다. 내촌 쪽에서 들어온 관군이 전부인 줄 알았는데 반대쪽인 서석에서 들어와 동학도를 잡으려고 길목에 끈질기게 숨어 있었던 모양이었다.

두어 걸음만 떼면 팔이 닿는 근접한 거리에서 총은 막대기에 불과했다. 그래도 창 앞에서 총을 휘둘렀다. 그러나 자기 키보다 긴 창으로 찌르고 들어오는 데에는 부러지지 않으면 꽂힘이었기 때문에 넉자밖에 안 되는 화승총으로는 어림도 없었다. 지척에서 싸움은 누구의 무기가 더 기냐에 따라 승패는 결정되었다. 포위를 좁혀 들어온 그들은 오라를 던졌다. 목이 걸리고 다리가 걸려 순식간에 묶였다. 천탄과 고석주와 함께 걷던 일행들이 그대로 꼼짝 못하고 잡혀들었다. 오라의 남은 줄은 몸을 휘휘 감아 꼼짝 못하게 만들었다. 어둠이었지만 피아는 분명하게 구분이 되니 저들은 느긋하고 이쪽은 초조했다.

"네놈들 중 우두머리가 누구냐? 차기석이 어디에 있는지 대라. 그러면 살려준다."

"모른다. 우리도 찾고 있다."

"오호라. 낙오했구나. 곱게 농사나 지어 먹든지 나무나 해서 팔아먹든지 할 것이지 먹물 맛보고 세상 뒤엎겠다고 나서면 이 세상이 금방 뒤집힐 줄 알았나. 너희들이 세상을 뒤집겠다는 것이 겨우 남의 집 곳간 터는 비적질이냐. 그것도 모자라서 감히 나라 창고를 털어? 천하에 용서받지 못할 것들이 동학을 한다고?"

제일 먼저 묶인 고석주가 동학을 비하하는 언사에 발끈하여 나섰다.

"네 이놈들, 보아하니 수염 기르고 글이나 읽던 놈들 같은데 썩어빠진 관리하고 한통속이 되어서 동학이 뭐 어쨌다고? 곯아 문드러져가는 나라 다시 일으켜 살리겠다고 나섰으니 도와주지 못할 거면 앉아서 굿 보고 떡이나 구걸해 처먹든지 게워내든지 할 것이지 감히 뉘 앞에서 먹물이 어쩌고저쩌고 지껄여?"

목소리를 들으니 상대는 글깨나 읽은 자로 보이는데 근엄한 체하면서 천것들이라면 썩은 지붕에서 떨어진 굼벵이만큼도 안 치는 오만방자한 부류의 전형이었다. 고석주는 묶인 채로 끓어오르는 가래를 그의 얼굴에 퉤 뱉어내고 몸을 날려 머리를 들이받았다. 그 자가 정신을 모르게 나가떨어지자 나머지 군졸들이 몰려들어 삼지창으로 고석주의 몸을 내리 짓이겨서 만신창이를 만들어 놓았다.

순식간에 이루어진 일이었다. 천탄은 그 앞에서 또 오들오들 떨고 있었다. 그때서야 말을 탄 대장을 앞세워 횃불을 든 포군들이 몰려오고 있었다. 동창에 불길이 치솟는 것을 보고 달려오는 모양이었다. 그러면 이 자들은 뭔가. 역시 민보군들이었다. 그들도 농민군 토벌을 돕겠다고 나섰다. 곱게 농사지어 양반님들께 바치지 않고 덤벼드니 괘씸하여 매운맛 좀 보여주겠다고 일어선 것이다. 나랏일 하는 벼슬아치들은 사람으로조차 치지 않겠다고 동학도들이 나서니 이게 보통 심각한 일이겠는가.

소모관 영재의 포군은 동학도들이 서석을 거쳐 횡성으로 내려갈 것이라는 제보를 듣고 길목을 막고 있다가 아무래도 이곳이 미덥지 않아 이 밤중에 급히 왔는데 동창 쪽에 치솟는 불길을 보고 군졸들을 보낸 것이다.

그들 중 우두머리로 보이는 자가 꽁꽁 묶여 있는 동학도들을 하나하나씩 살펴가며 한쪽으로 갈라놓았다. 동학 본진에 관해 무엇인가 알아내려는 모양이었다. 그러나 모두들 묵묵부답일 수밖에 없는 것이 그들은 마을 어귀를 지키는 임무를 받고 동학관을 찾아 들어가는 길이기에 차기석의 소재를 알 리가 없었다.

횃불을 비춰 묶여 있는 동학도를 훑던 포군의 대장 눈이 천탄에게서 멎었다. 낯이 익은 얼굴이었다. 예전에 함께 사냥을 다니던 천탄이 아닌가. 그렇지 흑탄, 백탄, 천탄이 네가 바로 여기 있었구나. 어쩌다가 이지경이 되었느냐. 내가 그렇게도 포군에 들자고 했을 때에 함께 왔더라면 이 지경 이 꼴은 되지 않았을 텐데. 그런데 이걸 어쩐다. 옛 사냥친구를 만났지만 반가워할 수도 없고 원수같이 죽일 수도 없고. 둘은 얼굴이 마주쳤을 뿐 횃불이 밝게 비췄는데도 백안시했다. 천탄도 놀랬지만 재빠르게 외면했다. 저쪽에 친근한 안면이 있다면 이쪽에선 강한 의심을 받아야 한다. 두 사람은 동시에 같은 생각을 했을 것이다. 천탄이나 그나 오랜만에 만나는 반가운 사람인데 함께 외면한 것이다. 이 판에서는 그것이 서로 사는 길이었다.

"이놈들을 모두 끌고 가라."

천탄의 머릿속에 퍼뜩 떠오르는 사람이 있었다. 얼마 전에 산에서 만났던 김도제(金道濟). 그들은 용문산 줄기에서 함께 사냥을 하다가 영재의 동비 토벌군으로 들어간 사람이다. 그때에 도제는 천탄에게도 함께 포군으로 들어갈 것을 권했지만 천탄은 관가 쪽이라면 근처라도 발을 내딛지 말라고 했다는 아비의 당부가 생각나 거절했었다. 그러한 도제를 지금 코앞에서 만나다니.

관군들은 천탄의 일행을 모두 연줄로 묶어서 일렬로 세웠다. 그들은 내를 건너 길을 타려는지 행렬을 끌고 개울물로 들어갔다. 천탄은 맨 뒤에 묶여 따라갔다. 서석 쪽에서 흘러내리는 개울로 저벅저벅 걸어 건너는데 누군가 뒤에서 천탄의 발을 밀치자 천탄은 그 자리에서 쓰러졌다.

"이 자들은 끌고 가봤자 쓰레기밖에 안 된다."

누군가 중얼거리는 소리가 들리고 그와 동시에 귀를 찢는 총소리가 울리더니 앞에 가는 동학도들이 모두 물 위에 그대로 고꾸라졌다. 토벌군 중에서 누군가가 허리춤 높이에서 그대로 갈긴 것이다. 천탄은 차가운 개울물에 쓰러졌지만 정신이 혼미해지면서 누군가 예리한 칼로 몸을 묶은 줄을 자르는 게 느껴졌다.

"천탄아, 다시는 이런 곳에 오지 마라."

묶인 줄을 자르면서 귀에 대고 속삭인 목소리가 도제였는지는 정신이 혼미하여 모를 일이었다. 토벌군들은 아무 일도 없었던 것처럼 물을 건너갔다. 천탄은 흐르는 물의 냉기를 그대로 느끼며 꼼짝 않고 개울 바닥에 엎어져 그들이 멀어질 때까지 죽은 듯 있었다. 어둠이 그를 도왔다. 시간이 얼마 지나지 않아서 흘러가는 물에서 피 냄새가 진동했다. 함께 왔던 다섯을 들춰 봤지만 모두 축 늘어져 있었다. 돌에 미끄러지도록 발을 밀쳐 넘긴 자가 누굴까? 천탄은 그가 도제이기를 바랐다. 그렇다면 도제는 자기 하나를 살리기 위해서 모두를 죽인 것이나 다름없었다.

지평 용문산에서 계속되는 벌목과 관아 구실아치들의 방해로 사냥이 시들해지면서 도제는 맹영재의 포군장으로 들어갔고 천탄은 숯가마로 돌아갔다. 사냥하면서도 도제의 의리 하나는 남달랐다. 의리 하나에 사냥꾼이 모두 그를 따르고 그의 말대로 따랐었다. 도제는 총을 잘 쏘는 천탄을 각별히 생각하면서 사냥을 함께 다녔다.

얼마쯤 지났을까 얼어붙은 몸을 일으켜 보니 한기에 온몸이 떨려 견딜 수가 없었다. 천탄은 몸을 비비고 뛰고 움직이며 열을 일으켰다. 살아야 한다. 꼭 살아야 한다. 멀리 동창 쪽에서 타오르던 불빛은 사그라지고 있었다.

곧은골 동학관 차기석 진영에는 풍암리 쪽으로 나갔던 척후조원들이 돌아왔다.

"지평에서 온 소모관 맹영재가 횡성으로 가는 길을 막고, 횡성현감 유동근 포군들이 장야평을 막고 있습니다. 그 수가 각 일백은 되는데 모두 총을 가졌습니다."

그들은 이미 북접*의 해월이 있는 원주 쪽 길을 모두 막고 있었다. 아무래도 원주로 가려면 유동근이 지키는 장야평**을 뚫기가 수월할 것이다.

"장야평으로 간다." 차기석은 장야평 쪽을 택했다.

나라 정치가 썩어 문드러지고 있다고 했는데 관군들은 오히려 일사분란하고 질서정연했다. 썩고 있다는 것을 스스로 느꼈기 때문에 언제나 닥쳐올 위협에 대비하여 그 위험으로부터 안심해지기 위해 오히려 더 자신들을 보호할 칼로 군사력만 날카롭게 갈고 있는 것이다. 나라가 썩어 가면 그것을 도려내려는 세력이 슬금슬금 일어나게 마련이기 때문에 이들을 누르기 위해서라도 군사력을 더욱더 강화시킬 수밖에 없는 것이다. 조정에서는 동학도를 토벌하러 나선 맹영재에게 소모관의 직함으로 사기를 올려주고 전폭적인 지원을 해주었다. 올라간 사기는 군사의 수를 더한 것과 같은 큰 힘이었다.

유동근의 포군 쪽도 마찬가지다. 남의 집에 곡식과 돈을 빼앗듯 거둬가고 나라의 창고를 털었으니 벼슬아치들 쪽에서 보면 동학도는 비적이었다. 그들이 교묘하게 만들어 놓은 테두리 밖으로 나가면 모두 죄를 뒤집어씌워 동비로 몰아붙였다.

나라를 바르게 세우자고 나선 동학도들은 꼼짝없이 비적 떼로 몰렸다.

---

*동학 조직 가운데 이대 교주 최시형이 이끄는 충청도 지역의 동학도.

**지금의 강원도 홍천군 화촌면 장평리. 장야촌이라고도 했다.

그렇다면 마을에서 그들을 은근히 돕고 있는 양민들도 비적인가? 서석 풍암리에는 최도열이라는 천석지기 부호가 일찍이 동학에 입도하여 홍천에 모이는 동도들의 식량을 대다시피 했고 스스로도 동학군이 되었다. 그가 무엇이 부족해서 동학에 입도했을까. 관군 쪽으로 재산을 털어 바치면 그의 앞길은 탄탄대로가 될 터이지만 최도열 그는 동학을 선택했다.

동창을 털어 양식에 여유가 생긴 동학도들은 수하리 곧은골에서 이레 동안 경전 강연과 학습에 매달리고 있는데 강연 이틀째 되는 날, 학당 밖이 떠들썩하면서 외곽에서 망을 보던 초군이 사람 하나를 수상하다며 잡아끌고 왔다. 산 능선에서 동학관을 내려다보며 염탐하고 있는 자를 수상히 여겨서 잡아 왔다는 것이다. 끌려온 자는 두 손을 뒤로 묶인 채 학당 앞마당에 꿇어 앉혔다.

"이 자가 우리 동학에 든 자라고 우기는데 누구 얼굴 아는 사람 없소? 도무지 하는 행동이 수상해서 이렇게 끌고 왔소. 우리 중 아무도 아는 사람이 없으면 이 자는 첩자임이 분명하므로 처단할 것이오. 자 얼굴을 똑똑히 보오."

잡혀온 자는 몰골이 말이 아니었다. 나뭇가지에 긁히고 할퀸 자국이 얼굴에 얼기설기 그어져 있었다.

"지평에서 온 자라니 우리 중 지평이나 양근 사람이 있으면 나와 보시오. 지평에서 온 고석주, 이희일을 안다고 하는데 그들은 모두 양식을 구하러 나갔다가 며칠째 돌아오지 않고 있소. 그러니 알 길이 있어야지요. 자기가 태어난 근원도 모르고 성조차 없다고 하니 더더욱 이상하지 않소."

"이풍구 선생을 아오. 신재규, 신창희도 아오."

그는 너무 지쳐서 들릴락 말락 하는 소리로 이풍구를 찾았다.

"이풍구 선생이라면 지금 원주로 내려갔는데 어떻게 확인한단 말이냐. 신재규는 지금 아미산 쪽에 올라가 있지 않느냐. 내려올 때까지 우선 묶어서 가둬 두도록 하시오."

몸에 지닌 신표조차 없으니 참으로 난감한 노릇이었다. 동학도의 처지에서는 그의 말을 그대로 믿고 들였다가 무슨 낭패를 볼지 모르는 일이고, 첩자라고 처단했다가 동학도임이 확인되면 귀한 생명을 억울하게 하는 결과가 되는 것이니 이 또한 큰 죄를 짓게 되는 것이다. 그를 아는 사람이 돌아올 때까지 그대로 가두어 둘 수밖에 없었다. 보다 못한 차기석이 직접 나섰다.

"이름이 뭐라고 했소?"

"천탄이오."

"성은요?"

"성은 없소."

"어찌해서 이리되었소."

"지평에서 숯쟁일 했소. 동학하는 이풍구 따라서 신창희 고석주 같은 친구들과 함께 오다가 요 아래에 며칠 전에 창고가 불에 탄 곳에서 쫓아오던 관군 몇 놈 죽였소. 오밤중에 길을 찾아오다가 관군들한테 붙들려 가지고 개울바닥에서 모두 죽었소. 나 혼자 냅다 도망쳐서 살긴 살았는데 사방천지 갈 길을 잃어 헤매다가 이제 왔소."

"그럼 고처사가 거기서 죽었단 말이오?"

천탄은 죄지은 듯 고개를 끄덕였다.

"고석주 뿐만 아니라 여섯이 죽어 물에 떠내려갔소."

모두들 숙연했다.

"우리 방패막이하다가 결국 그렇게 되었군요. 멀리서 찾아온 분을 이렇게 첩자 취급을 해서 미안하오. 우리를 막아주다 죽은 사람들 더욱 미안하고. 이분께 먹을 것과 갈아입을 옷을 드리시오."

천탄은 우선 가죽 솥이 걸린 곳으로 안내되어 대궁밥에 나물을 얹은 밥을 받아 열흘 굶은 강아지처럼 밥그릇을 핥듯이 비웠다.

"더 자시겠수?"

천탄이 허겁지겁 밥을 입에 쑤셔 넣는 것을 물끄러미 바라보던 사내가 묻자 그는 고개를 끄덕였다. 밥을 짓는 사내가 물에 말은 누룽지 한 대접을 더 갖다 주었다. 눈이 휘둥그레지면서 숟가락으로 퍼먹는 그의 입과 손이 쉴 새가 없었다.

물에 자빠졌다가 정신을 차리고 일어나니 일행은 모두 총을 맞고 개울 바닥에 쓰러지고 자신만 살아있었던 것이다. 그대로 민가로 갈 수도 없었다. 날이 밝기를 기다려 방향을 잡으려고 산 능선에 올랐으나 어디가 어딘지 도통 감을 잡을 수가 없었다. 산에서 짐승이 먹을 만한 것은 모두 주워 먹고 캐먹고 따먹기를 사나흘 동안 견뎠다. 주변에 온 산을 헤매면서 그렇게 날이 흘렀다. 방향을 알 수 없으니 지평 쪽으로 갈 수도 없고 잘못 길을 잡았다가 또다시 관군들에게 잡힌다면 동비로 몰려 죽임을 당할 것이고, 그때는 그야말로 개죽음이지 않는가. 물에서 멀어져 산 능선을 타고 오르다 보니 사람들은 북적거리는데 민가는 아닌 것 같고, 그렇다고 관군이 이 골짝까지 왔을 것 같지도 않고 더 이상 이대로 다니다 굶어 죽느니 먹을 것이라도 얻어야겠다고 내려온 것이다. 산줄기를 이리저리 헤매다가 우연찮게 제대로 찾아온 것이다. 옷까지 얻어 입은 천탄은 초급자들이 경전을 배우는 곳으로 안내되었다.

천탄은 며칠간 논학문(論學文)을 익히고 그곳 생활에 적응했다. 도제가 포군에 들어갔다고 했지만 그곳에서 만날 줄은 꿈에도 몰랐던 것이다. 누가 나를 넘어뜨렸을까. 보아하니 그는 거기에서 우두머리 노릇을 하는 모양인데 앞장섰던 그가 직접 물에 빠져들어서 자신의 발을 밀어 넘어뜨렸다고는 생각되지 않았다. 그와 눈이 마주쳤을 때에 분명 놀라는 빛을 감추려 하는 얼굴이 뚜렷했었다.

아미산에서 내려온 신재규는 천탄을 보자마자 죽었다가 환생한 제 형제를 보듯 몸을 얼싸안고 반가워했다. 지평에서 함께 온 신재규는 여기에서 중요한 책임을 맡고 있었다. 고석주와 지평에서 온 화승 총잡이들이 이곳으로 오다가 포군에게 당했다는 소식을 천탄에게서야 듣게 된 것이다. 그렇지 않아도 그들을 찾기 위하여 사람을 내려 보내기도 했었는데 여태껏 찾지 못해서 애만 태우고 있던 참이었다. 몸이라도 찾아서 고향으로 보내줘야 한다고 울먹였다. 이풍구에게 맡겨 데려온 사람들이 제대로 뜻을 함께 하지도 못하고 죽으니 그의 가슴이 여간 쓰렸던 게 아니었다.

신재규는 동학관 안에서 천탄을 마주칠 때마다 제대로 먹는지 잘 배우고 있는지 관심을 보였고 하루빨리 세상이 바로 되어 고향으로 돌아가길 바란다고도 했다. 천탄은 낯모르던 사람들과도 사귀며 점차 익숙해졌다. 동학관에서는 경전강연이 끝나면 각자 의복과 신과 무기를 손질했다. 천탄도 총을 잃었지만 그 안에서 화승총을 가진 자는 몇 명 되지 않았다. 관병들로부터 빼앗은 조총이 몇 정 있었지만 탄환이 몇 발밖에 안 되니 쓸모가 없었다. 관군을 쳐서 탄환을 구해야 한다. 그래야만 저쪽과 비등

한 대적이 된다.

동창에서 양곡을 털어온 지 꼭 이레 만에 차기석은 동학도를 이끌고 장야촌 쪽으로 길을 나섰다. 장야촌은 잔솔치를 넘어 홍천으로 나갈 수 있는 빠른 길이었다. 어쨌든 시월 안에 이곳을 빠져서 횡성을 거쳐 원주 쪽으로 가야 한다.

장야평으로 가려면 수하리에서 삼십 리 한나절 길이었다. 천탄도 함께 따라나섰다. 화승총을 잃은 그에겐 대열 뒤에서 먹을 것을 지고 따라가는 것이 임무였다. 차기석은 농민군 숫자의 우세만 믿고 잔솔치를 넘어 장야촌으로 나선 것이 커다란 잘못이었다. 화승총 몇 자루와 조총은 처음부터 관군의 대적 상대가 되지 못했다.

천탄과 같이 짐을 메고 뒤따르는 신입도들은 대열이 마을로 들어서자 야산으로 몸을 숨겨 전세를 살폈다. 동학군이 잔솔치를 넘어 마을로 들어갔을 때에는 이미 갇힌 꼴이었다. 동학군은 길을 막고 있는 유동근의 진영을 뚫으려고 처음부터 맹렬하게 공격을 했지만 서석 쪽에서 큰솔치로 넘어온 영재의 토벌군이 뒤를 치고 들어온 것이다. 그대로 싸움을 계속하다가는 크게 당할 수밖에 없는 처지가 되었다. 공격에 앞장섰던 동학군이 논바닥에 쓰러지자 차기석은 얼마 싸워보지도 못하고 되돌아서야 했다. 죽은 동학군의 수가 삼십여 명. 장야평에서 포군들에게 덤벼들었던 전투는 그렇게 끝이 났다. 어제까지만 해도 함께 밥을 먹고 앉아서 경전을 공부하던 동문들이 죽어서 떠나갔다.

눈물을 머금고 돌아온 차기석 대장을 중심으로 모여든 초장(哨長)들이 먼저 간 사람들의 명복을 빌며 서로 손을 맞잡았다. 천탄과 함께 왔던 아까운 목숨, 신창희와 정사원이 함께 이 세상을 떠나갔다.

이제 홍천 동학군 중에서 남아있는 지평 출신은 이풍구와 신재규와 천탄뿐이었다.

차기석은 눈을 꼭 감고 어젯밤에 희생당한 서른 명의 얼굴을 하나하나씩 떠올리며 이름을 불렀다. 바로 눈앞에 살아 듣고 대답을 해올 것같이 살갑게 그들에게 작별의 인사를 했다. 비장하지만 우렁찬 목소리가 밖으로 퍼질 때마다 골짜기에 일천여 명이나 되는 농민군은 울분과 애통과 그동안 당해왔던 설움을 참지 못해 울음을 터뜨리고 말았다. 시신조차 거두지 못하고 도망을 왔으니 그들에게 더 미안하고 슬플 따름이었다.

다음 날 차기석의 척후조는 수하리 곧은골 안막에서 능선을 타고 아미산으로 올라가 풍암리 쪽을 살폈다. 며칠 전 장야촌에서 한바탕 살육전을 치루고 난 포군들은 군두리 쪽에서 진을 치고 있어 겉으로는 평온한 모습이었다. 차기석은 농민군을 세 개 대로 나누고 능선을 따라 아미산 쪽으로 올려 보냈다. 이번에 이곳을 뚫지 못하면 영원히 앞으로 나가지 못한다. 여러 사람들이 죽고 많은 사람이 지쳐 있었다. 그들은 본시 싸움을 준비한 무리가 아니었기 때문에 총과 도(刀)를 가진 관군들에게 속수무책으로 당할 수밖에 없었다. 이대로 관군과 다시 대적한다면 모두의 운명은 이미 하늘을 바라보고 아무리 구원을 빈다고 해도 이승의 삶은 오늘을 끝으로 예정해 놓은 것이나 다름없었다.

하루를 기다린 서산 능선 위로 깔리는 노을은 오늘따라 하늘에다 피를 뿌려놓은 듯 흉측해 보였다. 쫓기는 몸이 아니었다면 모두들 느긋하게 고향 생각을 하면서 평등한 천하의 뜻을 이루고 돌아가리라는 부푼 희망을 노을에 띄워 올렸을지도 모를 일이었다. 장야촌에서 죽어가는 참상을 보고 산으로 몰려 올라간 동도들은 차기석의 눈빛만 봐도 이미 패색이 짙어져 있다는 것을 느꼈다. 그러나 그 빛을 감추고 무리들 앞에 의연함을 지키려는 대접주의 목은 오히려 하늘을 향해 꼿꼿했다.

군두리에서 진을 치고 있는 맹영재 소모관과 김백선 포군장, 그리고 홍천 출신 민보군과 일본군 요시다(吉田)가 농민군을 토벌할 궁리로 머리를 맞댔다. 수하리 쪽에 모여 있는 동비들의 은거지를 쳐서 이번에 싹을 아주 없애버리자는 의견이 나왔다. 홍천 출신 민보군 중에 초장을 맡은 최씨였다.

그렇게 하자면 홍천에서 일어난 동비와 외지에서 들어온 동비를 합하여 일천여 명이나 되는 사람을 몰살시키겠다는 무서운 생각이었다. 홍천 민보군 쪽에서 초장 하나가 나섰다.

"우리가 동비를 토벌하고자 나선 것은 어리석은 이웃 형제들이 최시형이라는 자가 현혹시키는 말에 빠져 동학합네 하면서 양민의 재산을 탈취하고 불을 지르는 못된 짓을 막기 위함이고, 하루 빨리 그들을 잡아들여 자기네들이 가고 있는 길이 잘못된 길이라는 것을 일깨우기 위함이지 목숨까지 빼앗아 이 땅에서 그들의 씨를 말리고자 함이 아니오. 그들 중에는 우리와 일가붙이도 있고 가까이는 친형제와 가족도 있소. 그들의 대장인 차기석을 잡아들이면 저들은 흩어져 돌아올 것이오. 우리가 나선 목적은 차기석이라는 대장을 잡는 것이지 그를 따르는 자들을 죽여 없애기 위함이 아니요."

이에 더 이상 들을 필요가 없다고 생각한 요시다 중위가 그의 말을 막았다.

"이보오. 최상! 싸움이라는 것은 그렇게 요모조모 따져가면서 논리적으로만 되는 것이 아니요. 상대를 죽이지 않으면 내가 죽어야 하는 거요. 알겠소? 우린 저들이 무기를 버리고 나올 때까지 공격을 멈추면 안 될 것이요. 저들은 일천, 우린 겨우 이삼백이오. 저들을 죽이지 않으면 우리가 죽어야 해요. 알겠소?"

맹영재도 그 앞에서 거들었다.

"저들은 백성들을 되지도 않는 말로서 혹세무민한 죄. 양민의 재산을 탈취한 죄, 양반들을 죽인 죄, 세상을 뒤집어엎겠다고 역모를 꾸민 죄, 이것만으로도 잡히면 죽음을 면치 못할 것이오. 조정에서는 지금 나라 안에서 들끓는 동비 잔당들 때문에 잠을 못자고 고민을 하고 있소. 하루빨리 저들을 토벌하여 이 혼란한 세상을 바로잡아야 할 것이오."

최 씨는 한마디 더했다.

"우리가 지금 싸우고 있는 상대는 남의 나라가 아닌 바로 우리 핏줄이라는 걸 잊어선 안 되오. 하루빨리 저들이 우리 곁으로 되돌아올 수 있도록 설득하는 일이 먼저일 것이오. 내 말을 명심해주시오. 만일 산속에서 가만히 있는 저들을 모두 몰살시키겠다고 한다면 민보군으로 나선 우리가 용서하지 않을 것이오."

얼굴이 붉어지는 최 씨 앞에다 요시다는 권총을 들이댔다.

"닥쳐! 이 늙은이가 죽어야 정신을 차리겠나."

영재가 요시다를 제지하고 백선에게 최 씨를 데리고 나가라는 눈짓을 했다. 영재는 요시다를 설득하여 우선 저들이 있는 곧은골 동학관을 선제공격하는 일은 며칠 더 늦추고 동비들이 어떻게 나오나 동태를 살피기로 했지만 생각은 복잡했다. 소모관으로 동비를 토벌하라는 명을 받았으니 하루빨리 임무를 마치고 돌아가야 하는데 상대의 기세가 만만치 않은 것이다. 더욱이 이곳 민심의 반쯤은 그들 편에 가 있었다. 벼슬자리를 차지했던 집안에 가솔들이나 벼슬에 솔깃한 구실아치들과 유학에 빠진 유생들의 집안에서 민보군을 자처하고 들어왔으나 오랫동안 하나의 담을 끼고 살아온 이웃이고 피붙이들이었기 때문에 죽고 죽이는 싸움만은 피하고 싶었던 것이다.

차기석의 부대는 소모관 맹영재의 토벌대가 언제 들이닥칠지 모르는 공격에 대비하여 정탐과 경계의 긴장을 늦추지 않았다. 그들은 관군보다 월등히 많은 일천이라는 숫자에 기대를 걸고 낫과 괭이와 쇠스랑에 식칼까지 찾아서 무장을 했고 몇 안 되는 화승총이 앞장섰다. 농민군은 곧은골 동학관에서 출발하여 서서히, 아주 서서히 아미산에서 고양산에 이르는 능선을 향해 오르기 시작했다. 오륙백 보 앞선 그들의 척후조는 혹시 있을지도 모르는 상대의 정찰조를 찾아내려고 귀를 활짝 열고 주변을 살폈다.

동학군들은 일단 능선을 넘기 직전에 고양산에서 아미산에 이르는 산줄기 반대편 구부 능선 음지 안부로 몸을 숨겨 머물렀다. 이쪽이 유리하려면 목적한 곳으로 이동을 마치기 전까지는 앞이 어두워야 한다.

"풍암리 마을 가운데에 있는 능선에 진을 치면 사방이 탁 트여서 어느 쪽에서 공격을 하더라도 한눈에 들어와서 공격의 주도권을 우리가 쥘 수 있을 것이오. 능선 위에는 감자, 옥수수, 장작들을 묻어 두었소. 오늘에 대비해서 모아 둔 것이오."

최도열이 차기석 옆에서 풍암리 사정을 설명하고 있었다. 농민군은 자욱한 안개를 방패 삼아 마을로 서서히 내려갔다.

차기석의 부대는 아미산에서 3개 대로 나누어서 한 개 대는 곧바로 어론 쪽으로 내려가서 개울을 따라 풍암리까지 올라오도록 보내고, 또 한 개 부대는 아미산으로 가는 능선을 타다가 덕밭 쪽으로 내려가서 풍암리로 들어가도록 보냈다. 나머지 부대는 자신이 직접 이끌고 가장 짧은 큰골 된비알을 택하여 풍암리를 향해 내려왔다. 마을 가운데 능선을 선점한다면 풍암리에서 어론 군두 검산 쪽이 한눈에 내려다보이기 때문에 그곳에 진을 치고 관군을 공격하거나 방어하기가 유리할 것이라는 생각이었다. 일천여 대원을 삼백여 명씩 나누어 편성했으니 이삼백 밖에 안 되는 관군과 비교하면 그 수로만 봐서는 월등히 우세한 싸움이었다. 어둠 속에서 불 한 점 없는 차기석 부대의 이동은 관군도 그 방향을 알아채지 못했다. 양쪽이 팽팽한 긴장 속에 밤을 낮 삼아 움직였다.

천탄은 신재규가 곧은골에 잔류하라는 권유에도 싸움 나가는 부대 뒤를 따라나섰다. 그날 밤 그가 정말로 도제였다면 지금 싸우러 나가는 상대편에 있을 것이다. 만나고 싶은 것도 아니고 피하고 싶은 것도 아니지만 함께 용문산을 이리 뛰고 저리 뛰며 사냥을 함께 하던 얼굴이었으니 확인은 해두어야 할 것 같아서였다.

도제가 그리로 갔다면 그쪽이 옳을 것이었다. 그는 사냥꾼들을 이끌고 항상 옳은 판단을 했다. 사냥감이 다니는 길목을 귀신 같이 알고 숨어서 기다리다가 화승총 한 방으로 명중시켜 잡았다. 잡은 공 따지지 않고 머릿수 대로 똑같이 나눠줬다.

그는 항상 이겼다. 그러니 그쪽에 도제가 있다면 이 쪽 수효가 아무리 많다고 해도 지는 싸움이었다. 무리의 뒤를 따르는 천탄의 마음이 혼란스러웠다. 신재규는 이미 앞장서 나아가서 그와는 말을 나눌 수 없는 거리였다.

이 싸움은 먼저 공격하여 자신을 드러내는 쪽이 지는 싸움이었다. 그걸 모를 리 없는 소모관 쪽에서는 상대가 먼저 공격해오기를 기다렸다. 그러나 백선은 영재의 그런 소극적인 태도가 마음에 들지 않았다. 토벌군이 요시다의 군대를 등에 업고 몰려 들어가서 모조리 없애버린다면 일찌감치 끝날 싸움이라고 생각하고 있는 것이다.

"소모관. 오늘까지 저들이 꿈쩍 않으면 우리가 칩시다. 언제까지 이렇게 기다리고 있을 수야 없지 않소. 우리가 홍천 땅에 온지 벌서 석 달이 다 되가는데 마누라 자식 생각은 안 나오? 오늘 밤이라도 들어가서 차기석이 모가지 끌고 나오면 되는 것을 가지고 뭘 그리 망설이오."

영재는 백선의 용맹한 성격 때문에 붙잡아 쓰고 있지만 어떤 때는 오히려 방해가 되고 있었다.

"저쪽에선 바로 그걸 노리는 거야. 저자들이 나갈 만한 길목마다 우리가 지키고 있으니 독안에 든 쥐나 마찬가지지. 그런데 우리가 독을 깨고 저들을 잡으려 하면 깨진 틈으로 달아나게 도와주는 것이나 다름없어. 그대로 지키기만 하면 되는 걸 가지고 왜 벌여서 일을 그르치나. 동비 토벌은 덤비는 용맹과 혈기만으로 되는 것이 아니야."

마침 정찰을 나갔던 군졸 하나가 농민군이 아미산 쪽에서 내려오고 있음을 진영에 알려주었다. 차기석의 농민군이 서서히 진등으로 내려오자 영재는 회심의 미소를 지었다. 진등이라는 곳이 낮은 언덕으로 올라가서 내려다보면 적을 살필 수 있는 시야가 넓지만 사방팔각에서 포위하고 들어올 경우에는 어디로도 숨어서 도망갈 곳이 없어 몰살을 당하게 되는 곳이었다. 가장 안전하다고 생각하는 곳이 때에 따라서는 가장 위험할 수도 있는 것이다. 그러니 상대의 위험은 나의 호기였다.

“저들은 일천이다. 숫자만 믿고 진등에 내려와서 진을 칠 때까지 기다려라.”

영재의 속셈을 알 리 없는 포군 초장들은 어리둥절하였다. 완승을 하려면 상대의 퇴로를 막아두고 공격을 해야 하는데 저들은 스스로 퇴로를 막고 덤벼드는 것이다. 영재는 유동근 앞에서 자신의 예지력을 뻐기며 군졸을 군막 앞으로 모았다.

“오늘 밤 저들은 마을로 내려와서 포위되었음을 알면 막다른 골목에 쥐처럼 덤벼들 것이다. 막다른 곳에서 되돌아 무는 쥐는 성질만 사나울 뿐이지 별게 아니다. 쥐는 그냥 쥐일 뿐 그 이상 아무것도 아니다. 고양이 군대가 쥐를 잡기는 식은 죽에 물 말아 먹기보다 더 싱겁다. 하지만 우린 오늘 밤 겁 없이 덤벼드는 저들을 상처 하나 안 입히고 아주 깔끔하게 해치우기 위해서 작전을 명한다. 산 밑에서 내려오는 골짜기와 개울, 홍천으로 나가는 길목, 군두리, 검산리 쪽으로 나가는 길목을 모두 지킨다. 매복하는 포군은 동비들이 마을에 모두 내려와 진을 칠 때까지는 길을 터줘라. 그들이 눈치채지 못하고 산에서 내려와 능선으로 접근하면 서서히 뒤를 밟아 포위망을 만들고 지켜만 봐라.”

날이 밝고 안개가 희미하게 걷히자 양 진영의 모습이 드러나고 긴장이 감돌았다. 횡성으로 내려가는 길목을 지키고 있던 영재의 민보군들은 백선을 앞세워 어둠을 엄폐물 삼아 군두리 쪽으로 들어왔고 정탐꾼들은 동막산 능선에서 마을을 내려다보고 있었다. 유동근 현감이 이끄는 포군들은 홍천으로 나가는 어론리 길목을 막고 있었다. 또 일본군은 운두령으로 향하는 길목을 지키고 있어서 동학군들은 어느 곳으로도 풍암리를 빠져나갈 수 없었다. 풍암리에서 식량을 털어 횡성이나 양양 쪽으로 빠지려는 길목을 막아버렸으니 산으로 가는 수밖에 없는데 산으로는 한 사람이 지고 갈 수 있는 양이 한정되어 있고 쫓기만 한다면 얼마 못 가 잡을 수 있기 때문에 적당히 퇴로로 열어둔 것이다.

아침이 되자 능선은 차기석의 농민군들로 가득 찼다. 안개가 잔뜩 끼어서 십여 보 앞도 내다볼 수 없는 시야였다. 밤을 지새운 동학도들은 옷이 몸에 감기는 축축함을 견뎌내고 으슬으슬한 늦가을 한기를 털어내려고 몸을 떨었다. 작은 분지로 펼쳐진 풍암리를 내려다볼 수 있던 낮은 구릉은 앞을 내다볼 수 없는 안개가 자욱하여 아무것도 보이지 않았다. 가운데 골짜기로 내려온 대원들이 안개 속에서 모습을 드러내면서 멀리 햇빛이 희미하게 비치는 곳을 동쪽으로 알아볼 뿐이었다.

차기석의 농민군들은 시퍼렇게 날을 갈은 낫과 끝을 뾰족하게 깎은 작대기와 약초를 캐는 곡괭이로 무장을 하였다. 풍암리 진등에는 최도열의 말대로 총알을 피할 수 있는 진지를 만들려고 땅을 파니 곡식과 먹을 것들이 묻혀 있었다. 이곳에서 진을 치면 장기전이 될 것이라는 계산으로 최도열은 곡간을 모두 털어 이리로 옮기다시피 한 것이다.

차기석의 일꾼이 마차로 밥을 싣고 올라왔다.

"마음껏 먹어라. 원 없이 먹어라. 싸움도 먹어야 힘이 나느니. 싸움은 많이 먹어 힘센 쪽이 이기는 것이다."

농민군을 뒤따라온 천탄은 부지런히 먹을 것을 퍼 날랐다. 사면팔방으로 진을 친 동도들은 차례로 빠져나와서 든든하게 배를 채웠다. 모처럼만에 맛보는 소고기에 쌀밥 포식이었다. 조반을 마치고 나서 안개가 걷히자 눈앞에는 그동안 세상모르고 편안하게 먹었던 밥이 거꾸로 올라올 정도의 놀라운 일이 광경이 펼쳐졌다.

동남쪽은 영재의 포군들이 꼭 화승총의 사거리 밖까지 다가와서 진을 치고 있었고 홍천에서 들어오는 어론리 방향은 유동근의 군졸들이 깃발을 세우고 지키고 있었다. 북동으로는 붉은 피를 한 점 찍은 일본군 깃발이 멀찌감치 떨어져서 다나카와 월두의 일행이 팔짱을 끼고 동태를 살폈다.

차기석은 능선 곳곳에 깃발을 꽂고 천여 명의 농민군을 수천여가 넘도록 불러 보였다. 천탄은 이리 뛰고 저리 뛰면서 한 아름씩 깃발을 안아다 꽂았다. 깃발은 호랑이가 번쩍 치켜든 꼬리같이 자신감의 과시였다. 망루 높은 곳에는 훈련하던 목총을 잔뜩 쌓아 놓았다. 먹을 것과 싸울 무기가 충분하고 이곳 농민군이 수천이니 어디 올 테면 와 보라는 위협이었다.

천탄은 그들과 함께 진지의 앞에 나서지 않고 뒤에서 무기와 물자를 날라주는 일을 스스로 눈치 빠르게 해댔다. 진지와 농민군의 숫자와 쌓아 놓은 먹을 것으로만 보면 최소한 한 달 이상 버틸 수 있는 양이었다. 이 싸움에서 이긴다면 이제 농민군은 더 이상 배고픈 농민은 아닐 듯싶었다. 이제야 평등한 세상이 오는 것인가. 천탄뿐만 아니라 차기석의 자신감 넘치는 지휘와 호령은 모든 동학도와 농민군대의 사기를 안개 낀 하늘까지 뚫어 올렸다.

그러나 그들이 능선으로 쉽게 공격해 올라올 것이라는 예상은 차기석의 오산이었다. 그들은 오랫동안 그대로 거기에서 지키고 있었다. 먼저 영재 쪽에서 만장 같은 깃발을 세워 투항을 권하는 글을 보였다.

'너희는 지금 나라에 반역행위를 하고 있다. 더 큰 죄를 짓지 말고 무

기를 버리고 돌아오면 지금까지의 죄를 묻지 않겠다. 더 이상 피를 흘리지 말고 투항하라.'

깃발의 글자대로 영재 쪽에서는 목소리 큰 자가 이쪽에다 대고 소리를 질렀다.

"너희들은 최시형과 차기석의 꾐에 빠져 잘못된 길을 가고 있다. 빨리 무기를 버리고 투항하라. 투항하는 자는 모든 죄를 용서할 것이다."

그들을 바라보던 차기석이 망루 위에서 코웃음을 쳤다. 신재규가 그 앞에 나섰다.

"왜놈들의 주구, 썩은 패당의 앞장이 맹감역! 나는 지평에서 온 신재규다. 지금이라도 왜놈들의 사냥개 짓을 그만두고 네 뒤에 있는 주인, 왜놈에게 총을 쏴서 민족의 영웅이 되어라. 그러면 넌 대대손손 자손들에게 융숭한 제삿밥 잘 얻어먹을 것이다. 조선에서 태어난 백성이라면 나라를 구하는 일에 목숨을 바치지는 못할망정 나라를 한 입에 삼키려는 늑대의 먹이에 양념간은 쳐주지 말아야지. 출세에 눈이 뒤집혀서 썩은 세상 도려내자고 나선 우리에게 총칼로 싸우자는 것이냐?"

영재는 슬슬 열이 올랐지만 지켜보고만 있었다. 토벌의 수칙을 지켜야 한다. 먼저 투항을 권유하고 저들이 덤벼들 때에 방어하는 처지에서 탄환을 쏴야 한다. 그래야 토벌의 명분이 선다. 저항하는 동비들을 생포해서 벌주려고 했지만 워낙 극렬하게 저항하므로 포군들의 생명을 위험하여 어쩔 수 없이 총을 쏘게 되었다고. 그러니 뒤에서 바라보고 있는 백선은 여전히 답답하고 안타까웠다.

천탄은 진지 뒤에서 바구니에 담긴 주먹돌을 부지런히 날랐다. 급할 때에는 주먹돌이 화승총보다 빨랐다. 이런 때를 대비해서 최도열이 일꾼들을 시켜 내촌으로 흐르는 개울에서 모아둔 것이다. 주먹돌은 탄환이 바닥나고 무기도 잃으면 한 바구니씩 손에 들고 던져야 할 최후에 무기였다. 천탄은 신재규의 등 뒤에서 그 용맹에 감탄했다. 이제 관군을 무너뜨리고 승리하는 그 모습을 똑똑히 지켜볼 것이다.

천탄의 눈에 멀리 진을 치고 있는 영재 옆으로 도제(김백선)의 모습이 보였다. 포군의 군복을 입었지만 멀리서 봐도 그는 분명히 사냥꾼 도제의 얼굴이었다. 천탄은 며칠 전 저들에게 묶여 쓰러지던 개울바닥의 얼음 같은 냉기를 등짝으로 느끼며 백선 쪽을 바라봤다. 천탄이야 그를 알아봤지만 그가 멀리서 천여 군사 틈에 있는 천탄을 알아볼 리 없었다. 그나 천탄이나 세상 살아가기 어려운 똑같은 처지였었는데 어쩌다 이렇게 맞서게 되었는가. 영재 쪽과 맞선 진지에 농민군들의 화승총이 상대를 정조준 했다.

'상대가 몰려오거나 집단으로 움직이면 딱 한 놈만 정조준을 해서 그 움직임을 따라 쏴야 한다. 한 번에 쏠 수 있는 탄환은 단 한 발뿐이다. 여러 놈 잡으려다 한 놈도 못 잡고 당한다. 가슴은 갑옷을 입었을 것이니 첫째는 얼굴, 차선으로 다리를 겨냥하라. 얼굴이면 즉사할 것이고 다리면 걷지를 못해 전력을 잃게 할 것이다. 우리는 천이고 저쪽은 수백이니 우리 편 한 사람이 저쪽 편 한 사람만 해치면 남는 수로 반드시 이긴다.'

총수(銃手)는 이것이 철칙이었다. 어차피 탄환 한 발로 하나밖에 못 맞추니 귀한 탄환을 허비하지 말고 하나를 맞춰도 제대로 맞추라는 것이 훈련된 사격방법이었다. 그러나 화력은 포군과 정반대였다. 포군은 모두 조총으로 공격을 하고 이쪽은 불과 화승총 몇 십 자루밖에 없으니 싸움은 총의 숫자로 판가름이 날 수 밖에 없었다.

몇 번의 간헐적인 사격에 돌팔매로 투석전이 오가더니 진지에 농민군 몇이 총을 맞아 쓰러졌다. 피를 본 농민군이 참다 못해 진지를 넘어 포군들에게 다가가면서 돌을 던지고 낫과 곡괭이와 도끼를 휘둘렀다. 영재 쪽은 그들이 사정거리까지 다가오기를 바라며 이따금씩 한 발 한 발 쏘아댔다. 농민군 일백여 명이 순식간에 그들과의 사이가 백여 보 안으로 들어서는 순간 조총 탄환이 농민군을 향해 비 오듯 쏟아졌다. 참으로 어처구니없는 일이었다. 진지를 지키라는 초장의 명령도 듣지 않고 그들은 흥분하여 진지를 뛰쳐나간 것이다. 일백여 농민군이 단 한 사람도 살지 못하고 그들의 눈앞에서 몰살을 당한 것이다. 쓰러지고 넘어진 위로 덮이고 또 덮였다. 흰옷에 붉은 피 칠은 농민군을 더욱 분노케 했다.

"우린 저자들의 패악한 학정에 더 이상 살 수 없어 죽기를 각오하여 싸우려고 나선 몸이다. 죽음을 두려워하면 죽을 것이고 살기를 포기하여 싸우면 영원히 살 것이다. 동학도여! 저들의 탄환이 다할 때까지 내 가슴을 뒷 동지의 방패 삼아 앞으로 나가자. 내 한목숨 총알받이로 형제들을 살릴 수 있다면 기꺼이 죽으리라."

신재규였다. 그는 쓰러진 농민군의 시신을 어깨에 메고 도끼를 손에 잡았다. 그리고 나를 따르라며 앞서 나갔다. 그 모습을 눈앞에서 본 농민군들은 치솟는 울분을 참지 못해 앞으로 나갔고 이를 보다 못한 다른 방향 진지에 농민군이 영재의 민보군 쪽으로 몰려들었다. 차기석이 각자의 진지를 지키도록 명령했지만 그들은 눈앞에 나자빠진 일백여 농민군만 보일 뿐 차기석의 목소리는 들리지 않았다.

천탄은 진지에 웅크리고 앉아서 그들의 모든 모습을 지켜보고 있었다. 그런데 그의 앞에서 활을 든 궁수 하나가 활시위를 당겨 포군 쪽을 겨냥하고 있었다. 저쪽에서 포군을 이끌고 서서히 앞으로 다가오는 사람은 멀리서 봐도 분명히 백선이었고 팽팽한 시위에 걸어 당긴 화살촉 끝은 분명 그를 향하고 있었다. 모두 진지를 넘어 나가고 남은 사람은 궁수와 천탄뿐, 주변엔 아무도 보이지 않았다. 그가 그대로 활시위를 놓는다면 백선은 당할 것이다. 바로 그 순간이었다. 천탄은 눈에 띄는 대로 도끼를 집어 들어 그의 머리를 내리쳤다. 활을 든 자가 맥없이 그 자리에서 쓰러졌고 놓친 화살은 땅바닥에 오십여 보 앞으로 다가온 백선의 팔을 빗겨 나갔다. 천탄은 그 자리에 도끼를 버리고 반대편 진지로 향했다. 전력은 모두 포군 쪽에 집중되었고 발걸음은 이미 반대편 진지를 넘어서고 있었다.

반대편 진지가 비자 그쪽을 포위하고 있던 민보군들이 동시에 밀고 올라왔다. 그대로 있다간 홀로 당하는 꼴이다. 그야말로 개죽음이 된다. 포위망을 좁혀 오면 갖고 있는 연장으로 육박전을 치룰 수밖에 없다. 천탄은 손에 잡히는 대로 쇠스랑을 들었다. 농민군은 낫이며 칼이며 쇠스랑을 손에 집히는 대로 잡아 휘둘렀지만 그들이 쏘아대는 총에 맥없이 쓰러졌다. 전열을 가다듬던 싸움이 참으로 어처구니없이 끝나가고 있었다. 진지 가운데를 지키고 있던 동학도 잔병들은 서둘러 아미산 쪽으로 치뛰고 있었다. 천탄은 충분히 잔병들의 뒤를 따라 도망을 갈 수 있었는데도 손에 들었던 쇠스랑을 내던지고 그 자리에 주저앉았다. 근거리에서 무기조차 손에서 잃은 잔병들은 김백선의 포군들에게 사로잡혔다. 능선은 서로의 팔다리가 뒤얽힌 시체더미였다. 며칠 동안 장기전이 되리라고 예상되었던 싸움은 너무나도 처참한 서로 간의 살육전으로 맥도 못 추고 끝이 나고 말았다.

도망가지 못하고 남은 농민군 몇몇이 붙잡혀서 묶였다. 천탄은 다른 동학군과 아미산 쪽으로 도망할 기회가 충분히 있었는데도 아예 도망가기를 포기한 것이다. 궁수를 죽이겠다고 작정했던 것도 아니었다. 자신도 왜 그랬는지 모르겠다는 생각이 들었다. 백선에게 화살을 겨냥하는 순간 천탄의 눈에는 그가 적으로 보였던 것이다.

그래, 우리는 사냥몰이를 함께하던 같은 편이었어. 잡은 고기를 함께 나누어 먹던 한편이었지. 그러니 우리 편에게 활을 겨냥하는 너는 나의 적이야. 적, 그래 나는 적을 죽였어. 이렇게 수많은 사람들이 죽었는데 내 손에 죽은 너도 그 적 중에 하나일 뿐이다. 잘 가거라. 동지야.

천탄은 묶인 채로 고개를 들어 푸른 하늘을 올려다보았다.

그래, 애초부터 하늘은 없었어. 사람들은 하늘 텬(天) 자를 써놓고 이게 하늘이라고 만들어 낸 것이야. 그러니 하늘 텬(天)자만 내버리면 하늘은 없어지는 것이지. 보이지도 않고 만져지지도 않는 하늘이 있다고 하면서 사람을 죽여 놓고 인내텬(人乃天) 할 수는 없지.

천탄은 눈을 감았다. 눈을 감으면 하늘이라고 희롱하는 푸른빛마저 없어지는 것을. 어느새 포군들이 천탄을 포박하고 있었다.

포군의 일부는 아미산으로 달아나는 농민군을 쫓았고 마을에 아낙과 아이들과 노인들은 살육전이 끝난 진등으로 올라와서 농민군들의 주검을 뒤척이며 오래전에 집을 나간 혈육들을 거기에 제발 없기 바라는 마음으로 찾았다. 참으로 다시 못할 싸움이었다. 무엇 때문에 이리 싸운 것일까. 무기라곤 변변치 않은 저들에게 어쩌자고 탄환을 퍼부어댄 것일까. 자기 목숨 살리려고? 수백여 주검 중에서 오래전에 집을 나간 자기 사내나 아들, 형제를 찾아낸다는 것은 모래밭에 떨어진 쌀알 찾기였다.

노인들이 능선 가운데 땅을 파고 아낙과 아이들이 시신을 날라다 뉘는 일이 날이 저물도록 계속되었고 그 위에 대강 흙을 덮고 나서야 내려왔다. 찾아낸 혈육은 따로 옮겨 남향받이 햇볕 잘 드는 곳에 묻었다. 그렇게 따로 묻은 시신이 삼십여 구가 되었다. 그러니까 풍암리에서 낳아 자라서 동학하다 죽은 사람은 삼십 정도. 시신을 찾지 못한 사람들은 혈육이 도망쳐서 어디선가 살아있기를 바랐다. 살아있어만 준다면 좋은 세상이 와서 언젠가 만날 날이 있겠지. 찾다가 지친 몇몇은 그렇게 작은 희망을 가지고 진등에서 내려갔다. 묻을 때까지 침묵하던 사람들이 능선을 내려가면서 눈물을 쏟으며 주저앉아 목을 놓아 울었다.

전열을 정비한 영재는 진영으로 돌아와서 저녁 불을 밝혀 붓을 들고 부지런히 경기감사 신헌구에게 동비 토벌의 결과를 올리는 장계를 적어 나갔다.

"내 오늘 백선이 잘 싸운 공을 조정에 보고하여 상을 내리도록 하겠네. 자넨 포군으로만 머물러서 싸울 사람이 아니야. 앞으로 나와 함께 하면 세상을 어지럽히는 난적, 동비들 없애고 좋은 세상 만드는 일을 해야 하네. 그날이 멀지 않았네. 어떤가. 내 말에 화살 맞은 아픔이 조금 치료가 되는 것 같지 않는가. 빗맞아서 다행이지 큰일 날 뻔 했네. 하하하하."

관군의 군막에서 조정에 올리는 장계를 다 쓰고 난 영재가 백선에게 찬사를 거듭하면서 기분 좋게 웃어 젖혔다.

비적 수천여 명이 흰 깃발을 세우고 진(陣)을 치고 대항하기에 총을 쏘며 접전하였는데, 사상자는 그 수를 알 수 없고 사로잡은 놈들은 모두 어리석어서 강제로 끌려들어간 자들이기 때문에, 자세히 조사하고 일일이 타일러서 놓아 보내고 귀순하여서 생업에 안착하게 하였습니다.*

"일없네. 양민의 곡간을 털어가던 비적들만 혼내주면 내 할 일 다 하는 것이지 나 같은 사냥꾼에게 상은 무슨. 무슨 짓이든지 삼시세끼 뜨뜻한 밥 먹고 살면 그만이지. 더 바랄 게 뭐 있나."

"놈들이 곡간만 털었나? 되지도 않는 변설로 선량한 양민들의 혼을 쏙 빼가서 혹세무민(惑世誣民) 한 죄가 더 크지."

"혹세무민? 혹세무민이 무언지 난 그런 거 몰라. 하여튼 애써 농사지은 곡식을 제 것처럼 가져다 먹는 놈들은 없애야 하는 게 이 세상 법칙이여. 그러니 내 이렇게 나섰지."

"이유가 어찌 다르든지 놈들이 이 땅에 다시는 발붙이지 못하게 해야지. 이 세상은 오로지 상감만이 다스릴 수 있고 상의 명을 받은 자만이 백성을 다스릴 수 있는데 제 놈들이 저희끼리 도주입네, 접주입네 하면서 조직을 만들어 서로 다스리고 복종하고 하는 것이 좁은 조선 땅덩어리 안에서 또 하나의 나라를 세우겠다는 것과 뭐가 다른가."

백선이 그에 응답했다.

"제 놈들이 서로 조직을 만들든지 나라를 세우던지 우리가 상관할 바 아니지만 남의 재물 함부로 도적질하는 놈들은 이 조선 땅 안에서 없애

*『고종실록』 32권, 31년(1894 갑오년) 11월 2일(갑술).

고 말아야지.”

김백선. 어렸을 때 이름은 도제. 그는 지평군 상북면 하갈에서 태어나 용문산 줄기를 타고 다니면서 몰이꾼들을 데리고 사냥으로 젊은 날을 보내다가 영재가 불러들여 포군장으로 싸우고 있었다. 영재는 싸움에서 겁내지 않고 달려드는 그의 용감한 기개가 우선 탐이 났다. 이번에 부상을 당한 것도 그의 나서는 기질 때문이었지만 싸움마다 앞장서는 성격은 겁을 먹고 얼드렸던 군사들의 전의를 불러일으켰다. 조정에다 상을 구하는 것은 미끼였다. 앞으로 자신과 손을 맞잡는다면 큰 힘이 될 것이기 때문에.

부하의 재주는 곧 장수의 힘이 되는 법. 백선을 자기 휘하로 확실하게 끌어들인다면 막강군사를 거느리는 것과 다름없었다. 백선과 사냥터에서 함께 했던 포군들은 백선을 통해서 거느려졌다. 그러니 영재는 백선을 지휘함으로써 포군들을 지휘했다. 양근과 지평 쪽에서는 영재의 동학군 토벌 작전이 심해지자 홍천 쪽으로 활동 거처를 옮겼으나 포군들은 땅끝이라도 쫓아갈 기세로 꼬리를 놓치지 않고 따라왔던 것이다.

소모관으로 임명된 영재는 이번 동학도 토벌로 공을 세워 현감 자리라도 하나 얻어 앉으려는 속마음을 감추고 있었다. 그러려면 이번 기회에 백성을 현혹시키는 동비들의 씨를 말려야 한다고 관포군을 다그쳤다.

동비를 토벌한 공으로 영재는 지평군수가 되고 백선은 절충장군의 첩지를 받았다. 절충장군은 정삼품(正三品) 서반(西班) 무관(武官)에게 주는 벼슬이므로 평민이었던 김백선이 양반이 된 것이니 대단한 출세였다. 그들은 동비를 제물로 하여 출세를 하였고 동비들은 싸움에 나섰지만 결국 자신을 죽여 영재와 백선의 출셋길을 도운 셈이었다. 그의 휘하에는 사백여 명을 거느리는 포군이 있었다.

용문산 능선을 오르락내리락 하면서 사냥감을 쫓아다니던 패들이 하루 닷 냥 벌이 벼슬을 한 것이다. 벼슬이라는 것은 그 녹이 많든 적든 어깨에 주어진 권력 자체만으로도 으쓱거릴 수 있는 나라로부터의 은혜였다. 그 은혜를 결국 임금이 내렸으니 임금을 위한 일이라면 이제부터 목숨을 다 바쳐도 아깝지 않았다. 백선은 눈을 감고 자신이 받은 벼슬을 생각했다. 총으로서 가문을 일으킨 것이다.

천탄은 백선이 힘을 써봤지만 지평에서 홍천 땅까지 쫓아다니며 동학을 했으니 아무리 구실을 붙여도 그냥 내보낼 수는 없다고 공평하게 벌은 받아야 한다면서 볼기를 몇 대 얻어맞고 풀려났다.

풀려나기 전날 밤 옥안으로 백선이 직접 찾아와서 태형이 내려졌으니 한 대씩 맞을 때마다 '아이고 나죽네.' 하고 버둥거리면서 하느님만 빼고 옥황상제, 부처님, 조상신님까지 다 찾아내서 엄살을 피워대라고 일러줬다. 매는 나중 맞는 매가 가슴 졸이고 마음 아프고 볼기도 제일 아플 것이지만 때리는 옥리의 팔에 힘이 빠져 생각보다는 아픔이 덜할 것이라니 너무 겁을 먹지 말라고까지 해줬다. 내일 풀려날 때에 줄 것을 미리 주노라면서 데리고 온 군졸을 시켜 두부 한 모를 입에 쑤셔 넣게 했다.

동학인지 서학인지 '학' 자가 들어가는 말이니 잘은 모르겠는데 어쨌든 그 학은 내던져 버리라는 얘기였다. 머릿속에 학이 자리 잡으면 그때부터는 세상이 모두 삐뚤어져 보이니 자기 혼자서 고개 한번 갸우뚱하면 될 것 가지고 힘도 모자라면서 제 손으로 삐뚤다는 세상 바로 세우려다가 모두 죽음을 맞는다는 것이 백선의 말이었다. 사냥을 다니면서 총만 잘 쏘는 줄 알았는데 백선이 언제 그렇게 학식 높은 말을 알고 있는지 놀라웠다. 밖에서 순대를 아예 한 포씩이나 가져다 옥리들에게 안겨준 덕에 백선과 천탄은 실로 오랜만에 옥사 문살을 사이에 두고 밤이 이슥토록 지난 얘기를 했다. 동창에서 백선이 천탄을 처음 본 순간 반가워서 얼싸안고 싶었지만 그가 동비였음에 정신을 차리고 물속에 집어넣어 살렸노라고 실토했다.

천탄은 서석 진등에서 관군과 싸움이 붙었을 때에 백선을 발견했고 그에게 화살을 정조준 하는 궁수의 뒤통수를 내리쳤지만 빗나간 화살이 백선의 팔을 맞더라는 얘기를 그때서야 했다. 그러니 둘이 서로의 목숨을 살려낸 빚은 맞비긴 셈이었다. 백선은 그런 천탄에게 더욱 애착이 갔고 어떻게든지 자기 옆에서 함께 있게 하고 싶었다.

“천탄이 자네. 여기서 나가면 꼼짝 말고 기다려. 내가 오랏줄로 묶어서 포군으로 다시 끌어올 테니까. 도망갔다가는 내가 이 땅 아니라 우주 밖에까지라도 날아가서 잡아 올 것이니 그런 생각은 아예 버리고.”

밤이 이슥해서야 백선은 천탄의 손을 한 번 잡아주고 일어났다.

천탄이 지평 관아에서 나와 집터로 가보니 예상대로 잿더미였다. 부탁했던 막쇠의 짓이거니 했는데 이웃이 천탄을 알아보고 달려와서 알려주기를, 관군이 와서 동학당에 나간 사람의 집이라고 불을 질러버리더라는 것이었다. 주변에서 달려들어 불을 끄려고 했지만 그리했다가는 동학당과 한 패거리로 몰아 잡아가겠다고 엄포를 놓으니 사람들은 밤새도록 천탄의 식구가 집 안에서 불에 타기라도 하는 것 같은 안타까운 마음으로 밤을 지새워 지켜봤다는 것이다. 천탄의 옛집은 그렇게 잿더미가 되었다. 막쇠가 그랬건 관군이 그랬건 집은 이미 천탄에게서 없애 둔 것이었으니 아깝거나 아쉬운 것도 없었지만 아내가 돌아와서 망연자실 했었을 생각을 하니 미안하기도 하도 측은하기도 하고 보고 싶기도 하고 궁금하기도 하여 발걸음을 상동에 있는 처가 쪽으로 돌릴까 하다가 숯막을 찾아갔다.

숯막은 보기 좋게 쑥밭이 되어 있었다. 숯가마는 진흙으로 탄탄하게 다져서 구웠던 지붕이 내려앉고 둥그렇게 돌로 쌓은 축담에 그을음이 가득한 채 속을 드러내고 있었다. 숯가마 안으로 들어가서 지붕에 빼꼼 뚫린 구멍으로 쳐다보던 하늘이 없어졌다. 마침 날이 저물고 있으니 별이 없다면 하늘은 영원히 이 세상에서 사라져 버렸을 것이다. 천탄은 여기저기 나뒹구는 흑탄 조각과 숯가루를 발길로 걷어차고 내려왔다.

용문산을 내려오는 다랑 논에는 모를 심은 물속에서 개구리가 울고 별은 달빛에 못 이겨 제빛을 감추고 있었다. 천탄은 터덜거리며 상동 쪽으로 발걸음을 옮겼다. 짚신은 바닥이 피어올라 발등만 덮고 있어 허리에 묶었던 띠를 반으로 갈라 양쪽 발에 묶었다. 신은 안 신은 것이나 같았지만 오랜만에 찾는 처가에 빈손임은 그렇다고 치더라도 맨발까지 보이고 싶지는 않았다. 흙바닥에 차가움을 피하려고 천탄은 부지런히 발길을 옮겨 상동으로 향했다.

섬실에 이르자 솟을대문 안정옥의 집에 마주쳤다. 임오년 7월에 민 황후가 열흘간 머물고 간 뒤 가마가 들어가지 못한다고 하여 높여 세운 문이었다고 처가 쪽 사람들의 자랑을 귀가 아프게 들었었다. 섬실에서는 왕비가 다녀갔다는 그 집을 성스러워 했고 보물처럼 아끼면서 안정옥 현감이 벼슬살이를 나가서 비워두고 있을 때에도 수시로 와서 쓸고 닦았다. 사람들은 민영기와 오위장 구연소, 민응식, 민긍식을 들먹이며 안정옥의 권세가 섬실에도 미쳐서 승승장구할 것이고 섬실은 이제 큰사람이 날것이라고 기대아닌 기대를 했었다. 천탄이 동학에 나가기 전이니 늦장가를 들어 아내를 맞아들이기 오래전, 햇수를 따져보니 칠팔 년 전에 일이었다.

달이 일찌감치 서쪽 하늘로 스며들고 나서야 별들은 슬금슬금 제빛을 내기 시작했다. 천탄은 솟을대문을 지나쳐 올라가 산 밑에 웅크린 초가 널문을 두드렸다. 밖으로 나온 사람은 초로의 모습으로 세어버린 백수염을 붓처럼 기른 처가 쪽에 아저씨뻘이었다. 처숙의 부름을 듣고 안에서 나온 아내는 어둠 속에서 천탄의 혼백을 맞은 것처럼 까무러지며 주저앉았다. 여기저기서 홍천으로 도망간 동학도들은 모두 죽었다는 소문을 들으면서 죽은 줄만 알았던 사내가 돌아왔으니 필시 이 사람이 혼백임이 분명하리라고, 아내는 그렇게 생각했던 모양이다. 얼굴이 반은 관속에서 갓 나온 것 같은 송장이었으니 그 몰골이 말이 아니었다.

방 안에 든 천탄은 밥을 얻었고 옷을 얻었다. 그 집이 자기 집도 아니고 아내의 집도 아니니 그 의복과 음식이 또한 그의 것이 아님에 얻었다고 할 수밖에 없었다. 나약하기만 하던 아내는 정신을 차리고 나자 놀라울 정도로 차분하게 상을 차려내고 늦은 저녁상을 홀로 받아먹기를 마치자 흰 바지저고리를 내놓았다. 천탄이 망설이고 두리번거리다가 뒷방에 가서 갈아입고 나오니 이제야 아내에게 지아비다운 모습으로 보였다.

"집이 불에 탔어요. 갈 곳이 없어서."

아내는 사내 앞에서 그때서야 입을 열며 울먹거렸다. 어디서 어떻게 어떤 고생을 했는지는 너무 괴로워 천탄의 말은 듣고 싶지가 않은 모양이었다. 천탄도 그걸 말할 처지가 아니었다. 아내는 그 댁 건넌방에서 사내가 돌아오기를 기다리며 살았다. 그 세월이 얼마나 길었을까.

민 황후가 변을 당했다고 하던 지난 8월에는 멀리 제천까지 가서 공부하던 계현이 사람을 모았었다. 나중 이름은 승우(安承禹)고 성이 안씨, 본은 순흥인데 스물이 넘었을 때에 하사(下沙)라는 호를 붙여 불렀다.

민 황후의 변이 있었다는 소문을 듣고 사람들은 분노에 떨었지만 선뜻 나서지 못했다. 난을 일으킨다는 것이 두려웠다. 동비들도 그랬고 만적이도 그랬고, 임꺽정도 그랬고, 이괄이도 그랬고, 홍경래도 그랬듯이 옛날에 난은 모두 나라의 토벌로 끝이 났고 앞장선 우두머리들은 목이 잘리고 사지가 찢기고 멸문을 당했다.

분풀이는 분풀이일 뿐이었다. 이번에도 분기탱천하여 일어날 테지만 시간이 오래 가든지 관병의 힘이 거세면 스르르 무너져버릴 것이라는 것을 알고 있었다. 그러나 하사는 이번 거사가 나라의 권력인 왕실과 싸우자는 것이 아니고 왕실이 어려움을 당했으니 백성 된 도리로 돕기 위하여 나서고자 하는 것이라고 하면서 몸을 사리는 총잡이 사냥꾼, 포군들과 임오년에 군에서 쫓겨난 해산군인들을 끌어 모았었다.

일가친척이 모두 한마음으로 거들었지만 지평에서 칠백이라는 적잖은 수가 모여 의병으로 갈 길을 잡으려 할 때에 천탄은 아내를 보내고 동학을 하러 홍천으로 갔던 것이다. 여기저기서 동비들이 관군과 싸움을 벌이고 있다는 소문이 강원도에서 등짐으로 넘어오는 마른 생선 장수들의 입으로 마을 곳곳에 전해지자 하사는 결국 모았던 사람들을 모두 풀고 패잔병처럼 제천으로 돌아갔었다. 섣불리 의병이라고 일어났다가는 동학쟁이로 몰려서 덤터기를 쓰고 헤어나지도 못할 것 같은 염려 때문이었다.

그때에 계현의 아버지 퇴앙은 돌아가는 아들의 등을 두드리며 장한 일을 했다고 쓸쓸해 하는 마음을 달래주었었다. 아내는 큰일을 벌이던 시종을 모두 지켜봤으니 동학을 한다고 떠난 사내가 얼마나 무모하며 위험한 일을 벌이고 있었는지 훤히 알고 있었을 터였다. 오랜만에 찾아와 맞은 사내이건만 아내는 반가움을 감추고 이런 일에 삐쳐 있었다.

"앞으로 어찌하실 거예요?"

천탄의 몸에서는 아직도 화약 냄새가 났다. 그도 그럴 것이 화승총 잡이가 총 한 번 못 잡아 보고 열심히 화약통만 날랐으니 화약 냄새가 몸에 배어 있을 것이다. 아내는 그 유황냄새가 매캐한 숯내보다 구수하게 느껴졌다. 이것이 기다리던 지아비의 냄새인가.

"관아에 포군으로 나갈 거요."

엉덩이를 방바닥에 붙이려던 천탄은 얼굴을 찡그리며 자지러지듯 옆으로 쓰러졌다. 아무리 시늉이나 내면서 맞은 매라지만 매는 매였다. 맞을 때는 살았다는 생각에 참았는데 까맣게 멍이 든 엉덩이가 방바닥에 눌릴 때에는 아픔을 참지 못하고 자지러졌다. 아내가 사정없이 남편을 엎어놓고 바지를 벗겨 들췄다.

"이런 세상에. 피멍이 맺혀 터지기 직전이니 얼마나 아팠을꼬."

아내는 또 눈물이 글썽거리고 목구멍은 돌멩이를 쳐 넣은 듯 꽉 메었다. 천탄의 엉덩이를 벗겨 놓고 참기름을 부어 미끈거리는 손바닥으로 비벼대고 나서 감자를 짓이겨서 엉덩이부터 허벅지까지 늘여 붙였다. 통증을 못 참고 뒹구는 사내의 손을 꽉 잡고 가슴팍을 안았다.

"아이는 어찌 되었소?"

"여태껏 소식이 없어요. 어디 가서 뭘 먹고 사는지."

아내의 뒷말에는 낙심이 서려 있었다. 그 아인 애당초 팔자에 없는 아이였다. 그러니 찾지 못한다면 모자의 인연도 아니고 부자의 인연도 아니리라. 천탄은 그 소리를 듣고 내내 입맛을 다셨다. 아내도 아무리 제가 낳은 자식은 아니었다고 해도 기르던 정이 만만치 않았었다. 똑똑했기 때문이다. 제 부모를 잘 만났으면 지금쯤 도령님 소리 들으며 글을 읽고 시를 지으며 어른들의 칭찬을 독차지할 텐데. 지금쯤 죽도록 고생을 하고 있다면 일찌감치 제 부모를 원망스러워 할 게다.

"그 아이가 아니고 뱃속에 있던 아이 말이요."

천탄은 푹 꺼진 아내의 배를 보며 물었다. 아내는 잠시 동안 남편에게 홀려 까맣게 잊었다가 두 손뼉을 치며 '어마, 내 정신' 하고 벌떡 일어나서 안방으로 들어가 강보(襁褓)에 싸인 아이를 안고 나왔다. 나간 아이는 이미 오래전에 일이고 동학에 나갈 때에 뱃속에 불룩하게 넣어 두었던 아이가 아내보다 더 궁금했다.

천탄이 모로 누운 채 받아 안은 강보에서는 젖내가 비릿하게 풍겼다. 머리는 벌써 까맣게 자라고 얼굴이 제법 아기의 모습을 갖추었는데 어미 젖은 겨우 얻어먹는 듯했다. 침침한 방 안에서도 수염이 덥수룩한 제 애비를 보고 눈알을 동글동글 굴리더니 눈두덩이 구겨지면서 울음이 터질 듯 천탄의 품에서 벗어나려고 팔다리를 버둥거렸다. 이렇게 서운할 수가. 절 보려고 얼마나 기대하고 생각을 했었는데. 천탄은 슬며시 아이를 아내에게 건네고 나서 아내가 차려다 준 상을 받았다.

월두는 다나카를 따라서 홍천에 동비토벌 지원을 나갔다가 들어와서 당분간 할 일 없이 일본군 부대 안에서 빈둥빈둥 놀고 있었다. 공식적으로 주어진 일이 없었을 뿐이지 다나카 옆에서 바깥손님이 오면 차 시중을 들고 잔일을 했다. 월두는 틈틈이 품에 간직한 서책을 읽었다. 『묘서던』. 월두는 그 책에서 묘(猫)가 고양이고 서(鼠)가 쥐임을 알았다. 둘이 어떻게 싸울 수가 있을까?

"다나카 대장 계신가?"

월두가 왜책(倭册)을 뒤적거리던 중에 누군가 다나카를 찾아온 객이 있었다.

"어디서 오신 누구시오."

"혼마 규스케가 왔다고 말씀 드려라."

다나카는 그의 방에서 혼마가 왔다는 전갈을 받자 반가움에 신도 안 신고 뛰어 나왔다.

"하늘을 치받고 있는 조선 놈들의 머리꼭지를 싹둑 잘라 버려야 해. 자존심과 고집은 모두 거기서 나온단 말이야. 내 임금한테 위협해서 영을 내리라고 했어. 이 나라 신하들은 임금의 명령이라면 생각도 없이 무조건 들으니까. 하하하하. 그러면 신민들은 떼로 몰려다니면서 들고 일어나겠지. 그땐 관군을 내몰아서 누르면 되는 거야. 말 안 듣는 관리는 갈아 치우면 되는 것이고. 출세하려면 말을 들어야지 말을."

월두가 차를 가지고 들어갔을 때에 두 사람의 말이 잠시 끊겼다.

"머리가 월두처럼 저래야지. 얼마나 보기 좋은가."

월두는 등 뒤로 다나카의 목소리를 들으면서 밑창을 싹둑 도려낸 자신의 머리를 만져봤다. 서울 목멱산 민가에서 군으로 들어오던 날 월두의 댕기 풀은 긴 머리는 짧게 깎여 일본군처럼 되었다. 월두는 문을 닫고 그 자리에 멈춰 섰다. 안에서 이야기가 계속 이어졌다.

"이번에 단발령이 내리면 거리로 가위 갖고 나가서 '에헴' 하고 지나가는 자들 상투를 모두 잘라버려. 녹을 먹는 관리들을 모두 동원해야 해. 앞장서는 놈은 우리 편이고 뒤로 빼는 놈은 앞으로도 우릴 배신할 놈이니까 이참에 없애야 해. 현감에 군수 관찰사가 모두 다 우리 편은 아니니까 이번에 어느 놈이 우리 말을 들을 것인지 제대로 밝혀질 거야. 바락바락 덤벼드는 자들은 죽일 수 있는 명분이 뚜렷하잖아. 어때, 단발령이 우리가 조선을 장악하는 데에는 기가 막힌 방법이라고. 으흐흐흐."

그러고 나서 목소리는 더욱 낮아졌다.

"조선인들은 머리를 목숨과도 같이 중히 여긴다. 아니꼬운 그 머리를 자른다면 조선 땅에선 큰 난리가 일어날 것이다. 머리를 깎인 양반들이 들고 일어날 것이고 관리들은 백성들에게 쫓겨 곤욕을 치를 것이다. 그들이 우리에게 손을 내밀 때에 우리가 돕는다. 그때부터 조선은 우리 것이다. 내 생각이 어떠냐?"

이야기를 마치고 나오는 다나카의 얼굴은 환하게 웃고 있었다.

혼마 규스케가 나가고 나서 조선인 셋이 들어와 다나카 앞에 앉았다.

"우린 이십삼 년 전에 삭발령이 내려 머리를 잘라버렸다. 상투를 자르는 것은 위생에 이롭고 일하기 편하다. 이런데도 임금이 상투를 자르라는 명을 안 내리고 버틴다면 임금의 머리부터 자르겠다. 여기 가위와 칼이 있다. 가위는 머리카락을 자르라는 것이고 칼은 머리를 자르라는 것이다. 가위를 쓸 것인지 칼을 쓸 것인지는 그대들이 판단하라. 다만, 단발령이 내린 후에도 상투들이 거리를 활보한다면 그 칼이 그대들의 머리를 자를 것이니 명심하라."

짐(朕)의 의(意)를 극체(克體)하야

을미년 가을에 민비가 외적패당 무리에게 죽임을 당했다는 소문은 발을 달고 전국에 퍼져나갔고 그로부터 석 달 후에 단발령이 내려졌다. 왜의 공사는 빨리 단발하라고 임금을 위협하자 임금은 황후의 장례일 뒤로 정했다. 유길준과 조희연이 왜군을 끌고 와서 궁을 둘러싸고 대포를 묻었고 머리를 깎지 않는 자는 죽이겠다고 궁에 드나드는 사람들을 위협했다. 임금은 버티다 못해 스스로 먼저 오백 년이 넘는 역사를 지켜온 자존심을 내팽개치듯 기어이 머리를 깎고 말았다.

월두가 보기에도 단발은 터럭을 단정하게 하기 위함만이 아니었다.

"朕(짐)이 髮(발)을 斷(단)하야 臣民(신민)에게 先(선)하노니 爾有衆(이유중)은 朕의 意(의)를 克體(극체)하야 萬國(만국)으로 竝立(병립)하난大業(대업)을 成(성)케 하라."*

*『고종실록』 1895.11.15

"짐(朕)이 머리를 깎아 신하와 백성들에게 우선하니 너희들 대중은 짐의 뜻을 잘 새겨서 만국(萬國)과 대등하게 서는 대업을 이룩하게 하라."

'병하'가 가위를 들고 임금의 머리를 직접 깎았고 '길준'이가 태자의 머리를 깎았다. 그렇게 머리를 깎이고 나서 임금은 할 수 없이 명을 내린 것이다. 관보를 받아든 육조 사품 이상 당상 관리들은 '짐의 의를 극체하야'에서 읽던 눈이 모두 '극체'에 머물렀다. 잘 새기라고 했다. 고종임금은 눈물을 머금고 명을 내렸지만 온 백성이 그 명을 따르지 않길 바랐다. 그리하여 궁궐을 들락거리는 왜적에게 '그것 봐라. 우리 백성은 임금의 말이라도 천륜을 거스르는 일이라면 듣지 않는다. 네 놈들이 이러한 백성에게 저지르려는 자존의 능멸이 먹혀들 것 같으냐?' 이러했을 것이다.

예상대로 그 충격은 민 황후 머리를 잃어버릴 때보다 더했다. 백성들은 허탈해서 도탄에 빠졌고 괴로워했다. 하늘이 무너지면 세상이 캄캄하고 아무것도 모르는 죽음에 이를 줄 알았는데 참을 수 없는 고통은 갓을 쓴 사람들에게 잠을 못 자게 할 정도로 울분이 치솟아 가라앉지 않고 속을 괴롭혔다. 이를 어떻게 해야 할 것인가, 나라의 도(道)를 잃은 설움에 땅을 치고 통곡만 할 것인가 하면서 갓 없는 부생(浮生)들도 고민의 고민을 거듭하고 있었다.

임금은 머리가 잘린 것이 아니라 머리카락이 잘린 것이다. 그것도 왜적을 등에 업은 조선인 신하에게 말이다. 국모는 왜놈에게 머리가 잘리다시피 죽었고 임금은 왜놈의 앞잡이에게 머리카락이 잘렸다. 그런데 임금은 나도 깎았으니 너희도 깎으라는 명을 내린 것이다.

백성들, 특히 임금의 속도 모르는 지방에 관리들은 혼란에 빠졌다. 충신이 무엇인가. 임금에게 목숨을 바쳐 명을 따르는 길이 충신의 길인데 이제 어떻게 해야 한단 말인가. 현감과 군수와 관찰사는 서울에서 내려온 관보를 들고 자(字)마다 이리 훑고 저리 살펴보았다. 글로써 벼슬을 얻은 관리들이 모두 '克體(극체)'에서 눈이 걸렸다. 그러나 새겨볼 것도 없이 이튿날부터 서울에서 온 일본 순사들은 칼을 차고 거리로 나서서 머리를 자르고 관아에 들이닥쳐 각 부에 부민들 머리 깎기를 독촉했다. 먼저 서울 장안이 혼란에 빠졌고 관보를 받은 지방이라고 예외가 아니었다.

'관리가 된 이상 깊은 생각을 하지 마라. 영을 내린 종이는 뒤집어봐야 아무것도 쓰여 있지 않다. 그러니 영은 앞에 쓰여 있는 글자만 보고 그대로 행하는 것이 신하된 도리다.' 이것이 관리의 소명이었다. 생각할 겨를을 가지면 역(逆)이 싹튼다. 역은 죽음의 길이고 순(順)은 삶의 길이다. 그래서 관리들은 오로지 삶을 위하여 순을 택했다.

단발령이 내리고 체두관이라고 하는 머리 깎는 벼슬자리가 생겼다. 머리 깎는 가위질 재주는 따지지 않고 왜적과 그 앞잡이 앞에 엎드려서 발바닥이라도 핥으라면 핥을 만한 자들로 가려 뽑았다.

체두관에게는 가위와 칼을 주었다. 그것도 모자라서 체두관 하나에 칼 찬 순검 하나씩 따라 붙였다.

"월두, 너는 이 칼을 차고 맘에 드는 체두관 하나 따라 나서라. 어떻게 머릴 깎고 버티는 놈은 어떻게 하는지 잘 봐둬라."

월두는 다나카에게 칼을 받아들고 체두관과 순검들을 따라 숭례문 쪽으로 나갔다. 제 머리카락부터 잘라낸 체두관은 가위를 하나씩 받아들고 거리에 나가서 닥치는 대로 불러 세워 단발령이 적힌 종이를 내밀고 지나가는 사람을 붙들어 앉혔다. 벌써 소문은 장안에 파다하게 퍼져서 저 멀리에 가위든 체두관을 본 사람들은 슬금슬금 뒤돌아가고 옆 골목으로 빠졌다. 난전을 벌이고 있던 사람들은 물건까지 내팽개치고 숨을 만한 개구멍을 찾았다.

재수 없게 꼼짝없이 잡힌 사람들은 단발령이 적힌 종이를 보여줘도 고개만 갸웃거렸다. 글을 모른다는 표시다. 적혀 있는 글을 줄줄이 읽어주고 나서 바닥에 주저앉혔다. 월두는 도망치려 하거나 깎기를 거부하는 사람 앞에 칼끝을 들이댔다. 칼은 끝만으로도 상대의 저항을 무너뜨렸다.

"나으리. 오늘이 조부님 제산데 이 머리로 제사상에 어찌 절을 하오. 내 이제 조상 뵐 면목이 없으니 차라니 내 목을 치시오. 어서!"

체두관의 눈은 이미 멋모르고 멀찌감치 갓을 쓰고 걸어오는 자에게 가 있었다. 혼자가 아니고 댕기머리가 따라오고 있었다.

"이런 무엄한 놈. 감히 내 머릴."

멋모르고 저잣거리에 들었다가 머리를 깎인 선비 하나가 체두관 앞에서 턱을 쳐들어 목을 치라며 눈물을 머금고 호통을 쳤다. 그 앞에서 월두는 칼을 뒤로 숨기고 슬금슬금 뒷걸음질을 치며 꽁무니를 뺐다.

체두관은 그 앞에 칼을 들이대고 주저앉혔다. 갓이 찢기고 관자에 두른 탕건이 찢겼다. 순식간에 머리가 깎여서 상투가 바닥에 뒹굴었다. 홀랑 깎은 머리에 눈썹만 까맣게 남아서 부라리며 월두에게 덤벼드는 눈에는 살의가 번득였다. 짐승이라면 서슴없이 달려들었을 월두의 칼이 마주치는 사람의 눈앞에서 맥을 못 추고 끝을 내렸다.

다나카는 목멱산 밑으로 돌아온 월두의 겁에 질린 얼굴을 보고 껄껄거리며 웃었다.

"너희는 조선 사람의 머릴 깎는 게 아니고 조선의 머릴 깎는 것이다.

너희가 오백 년 동안 길렀다고 하는 그 머릴 깎고 새 머리카락이 나야 한다. 이게 조선에 주는 첫 선물이다. 하하하하.”

월두는 손바닥으로 까슬까슬한 자기 머리를 쓰다듬으면서 찔리는 아픔을 시원해하고 있었다.

야트막한 푯대봉 아래 아담하게 자리 잡은 지평에 금리정사는 양근 벽계에 화서 이항로 선생의 학맥을 잇고 있는 금계 이근원 선생이 후학을 가르치고 있었다. 성종대왕의 후손인 금계 선생은 스물일곱 되던 해에 양근 벽계에 있는 노산정사에 들어가서 화서 선생에게 배우다가 이어 성제 유중교 문하에서 배우고 익혔으나 과거를 보아 관직으로 세상에 나가기를 포기하고 학문에 정진하여 올해로 쉰여섯. 화서에서 성제로 이어 내려오면서 배운 화서의 학문을 후학들에게 가르치고 있었다.

“스승님. 이 비유는 아무래도 적절치가 않은 것 같습니다. 생선보다 곰발바닥이 더 귀하고 맛있으니 맹자가 아닌 범인이라도 곰발바닥을 택하는 것은 당연한 일입니다. 소생 같으면 생선이든 곰발바닥이든 한갓 먹는 걸 가지고 호(好) 불호(不好)를 따져서 탐치는 않겠습니다. 그런데 목숨과 의(義) 앞에서 목숨을 버리고 의를 택하기는 배움이 없으면 결코 쉽지 않습니다. 그러니 목숨과 의를 말하기 위해서 그 앞에서 비유를 깔았다면 삶에 죽음과 비견할 만한 것이어야 했습니다. 소생 같으면 총을 든 포수 앞에서 다리를 잘려 평생 앉은뱅이가 될 것인가 차라리 목을 내놓을 것인가 하고 좀 더 섬뜩한 비유를 두었겠습니다. 그래야 글을 읽으면서 졸다가도 번쩍 깨겠지요.”

멀리 상동 섬실에서 금리정사로 와서 배우는 계현이었다. 그는 글을 읽다가 대뜸 맹자의 고자 상편, 생선과 곰발바닥의 비유가 적절치 않다고 스승에게 여쭌 것이다.

“네 말이 맞다. 그런데 그다음과 끝을 봐라. 앞에는 스스로 해도 되고 안 해도 그만인 선택이지만 그 뒤를 보면 피할 수 없는 선택이 있다. 즉 어느 쪽이든 택하지 않으면 안 되는 때가 있는데 그때가 바로 죽기보다 싫은 일을 당해야 하는 때다. 생선과 곰발바닥 중에서 택하는 것과 같이 죽음과 죽기보다 싫은 일 앞에서 당연히 죽음을 택하는 게 사람의 본래 마음이다. 그런데 그때를 당하여 본래의 마음을 잃고 죽기보다 싫은 것을 택하여 삶을 보존하려는 것은 세상을 살아오면서 탐심과 욕심을 터득했기 때문이다. 욕심이나 탐심을 못 버리면 죽음을 피하고 오로지 삶을 택하게 되어 의로움을 놓치게 되느니라. 이 글은 그걸 염려하여 가르치고자 하는 것이다.”

계현은 고개를 갸우뚱하다가 머리를 끄덕였다. 섣불리 자기 생각을 꺼냈다가 금계 선생의 점잖은 훈계를 당한 것이다. 계현은 계면쩍은 표정이었지만 선생은 그런 질문을 해오는 계현이 이미 보통의 학문 수준은 넘었다는 생각이 들었다. 다른 숙생들은 있는 글을 그대로 외우고 베껴 쓰기에 바빴는데 이미 계현은 뜻을 풀어 익히면서 앞서가고 있었다.

그날 밤 금계 선생은 계현의 부친 퇴앙(안종웅)에게 글을 써서 보내놓고 나서 계현을 안채로 불러들였다.

“너는 이제 배울 만치 배웠다. 여기보다 더 넓은 곳에 가서 더 깊게 공부할 생각이 없느냐? 내 연락을 해 놓을 테니 제천 봉담에 있는 장담서사로 가라. 얼마 전에 성제 선생이 춘천 가정에서 그곳으로 옮겨 후학을 가르치고 있는 곳이다. 근방에 유생들이 많이 모여든다고 하니 사람도 더 알고 더 깊게 학문의 이치를 배울 수 있을 것이다. 네가 관심을 갖고 있는 사생취의(死生取義)를 더 공부해라. 꼭 벼슬이 아니라도 배워두면 큰일을 할 때에 귀하게 쓰일 것이다."

선생이 계현을 사랑하는 생각 같아서는 아들처럼 아끼는 제자니 곁에 두고 더 가르치면서 지내고 싶었지만 날로 느는 실력을 보면 발목을 잡고 있는 것 같아서 보내기로 했다.

함께 배우던 유생들은 서운해 했다.

"형님. 나는 여기서 고향을 지킬 테니 부디 더 공부해서 화서 선생 같은 대학자가 되시오."

괴은(槐隱: 李春永)은 떠나는 계현의 손을 꽉 잡고 놓지 않았다. 친구처럼, 친형처럼 의지하고 지냈는데 떠난다니 몹시 서운했다. 계현은 금계 선생이 성제 선생에게 써주는 글을 받아들고 작별을 했다.

의(義)가 무엇인가. 금리정사에서 사서를 모두 읽었지만 아직도 고개를 갸웃거리게 하는 것이 의였다. 앞으로 어떻게 살아야 할 것인가. 집으로 돌아와서 부친 퇴앙과 모친인 덕수 이 씨 앞에서 큰절을 올렸다.

"배움이 찼다고 벼슬을 탐하면 선비의 도리가 아니다. 부디 집 생각에 한눈팔지 말고 공부해라. 학문의 끝에다가 취하려는 목적을 두지 말아야 한다. 학문을 하고 난 끝에 다른 목적을 두면 배움은 도구에 불과하게 된다. 명심해라."

봇짐을 지고 떠나는 뒤를 퇴앙과 이 씨 부인은 걱정스럽게 바라보고 있었다.

"밖에 충복이 있느냐?"

곡수 땅에 거부 민숭민 영감은 민 황후 변고의 충격으로 요즈음 마음이 편치 않다가 오랜만에 반백의 상투머리를 풀어 손질을 하고 있었다. 긴 머리채를 얼레빗으로 긁어내리고 두 손으로 모아 쥐었다. 충복은 냉큼 방으로 들어가서 영감의 두 앞에 무릎을 꿇고 머리를 넘겨받아 오른쪽으로 조심스럽게 비틀어 올리고 옥동곳*을 꽂았다. 망건을 이마에 둘러 머리 뒤로 줄을 묶고 상투와 이었다. 충복의 익숙한 솜씨였다. 이마에 망건 속으로 옥색 풍잠을 달았다. 영감은 구리거울 속에 천정을 향해 봉긋 솟은 상투를 들여다보고 만족한 듯 고개를 끄덕였다. 모처럼만에 문중 일을 돌아보려고 나들이 준비를 한 것이다.

바로 그 무렵 한양에 민 영감 댁 셋째 아들 민민식은 말을 달려 평구도 역에서 녹양, 안기, 양문, 봉안, 오빈, 쌍수, 전곡역을 거쳐 지평 곡수 땅에 들어서자 희끗희끗 스치는 눈발이 길을 막고 있었다. 말은 봉안에 들려서 물 한 동이로 목을 축였을 뿐 한 번도 쉬지 않고 달렸다. 여주 땅 곡수장터거리에 다다르자 내뿜는 숨이 거세져서 눈발이 흩날리는데도 마른바닥에서는 뽀얀 흙먼지를 일으켰다.

민민식은 장터거리 끝에 자리 잡은 민숭민 영감 댁 문 앞에 섰다. 머리에 무명수건을 동여매고 다리에 행전을 둘러 첫눈에도 행랑살이로 보이는 앳된 젊은이 하나가 눈치 빠르게 귀한 손님이라는 걸 알아채고 마당 쓸던 빗자루를 내던진 채로 다가와 고개 숙여 읍을 했다. 민민식이 익숙

*옥으로 만든 동곳, 상투 튼 곳에 풀어지지 않도록 꽂는다.

하게 말고삐를 그에게 건넸다. 고삐를 받은 사람은 '충복(充腹)' 이었다. 사람들은 그의 이름을 굳이 충복(忠僕)이라는 뜻으로 부르고 들을 정도로 주인에게 충직했다. 어렸을 때에 제 애비가 평생 배곯지 않고 살라며 주인에게 이름을 지어 받아 충복(充腹)이라 지었다지만 요즈음의 삶은 주인에게 몸을 바쳐 일하는 이름으로 변하여 불리었다. 그러니 민숭민 댁에 보잘것없는 행랑살이라고 하지만 제법 쓸모 있는 이름을 가진 셈이다.

민식이 안으로 들자 충복은 말고삐를 잡아끌고 담을 돌아 마구간에 들였다. 그때 민식은 벌써 대문에서 마당을 건너질러 안채에 거침없이 들어서고 있었다.

"무슨 일인데 이리 또 급히 왔나?"

민숭민은 방으로 드는 조카 민민식을 보고 한양 소식이 궁금해 반가우면서도 잔뜩 긴장한 표정이었다. 지난 갈에 민 황후의 비보를 전해 듣고 조정에 닿았던 끈이 끊어질까 마음이 어수선하여 불안한 나날을 보내고 있던 참이었다. 이제 한양에 민 서방네 세도가 대번에 뒤집힐 지도 모를 일이었다. 세상에서 첫째가는 부자가 '갑부(甲富)' 라면 민숭민 영감은 '을부(乙富)' 쯤 되는 재산이었는데, 아무리 큰 재산이라도 세도를 잃으면 세 달 못 가 쪽박을 차게 되는 것이 권력 끊어진 부자들의 앞날이었다. 민숭민은 요즈음 그것이 불안했다.

한양에서 사람을 보내 글을 전하고 돌아간 지 얼마 되지 않았는데 이번에 또 영감이 민식을 이렇게 급히 보낸 것을 보면 무언가 긴한 일임에 틀림없을 것이다. 민식은 예를 갖출 것도 없이 품속에서 봉서 한 장을 꺼내 그의 앞에 내놓았다. 민숭민은 봉투를 붙인 곳에 '봉(封)' 자를 피하여 끝을 창칼로 조심스럽게 도려냈다. 한양에 민 영감이 급히 휘갈긴 익숙한 필적이었다. 집게손으로 서찰을 꺼내는 민승민의 손끝이 가늘게 떨렸다.

'오호 슬프도다. 왜의 적당들이 궁에 들어 국모를 시해하고 그것도 모자라 임금의 머리를 깎아서 나라의 자존을 꺾어 멸하였으니, 이제 몸 죽고 혼마저 잃은 만백성이 하늘 향해 고개를 어이 들 것이며 오백 년 국조 창업이래 조상님들을 어찌 뵈오리오. 이 나라에 백성은 모두 죽었는가, 쓸개 꺼내 불살랐나. 동학교도를 비적이라 토벌하고 나니 왜구들이 덤벼드네. 백성은 누굴 믿고 살 것이며 다가오는 고난 핍박 어찌 인내하려는가. 하늘을 향해 솟은 상투 싹둑 잘라 땅바닥에 흩뿌리니 조상의 고혼이 머무를 곳 못 찾고 이 땅에서 헤매도다. 내 금 이만 냥을 보내노니 그곳 문중 제위는 사람을 모아 분연히 일어서 무너지는 이 땅에 도를 지켜내기 바라노라.' -이 글을 보고 나서 즉시 소(燒)하라.-

봉투 안에는 단발령을 내리는 관보가 함께 들어 있었다. 글을 훑고 있던 민승민의 손은 부르르 떨렸다. 떨림은 두려움으로부터 분노에 이르렀다.

"영감께서 이걸 함께 드리라는 분부가 계셨습니다."

어음이 들어 있었다. 금 이만 냥. 어려움을 이겨내는 데에 쓰라는 자금이다. 나라가 편안해야 문중도 살아 번창할 것이다.

"밖에 충복이 들어오너라."

민승민은 고개를 끄덕이며 가라앉지 않은 분노를 목소리에 그대로 섞어 충복을 불렀다. 충복은 그렇지 않아도 민식이 다녀간 지 얼마 안 되어 말을 타고 급히 온 연유가 궁금하던 차에 노기 띤 목소리로 안에서 부르니 냉큼 방 안에 들어가서 그 앞에 머리를 조아렸다. 머리에 두른 무명수

건의 끝자락이 눈앞을 가렸으니 충복의 눈은 민식의 상투머리를 보고 귀는 민승민을 향해 열었다.

"어서 평장(지평 금리)에 가서 괴은이를 들어오라고 해라."

충복은 '예' 하고 방에서 나갔다. 민승민은 아직 식전인지라 안채에다 민식과 함께 할 겸상을 차리도록 일렀다.

"황후 마마의 장례는 어찌 된다고 하는가?"

"아직 날을 못 잡고 있는 듯합니다. 그보다 이 일이 더 시급하옵니다. 서울 장안에는 지금 순검들이 칼을 차고 거리로 나와서 닥치는 대로 머리를 깎고 행인들은 골목으로 달아나니 그 공포가 이만저만이 아니옵니다. 얼마 안 있어 여기도 벼슬아치들이 앞장서서 머릴 깎자고 들이닥칠 것입니다."

민승민은 자기도 모르게 손을 머리에 올려 옥잠을 매만졌다. 흐트러진 머리를 다듬어 올려 망건을 새로 두르고 탕건도 안 쓴 채로 있는 중이었다. 생각만 해도 끔찍한 일이었다. 상투는 조선 남자의 자존이었다. 상투를 자른다면 벌거벗고 세상에 나아가는 것만큼 수치스런 일이었다. 그것은 얼굴에 인두로 '노(奴) 자(字)'를 찍히는 것과 같은 수모나 다를 게 없었다. 임금이 머리를 깎았다니 태조 이래 이어온 왕업이 기어이 무너지려는 것인가.

아침상이 제법 기름졌건만 밥알은 모래처럼 깔깔하였고 국물은 꿀 먹은 뒤 맹물 맛이었다. 민승민은 월두와 겸상을 하느라 억지로 몇 술 뜨다가 '새벽에 먼 길을 오느라고 시장할 텐데 많이 들게.' 하면서 먼저 숟가락을 놓았다. 그러고는 민식이 가져온 관보의 필사본을 다시 뚫어지게 바라봤다. 거기에는 김홍집, 김윤식, 어윤중과 궁에 들어가서 임금과 태자의 머리를 직접 깎았다는 유길준, 정병하의 이름이 붓날을 세운 서체로 눈에 들어왔다. 하루아침에 일어난 일이 아니었다. 한양에서는 벌써 얼마 전부터 이런 전조의 연기가 피어오르고 있었다. 소문이 발을 달고 고을마다 퍼졌고 세도 있는 사람들의 사랑방마다 수군대며 불안한 앞날을 걱정했었는데 올 것이 오고야 만 것이다. 이제 어떻게 살아갈 것인가. 민 영감의 서찰은 앞으로 문중이 나가야 할 행동지령이었다. 민숭민은 곰방대에 불을 붙이고 서찰의 모서리에다 불을 이어 붙였다. 낯익은 민 영감의 수결부터 불이 붙어 타고 있었다.

충복은 매봉산 고개를 단숨에 넘어 석불을 지나 금의 쪽으로 내달렸다. 어느새 눈이 발목까지 쌓이는 이른 아침이었지만 뛰는 얼굴에는 땀방울이 솟았다. 민숭민 영감의 노기 띤 눈빛을 보았으니 무슨 일이 크게 일어난 것만은 틀림없다. 금리정사에서 공부하고 있는 괴은이 잘못한 일이라도 있는 걸까. 믿음직스런 사람인데 그럴 리는 없을 것이다. 요즘 뜨막하게 집으로 들어오지 않고 있으니 그 점이 민숭민 영감을 노하게 한 것일까.

금계 선생은 요즈음 어수선한 세상의 분위기를 걱정하면서 금리정사에서 유생들을 가르치고 있었다.

"세상을 이루는 것은 이(理)와 기(氣)다. 이(理)는 주(主)고, 기(氣)는 객(客)이다. 이(理)는 반드시 선(善)이지만 기(氣)는 선일수도 있고 불선(不善)일 수도 있다. 그러니 이가 주가 되어야 하고 기는 객이 되어야 한다. 이래야 세상이 순행(順行)한다. 역으로 이가 객이 되고 기가 주인이 되면 역행(逆行)이므로 세상이 어지럽다. 세상은 이와 기가 버티고 있는데 이때에 반드시 이가 주인이 되지 않으면 나라 또한 바로 서지 못한다. 세상이 이렇듯 사람도 같다. 즉 사람에게는 도심(道心)과 인심(人心)이 있는데 도심은 천리를 따름이고 인심은 욕구를 좇음이다. 그러니 사람에게 도심이 주가 되지 않고 인심이 주가 되면 위태하다. 세상에는 바름과 바르지 않음이 있다. 바른 것은 지키고 바르지 않은 것은 쫓아내야 한다. 즉 바른 것을 지킴은 위정(衛正)이고, 바르지 못한 것을 물리침은 척사(斥邪)인데, 위정척사가 바로 지금 이 시대에 우리가 처신해야 할 바다."

학당 서실에서는 육십여 유생들이 금계 선생의 강(講)을 진지하게 듣고 있었다. 금계는 각각의 눈을 살피고 머릴 가우뚱거리는 유생들을 위하여 다시 한 번 더 알기 쉽게 풀었다.

"다시 한 번 더 알아듣게 강하겠다. 우리 조선은 이(理)고 서양 오랑캐와 왜 오랑캐는 모두 기(氣)다. 조선은 주인이고 오랑캐는 객이어야 한다. 역으로 오랑캐가 주가 되고 조선이 객이 되면 세상이 어지러워진다는 것이다. 그러니 조선에 주인이 되려고 널름거리는 서양 오랑캐와 왜의 오랑캐를 모두 물리치는 척양척왜(斥洋斥倭)를 해야 하는 것이다. 이래야 나라가 바로 서는데, 우리 스스로는 도심과 인심 중에 도심이 주인이 되어야 한다는 얘기다. 그렇지 않으면 오랑캐를 쫓아낸다고 하더라도 나라 안이 편치 못하다. 이것이 장차 나라를 위하여 큰일을 해야 할 때에 가슴에 깊게 새겨둬야 하는 화서 선생의 가르침이다. 이제 모두들 잘 알아들겠느냐?"

낭랑한 목소리가 서실 안에 울려 퍼지자 모두들 고개를 숙이며 숙연해하고 있었다.

"스승님, 그러면 지금 나라 안에 양이와 왜이가 들어와서 날뛰고 있다는 소문이 자자한데, 무조건 몰아내야 하는 겁니까?"

괴은이 고개를 갸우뚱거리며 끼어들어 여쭸다.

"아니다. 기(氣)라고 모두 불선이 아니다. 기에는 선(善)과 불선(不善)이 있는데 그중에서 필요한 선은 취해야 하는 것이다. 중요한 뜻은 선을 가려서 취하는 것이 우선이 아니고 이와 기 중에서 이가 주(主)가 되어야 한다는 것이다. 즉 양이(洋夷)나 왜이(倭夷)라고 하더라도 객으로 들어와서 선이면 취한다는 말이다. 이것이 화서 선생의 위정이고 척사의 방법이다. 그런데 지금 나라가 어지러운 것은 기가 주인이 되려 하고 있기 때문이다."

듣고 있던 유생들이 모두 고개를 끄덕였다.

동짓달 열이틀, 바로 어제 괴은과 회당(안승설)은 금계 선생의 쉰다섯 번째 생신을 맞아 찾아온 하객들의 봉송(封送)을 들고 양근까지 배행(陪行)을 하였다. 두 사람은 돌아오던 중에 별별 흉흉한 소문을 다 듣고 착잡한 마음이 가시지 않은 채 동문들과 아침 강(講)을 듣고 있었다.

경상도 의성에서 한양으로 올라갔던 김하락이 이천으로 내려와 구연녕을 양근으로 보내 의병을 모으고 있다는 얘기를 들었다. 여기저기서 이대로 앉아 당할 수만은 없다는 소리가 들리고 사람이 모이는 곳마다 죽을 때 죽더라도 싸우다 죽어야 한다고 비장한 각오로 칼날을 세우고 있었다.

지난 팔월 민 황후가 적당의 칼에 변을 당했을 때에 양근에 이승용이라는 사람이 의병을 모아 전술훈련을 시켜서 서울로 올라갔다는 소문을 들은 지가 벌써 몇 달이 지났는데 또 일이 터졌으니 이제는 참을 수 없다고 했다.

제천에 가 있는 하사 안승우가 지난 갑오년에 고향에 돌아와서 의병을 모았다가 동비들이 일어나는 바람에 부득불 흩어졌고, 민 황후 변란 때에도 일어나야 한다며 나섰다는 소식을 들었지만 결국 그만두고 말았다.

이렇게 일어나려다가 번번이 물러나 주저앉고 당하기만 할 것인가. 은연중 서로 누군가 일어나기를 바라고만 있는 것일까?

이런저런 생각으로 꽉 차 있는데 마침 금계 선생의 오늘 강(講)도 화서 이항노 선생 적에 나라의 일을 걱정하고 있는 대목이었다.

화서 선생은 노쇠한 당신에게 내렸던 마지막 벼슬을 사양하고 있었다.

하물며 지금 온 나라 백성의 생활이 하늘에 거꾸로 매달린 것과 같아 새로운 정치가 나오기를 우러러 바라는 마음이 배 주린 아이가 자모에게 젖 주기를 바라는 것과 같을 뿐이니, 한 사람을 들여 쓰고 한 사람을 놓아둠과 한 사람을 승진시키고 한 사람을 해임하는 것이 진실로 국가의 안전과 위태의 기틀이 되고 성공과 실패의 고동이 되게 되어 있으니 세심하게 하지 아니하여서는 안 될 것입니다. 엎드려 바라옵건데 빨리 신에게 내린 벼슬을 거두어들이십시오.

선생은 이 글에 풀이를 덧붙였다.

"선생은 동지의금부사에 제수되었을 때에 노쇠하여 봉직할 수 없으므로 사직하고 나라를 구하는 방책을 상소하였다. 몸은 비록 병이 들어 소임을 다할 수 없으므로 사임은 하였으나 나라가 위난을 당하였음에 기어이 그 대책을 내놓고 귀향을 하셨다. 지금 나라의 위기는 스물일곱 해 전인 그때와 다를 바 없다. 우린 화서선생의 뜻을 십 분의 일이라도 받들어 비록 나라로부터 받은 관직은 없지만 유가의 도를 지키는 선비로서 관직의 한 부분을 맡은 것과 같이 그 소임을 다하여야 할 것이다."

그러니까 괴은이 세상에 태어나기 한 해 전에 일이었다. 화서 선생은 나라의 부름을 받고 병약하여 사양을 하였으나 위난에는 대처를 하는 선비로서의 소임을 다했다고 했다. 금계는 화서의 서책에 있는 글을 들어 오늘의 강(講)을 했다. 괴은은 어제 들은 얘기들이 복잡하게 머릿속에 얽혀서 선생의 그 다음 강의 내용들이 머릿속에 들어오지 않았다.

왜인들이 조선에서 그의 추종자들을 앞세워 우리 상투를 자르고 모두 검은 옷을 입힐 것이라는 얘기가 나돌았다. 서로들 걱정은 하고 있었지만 딱히 어떻게 하겠다고 말을 하는 사람은 없었다. 괴은이 본 저잣거리에서는 군데군데 모여서 터지려는 화를 누르는 얼굴들이 모두 씰룩거리며 턱밑으로 늘어진 수염과 갓끈 매듭을 함께 쓰다듬어 내리고 있었다. 괴은은 돌아오는 길에 일부러 장거리를 돌며 이곳저곳 들려서 희미하게 돌던 소문을 좀 더 뚜렷하게 귀담아 들었다.

임오년 신식군대에 들지 못했던 자들 중에서 화승총을 잘 쏘는 몇몇은 사냥질로 살아가고 몸이 날랜 무술인 몇몇은 부잣집 호위무사로 들어가고 성미가 우악스런 자들은 화적굴로 들어가 비적 행세를 했는데, 최근에는 동비 토벌하는 데에 한 몫 끼어들어 재미를 짭짤히 보고 있다가 사나골로 하나둘씩 모여들고 있다는 소문이 떠돌았다지만 뒤를 대면서 사람을 모으는 중심인물은 누구인지 아무도 몰랐다. 어쨌든 나라 안에 먹구름이 잔뜩 끼어 소나기가 퍼붓기 시작할 때가 얼마 남지 않은 것만은 분명했다.

금계 선생의 아침 강(講)이 끝났는데도 성암(省庵) 박정화(朴延和)와, 박제삼(朴齊三), 송관(松觀) 신우균(申右均), 회당(晦堂) 안승설(安承卨), 이풍림(李豊林), 이봉하(李鳳夏), 이석하(李錫夏) 등은 그대로 앉아서 어제 양근에 다녀온 괴은과 승설의 얘기를 듣고 있었다. 어떻게 할 것인가. 서실에 남아있는 유생들은 모두 뒤숭숭한 기분을 털어내지 못하고 마음 가라앉힐 곳을 찾고 있었다.

"어떡하나? 먼저 스승께 말씀을 올리고 답을 구해야지."

안승설이 나서서 제안하자 함께 일어나서 방금 강을 마치고 들어간 선생을 안채로 뒤따라 들어갔다. 안승설은 품성이 바르고 예의에 밝아 금계 선생이 사위로 들인 유생이었다. 금계 선생과 통해야 하는 일이라면 배우기를 누구보다 열심히 하는 그가 언제나 먼저 앞장섰다. 선생은 이들이 찾아온 뜻을 이미 아는 듯 방 안으로 맞아들였다. 모두들 금계 선생의 방에 들어가 무릎을 꿇고 둘러앉았다.

선생은 먼저 알고 있었다. 아픔을 속으로 삭이기 위하여 강을 할 때에 말하기를 자제했을 뿐인데 이렇게 제생(諸生)들이 찾아와서 답을 구하려 하니 아픈 속내를 드러내지 않을 수 없었다.

유두가단 발부가단(有頭可斷 髮不可斷)

금계는 어제 생일을 축하하기 위해서 양근에서 찾아왔던 지인들을 통해서 이미 모든 걸 알고 있었다. 자신의 앞에 먹을 갈아 붓으로 여덟 자를 써놓고 먹물 마르기를 기다리며 바라보던 중이었다. 머리를 잘릴지언정 터럭은 못 자른다. 글을 보고 결론이 내려진 것이나 다름없었지만 모두들 고개를 끄덕이며 금계 선생의 입에서 나올 말을 기다렸다.

화이의복변(華夷衣服辨). 무사의 옷을 입으면 칼을 쓰고 싶은 마음이 생기고, 포졸의 옷을 입으면 죄인을 찾아 잡아들이려는 만용을 부리게 되고, 호랑이 가죽을 걸치면 노루사냥을 하고 싶고, 도포에 갓을 쓰면 글을 읽고 싶은 마음이 생기게 되니 옷은 사람의 마음을 결정짓게 되는 것이다. 그런데 왜적들이 이 땅에 들어와서 망건과 팔 넓은 도포를 벗겨내고 검은 양이(洋夷)들 차림으로 바꾸라니 이는 오랑캐와 같은 옷을 입음으로서 존화(尊華)를 버리고 짐승 같은 오랑캐의 생각으로 이 세상을 살아가라는 것과 같다. 여기에 한술 더 떠서 유가(儒家)의 목과도 같은 상투를 자르라니 나라가 양이(洋夷)에 짓밟혀 그들의 노비나 금수로 살아가라는 것과 같지 않은가.

한동안 침묵이 흐른 뒤에 금계 선생이 입을 열었다.

"내 일찍이 저자들이 이 땅에 발을 디딘 후 민 황후가 변을 당하고 나서 언젠가는 이런 일이 일어날 줄은 알았다만 이렇게 빨리 올 줄은 몰랐다. 나라가 통째로 저들의 입에 들어가게 되었으니 우리가 이대로 앉아서 글만 배울 수 있겠는가. 하지만 이 몸 이제 늙고 병약하여 벌떡 일어나 두 주먹 불끈 쥐고 세상에 나아가지 못하는 것이 한탄스럽기만 하다. 어렵지만 이제 나라의 앞날은 자네들에게 달려있다. 의(義)를 세우고 도(道)를 밝혀 지켜야 하는 짐을 자네들 어깨에 얹어주게 되어 내 마음도 심히 무겁다."

유생들은 모두 침묵하고 스승의 말씀에 귀를 기울여 들었다. 눈발이 날리던 하늘이 벗겨지고 밖에는 해가 중천에 떠올랐지만 삭풍은 문풍지를 뚫고 거침없이 방으로 들어왔다. 젊은 유생들의 끓어오르는 열기가 선생만 홀로 있어 싸늘하던 방 안을 뜨겁게 달구었다. 듣고만 있던 송관(신우균)이 먼저 나섰다.

"우리가 일어나서 지켜야 합니다. 왜적이 이 땅에서 우리를 짓밟고 있는 꼴을 앉아 보고만 있을 수는 없습니다. 그에 앞장서는 벼슬아치들의 아부 또한 내버려둘 수만은 없습니다. 배울 만치 배웠다는 것들이 벼슬

자리에 앉았으면 이 지경에서 나라를 구하는 데에 힘을 써야 할 것이지 나라 망치는 일에 앞장을 서고 있으니 우리가 가만히 앉아만 있을 수는 없지 않습니까."

송관은 선생 앞에서 꿇었던 무릎을 일으켜 세우며 두 주먹을 불끈 쥐었다.

"난 혈기만으로 될 것이 아니라고 보네. 저들은 총칼로 도륙을 내려 들 것이고 총칼을 이길 만한 연장이나 무기를 갖고 있지 않으면 속수무책일 수밖에 없지 않은가? 무기가 있다 해도 그걸 쓸 수 있는 무술 또한 필요한 것이네. 지금 우리가 틈틈이 익히고 있는 태껸만 갖고는 어렵다는 얘기네."

유생 중에서 나이가 제일 많은 성암(박정화)은 차분하게 이쪽의 약점을 짚어냈다. 그러나 괴은은 반론으로 나섰다.

"온 나라에서 일어날 것이네. 우리 유생들끼리만 아니라 무기를 쓰는 사람들과 손을 잡아야 할 것이라네. 아무리 힘이 장사고 지략이 뛰어났다고 해도 혼자의 힘으로는 절대로 싸울 수 없는 것이 나라 싸움이라지 않나. 나라 벼슬에 문무가 나뉘어 있다고 하지만 문과 무는 결국 하나이지. 권법과 검법과 궁술이 거경궁리(居敬窮理)*와 서로 떨어져 있는 것 같지만 익히고 들어가면 서로가 하나로 통한다는 얘기지. 우리는 이 땅에 의를 지키겠다는 것이고 저들은 이 땅에서 와서 물(物)을 구하여 욕(慾)을 채우겠다는 것이지. 내 들은 대로라면 저들은 수천의 병사가 이 땅에 들어왔고 우리는 이천만이니 죽기를 각오로 싸운다면 몰아내지 못할 바 아

*거경은 내적 수양법으로 항상 몸과 마음을 삼가서 바르게 가지는 일, 궁리는 외적 수양법으로 널리 사물의 이치를 궁구하여 정확한 지식을 얻는 일.

니지만 대부분 살려고만 작정하니 사납게 덤벼드는 왜적들에게 당당하게 대들어 무찌르지 못하는 것이지. 이미 저들편이 되어 있는 조선의 반역패당을 합쳐서 적으로 치더라도 우리가 똘똘 뭉친다면 제풀에 지쳐 물러갈 것이네. 승패를 가름하는 것은 우리가 목숨 걸고 저들을 막아내어 나라의 도(道)를 지켜내겠다는 의(義)의 정신이지 병력과 무기라는 물질만이 아니라네. 선생께서 강하신 말씀대로 이(理)가 주(主)가 되고 기(氣)가 객(客)이 되어야 한다는 것과 같은 이치지."

"지금 각 도에 관찰사와 군수가 왜적들과 한 패당이 되어 단발에 변복을 하라면서 앞장서고 있으니 먼저 이들을 잡아 응징하는 게 제일 먼저 할 일이오. 앉아서 막을 게 아니라 조선반도 전체를 검게 물들이기 전에 쳐들어가서 왜적과 패당들을 본보기로 처단하여 이 싸움에서 승기를 먼저 잡아야 한단 말이오."

듣고만 있던 이풍림이 분개하자 금계 선생이 정리하고 나섰다.

"지금의 복잡한 상황을 걱정하는 성암의 마음도 이해가 되고 괴은의 생각도 장하다. 이 시점에서 무엇보다 중요한 것은 서로 토론을 해서 의견을 나누고 그 차이의 근원이 무엇인지를 알아 서로의 뜻을 통하게 하여 하나로 뭉쳐야 한다는 것이다. 우리들 중에 생각의 괴리가 존재하는 한 하나로 뭉칠 수 없다. 하나보다는 둘이, 둘보다는 셋이, 셋보다는 다섯이, 다섯보다는 열이 더 큰 백의 힘을 낼 수 있는 것이니 그 힘의 방향이 서로 다른 곳을 향한다면 싸우더라도 결코 이길 수 없다. 모두 돌아가서 오늘 밤까지 원 없이 이야기를 나누고 뜻을 세우도록 하라."

그들은 선생의 방에서 나와 서실로 다시 돌아와서 늦도록 이야기를 나누다가 머리를 맞대고 의병에 나서기를 촉구하는 격문을 지었다. 괴은이 초를 잡고 모두 돌려 읽으면서 의견을 받아 더 넣을 말을 넣고 뺄 것을 뺐다.

아! 기가 차고 통탄할 일이로다.

왜적패당들은 궁궐에 들어가서 임금을 위협하고 안하무인으로 국사를 좌지우지하는 지경에 이르더니 이제는 우리의 옷을 오랑캐 옷으로 입으라 하고 머리를 깎아 민족의 자존을 멸하려 한다. 이는 조선 백성을 모두 짐승으로 만들려고 하는 음흉한 간계요, 조상으로부터 자손으로 이어지는 동방에 예의를 말살하여 오랑캐의 노비로 만들려는 음모가 아니더냐. 이러한 만행 앞에 앉아서 그대로 앉아서 당한다면 이제 우리는 이 땅에서 한 마리 짐승으로 살아갈 것이오, 분연히 일어나 죽음을 두려워하지 않고 싸운다면 죽든지 살든지 이 땅에 영원한 인간으로 남을 것이다. 형제여, 부모여, 아들이여! 조선에 이천만 겨레가 하나로 뭉쳐 싸운다면 존귀한 정신이 살아남아 후세를 보존할 것이오, 싸우기를 피하여 놈들의 무릎 밑으로 기어든다면 대대손손 짐승으로 살아갈 것이니 정신 가다듬어 똑바로 눈 뜨고 선택 바로 하여 대의로써 일어나는 의병진에 뜻을 세워 함께 따르기를 바라노라. -금리정사 서생들-

글을 다 쓰고 나서 박제삼이 고개를 갸웃거리며 물었다.

"우리가 일어나는 명분은 왜적들이 궁을 침범하여 국모를 시해한 데 대한 보복이고 단발로 민족의 자존을 무너뜨리려는 음흉에 대항이고 길게는 저들을 이 땅에서 영원히 몰아내야 한다는 세 가지를 분명히 해야 할 것이오. 왜냐하면 우리가 단발령을 내렸다는 사실만을 명분으로 거병을 한다면 단발령을 거두어 들였을 때엔 저 자들의 뿌리는 그대로 둔 채 물러서야 한다는 얘기가 되기 때문이오. 그러니 성공을 하고 못하고를 떠나서 우리가 일어나 싸우는 기저는 이 세 가지로 해야 한다는 말이오."

박제삼은 분을 억누르면서 말을 토하고 주변을 둘러보았다.

"제삼의 말이 옳아. 장담에 가 있는 하사가 몇 해 전에 고향에 와서 사람을 모아 거병을 하려고 했다가 동비들이 난리를 치는 바람에 뜻을 접었던 적이 있고, 민 황후 때도 결국 의병을 일으키지 못했지 않나. 그러니 저 자들이 야금야금 누르고 들어오는 것이지. 단발에 변복까지 한다면 이제 조선은 이 땅에서 없어지는 것이나 다름없으니 우린 왜적들 종노릇이나 하라는 것인데, 그리하느니 차라리 죽음을 선택해서 저들과 싸우는 것이 마땅히 우리가 나갈 길이라고 보네."

괴은이 박제삼의 말에 동의하고 나서자 모두들 고개를 끄덕였다. 괴은이 붓으로 박제삼이 말한 세 가지를 뒤에 덧붙이고 서로의 뜻을 확인하는 자리는 거기서 끝이 났다. 시간이 지체되면 안 된다는 다급함은 모두 느끼고 있었다.

각자 베껴 써서 서로 나누어 가진 글을 품에 지니고 방을 나서려는데 충복이 헐떡이며 금리정사 학당 쪽으로 올라오고 있었다. 곡수에서 금의까지 얼마나 달려왔는지 그 추위에도 몸에서 김을 모락모락 올리며 입은 옷이 땀으로 축축했다. 충복은 괴은에게 민승민 영감이 급히 오란다는 애기를 전했다. 금계 선생은 말을 전하고 돌아가려는 충복을 불러 안으로 들여보내 뜨뜻한 국물에 늦은 아침이라도 들고 가도록 일렀다. 어린 것이 곡수에서 예까지 걸어왔으면 해가 높다랗더라도 아직 식전일 것이니 조반은 꼭 먹여 보내야 한다는 게 금계 선생의 깊은 마음이었다.

충복은 민승민 영감과 금계 선생 사이에 소식을 전하는 일을 곧잘 해냈다. 선생은 그런 충복이 갸륵하고 기특하여 이번에도 급히 달려온 반가움에 속을 채우고 가도록 이른 것이다. 충복은 선생에게 머리가 땅에 닿도록 절하고 땅을 짚었던 손을 비비며 부엌으로 들어갔다. 선생은 민승민 영감이 금계 수하에서 배우고 있는 괴은을 급히 부른 이유도 이미 짐작하고 있었다. 때가 온 것이다.

벼슬을 하고 나라의 녹을 받는 관리는 명에 따라 일을 하지만 그렇지 아니한 선비는 나라에 어려움이 있으면 스스로 판단하여 나설 때를 결정해야 한다. 관리가 나서는 싸움이라면 국고로 싸움의 뒤를 대겠지만 자금의 기반이 없는 선비가 일어서려면 그 뒷돈을 대는 일은 싸움에 나서지 못하는 스승과 척족들이 책임질 일이다. 다행히 민승민 영감은 그만한 돈을 댈 수 있는 여주 땅 곡수에 거부였다. 그의 뜻을 알지 못하는 지금 민 영감이 어떻게 나설지가 한편으로 걱정이 되기도 하였다.

매봉산 고개를 넘어 곡수로 가는 들판에서 괴은의 도포자락 사이로 스미는 바람이 살갗을 할퀴었다. 민승민 영감이 부른다는 말에 괴은의 발걸음은 바람을 일으키며 몸에 감기는 추위를 헤치고 앞으로 나갔다. 그렇게 얼마 걷지 않아 몸에서 열기가 오르고 김이 솟았다. 충복이 잰걸음으로 그 뒤를 따랐다. 바람이 괴은의 갓을 뚫고 상투 속을 헤집듯 내막을 모르는 충복에게도 땋아 내린 댕기머리채 밑으로 스며드는 바람을 맞으며 생각은 복잡하게 얽혀들었다. 괴은이 목골에서 곡수로 나와 민승민 영감 댁에 일을 봐온 지가 올해로 벌써 칠 년. 근동에서는 하루 종일 걸어도 민승민 영감의 땅을 못 벗어난다고 말해왔다. 그 큰 살림살이를 맡아 돌보기는 만만찮은 자리였다.

애초에 의병을 일으키자는 일은 금리정사에서 함께 공부하다 제천 장담에 유중교 학사로 간 하사 안승우의 뜻이었다. 제천 장담으로 간 하사는 지금쯤 어떻게 지내고 있을까. 그는 괴은보다 네 살이나 위였지만 괴은이 태어난 목골에서 얼마 떨어지지 않은 이웃마을 섬실을 오가며 친구로 지내다가 이곳 학당에 먼저 와서 글을 익혔었다. 하사는 가르침보다 터득이 빠르고 함께 배우는 유생을 아우르는 재주가 남달라 모두 그를 따랐었다. 그의 실력은 날로 일취월장하여 스물 초반에 사서를 모두 읽었다. 주변에서는 과거장에 나가 볼 것을 권했지만 하사는 화서에서 중암, 성재, 의암, 항와로 이어지는 학문을 좀 더 깊이 터득하기 위하여 금계 선생의 권유로 외가에서 가까운 제천 장담으로 떠났었다.

금계 선생은 매해 삼월이면 장담에 가서 강(講)을 했는데 전국에서 모여든 많은 유생들과 함께 배우고 있는 하사를 항상 뿌듯하게 생각하면서 금리정사로 돌아오면 유생들에게 하사의 자랑을 한 보따리 늘어놓았다. 괴은은 그런 하사와 서한을 주고받으며 비록 떨어져 지내고 있지만 고향 친구로서의 정을 끊이지 않았다. 이런 때에 하사가 곁에 있다면 양근에 다녀온 일을 함께 의논할 수 있었을 텐데 그렇다고 삼월 초순까지 마냥 기다릴 수만은 없었다.

괴은은 곡수에 민승민 영감 댁에 일을 보면서 지내고 있었다. 배다른 형의 자식인 조카와 형수가 함께 사는 것이 불편하기도 하고 아버지가 생전에 민 씨 가문 쪽에 해둔 당부도 있고 해서 어머니 경주 최 씨와 함께 그의 진외가*인 곡수에 민승민 영감 댁 근처로 나온 것이다.

민승민 영감의 댁은 곡수 쇠장거리에서 조금 떨어진 장터거리 끝에 예

*아버지의 외가.

순여섯 칸 집으로 자리 잡고 있었다. 영감은 장터거리에 점방과 곡수들판을 모두 거느리고 있었다. 괴은의 조모가 민숭민 영감네 척족이었기 때문이기도 했지만 그의 조부와 부친을 모두 겪은 민숭민은 괴은의 행실과 품성이 믿을 만하여 곡수로 불러 바깥살림을 관리하는 일을 도맡긴 것이다.

자신의 도량을 넓히고 세상을 살아가는 데 있어서 마땅히 인간이 다하여야 할 도리를 깨닫기 위함이 학문을 하는 본질이라는 게 그의 생각이었다. 그래서 그는 살림이 넉넉하지 않음에도 부(富)를 이루기 위하여 열중하지 않았고 세상의 불의와는 타협하지 않고 살아가는 장부의 모습이 아버지를 닮았고 듬직한 외모 널찍한 마음 씀에 행동 역시 점잖아서 주변에서는 벌써부터 그를 장래에 큰일 할 사람으로 쳐두고 있었다.

그 스스로도 멀리서 금리정사로 배우러 오는 호서 지방의 유생들과 친분을 나누며 나라가 양오랑캐와 왜오랑캐에게 짓밟히는 현실을 한탄하고 병서와 경서를 익혀 어려움에 빠진 나라를 구하는데 몸을 바치기로 마음을 굳히고 있었다. 사내가 뜻을 세워 이루기 위해 열심을 다한다면 못할 게 없다. 지금 나라는 왜적과 그의 패당 무리들이 작당을 하여 임금을 능멸하고 정사를 자기네들끼리 떡 주무르듯 하고 있으니 그대로 두었다가는 조선반도의 큰 배가 태평양 큰 바다에 침몰할 날이 머지않을 것이라는 염려 때문이었다.

관직을 차고 앉아있는 벼슬아치들은 납작 엎드려서 이 난국이 어서 끝나기만 바랄 뿐, 험하다고 생각되면 끼어들지 않으려고 안간힘을 쓰면서 '내가 아니라도 누군가 하겠지' 하는 눈치만 살피고 있었다. 그들은 철저하게 자기 처세에 밝은 자들이었다. 나랏일을 맡았으면 마땅히 받아먹는

녹의 값만치 일을 해야 하는데 개화의 바람으로 밥줄이 끊어질까만 걱정했지 나라가 어찌 되는 것은 안중에도 없었다. 이번만 해도 옷을 바꾸어 입으라는 영과 머리를 깎으라는 영은 임금의 영이기 때문에 종이에 쓰인 글자 그대로만 읽어 나라의 신하된 도리로 무조건 따라야 된다는 생각 없는 맹종이 그 자들의 습성이었다.

왜적패당들이 임금을 협박하고 영을 받아내서 자기네들 뜻대로 지방에 내리는 조칙을 받드는 것만 소임으로 알고 그대로 행하니 백성들에 대한 핍박은 이만저만이 아니었다. 괴은은 이러한 관리들의 문란을 직접 보아왔다. 그런데 이번에 변복과 단발령이라는 것이 결국 왜적들의 뜻인데 그 영이 임금의 명을 빌었다고 하여 꼭 이행해야 한다고 설치며 나대니 그야말로 꼴불견이고 가관이었다. 임금이 힘을 잃어 왜적과 패도들에게 위협을 당한 것은 왕실이 무능했던 책임도 있지만, 조칙을 내린 것이 임금의 진정한 뜻이 아니었다는 것은 서울 장안에서 알 만한 사람은 다 아는 일이었고 임금은 종친과 척족을 통하여 이것은 내 진정한 뜻이 아니었노라고 은연중 반발세력을 키우도록 복선을 깔아놓고 있었다. 그 선이 한양 민 영감 댁에서 민숭민 영감에게도 닿은 것이다.

괴은은 이 난국을 벗기 위하여 자신도 일어나 한 역할을 해내야 한다는 것은 알고 있었지만 누구와 어떻게 손을 잡고 해야 할지 참으로 막연해 하던 중이었다.

괴은이 곡수에 민 영감 집에 당도하자 민숭민 영감은 사랑채에서 괴은을 맞았다.

"들었느냐? 단발령이 내렸다는 얘길. 국모가 변을 당한 지 얼마나 지났다고 이제는 온 백성의 상투를 자르라는 말이냐. 나라가 어찌 되려고 이러는지. 나라가 이 지경인데도 글만 읽고 그대로 앉아서 저 자들에게 머리를 내맡길 것이냐?"

예상은 했었지만 민승민 영감은 괴은에게 단도직입(單刀直入)으로 무거운 질문을 던졌다.

"예, 어제 저도 양근에 갔다가 의병을 일으킨다는 소문을 듣고 알았습니다. 밤늦게 금리정사로 돌아와서 이 문제를 논하느라고 학당 동문들하고 밤을 새웠습니다. 모두 단발령은 거부하기로 마음을 모으고 왜적의 주구가 되어 앞장서는 관리들을 우리 손으로 처단하기로 방책을 세웠습니다. 우리도 거병을 해야 합니다. 금리정사에 있는 유생들이 앞장설 것입니다."

민승민 영감은 고개를 끄덕이면서 문갑에서 서책을 꺼내서 보여줬다. 토지 작인들의 명부였다.

"농사를 지으려면 아직 석 달이 더 남았다. 그 안에 이 싸움은 끝이 나야 한다. 이 중에서 마흔 안쪽에 사람들을 마름이 모두 모을 것이다. 혹여 의병에 나가서 못 돌아오더라도 처자권속은 내가 살게 해 줄 것이다. 그들이 비록 싸움의 경험은 없지만 가르치면 싸울 것이고, 혹 앞에서 싸울 수 없더라도 뒤에서 도울 수는 있을 것이다. 나라를 위한 일이라는 데에야 싫다고 못할 것이다. 내가 들은 얘기로는 한양 쪽은 이천에 김하락이라는 자가 사람을 모으고 있다고 한다. 서울로 치고 올라갈 것이라는 얘기다. 우린 강 위쪽 충주를 쳐서 김하락의 뒤를 쫓는 적을 막아 주어야 한다. 사람을 모을 결심이 서면 어디로 할 것인지를 궁리해서 내게 알려라."

"우선 먹을 쌀과 입을 옷에 무기를 구할 자금이 필요합니다. 영감님."

괴은의 머릿속은 복잡하게 돌아가고 있었다. 제일 먼저 필요한 것이 먹을 것을 구할 자금이었다. 넉넉한 집을 찾아다니며 거두기도 하겠지만 수백여 군사를 먹이기에는 턱없이 부족할 것이다. 금리정사에 안승설에게 자금 모금을 맡겼으니 금계 선생이 도와줄 것이다. 잘해내야 할 텐데. 고향인 지평 상동에 가서도 연줄이 닿는 대로 자금부터 모아야 한다.

그러던 중 괴은은 언뜻 처가 쪽이 생각났다. 갑오년에 처가를 오갈 때에 그쪽에서도 거의하자는 바람이 잠깐 불었었고 민 황후가 서거했다는 소식이 퍼질 때에도 들썩거리다가 말았다. 그럴 때마다 누군가 항상 앞에 나서주기를 바라면서 '자기' 가 나가기는 주저했다. 여러 가지로 생각이 스치는 중에도 민승민 영감은 얘기를 계속했다.

"조선 팔도에 하늘로 머리를 둔 인간이라면 이번 일에는 모두 치를 떨 것이다. 지금 어떻게 해야 할지 갈피를 못 잡고 있는 사람들이 많다. 화승총을 가진 포수들과 과거 임오난리 때에 검과 총을 썼던 해산군인들을 모두 찾아내라. 싸움은 경험이 있어야 하는 법이다. 그리고 이건 나라를 걱정하는 뜻있는 사람이 네게 내리는 것이라 생각하고 받아라. 꺼내 봐라, 육혈포다. 죽음 앞에서는 이것이 너를 살릴 것이다. 나는 총에 대하여 잘 알지는 못한다. 화승총은 적을 죽이지만 육혈포는 자신을 살리는 무기라고 들었다. 부디 잘 간직해서 죽음으로부터 너를 지키는 물건이 되기 바란다. 그리고 이건 어음인데 이천 냥이다. 결코 적지 않은 돈이니 몸 안에 품고 있다가 군사들이 굶지 않도록 먹여야 할 때 긴요하게 써라. 배가 꺼져 고프면 적이 던져주는 밥도 받아먹게 되고 싸울 마음도 없어지는 것이 사람들의 마음이다. 그리고 돈이 떨어지면 남의 집을 다니면서 강제로 구걸하지 말고 사람을 보내라. 아무리 의로운 일을 한다고 해도 무리한 수취로 양민의 분노를 사면 스스로 적이 되니 경계해야 한다."

괴은에게 어음을 건네는 민숭민 영감의 음성은 차분하면서 무거웠다. 의병을 일으키려면 필요할 테니 전장에서 궁색한 민가에 손 내밀지 말고 쓰라는 것이다. 먹고 입을 것이 든든해야 사기도 오르는 법이다. 괴은은 어음을 옷 속에 깊숙이 넣었다. 민숭민 영감은 요즈음에 괴은이 집안일을 등한시하면서까지 이리저리 바삐 다니며 사람을 만나고 있는 것을 이미 알고 있었다. 나라를 위하여 큰일을 할 사람이니 뒤를 봐주어야겠다는 생각을 갖고 있던 게 이미 오래전이었다.

"지평에서 향교 일을 보는 의식이가 있다. 내 함께 가도록 일러 놨으니 데려가라. 그 애가 글줄이나 읽었으니 생각이 바르고 향교 일을 본 경험으로 궂은일도 잘해낼 것이다. 꼭 총질이 아니라도 전장에서 누구든 도와서 쓸 만할 것이다."

"예, 영감님. 반드시 대의를 이루겠습니다."

육혈포가 든 흑 주머니를 받아 쥔 괴은은 민숭민 영감 앞에 머리 숙여 절하고 나와서 곧바로 마름인 이면수의 집으로 갔다. 거의의 뜻을 말해 주고 민숭민으로부터 받은 명부를 전해 주었다.

"이 일은 우리가 일어나기 전에 관에서 방해를 하면 망치는 일이오. 오늘부터 은밀하게 이 명부를 갖고 돌면서 함께 나갈 수 있는 사람들을 모으시오. 영감께서 식솔들은 걱정 말라고 하셨소. 모두 영감의 은덕으로 먹고사는 사람들이니 사람 모으기는 어렵지 않을 것이오. 시일이 촉박하니 서둘러야 해요. 스무닷새 날 저녁, 모일 곳은 지평에 배미산 밑에 야철장 터요. 생각이 다른 자들이 딴 맘을 먹을지 모르니 밖으로 새지 않게 해야 하오."

괴은은 이면수에게 거병의 뜻을 담은 격문은 내주면서 베껴 쓰도록 했다. 영감의 심복이나 다름없는 이면수는 그날로 소작인들에게 격문을 돌리며 거의한다는 뜻을 전했다.

그가 민승민 영감 댁으로 돌아왔을 때에 처가인 안창에 김사정이 말을 타고 와 기다리고 있었다. 김사정은 괴은보다 한 살 아래고 처와 같은 연안 김 씨이니 굳이 관계를 따지자면 사돈지간이었다. 처가를 오가면서 인사를 나누고 사귄 날이 벌써 여러 해니 스스럼이 없었다. 김사정은 연안 김 씨 연흥부원군 김제남의 10대손이다. 첫눈에도 키는 작으나 눈에 총기가 흘러서 지략이 있고 매사를 다룸에 범상치 않은 얼굴이었다. 그가 왜 갑자기 왔을까. 우선 반가움에 손을 맞잡았다. 괴은은 그를 자신이 거처하는 방으로 안내했다.

"어떻게 이렇게 갑자기."

"지난번에 자네가 안창에 다녀간 후로 일이 궁금해서 이렇게 왔네. 나라꼴이 어수선한 마당에 답답해서 집 안에 어디 앉아있을 수가 있겠어? 안창에선 지금 아우성이네. 상투를 자르라니, 머리가 잘린다면 목이 잘리는 것과 같은데 어떻게 이 사실을 사당에 고하겠어. 걱정이 되어 여주, 지평 땅으로 소식 좀 들으려고 돌고 있는 중이네. 여긴 어떻게들 하고 있는지."

"마침 잘 왔네. 거병을 하기로 했다네. 군사를 일으킨다는 것이 나라에 일이니 여주와 원주가 다를 수 없지. 지평에서 지금 사람을 모으고 있는 중일세. 뜻을 같이 할 수 있다면 앞으로 자네 힘이 많이 필요할 걸세. 어떤가? 함께 해주겠나?"

"내 생각도 같아. 아니 우리 쪽 사람들 마음은 모두 같은데 어떻게 누구와 손을 잡고 나서야 할지 가닥이 잡히지 않으니 군데군데 모여서 숙의만 하고 있을 뿐이지 아직까지 되는 게 없어서 이렇게 찾아왔어."

"모일 곳을 정해야 하는데 어디가 좋을지 아직 생각 중이네. 지평 관아에서 멀리 떨어진 곳이 좋은 텐데. 다른 곳에서도 같은 뜻을 가진 사람들과 연락을 해 봐야겠네. 양근과 이천, 광주도."

"그럼 벌써 그쪽 사람들과도 연락이 닿아서 의견을 나누었다는 얘긴가?"

"어제 양근에 갔다가 사람들을 만났어. 거기도 이대로 가만히 있을 수만은 없다고 하면서도 갈피를 못 잡고 있는 실정이라네."

"나도 함께 하겠네. 안창에 우리 문중에서도 힘을 보태기로 했어. 사람이 모이면 물자가 필요할 테니까 문중에서 재산을 모두 털어서라도 돕겠다는 확답을 문중 어른께 얻었어. 문제는 사람인데 많다고만 되는 것이 아니고 앞에서 이끌 사람이 필요한데, 불현듯 자네생각이 나더라고. 그래서 이렇게 달려온 것이네."

"고맙네. 우리 함께 하세. 자넨 가서 그쪽 사람들과 자금을 모으게. 조만간 지평에서 그쪽으로 넘어간다는 기별이 갈 걸세."

괴은은 김사정의 손을 힘 있게 꽉 잡았다. 젊은 두 손이 나라를 위하겠다고 맞잡은 손에는 서로의 피가 통하고 있었다. 김사정은 모일 날짜가 정해지면 연락할 것과 안창에다 거사에 필요한 물자들을 모아 놓겠다고 하면서 돌아갔다. 이즈음에 생각지 않았던 김사정의 도움은 큰 힘이었다.

김사정을 보내 놓고 괴은은 식솔들이 있는 집으로 갔다. 소문은 집에까지 쫙 돌아서 부엌 사람들까지도 나라에 뒤숭숭한 분위기를 불안해하고 있었다. 왜적들이 칼을 휘두르고 들어와서 오랜 옛날 임진란 때처럼 아녀자를 해할 것이라고도 했고, 왜적의 앞잡이들이 으스대며 칼과 창을 들고 머리를 자르러 올 것이라고도 했다. 갓을 쓴 자들에게는 머리 잘림이 목 잘림과 같겠지만 아녀자들은 사내를 잃고 저잣거리에서 왜적들의 손에 아무렇게나 내돌려질 것을 두려워했다. 마음이 독한 영감댁 마님들은 은장도를 챙기기도 했고 차마 그러지 못하는 아녀자는 몰래 비상약을 저고리 앞섶 안쪽에 주머니를 달아 감춰두기도 했다. 불안한 나날 중에도 각자에게는 그렇게 죽음으로써 지켜야 할 도리들이 모두 있었다.

괴은이 방에 들자 눈에 띄게 쇠해 보이는 어머니는 오늘따라 걱정스런 눈에 수심이 가득했다. 요즘 들어 아들이 사나운 짐승으로부터 쫓기는 꿈을 꾸는 일이 부쩍 늘어났다. 잠에서 깨면 반쯤 남은 날밤을 꼬박 새우기도 하고 어쩌다가 고기반찬을 올려도 밥사발을 반 넘어 비우는 일이 없었다. 그런 어머니 앞에서 아무리 나라를 위하는 일이라지만 전장으로 떠난다는 말은 입안에서 떨어지지 않았다.

"어머니, 아무래도 나라에 큰 난리가 일어날 것 같아 소자는 당분간 난을 피해 곡수를 떠나 지평 산중에 들어가 있겠습니다. 너무 걱정하지 마시고 세상이 평안해지면 그때에 돌아올 터이니 그리 아시고 처자와 아이들을 잘 거느려 주세요." 하면서 어머니를 안심시켰다.

"오냐. 어디에 가 있든지 네 신체를 잘 보존해라. 어디든지 나서야 할 곳과 빠져야 할 곳과 때를 잘 가려야 한다." 어머니는 오히려 아들을 안심시키자 괴은은 일어서면서 눈시울이 뜨거워졌다.

아니 된다. 대장부가 큰일을 하려고 나서는데 눈물이 웬 말이냐. 왈칵 뜨거운 물이 솟는 눈을 감추려고 밖으로 나오자 아내는 부엌에서 따끈하게 데운 숭늉 대접을 괴은에게 내밀었다. 추운 줄도 모르고 먼 길을 달려온 괴은은 단숨에 받아 들이켰다. '고맙소' 하며 대접을 내주고 아내의 얼굴을 바라봤다. 다복한 집안에서 괴은 하나만 보고 어려운 집에 시집을 와 넉넉하지 못한 살림을 꾸려온 아내의 얼굴에는 찌든 기색이 역력했다. 괴은은 마지막이 될지도 모른다는 생각으로 거칠어진 아내의 손을 꽉 잡았다. 금리정사에서 길을 넘어 오면서 홀로 굳은 다짐을 하고 또 하였건만 사내대장부가 왜 이 순간에 얼굴이 이리도 뜨거워지는 것일까. 목은 또 왜 이렇게 메어오는 것일까.

"저녁 앉혀 놨어요. 어머니와 함께 드시고 가셔요. 애들 얼굴도 꼭 보고 가셔야지요."

부엌으로 들어가는 아내의 목소리는 축축하게 젖어 있었다. 길 떠나는 지아비에게 눈물을 보이지 않으려고 했는데 그동안의 힘든 삶이 또 복받쳐 오르니 가슴속으로 삼키고 무사하기를 빌 수밖에.

"여보 미안하오. 내 지금 편안하게 어머님과 저녁상을 함께 할 여유가 없소. 부디 내가 없더라도 연로한 어머니 마음을 편케 해 드리고 아이들 잘 기르오. 지금까지 잘해온 것처럼 그렇게. 그럼 나는 가오."

괴은은 부엌으로 따라 들어가서 솥뚜껑을 열려는 아내의 손을 잡고 눈을 마주치는 것으로 떠나는 인사를 대신했다. 어머니 경주 최씨는 방 안에서 그 소리를 다 듣고 있었다. 어머니를 안심시키려고 지평 산골에 들어가겠다는 말을 이미 싸움터에 가겠다는 말로 알아들었으나 모른 체했다. 그것이 멀리 떠나는 아들의 마음을 편하게 하고 오로지 나라를 살리는 일에 전념할 수 있을 것이라는 깊은 생각 때문이었다. 싸움터라는 곳이 서로를 죽이고 죽이는 곳인데.

우선 의병을 이끌어 줄 어른을 모셔야 했다. 괴은은 하사의 집이 있는 섬실 쪽으로 발길을 돌렸다. 밖에 나간 아이들의 얼굴이라도 보고 갈 걸 하는 마음이 간절했지만 사사로운 정리로 대의를 그르치게 할 수는 없다는 생각이 발걸음을 재촉케 했다. 그러면서도 부친을 여읜 후로 먼저 간 형을 대신해서 가사를 돌보면서 집안을 일으켜야 할 자신이 공의(公義)를 핑계로 집에 너무 소홀한 게 미안한 마음이 가시지 않았다.

하사의 아버지 퇴앙은 섬실에서 학동들에게 글을 가르치면서 사람이 살아가야 하는 도리를 깨우치게 하는 스승으로 알려져 있었다. 심성이 고르고 굳고 곧아서 분명히 이번 일에 분노할 것이다. 의병으로 나가자는 청에 거부하지 않고 기꺼이 응해줄 것이라는 믿음이 섰다. 이웃 마을에 아저씨이고 친구의 아버지이니 다섯 살 때에 아버지를 여읜 괴은은 그를 아버지처럼 따르고 좋아했다. 밤새도록이라도 의논하고 설득해서 의병을 이끌 대장으로 모실 작정을 하면서 부지런히 상동을 향해 걸었다. 강고(强固)한 그분의 성품이 어떤 대답을 줄지는 모를 일이었다.

섬실과 자신이 태어난 목골 마을과는 한 마장 정도 되는 거리였다. 승우의 집에 들르기 전에 먼저 괴은의 손위 조카 종덕을 만나고 싶었다. 조카라지만 장남인 형이 오래전에 죽고 아버지마저 없는 집안에서 가장 노릇을 하고 있었다. 그가 집안의 대를 이을 큰집에 종손이니 항상 믿음직한 구석이 있었다. 괴은보다 아홉 살이나 위이니 나이로 보면 거꾸로 아저씨 같은 연배였지만 괴은에게는 깍듯하게 숙부라고 부르며 공대를 했다.

"숙부. 할머니와 아주머니께서 모두 무고하시지요?"

"네, 다 편안하세요. 조카님. 그보다도 나라가 이렇게 뒤숭숭해서 큰일이에요. 단발령으로 지평 바닥이 모두 흉흉해요. 지난번 민 황후 일도 있고 해서 가는 곳마다 들끓고 있어요. 그래서 이번에 내가 나서기로 했어요. 우리 집안에는 대를 이을 조카님이 있고 하니 마음이 놓여요. 곡수에 어머님께는 걱정하실까봐 지평 골짜기에 들어가서 조용히 있겠다고 했어요. 혹여 의병에서 돌아오는 일이 늦어지더라도 조카님이 어머님 좀 살펴줘요."

"작은 아버님. 멀리서 오시느라고 아직 저녁 못하셨지요? 얼른 지을 테니 저녁 드시고 가셔요."

질부가 부엌으로 나서려는 것을 만류하고 괴은은 그냥 나섰다. 곡수에서는 저녁 전이고 목골에 오니 저녁이 지난 시간이다. 그러나 괴은은 시장기보다 밤이 더 늦기 전에 얼른 가서 승우의 부친을 만나는 것이 급했다. 어떤 대답이 나올지 모르기 때문에 붙잡는다고 해도 앉아서 밥을 목구멍으로 넘길 형편이 아니었다.

형 관영이 살아있었다면 아버지 같아서 마음 편하게 먹었을지도 모른다. 괴은은 큰댁에 올 때면 모든 것이 조심스럽고 어려웠다. 어려서 어머니는 그 눈치로 곡수에 가서 살자고 했는지도 모른다. 형이라고 하지만 어머니가 다르니 조카도 아버지의 핏줄만 같을 뿐이다. 어려서는 몰랐는데 자라서 아버지의 연세보다 너무 떨어지는 어머니가 네 번째라는 것을 알았다. 형이 삼대독자이니 대를 이으려고 아버지는 무진 애를 쓰셨을 것이다. 다행스럽게도 조카는 아이를 낳고 고향을 지키며 잘 살아가고 있으니 마음이 편했다. 그런데 오랜만에 찾아온 숙부를 그냥 보내는 조카의 마음이 영 편치 않은 모양이다. 조카 부부는 괴은이 밖으로 나와서 어둠 속에 보이지 않을 때까지 오랫동안 삽짝 앞에 서서 바라보고 있었다.

산 밑에서 동쪽을 향하여 납작 엎드린 하사의 초가집 사랑에는 퇴앙 안종웅이 괴은을 아들 본 듯 반갑게 맞았다. 사랑채 댓돌 밑에는 그가 만든 대창 수십 자루가 가지런하게 놓여 있었다.

"그래. 요즘 금의에서 배움은 어때? 괴은, 너는 앞으로 남들보다 뛰어난 활약을 보일 거라고 내 믿는다. 내 관아에 구실아치들이 칼을 들고 머릴 자르러 온다는 소릴 듣고 섬실 근동에 기동을 할 수 있는 사람들을 다 찾아다니면서 약속을 해 뒀다. 머릴 자르러 오면 그대로 당하지 않을 것이다. 차라리 목을 자를지언정 내 머리카락은 한 올도 건드리지 못한다. 그래야 부모님이 물려주신 내 몸을 지키는 도리를 다하는 거다. 놈들이 오기만 하면 이 창으로 찔러 죽이고 말 거다."

퇴앙은 얼굴이 붉어지면서 두 손에 침을 퉤퉤 뱉고 창을 바투 잡아 찌르는 흉내를 내다 멋쩍은지 껄껄 거리며 헛웃음을 웃었다.

"어르신. 그 일로 기병을 하려고 의논을 드리러 왔습니다."

"기병? 괴은이 자네가? 암 그래야지. 이 판국에 앉아서 글만 읽는다고 하면 어찌 이 나라에 선비랄 수 있겠나."

"제가 사람을 모을 테니 어르신께서 의병을 이끌어 주십시오. 금계 선생도 마음이야 간절하시겠지만 병약하셔서요."

괴은이 굳은 표정으로 퇴앙 앞에 한 발 다가서자 퇴앙은 한 발 뒤로 물러섰다.

"내가? 이 늙은이가?"

퇴앙은 고개를 흔들면서 무겁게 말을 이었다.

"금계보다야 내가 나이는 밑이지만 나도 몸이 너무 늙었어. 마음은 앞서는데 말이야. 그 대신 내가 오늘 밤에 사람을 보내 아들 계현이를 부르지. 낮에 소문을 들으니 지평 관아에서 동비 토벌하던 포군장 김백선이가 맹 현감한테 의병을 함께 일으키자고 했다가 거절을 당했다네. 백선이 화가 나서 화승총을 관청 마루에 부수고 집으로 돌아와서 분을 못 삭이고 있다고 하더라고. 이참에 백선이하고 손을 잡고 나서면 큰일을 해낼 수 있을 것 같으니 괴은이 자네가 우선 그리로 먼저 가서 만나 보는 게 좋겠어. 백선이 나서면 휘하 포군이 따라 나설 테니 그 사람을 더하면 천군만마(千軍萬馬)지. 승우는 내가 방 서방을 보내 데려올 테니 걱정 말고. 승우가 갑오년 때부터 나라 꼴 되가는 게 걱정되어 의병을 일으키려고 걱정하더니만, 지난 번 민 황후가 변을 당하셨을 때에 일어났어야 하는 건데 그때도 의암(毅庵 柳麟錫) 선생 만류에 주저앉더니 이제야 뜻 맞는 친구를 만났구먼."

"지평에서 내일모레 저녁에 원주로 가는 안창역으로 모일 겁니다. 안창으로 오도록 전해 주세요."

퇴앙은 괴은이 거병을 한다는 말에 너무 반가워서 어린 아들에 하듯 양팔로 껴안아 등을 토닥였다. 아들의 친구이기도 하지만 본래 듬직한 사람이었다. 김백선이 살고 있는 하갈까지 가려면 목골이나 섬실에서 삼십여 리 떨어져 있어 부지런히 달려야 신시 안에는 당도할 수 있을 것이다.

"알았네. 내 나이가 들어 함께하지 못하는 것이 한이네. 계현이 날 대신하리라 믿네. 그리고 김백선, 그쪽을 잘 아는 사람이 내게 있으니 함께 가게. 천탄이라고 부르는데 사냥할 때에 백선이와 잘 통하던 사람이니 함께 가게."

창날을 다듬고 있던 천탄에게 퇴앙은 괴은과 함께 김백선에게 가도록 권했다. 퇴앙의 집에서 함께 거식하는 천탄을 같이 보내는 것은 그만한 이유가 있었다. 천탄이라면 백선과는 막역한 관계니 말문 트기도 수월할 테고 행동이 앞서는 백선과는 설령 의견이 조금 빗나간다고 하더라도 천탄이 가운데서 역할을 잘 해줄 것이라는 믿음에서였다. 천탄은 홍천에서 동학에 들었다가 잡혀 와서 당시 소모관이었던 영재에게 호된 훈계를 받고 김백선의 주선으로 풀려난 후에 아예 포군으로 나가면서 처가 있는 마을에서 기거하는 중이었다. 그러니 천탄을 통하면 백선과 뜻을 맞추기가 수월할 것이라는 생각에서 함께 보내려 하는 것이다.

지평에서 안창으로

퇴앙은 천탄과 함께 백선의 집으로 향하는 괴은을 보고 흡족해 하면서 사랑으로 들어가서 펼쳐 있던 종이에 승우에게 보낼 글을 휘갈겨 썼다. 종이에 먹물이 마르기를 기다려 접어들고 옆집에 방 서방을 불러서 노자와 함께 쥐어주고 제천에 장담 서사로 보냈다.

〈이번 단발령에 맞서기 위해 괴은이 안창에서 거병을 한다고 하니 속히 오라.〉

방 서방은 퇴앙의 집 옆에 살면서 궂은일을 도왔다. 눈치와 발이 빠르고 퇴앙이 시키는 일이라면 불에라도 뛰어드는 사람이다.

"오늘 밤에 제천 장담에 가 있는 우리 아들에게 이걸 좀 전해주게. 시간이 매우 급하네."

장담이라면 꼬박 이틀이 걸리는 곳이다. 오고 가려면 나흘이지만 방 서방의 빠른 걸음이라면 사흘로 줄일 수 있는 거리였다. 방 서방은 기다린 듯 집으로 들어가 봇짐을 메고 나와서 퇴앙에게 꾸벅 절하고 원주를 거쳐 제천에 이르는 물막이(문막) 쪽을 향해 내달렸다.

괴은은 퇴앙 어르신의 때를 맞춘 권유가 다행이었다. 군사를 일으키는 것이 분기와 혈기만으로 무조건 나설 일은 아니었다. 일당백, 싸움에 경험이 있는 군사라야 농사짓던 무지렁이 백을 능가할 수 있을 것이다. 그들은 화승총이 있었다. 그들은 그것으로 사냥을 다니며 그들끼리 어울렸다. 그들을 끌어들인다면 강한 의병이 될 것이다. 괴은은 김백선이라는 사람이 거절하면 어떻게 할까? 하는 생각을 하고 있을 때 천탄이 인사를 건넸다.

"하서에서 숯쟁이에 사냥질 하던 천탄이요."

"예, 절 좀 도와주셔야겠어요."

"도제에게 먼저 가 봐야지요. 김백선 포군장의 어렸을 적 사냥할 때 이름이 도제라오."

괴은과 천탄은 퇴앙의 집을 나와서 북면 하갈에 있는 백선의 집으로 향했다. 오늘이 동짓달 스무닷샛 날 밤, 얼마간을 걸으니 등 뒤에서 떠오르는 쪼그라든 달덩이의 희미한 빛이 겨우 어둠을 거두고 있었다.

"아저씬 어떻게 퇴앙 선생 댁에 함께 계세요? 그 연세로 글을 배우시려는 것도 아닐 테고."

"사냥질을 하다가 용문산에서 숯쟁이가 됐었는데 지난해에 동학하러 나갔다가 죽을 고비를 두 번이나 넘기고 돌아와서 글을 배우려고 왔어요."

"글을 배운다고요? 포군으로 나간다면서요."

"네. 본래 아비가 박복해서 내게도 글 배우기를 금했는데 숯 일로 세상에 문리가 조금씩 트이더니 까막눈이 답답해서 못 견디겠더라고요. 그래, 숯막에서 숯덩어리로 되지도 않는 글자를 써보다가 동학에 나가 혼이 났으니 이제 글을 배워야겠다는 생각이 솟구치는데, 퇴앙 선생 글방에 학동들 뒤에 앉아서 거드는 척하면서 한 자 한 자씩 주워들으니 목마른 끝에 마시는 물이라서 그런지 달콤하게 요 머릿속에 녹아드는 글맛이 요즈음에는 아예 빠져들고 있는 중이라오. 도제가 권해서 포군에 들었으니 경서는 제쳐두고 병서라도 더듬더듬 읽어서 깨우쳐야 하는데 그러려면 배워야겠다고 생각했지요. 초군장이 되더라도 포군장이 보내는 봉서 한 장도 못 읽는다면 앞에서 적이 몰려와도 그대로 당할 수밖에 없겠지요. 그래서 조금씩 깨우치고 있는 중이요."

괴은은 천탄과 함께 걸으면서 그의 공손하고 진실성 있는 말씨에 호감이 갔다.

"오늘 낮에 백선이 지평 관아로 가서 맹 현감에게 나라가 이 지경이 되었으니 의병을 일으키자고 했는데 거절을 당했어요. 관군이 관군을 상대로 일어나면 그건 의병이 아니고 역도라네요. 그러니 자기는 역도가 될 수 없다고요. 백선이 그 사람으로서는 지난번 동비 토벌에 나섰던 의리로 함께 나서줄 줄 알았는데 거절을 당하니 뜻밖이었겠지요. 마음이 무척 상했을 거요. 맹 현감이 누구 때문에 출세하여 그 자리에 앉았는데 말이오. 백선이 화를 못 참고 총을 부셔버리고 군안(軍案)*을 통째로 갖고 나와 버렸어요. 지평의 포군은 모두 백선이 훈련하여 얻은 것이니 영재 당신의 군사가 아니고 백선의 군사라는 것이지요. 그러니까 백선의 포군을 그대로 관아에 두고 왜적의 앞잡이로 내세울 수는 없다, 이런 마음이 앞섰겠지요."

"어쨌든 이렇게 나서주니 고마워요. 동학하러 다녔다니 얘긴데 이제

*의병들의 이름을 적은 책, 군적(軍籍)

의군이 한번 되어 보세요. 왜놈들이 짓밟는 이 나라 한번 제대로 지켜내 보자고요."

하갈에 이르기 전에 그들은 몰운고개 넘기 전 점말 주막거리에서 탁주를 한 대접씩 들이켜 속을 채우고 두 병씩을 더 사서 새끼줄에 매어 어깨에 걸었다. 양 어깨에 걸린 무게감이 백선과 만나면 무언가 이루어질 것 같이 듬직했다.

"이게 누구야. 저 아래 섬실로 이사 온 숯쟁이 포군 천탄이 아닌가. 이 밤중에 어딜 가려고 이렇게 총을 버리고 막걸리로 단단히 무장을 했나? 어이구, 동행이 있으시구먼. 실례했소이다."

몰운 고개 못 미쳐 점말에 사는 김진덕이었다. 숯장사하던 천탄과는 동학에 나가기 전부터 안면이 있는 사이었다.

"난 목골에 이춘영이요."

"목골? 목골이면 내가 모를 리 없는데."

"아버님은 오래전에 돌아가셨어요. 동부도사를 지내신 민자 화자에 택당 선생 자손이요."

"아하. 곡수에 민 영감 댁에 가서 계시다는 괴은 선생. 금리정사에서 학문에 열중하신다고요. 내 귀가 이렇게 커서 이 근방에 소문은 다 듣고 있소이다. 그런데 어떻게 야심한 시각에 길을 가시나요."

천탄이 나섰다.

"쉬! 의병을 일으키려고 백선대장 댁에 가는 중이요."

"거 참 잘됐구려. 그렇지 않아도 우리가 이렇게 모여 앉아서 백선 대장이 관아에서 총을 부시고 왔다는 소릴 듣고 어쩔 것인가 하고 걱정하던 중인데. 나도 함께 갑시다."

김진덕은 점말에서 사는 강릉 김 씨 문중에서 맏형 격으로 집안에 많은 종형제를 거느리면서 살고 있었다. 점말은 김백선이 하갈에서 몰운고개를 넘어 한치고개로 거쳐 지평으로 가는 길목 마을이어서 관아를 오가며 들르던 주막거리에서 만난 지 벌써 여러 해를 절친하게 지내고 있는 사이였다. 더욱이 사냥을 하던 시절에 한때는 점말에서 몇 해 동안 살면서 친형제처럼 지내기도 했던 사이였다. 김진덕이 불문곡직하고 천탄과 괴은을 따라나섰다. 어느새 그의 어깨에도 막걸리 두 병이 걸려 있었다.

김백선이 사는 하갈은 지평땅 끝 동네, 횡성으로 넘어가는 길목에 있었다. 그들이 몰운고개를 넘어 하갈에 백선의 집으로 들어섰을 때에 백선은 얼굴이 불콰해진 채로 사랑채에서 홀로 술을 마시고 있었다. 천탄과 김진덕을 보자 반갑게 맞다가 두리번거렸다. 웬 낯선 사람이냐는 표정이었다.

"백선이. 자네한테 반가운 손님을 뫼시고 왔네."

"나는 목골 태생 이춘영이라는 유생이요. 지금은 금계 선생의 금리정사에 오가면서 글을 읽고, 곡수에 민숭민 영감 댁 일을 보고 있고요."

괴은은 어깨에 메었던 술병은 내려놓으면서 백선 앞으로 손을 내밀었다.

"목골이라면 예서 멀진 않지만 늦은 밤에 웬일이요. 동비 잔당들이 아직도 몰운고개에서 길목을 지키고 있을 텐데."

백선은 괴은의 손을 덥석 잡으면서 찾아온 연유도 묻지 않고 내려놓은 술병부터 눈이 갔다. 술을 갖고 왔으니 우선은 반가운 손님이다.

"포군장은 동비 잡아 출세를 해놓고 아직도 동비 때문에 치를 떨고 있는 모양이요."

김진덕이 자신을 거들떠도 안 보는 취한 백선에게 서운한 표시를 내며 나쁘지 않게 에둘러쳤다.

"어이쿠. 호령대감 김 형도 왔구려. 어서 오시게나. 언제나 빈손이 아니구먼."

백선의 아내 윤 씨가 손님이 온 걸 알고 모두부에 간장을 얹어 수저와 술대접을 함께 내왔다. 상을 옆에 놓고 괴은과 백선은 정식으로 넙죽 절 인사를 했다.

"포군장이 총을 부러뜨리고 나왔으면 무슨 대책이 있어야지 이렇게 술만 마시고 있으면 어떡하오."

김진덕은 백선의 속을 꿰뚫어 보고 괴은과 얘기를 붙이고 있었다.

"내 군사를 내 맘대로 움직이지 못하는 게 무슨 군인이요. 영재 이 자가 현감 자릴 하나 얻어 앉더니 사람이 많이 변했어. 벼슬에 눈이 어두워서 흑백도 구분을 못하고 있으니 망해가는 나라에 장군 벼슬이 뭔 소용이 있겠소. 자 어서 술이나 듭시다. 아! 참 그런데 이 밤중에 여기까지 날 찾아온 연유가 궁금하지 않소. 어디 한번 들어나 봅시다."

나라에서는 신식군대로 훈련대를 만들고 지방에 있는 군대를 해산했다. 몇 푼이나마 녹을 받던 포군들은 집으로 돌아가 농사와 사냥질의 향수로 날을 보내다가, 지난해에는 동비를 토벌한다고 감역 맹영재의 청(請)으로 모여 도왔을 뿐 고을은 여전히 아전과 배부른 토호들의 세상이었다. 관리라는 자들은 나라 모양이 이 꼴로 되어가는데 일으켜 세우거나 바로 잡을 생각들은 안 하고 어디로 붙어야 살아남을지 납작 엎드려서 눈동자만 이리저리, 데굴데굴 굴리면서 몸은 올라앉은 보료에서 떨어질 줄 몰랐다. 이것이 글을 읽고 관직을 얻었다는 자들이라면 천탄이 자신은 산속을 쏘다니며 사냥질로 뼈가 굵었을지언정 차라리 안 배우길 잘

했다는 생각을 했다.

강원도 산골을 헤매면서 동비토벌에 나섰던 영재는 앞으로 닥쳐올 화와 복을 재면서 어윤중의 말에 따라 잠자코 위에서 내려오는 영에 따르는 것으로 결론이 나자 두 사람의 의리는 찢어져 버리고 말았다. 자신을 외면하면서 돌아서던 눈초리가 정나미 떨어질 정도로 냉랭했다. 그동안의 정을 무 자르듯 싹둑 동강내 버리는 영재의 태도에 더욱 분이 안 풀리고 있었던 참이었다.

"여기 오면서 백선 대장이 오늘 낮에 맹영재 하고 의절했다는 얘길 듣고 왔어요. 우리 머리가 무참하게 깎이는 걸 막으려고 장군께서 거병하자는 뜻이 있었다는 것은 이미 알고 왔으니 손 맞잡고 함께 가십시다. 왜적패당 고놈들 힘에 깔려 이 땅에서 목숨 부지하고 살면 무슨 영화가 있겠소. 죽음을 두려워하지 않고 싸우면 반드시 우리가 바라는 시절을 맞게 될 것이오. 내가 있는 곡수와 금계 선생이 계시는 금리 쪽에서도 지금 뜻 맞는 사람을 모으고 있는 중이요."

"아하, 이제야 나와 뜻이 맞는 분이 나오셨구먼. 정말로 반갑소. 내 함께 손잡고 일어날 사람이 하나만 더 있어도 자결은 하지 않겠다고 탄식하면서 지평 관아를 버리고 한치고개에서 몰운고개로 겨우 넘어왔는데 이렇게 집에까지 찾아오셔서 의병 일으키자고 하니 자결하려는 내 목숨을 살려낸 것이나 다름없소. 난 이제 한 번 죽은 목숨 다시 살아난 거니 여벌 인생이요. 이번에 나라 망가뜨리는 놈들하고 왜적놈들 제대로 한 번 가르쳐 놓고 죽어야겠소. 이게 바로 내가 바라던 뜻이었소. 이렇게 만나니 참 기쁘오. 자 어서 앉으시오. 하늘이 아직 나를 버리지는 않았군요."

백선은 앉은 자리에서 뛸 듯이 기뻐하며 괴은의 손을 잡아 아랫목 쪽으로 끌어다 앉혔다. 학문이 있고 양반이니 서로 연배를 따져볼 것도 없이 손위로 대하겠다는 뜻이었다.

"점말에 김진덕, 목골에 괴은 선생. 섬실 퇴앙 선생네 자제분 하사. 내 익히 들어 잘 알고 있소. 괴은 같은 사람이 우리하고 힘을 합친다면 가로 거칠 것이 없을 것이오. 천탄이도 있지 않소. 내가 천탄을 두 번 살리고 천탄이 날 한 번 살렸으니 한 번 더 날 살릴 빚이 있는 친구요. 아니 그러한가? 천탄. 하하하하. 자 이렇게 넷이서 잔을 맞잡고 듭시다."

그렇게 밤이 깊었다. 몇 잔 마신 술에 열기는 올랐으나 그들은 진지하게 거병할 장소와 누구를 더 끌어모을지에 대해서 숙의하고 있었다. 괴은은 장담에서 돌아올 하사와 의병 병력의 중핵이 될 포군을 끌어들일 수 있는 백선과 손을 잡았고 안창에서는 김사정이 그쪽 사람들 소모(召募)에 나서기로 했다. 이제 천하를 얻은 기분이니 그 뿌듯함은 무슨 일이든 다 해낼 수 있을 것 같은 자신감이 들고 있었다. 그러나 신중에 신중을 기해야 했다.

"우리가 기병을 한다는 걸 영재 그자가 알면 훼방질을 할 게 뻔한데, 우선 그 눈을 피해서 다른 곳에 모이기로 하면 좋겠군요."

아무래도 지평 땅에서 모이면 그 귀에 들어갈 것은 뻔했고 갖은 수단을 다 써서 방해할 것이기 때문에 지평을 벗어나서 모이는 것이 수월했다. 백선은 영재가 자신의 제의에 고개를 돌리고 외면하던 모습이 아직도 눈에 어렸다. 동비 토벌을 할 때에는 맹감역이 먼저 손을 내밀었지만 이번에는 백선이 함께할 것을 청했다. 그러나 영재는 이미 단발령이 고종 임금의 명임을 알고 있었고 관리는 임금의 명을 거역할 수 없다는 숙명을 받아들이고 있었다. 아니다 그건 숙명이 아니라 선택이었다. 관직을 버리고 의병으로 나서느냐, 관직을 붙들고 처자권속의 영화를 지키느냐 하는 저울질로 이미 영재다운 결정을 하였을 뿐이다.

"내가 나라를 뒤엎으려고 일어난 동비를 토벌하여 이 자리를 얻었는데 이제 다시 임금의 명을 거역하는 일에 뛰어들라는 것이냐? 고을의 현감이 비적들과 한통속이 되라고 하느냐 말이다."

"지금 그게 아니잖나. 비록 태어나면서 부모의 덕으로 벼슬한 양반의 피를 못 얻고 영재의 도움으로 절충장군이라는 출세 한 번 해봤고, 임금은 어쩔 수 없이 왜적패당 놈들의 눈 부릅뜬 총칼에 못 이기고 꼭두각시가 되어 단발령을 내렸다는 것은 다 알고 있는 사실이다. 그러니 임금의 마음을 헤아려 우리가 일어나야지. 임금의 이름을 빌린 왜적패당들의 간악한 음심을 따를 작정인가."

그러나 영재의 생각은 달랐다.

"생각을 해보게. 거추장스런 머리 하나 깎는 게 뭐 그리 못할 짓인가. 그놈 하나에 목숨을 거느니 난 깎아버리고 새로운 삶을 살겠네. 그리고 임금의 명을 거역하는 일에 신하된 도리로 이렇게 함부로 나서는 게 아니지."

백선은 자신에게 훈계하려는 영재를 보고 부아가 치밀어 올랐다. 그는 들고 있던 총을 현청 앞 댓돌에 내리쳤다. 댓돌을 영재로 생각하고 내려치니 총이 그대로 산산이 부서져버렸다.

"그렇다면 이제 내겐 이런 총도 필요가 없지. 잘 있게. 난 돌아가네. 다만 포군은 내가 키운 군사들이니 이 군안은 내가 가져가겠네."

포군대장 백선은 화가 머리끝까지 치올라 영재에게 대들었지만 이방들은 그 기세가 하도 사나워서 어쩌지 못하고 바라만 보고 있었다. 백선은 그길로 집에 돌아와서 분을 풀지 못하고 낮부터 술을 마시고 있던 중이었다. 괴은은 천탄과 함께 그 자리에 앉아서 서로 인사 삼아 돌리는 술잔을 몇 순배 주고받았다. 괴은은 백선이 영재를 비난하는 화제를 돌리려고 마음속에 생각하고 있던 거병의 속내를 얘기했다.

"오늘이 스무닷새니까 내일 모레, 스무이레 날 저녁에 지평 땅을 벗어나 안창 역말에 모이는 것으로 합시다. 오늘 밤 안으로 포군들에게 통기를 하고 내일 밤에 각자 출발하면 모두 자정 안에 안창에 닿을 수 있을 것이오."

이에 백선이 괴은의 손을 꽉 잡고 화답했다.

"좋소. 날이 밝기 전에 우리 포군들을 모으면 영재 쪽 사람들의 눈을 피할 수 있을 것이오. 이렇게 된 마당에 그쪽에선 내가 어떻게 나오나 하고 지켜보다가 우리가 모이려는 낌새를 눈치채면 방해하고 나올 게 빤하니 일단 모이기까지는 비밀에 붙이는 게 좋겠소. 천탄이 자네가 먼저 오늘 밤에 고생을 좀 해줘야겠는걸."

괴은이 고개를 끄덕였다. 백선은 그 즉시로 천탄을 시켜 지평 곳곳에 포군들에게 내일 저녁 안창 역말로 모이라고 기별을 하도록 하였다. 백선이 지평 관아 뜰에서 총을 부수고 집으로 돌아갔다는 소문은 그대로 지평 고을에 확 퍼졌다. 백선의 포군들은 천탄의 전갈을 기다렸다는 듯 거병에 나설 준비를 하고 있었다.

그동안 머릿속에서 복잡하게 이런 저런 걱정들이 얽혀 있던 괴은은 불끈 쥔 두 주먹에 힘이 들어가 있었다. 낮에 김사정이 다녀갔듯이 거병을 한다면 당분간 의병들이 안창에 머물 수 있도록 도움을 받기로 약속이 되어 있었다. 장인어른 김헌수는 사위의 학문하는 열의와 사람됨에 흡족해 하면서 어려움이 있을 때마다 도움을 아끼지 않았다. 아직 마음을 통하지 않았지만 장인이 이번 일에도 기꺼이 힘을 보태줄 것으로 생각했다. 그곳에 세거하는 연안 김 씨들도 처가에 갈 때마다 우람한 체격에 쩌렁쩌렁 산야를 울리는 목소리를 들으며 연안 김 씨 가문에서 사위 하나는 잘 두었다며 자랑스러워하고 항상 반기던 터였다. 그러니 이번 거병에 괴은이 생각해낸 안창은 적지였다. 네 사람이 맞잡은 손에는 불끈 힘이 솟았다.

"내 아우 진기, 진현과 삼형제가 모두 함께 가리다. 상동에서 우리 종형제 진근, 진한, 진문, 진순, 진승, 진영, 그리고 족제 진기도 모두 함께 가겠소."

김진덕, 그는 이 근방 강릉 김 씨네 형제 중에서 나이가 제일 많았고 일가붙이를 모으고 이끌어 다루는 재주가 있어 호령대감으로 통했다. 그가 한번 나서면 형제들은 줄줄이 따랐다. 그런 호탕함이 포군장 백선과 죽이 맞았다. 자리가 영재에 대한 성토에 이어 의병을 일으키는 쪽으로 굳혀지던 중에 밖에서 또 한 사람이 찾아왔다.

"대장. 우리가 왔네. 우리가 맘먹은 일이 영재 하나가 빠진다고 못하겠나. 대장이 자결을 하려고 칼을 갈고 있다는 소문을 듣고서 용준이하고 성화하고, 정순이하고 걱정이 돼서 이렇게 함께 왔다네."

덕화였다. 그들은 용문산 산포수 시절부터 사냥을 하며 홍천에 동비토벌도 함께 했던 신의로 다져진 사이였다. 싸움이라면 이 땅 끝이라도 함께 가겠다는 각오가 단단히 되어 있는 사람들이었다.

"고맙네. 이렇게 찾아오는 걸 보니 나 백선이 아직 죽지 않았구먼. 하하하하. 여기 모인 친구들만으로도 군사 십여 초는 넉넉히 모으겠는걸.

그래! 우린 일어나는 거야. 우리가 이렇게 사는 게 다 누구 덕이겠나. 내 비록 배움은 부족하고 그동안 나라에 녹을 먹고 살아온 것은 아니지만 먹고 입는 것 모두가 임금의 땅에서 난 것이니 임금이 내린 것과 다름없지 않은가 말일세. 그런데 임금이 머리를 깎이는 수모를 당했다는 데 우리가 가만히 앉아서 보고만 있다면 이건 백성 된 도리가 아니지."

잠시 잠깐 사이에 십여 인이 상을 가운데 두고 둘러앉았다. 괴은은 그들과 인사를 나누고 나오려는데 백선이 용준을 불러 일으켰다.

"용준이. 거병을 하려는 괴은 선생이 홀로 다녀서 되겠나. 자네가 함께 가주시게. 우리 포군 중에서 한 사람이 도와 드려야지. 앞으로 준비할 것도 많고 사람들도 모아야 하고 힘이 필요할 테니까."

백선의 눈짓에 눈치 빠른 용준은 괴은을 따라나섰다.

"고맙소. 함께 가도록 하지요."

괴은은 용준과 함께 그길로 금리정사로 갔다. 거기에는 어제 밤을 새워 의견을 나누던 금계 문하에 숙생들이 이런저런 걱정들을 하면서 잠자리로 돌아가지 않고 괴은을 기다렸다.

"어서 들어오시게, 괴은."

괴은은 그 자리에서 머릿속으로 구상했던 계획들을 얘기했다.

"내일 저녁 원주 안창에서 모두 모이기로 했네. 제삼이하고 승설이는 뒤에서 물자 전달과 연락을 도와주게. 지금 상동 점말에 김백선 포군장을 만나고 오는 길이네. 지평에 포군들이 맹 현감 모르게 우리 쪽으로 오겠다고 했어. 여기서 나와 함께 갈 수 있는 사람은 나서주게."

이풍림과 유생 십여 인이 함께 따라나섰다. 괴은은 민승민으로부터 받았던 소작인 명부를 이풍림에게 건네주었다.

"이 사람들이 우리와 함께 갈 사람들이네. 이 중에 갈 길을 모르고 세상물정에 어두운 사람도 있을 터이니 자네가 앞장서서 가르쳐 주기 바라네. 야철장 터에 모여서 무기를 갖추고 내일 밤에 떠날 것이네. 자! 내일 하루밖에 여유가 없어. 그럼 각자 짐을 꾸려 내일 안창에서 만나는 것으로 하세."

서실에서 나오자 밖에는 충복이 기다리고 있었다.

"괴은 서방님. 울밋재 사람들 십여 명이 버티고 있어요."

울밋재. 소작치고는 제법 산다 하는 사람들이 모여 사는 곳이었다. 이면수가 거의하자는 글을 들고 가서 강을성이라고 하는 자의 집에 들렀는데 한사코 못 가겠다고 하니 이웃 사람들까지 덩달아서 거부하고 있었다. 괴은이 충복과 함께 가보니 마름 이면수가 진땀을 흘리면서 작인들과 설전을 벌이고 있었다.

"이러시면 내년 농사는 포기하시는 걸로 알아도 되겠지요? 내 동네 땅을 딴 데 사람들이 와서 농사짓고 있는 꼴 한 번 보시겠어요?"

"의병을 나가라는 건 목숨을 내놓고 싸우라는 건데 아들 하나 죽으면 우리넨 대가 끊어져도 좋단 말인가. 내 핏줄이 끊어지고 나서 왜적놈들 몰아낸다고 해서 무슨 영화를 보겠나. 죽어 제삿밥도 못 얻어먹을 텐데. 그리구 이 동네에 젊은 것들 다 데려다 죽이면 사람의 씨가 마를 텐데 멸문이 되는 마당에 봄이 와서 볍씨를 뿌린들 무슨 희망이 있겠나. 죽어 조상 낯은 또 어떻게 보고. 산에 가서 풀뿌릴 캐 먹고 살다가 죽더라도 우린 못 가네."

을성의 일갈에 마을 사람들이 동조하고 나서자 괴은이 설득했다.

"왜적놈들이 이 땅 짓밟고 조선 민족의 씨를 말리면 그것이 대가 끊기는 것이지요. 나뭇가지 하나 잘린다고 그 나무가 고목 되어 죽겠습니까? 의병은 우린 조선에 나뭇가지요, 가지는 밑동을 지키려는 것이고요. 밑동 없이 가지가 살아요? 우리 조선 사람의 밑동이 모두 말라 썩고 왜놈의 풀과 나무가 이 땅에서 새로 나길 진정 바라는 것이요? 조상의 맥은 줄기가 잇는 것이지 잔가지가 아니란 말이오. 나 하나 죽어서 형제를 살리는데 그것이 어찌 대가 끊어지고 멸문이 된다고 하시오. 지켜서 살려야 할 것은 조선 민족의 핏줄이지 내 자식 내 핏줄이 아니란 말이오. 나가 싸우더라도 살고 죽는 것은 하늘의 뜻이지 사람의 욕심으로 될 것도 아니고요. 지금 치졸하게 여러 어른들이 짓고 있는 땅을 무기 삼아 이러는 게 아니오. 망가져 가는 나라를 함께 살리자는 것이지요. 조선의 밑동이 잘리려는 마당에 내 자식이 번창하면 뭣할 것이오."

강을성이 더 이상 대꾸를 못하고 큰기침을 하면서 뒤로 슬그머니 꽁무니를 뺐다.

"의병에 나가서 왜적놈들을 모두 몰아내고 살아서 돌아오면 더욱 좋은 일이지만 죽어도 결코 헛된 죽음이 아니니 죽더라도 이 땅에 영원히 살 수 있는 게 의병이오. 농사지을 일손이 죽으면 민 영감이 그 부모 살게 해 주겠다고 하시지 않았소. 나가서 싸우지도 않고 지레 겁을 내서 물러서는 건 이미 이 땅 사람이 아니요."

남은 사람들이 고개를 끄덕였다.

"나 이춘영도 앞장서서 싸울 것이며 죽기를 각오하고 의병을 모아 나갑니다. 이래도 거부한다면 살아있어도 조선이 당신네들을 버릴 겁니다."

"맞아. 선생 말이 맞아. 죽더라도 나가서 싸우다 죽어야지. 왜적놈들 몰아내고 죽어야 해여. 모두 내보내기로 하자고. 뉘 집인들 자식 귀하지 않겠나. 그런데 그보다 나라가 더 귀하다는 걸 왜 여태 몰랐나?"

"서방님. 야철장 터 밑에 내일 안창으로 갈 사람들이 모여서 기다리고 있어요. 싸움을 하러 나간다고 두려워하는 사람도 있고요 난리가 크게 일어날 것이라는 소문이 돌아서 모두들 불안해하고 있어요."

그 밤으로 을밋재에 젊은 일꾼들도 괴은을 따라 나섰다. 괴은은 그들을 데리고 야철장터로 향했다.

의병으로 나갈 사람들은 배미산 쪽 야철장 터에 모였다. 무기를 갖추기 위함이었다. 옛날에 철광석이 한창 나올 때에 쇠를 녹이던 터와 야장들이 기거하던 숙소 터가 그대로 있었다. 괴은과 용준, 충복이 함께 그곳에 도착하자 모두들 잠들지 못하고 나랏일을 얘기하고 있었다. 어떤 사람은 칼을 갈기도 했고 낫을 갈기도 했고 도끼날을 갈기도 했다. 부지런한 사람은 로에 불을 피우고 쇳조각을 달궈 두드리면서 창날을 다듬고 있었다. 괴은이 집 안으로 들어서자 방에 있는 사람들이 버선발로 나와서 괴은을 둘러쌌다.

"정말 난리가 일어나기는 나는 거여? 농사짓는 우리도 군졸이 될 수 있는 거여? 새로 군대를 만들면 대장은 누가 하는 거여? 밥은 먹여주는 것이겠지? 도통 뭐가 어찌 되는 것인지 궁금해서 못 견디겠네. 난 낼 모래가 어머님 기곤데 그냥 가야 하나? 내가 못 오고 거기서 죽으믄 우리 집안 제삿날이 하루 더 늘겠지."

"머리 깎는 일이 뭐이 그리 대단한 일이라고 이 야단들이어. 그냥 시원하게 홀러덩 깎아버리면 됐지. 그걸 목숨하고 바꿔? 처자식들은 어떡허구? 그런데 부쳐 먹는 논밭 떼이지 않으려면 그래도 가야 하겠지? 그나저나 이번에 나가면 못자리하기 전에는 돌아와야 할 텐데 큰일이네."

한마디로 오합지졸이었다. 괴은은 그들 앞에 섰다.

"여러분! 지금 우리는 목과 다름없는 머리를 자르겠다고 하는 자들을 치러 갑니다. 이 머리가 어떤 머립니까? 우리 몸은 부모님이 주신 것이니 조상의 살아있는 목숨과도 같은 것입니다. 그런데 궁에 들어가 국모를 시해하고 오랑캐의 옷을 입으라던 왜적들이 이제는 머리마저 깎으라고 하니 이게 당할 일입니까? 우리 오백년 조선왕조를 꺾으려는 저 왜적패당과 그를 추종하는 벼슬아치들에게 이대로 앉아서 당할 수만은 없잖습니까? 저들이 우리 머리를 자르려고 찾아오기 전에 우리가 먼저 찾아가 앞잡이들의 죄를 묻고 목을 베어야 합니다. 이것이 우리 부모 형제의 혼을 살리고 곧 나라를 구하는 길입니다. 우리가 편안만을 쫓으며 목숨보전하려고 지금 나서지 않는다면 금수와 무어가 다르겠습니다."

"아~암. 그렇지. 인두겁을 쓰고 태어나서 그대로 보고 있을 수많은 없지."

사람들 가운데서 목청 큰 긴 수염 얼굴이 들으란 듯이 목소리를 높였다.

"맞아. 민 영감 댁 이 서방 말이 맞아. 우리가 지금 철엽놀이나 가려고 여기 모여 있는 게 아니지. 나라를 구하려고 있는 게야. 우리가 누구 덕에 먹고사는 것인가. 모두 민 영감 댁 땅을 부쳐 먹는 사람들이 아닌가. 내 듣자하니 이 일에 민 영감 댁이 어려워진다고 하니 그래서 더욱 나서야지."

괴은. 그의 음성은 조용하지만 귀를 찌를 듯 날카로웠고 연설은 짧지만 듣는 이의 가슴에 깊이 박혔다. 모두 또렷한 눈으로 괴은을 쳐다보고 있었다. 괴은은 가슴이 떨려도 심호흡만으로 솟는 힘을 깊이 삼켜댔다. 충복이 언제 가져왔는지 도야지를 잡아 삶아 모인 사람들에게 먹였다. 의병을 나온 집에는 민 영감 댁에서 엽전을 한 꿰미씩을 돌렸노라고 충복이 전했다. 의병으로 나가는 소작인들의 사기와 가족들을 위로하기 위한 민승민의 배려였다.

"나라가 있고 나서 내 재산도 있는 것인데 나라가 어려운 마당에 창고에 엽전꾸러미 포대로 쌓아두면 뭐하겠나. 의병 나서는 사람에게 나눠주게." 민승민 영감이 엽전 포대를 말에 실어주면서 전한 말이었다. 도야지 고기로 배를 채운 포만과 엽전의 묵직함과 불을 피워 덥힌 따뜻함으로 차일을 친 밑자리와 방 안에는 혹시 있을지도 모르는 '만약'에 대한 불안감은 사라졌다. 한껏 사기가 올라 있는 사람들은 진즉부터 괴은을 대장님이라고 부르고 있었고 용준과 충복이 괴은 옆에 붙어 안창으로 갖고 갈 무기들을 챙겼다.

괴은은 사람들이 여기저기서 각자 가져온 무기 손질하는 것을 보면서 품안에 넣은 육혈포를 더듬었다. 사람들이 잠들자 괴은은 천막 한 귀퉁이에 몸을 붙이고 관솔불 밑에서 필사한 서책 『병학지남(兵學指南)』을 펼쳐들었다. 병학지남은 화서 선생이 생존했을 때에 금계 선생이 벽계에 들어가서 얻은 것이라고 했다. 병사들 훈련을 위한 병서였다.

벼슬을 하는 관리가 되지 않더라도 나라를 위하여 큰일을 하려면 병법을 알아야 한다. 글 읽는 선비에게 병서가 무슨 당치도 않은 것이냐고 하겠지만 화서 선생이 그 서책을 전해줄 당시에는 '앞으로 사람들을 지휘하는 위치가 되면 군인이 아니어도 병법을 알아야 하고 농사꾼이 아니어도 농사를 알아야 하고, 장인(匠人)이 아니라도 장인의 일을 알고 있어야 하며 심지어는 여인네의 속사정까지도 알고 있어야 한다. 골고루 알고 있어야 올바른 판단에 도움이 되고 올바른 판단은 결정에 순간이 오면 바른 결단을 하게 되는 것이다. 그래서 선비라고 외골수로 글만 읽으면 나라를 위하여 큰일을 해야 할 때에 힘이 모자라 못하게 되는 것이니 이는 삼강의 도를 지켜야 하는 이 나라 선비의 도리가 아니다. 그러니 유생이라도 나라가 위급할 때에 나서서 구하려면 반드시 병법을 알아야 한다고 했다. 금계 선생은 이 책을 괴은에게 주면서 직접 나가 싸우지 않더라도 민군을 지휘할 일이 있을 것에 대비해야 한다고 했는데 지금이 바로 그때였다. 병학지남은 평소에 틈틈이 익혀 두었지만 좀 더 배워두고 군대의 진법과 조련, 행군, 호령 등을 터득할 것이다.

"선생님. 그 책은 병학지남이 아닙니까?"

괴은이 펼치고 있는 책을 보고 용준이 끼어들었다.

"이 책을 아나?"

"예 포군들을 훈련하기 위해서 필사본을 몇 번 보아둔 적이 있지요."

"그렇다네. 이 책은 훈련을 위한 책이야. 내 금리정사에서 금계 선생한테 얻었는데 지금 이 시기에 딱 맞는 책이라는 생각이 드네. 농사만 짓던 사람들을 어떻게 해야 하나 하고 고민이 많은데, 훈련 하는 것을 자네가 좀 도와주게."

백선이 김용준을 괴은에게 함께 보낸 데에는 깊은 뜻이 있었다. 유생이라 뜻은 있지만 병을 일으키는 일은 할지언정 그 병을 다루기에는 기술이 필요했다. 이제 보니 용준은 괴은에게 병술의 실전을 익히도록 돕기 위해서 보낸 것이다. 괴은은 금계 선생으로부터 그 책을 넘겨받을 때에 하던 충고를 되새겼다.

'글을 읽는 문인도 한꺼번에 많이 모이면 지휘가 필요하듯이 사람이 모이는 곳에선 반드시 그들을 지휘하는 훈련병법이 있어야 할 것이다. 두고 교본으로 삼아라.'

병서에 관심이 없었던 것은 아니었지만 이런 때를 위해서 서실에 있던 『기효신서』와 『무경』 10서를 더 읽어두었더라면.

괴은은 용준과 함께 어둠 속에서 사지를 휘둘러 몸을 풀며 태껸의 다리 걸기, 발차기, 던지기 등의 기본동작을 반복했다. 금리정사의 짬이 날 때마다 학형들과 태껸을 가르치며 몸을 단련했지만 군에 몸을 담았던 자들과는 어림없는 비교였다. 금리정사에서 유생들에게 몸을 풀게 하고 언젠가 쓰임이 있을 것 같아 배워둔 것이다.

천탄은 밤을 새워 포군들이 잠자는 집집마다 돌아다니면서 거병의 뜻을 전했다. 다행스럽게도 모두 기다렸다는 듯이 흔쾌히 응했다. 나라가 어수선하기 때문인지 모두들 깊은 잠을 들지 못했다. 바스락거리는 소리만 나도 관병인가 왜병인가 두려워서 깨어났다.

밖에서 조금만 큰기침으로 인기척을 해도 누군가 하고 깨어 나왔다. 죄 없는 자의 죄도 만들어 벌하는 판이니 머리를 하늘 가까이로 두고 있어야 편안한데 지옥이 가까운 방바닥에 붙이고 있자면 왠지 불안하고 떨리고 걱정이 떠나지 않는 것은 모두가 마찬가지였다. 백선이 관아에서 영재와 의절하고 나왔다는 소식을 전해들은 포군들은 모두들 의병을 일으킨다는 말에 올 것이 왔구나 하고 오히려 안도했다.

그중에 꽁무니를 빼는 사람이 아주 없는 것도 아니었다. 천탄이 포군 허백수의 집으로 가서 내일모레 안창으로 나오라며 전하고 있을 때에 귀 밝은 노인이 문을 열고 나왔다. 그도 선잠에서 깨어난 모양이었다.

"의병을 나간다고?"

"예 아버님, 고을 전체가 다 일어나는데 빠질 수 없지요."

"안 된다. 넌 살아야 한다. 이제껏 나라고 뭐고 남을 위한다고 전장에 나가 죽은 사람들의 일가친척 후손들 치고 누구 하나 잘 사는 것 못 봤다. 모두 요리조리 빼고 제 목숨 보전한 것들이 아들딸 쫙쫙 퍼트려서 제 세상을 만들고 있지 않느냐. 싸움터에 나가서 죽은 자식들은 씨도 못 받고 남아있는 부모 자식들은 피륙조차 못 얻어 남의 구걸 잡이나 하는 게 그 싸움이다. 왜 네가 거길 나가야 하냐? 포군질이나 하다가 그만둬라. 나라 걱정 네가 하지 말고 네 몸 네가 챙겨야 하는 세상이다."

"어르신. 왜적놈들이 궁 안에 들어가서 민 황후를 죽이고도 모자라서 상투를 뎅겅 잘라버린다고 고을 안이 발칵 뒤집혔어요."

"상투? 그게 뭔데 그 야단이냐? 그걸 자른다고 애기를 못 낳냐, 조상이 제삿밥을 안 자신다냐? 지금 할 일은 부지런히 아들딸 펑펑 낳아서 우리 허 씨 집안 식구 늘리는 거다. 그래야 세도하는 집안에 눌리지 않고 떳떳하게 잘 살지. 어서 들어가서 자거라. 지 에밀 두고 어딜 간다고 나서? 사람은 부모 조상 일찍 죽은 자손이 제일 불쌍하고 세상살이에 고생만 더 하는 거다. 태어날 자손을 위해서라도 죽지 않고 살아주는 게 이 다음에 훌륭한 조상이 되는 거다. 알았으면 어여 들어가서 자라."

허백수는 나서지 못했다. 만약에 나가려거든 날 죽여 놓고 나가라며 앞을 막아설 것이니 어쩔 수 없었다. 머뭇거리던 허백수는 뒷머리를 긁적이며 못 이기는 척 방으로 들어갔다. 천탄은 그대로 집을 나왔다. 성(姓)이 무언데 같은 민족끼리 네 핏줄, 내 핏줄 따지는가.

천탄은 밤새도록 돌아다니고 나서 끝판에 다리 힘이 쭉 빠졌다. 동녘이 붉게 밝아 오면서 백선의 집을 향해 바삐 걸었다.

백선이 아침에 잠을 깨니 영재의 말이 또다시 생각나서 분을 못 삭이고 있었다. 천탄은 언 손을 비비며 백선의 방으로 들어갔다.

"어젯밤부터 새벽까지 포군들 집을 돌면서 일일이 일러두었네. 모두 흔쾌히 나서겠다고 했어. 그렇지 않아도 뜻은 가지고 있었는데 누가 앞장서기를 바라다가 백선이 나선다고 하니 모두 반가워했어."

"고맙네. 천탄."

점말 김진덕이 아홉 형제들을 데리고 아침 일찍 백선의 집으로 왔다. 백선은 그들을 데리고 처가가 있는 아실로 내려갔다. 갓 장사 지낸 것 같은 묘지 봉분을 파헤치자 거적이 나왔고, 거적을 걷어내어 밀랍으로 봉한 관 뚜껑을 여니 콩기름을 잔뜩 먹인 총이 가득 나왔다.

"동비 토벌하고 묻어 장사 지내줬던 총인데 환생시켜 다시 쓸 때가 왔네. 총 귀신이 우릴 살려줄 걸세. 자, 술이라도 한잔 올리고 곡을 해야지. 애고 총, 애고 총, 하고 말이야."

그러면서 백선은 능청맞게 껄껄껄 웃었다. 천탄과 진덕의 형제들은 총을 보고 입이 떡 벌어졌다. 죽었던 총은 되살아났다.

김진덕이 들것을 만들고 총을 묶어 거적과 광목을 덮어 다시 묶으니 겉으로 보면 영락없는 유골이었다.

또 하나의 봉분을 헤치니 관곽 같은 나무상자 안에 탄환과 칼과 창과 활과 화살이 잔뜩 들어 있었다. 콩기름을 먹이고 밀랍으로 봉해선지 녹도 심하게 안 슬고 잘 보관되어 있었다. 군대가 해산되면서 백선이 언젠가 사냥에라도 쓰려고 몰래 간수해 두었던 것이었다. 유골을 운구하는 것같이 들것을 만들고 백선은 갖고 간 보따리를 풀더니 그 안에서 건과 행전을 꺼내 나눠줬다. 어젯밤에 술이 과해 곯아떨어지더니 언제 이렇게 준비했는지. 김진덕의 형제들은 백선의 집에서 조반을 먹고 먼저 안창으로 출발했다.

"의병 나가는 사람이 웬 상여를 메고 가?"

"영재 눈을 피하려면 이 수밖에 없어."

총과 칼은 그렇게 시체가 되어 안창에 도착했다. 안창에서 길목을 지키고 있던 김사정이 앞에 메고 오는 유골 같은 짐을 보자 짐짓 놀라는 체하면서 물러섰다.

"의병도 백골징포* 하나? 죽은 시신을 의병에 내보내는 자가 있었나?"

먼저 와 있던 포군들이 유골 같은 들 것이 들어오자 몰려들었다.

천탄과 김진덕이 심각한 표정으로 시체를 염한 것 같은 베를 풀었다. 포군들 몇몇은 피하고 몇몇은 그대로 지켜봤다.

"자. 갑오년에 죽었다가 오늘 살아난 총이요. 빈손으로 온 포군은 하나씩 받으시오."

말이 포군이지 빈손으로는 농군이나 다름없었는데 손에 총이 잡히니 모두들 행동이 조심스럽고 묵직했다.

괴은이 먼저 도착하고 김사정은 안창 김헌수의 집 앞마당에서 종이를 펼쳐놓고 붓으로 속속 도착하는 포군들의 이름을 적으면서 하나하나씩 점고(點考)했다. 포군의 이름을 모두 알고 있는 천탄은 김사정의 곁에 앉아서 드문드문 안창으로 들어오는 의병들의 이름을 일러주었고 김사정이 종이에 적어 넣었다. 하나하나 이름을 적어 넣던 천탄은 고개를 갸우뚱했다. 이름 뒤에 사는 곳을 경성(京城)이라고 적었기 때문이다.

"김 진사, 경성이라니 이곳이 어디요?"

"서울이오. 한양. 왜놈들이 들어오고부터 경성이라 부른다오."

---

* 삼정이 문란하던 조선 후기에, 죽은 사람의 이름을 군적과 세금 대장에 올려놓고 군포(軍布)를 받던 일.

"그럼 저 자도 일본식을 따르고 있다는 얘기 아니요?"

"그냥 둬 보쇼. 서울에서 여기까지 의병을 하겠다고 왔으니 무슨 곡절이 있을 것이오. 해산군인으로 생계가 막막하여 이곳까지 왔는지도 모르지요. 밥은 먹여줄 테니까."

김사정도 그에게 의심이 아주 없는 것은 아니었다. 회색 두루마기 차림이었다.

"이름이 뭐요?"

"여일(如日)이라고 썼네. 같을 여, 해 일? 해와 같은 사람처럼은 보이지는 않는데요."

"그대가 눈여겨봐 두시오."

천탄은 그가 사라진 곳을 찾았으나 이미 모여 있는 무리에 섞여서 들어간 후였다. 농민군과 유생 의병들이 속속 들어왔다. 그 뒤로 차림새가 유생인 듯도 하고 아닌 듯도 한 사내 하나가 땀을 흘리며 도착했다.

"난 지평 향교에서 온 민의식이요. 의병을 일으킨다고 해서 급히 왔소. 이춘영 선생을 만나게 해 주시오."

민의식. 그는 지평 향교에 소임으로 있다가 민승민 영감의 연락을 받고 급히 온 것이다. 마침 괴은과 백선이 의병들 모인 곳을 둘러보고 김사정 쪽으로 오고 있었다.

"이보게 춘영이. 내가 왔다네."

"잘 왔네. 그렇지 않아도 소개할 사람이 있는데. 자, 이쪽은 포군장 김백선, 이쪽은 민의식, 내 진외가로 삼종이 되네."

괴은의 소개로 민의식과 김백선은 인사를 나누었다.

"저, 그런데 춘영이. 지금 지평 관아에는 맹영재가 김백선 포군장과 춘영을 '대역부도'라고 대문짝만 하게 써서 걸었다네. 분통 터질 일이 아닌가."

"지금은 머리를 깎는 자가 대역(大逆)이고, 나라가 어려운 이때에 나서지 않는 자가 부도(不道)지요. 그러니까 대역부도는 그쪽이 되는 거지."

춘영이 태연하게 얘기했지만 백선은 그 얘기를 듣고 얼굴에 화기가 머리로 치솟아 오르고 있었다.

안창에 연안 김 씨 집안에서는 팔을 걷어붙이고 의병들을 도왔다. 맏형 관수와 둘째 형 택수, 그리고 사두의 부친 영수가 괴은의 장인 김헌수 댁으로 모여들었다. 사 년 전에 이미 부친을 여읜 김사정은 의병을 모으는 일에 집안 어른들이 이렇게 나서주니 고맙기 그지없었다. 사내들은 소를 잡고 아낙들은 끓이고 찌고 굽고 지졌다. 부엌에 못 든 아낙들은 의병들이 둘러앉은 상마다 삶아낸 고기를 돌리고 밥을 퍼 날랐다. 찬이라고는 찝찔한 배추절임과 무절임에 돼지고기 삶은 것이 전부였지만 달게 먹는 장정들은 들떠 있었다. 한밤중 방 안에서, 화톳불 옆에서, 술과 고기와 밥으로 얼었던 속을 채우는 장정들의 얼굴이 붉게 달아오르고 있었다.

춘영은 안창에 무리 무리가 속속 도착하는 대로 하루 종일 걸어온 병사들에게 우선 먹게 했다. 배를 든든하게 채워서 데려가야 떠나는 발걸음이 탄탄할 것이다.

김헌수는 그러한 사위를 도와 내 친자식이 장도를 떠나는 것처럼 정성을 다하여 준비했다. 고기에다 시루떡과 마구설기를 쪄서 조촐한 상에 올렸다. 짐승도 먹이를 좇아 모여들듯이 먹을 것이 있으면 사람이 모이는 법, 의병에 뜻이 없는 자들도 기웃거리다가 슬금슬금 모여들어 한 상씩 얻어먹고 슬그머니 사라졌다. 내 집을 찾아온 손님이 사백이다. 잘 먹여서 보내야 한다. 변복령과 단발령이 내렸다는 소식으로 착 가라앉았던 안창역말의 기운은 마치 잔치를 치루는 곳처럼 들떠 있었다. 김사정과 사승, 사두가 안창 근방에 사람을 모으고 쌀과 찬과 땔감과 소와 수레를 수소문해 모았다.

김헌수는 괴은을 안방으로 조용히 불러들였다.

"이 서방이 커다란 그릇이 될 줄은 예전부터 알고 있었네만 이렇게 빨리 나서서 일을 벌일 줄은 몰랐네. 정말로 장하네. 이 어려운 때에 내 사위인 자네나마 나선 것이 얼마나 다행인가. 부디 집안 걱정은 말고 병사들을 이끌고 나가 큰일을 이루게. 모든 건 내가 뒤에서 보살피겠네. 추위에 한데 잠을 자는 일도 있을 테고 끼니를 거르는 일도 있을 텐데 자네의 몸은 자네의 것이 아니라는 걸 명심하고 소홀히 다루지 말게. 수많은 병사를 이끌려면 몸이 강해야 하네. 이걸 입고 나가게."

김헌수는 간직해 두었던 옷 보따리를 사위 앞에 내어 놨다. 솜을 넣어 누빈 두툼한 옷이었다. 괴은이 머뭇거렸다.

"병사들이 수백인데 어찌 저 혼자서만."

그러자 김헌수는 엄하게 다그쳤다.

"자네가 뜨뜻하게 입는다고 해서 이 서방 자넬 위한 것이 아니네. 이게 모두 병사들을 위한 것이지. 어서 입게."

옷을 갈아입고 큰절을 하자 김헌수는 괴은의 손을 꼭 잡았다.

"자 이제 됐네. 어서 나가보게."

괴은이 밖으로 나오자 용준과 사정, 사승이 기다리고 있었다.

"만수암(滿水巖)에 사백여 명이 모두 모였네. 함께 가지."

백선이 임시 대오를 편성하여 의병들을 정렬시켰다. 선달그믐이 가까워오는 밤이었지만 주변에 피워놓은 화톳불과 횃불과 모인 사람들의 결기가 추위를 물리쳤다. 백선의 선창으로 의병들은 각자 손에 든 총과 칼을 치켜 올리면서 함성을 울렸다. 의병들의 마음속에서 아직 가시지 않은 두려움을 쫓기 위함이었다. 얼어붙은 하늘의 어둠을 찢듯 안창 마을이 진동을 했다. 백선과 괴은이 앞서기를 서로 사양하다가 백선의 강권으로 괴은이 앞에 나섰다.

"여러분! 나는 지평 상동에 이춘영이올시다. 비록 배운 것 부족하고 무예는 갖추지 않았지만 이렇게 나라가 어려운 때에 오로지 이 나라에 백성 된 도리 하나로 여러분 앞에 나섰소이다. 왜적패당들은 이 나라에 들어와서 궁궐을 제멋대로 드나들면서 국모를 시해하는 극악무도한 짓을 저지르고, 만신창이로 짓밟는 것도 모자라서 도포를 벗겨 오랑캐의 옷을 입히려 하고, 상투를 잘라서 오백 년 조선 역사를 지켜온 자존을 꺾으려 하고 있소이다. 사람이 이 땅에 태어나는 것이 하늘의 뜻이고 죽는 것도 하늘의 뜻인데 이 세상에 나아서 사람으로 사느냐 짐승으로 사느냐는 마음을 어떻게 먹느냐에 달려 있는 것이외다. 즉 배부름과 영화를 위하여 왜적패당의 개가 되든지 그 위협이 두려워 피해서 평생 이 땅에서 개 같은 짐승으로 살아야 할 것인지, 아니면 대의를 세우고 도를 지켜 떳떳한 사람으로 한 세상을 살다가 사람으로 죽을 것인지는 각자의 선택이란 말이외다. 사람으로 이 땅에 태어나서 사람으로 살다가 죽어서 조상에게 부끄럽지 않고 자손에게 떳떳한 조상으로 남으려면 우린 죽음을 두려워 말고 저 왜적패당들과 맞서서 싸워야 합니다. 지금 우리가 붙이는 이 작은 불길이 나라 방방곡곡에 퍼지도록 분연히 일어나서, 이 땅에 개화의 탈을 쓰고 들어와 민족의 자존은 멸하려는 왜적놈들 몰아내고 존중화(尊

中華)의 나라를 지켜내야 한다, 이 말이외다."

춘영의 일성이 끝나자 환호가 빗발치고 백선이 뒤따라 앞에 나섰다.

"여러분. 여기서 알 만한 사람은 다 알겠지만 나는 용문산에서 멧돼지 잡다가 선량한 백성의 재산을 강탈하는 동비를 잡던 산포수 김백선이란 사람이오. 아무리 무학인 산포수라도 사냥을 할 때에 잡아야 할 짐승과 살려야 할 짐승을 구별하는데, 지금 왜적놈들은 우리 조선 남자들의 머릴 모두 다 빡빡 깎고 까만 옷 입혀서 제 놈들 종으로 부려먹으려 하고 있어요. 이 김백선이 보고 있을 수가 없어서 이렇게 옛 의리로 뭉친 산포수 친구들을 모아 나섰소이다. 여러분. 우리가 어떤 사람이오. 강원도에서 그 끈질긴 차기석의 동비 떼를 싹 없애버리지 않았소이까. 왜나라 놈들과 그놈들 앞장을 서는 벼슬아치들을 이참에 이 땅에서 싹 없애버릴 것이오. 어지러운 세상에 태어났다고 한탄 말고 이 세상 우리가 한번 크게 구해서 지켜내 봅시다. 나 백선은 여러분과 같이 민간 초택(草澤)에서 살아 나라의 녹을 먹은 적이 없고 내 옷 입고 내 것 먹었지만 임금께서 내려주지 않은 것이 없다고 생각하면서 모든 것이 임금님의 은혜라 생각하고 살았소이다. 지금 이런 망극한 변고를 당하여 적을 토벌하고 복수하지 않는다면 어떻게 그 작은 은혜라도 갚을 수가 있겠소이까? 그러니 왜적 패당을 이 땅에서 몰아내야 한다는 거요. 아주 깡그리 없애버려야 하오."

천탄은 진중에서 함께 듣고 있는데 누군가 중얼거렸다.

"왜군과 관군에 합세하여 동비를 잡던 때가 엊그젠데 백선대장이 동비하고 손잡고 관군과 왜군을 치는구먼. 세상은 오래 살고 볼일이여."

흘리는 말이겠지만 천탄은 귀담아 들었다. 그게 바로 자기에게 하는 소리로 들렸기 때문이다. 이 안에 분명히 의병에 드는 척하고 의병을 비아

냥거리는 자들이 있다. 간간히 눈에 띈 동학 출신을 보고 하는 소리일 것이다.

괴은과 백선의 음성은 쩌렁쩌렁 하늘을 흔들었다. 백선의 외침이 끝나자 뒤에서 지켜보고 있던 천탄이 화승총에 불을 붙여 하늘을 향해 쏘았다. 불을 뿜는 총소리는 골짜기를 진동시키며 모인 의병들의 가슴을 흔들었다. 섣달그믐 밤 매서운 추위도 녹이면서 거친 입김을 뿜고 의병진은 원주 관아로 들어갈 채비를 했다.

그 무렵 전곡역(田谷驛)을 통하여 지평 관아 영재 앞으로 어윤중이 보내는 봉서가 도착했다.

'지평에서 며칠 전부터 이춘영이라는 자가 의병을 모은다는 소문이 나돌고 있는데 절충장군 김백선과 함께 어서 나서서 의병이 일어나는 것을 막든지 토벌을 하든지 하라.'

영재로서는 의병을 막아야 할 포군장이 의병 하겠다고 나섰으니 참으로 어처구니없는 노릇이었다. 그렇다고 이런 형편을 그대로 어윤중에게 그대로 고할 수도 없고 고심하던 차에 이민옥이 소식을 가지고 들어왔다.

"포군 삼백이 김백선과 이춘영의 의병으로 넘어가서 원주 안창에 모였다고 합니다. 이춘영은 본래 상동 목골 사람인데 지평 금리정사에 글을 읽다가 단발령이 내렸다는 소식을 듣고 유생들과 민승민 영감 댁 땅을 부쳐 먹는 사람들을 그러모았다고 합니다."

영재는 아전들을 불러 모았다. 영재 앞에 아전들이 둘러앉아서 모두들 만두 먹다가 속에 든 바퀴벌레 씹은 얼굴들을 하고 있었다. 백선이 현청에서 총을 부수고 돌아간 뒤로 일을 저지를 것이라고 이미 예상한 일이었지만 그렇게 빠를 줄은 몰랐다. 더 자세히 캐묻지 않아도 포군들은 백선 대장 쪽으로 모두 다 넘어가 있었다. 그들은 백선과 함께 용문산 등성을 넘어 다니며 사냥을 하던 사람들이기 때문에 의리 하나로 똘똘 뭉쳐 있었다. 영재는 동비를 토벌할 때에 백선을 통하여 포군을 얻었지만 이번에는 백선으로 인하여 포군을 모두 잃게 되는 지경에 빠지게 된 것이다.

단발령이 내린 이후 왜적들은 조선인 관리를 앞세워 일본도와 창을 휘두르면서 머리를 깎으라고 위협하고 다닌다는 소문이 나돌았다. 머지않아 지평에도 들이닥칠 것이다. 그 일에 또 현감을 앞세울 것이다. 영재는 아전들 중에서 의병으로 나간 사람과 연고가 있는 사람은 모두 지목했다.

"포군장이 임금의 명을 거역하고 의병을 모아서 현청을 이탈한다는 것은 있을 수가 없는 일이다. 신이백 잘 들어라. 너는 오늘 즉시 안창에 모인다고 하는 의병진에 그쪽 편으로 가장하고 들어가서 지평 사람 중 의병에 나가있는 자들은 모두 적어와라. 의병에 나가서 죽지 않으면 언젠가는 돌아올 것이다. 그들은 제 부모형제 가족도 없다더냐? 생각 짧은 것들이 하나만 알고 둘은 몰라가지고 의병입네 나가면 남은 가족이 편타더냐? 내 그 자들을 반드시 제 발로 돌아오게 만들 것이다."

영재의 얼굴에는 입을 씰룩이는 안면 근육을 따라 검은 수염발이 요동을 치고 있었다. 검은 수염은 고을의 권위이고 젊음이었다. 젊음은 혈기 왕성한 힘을 주체하지 못해 어쩔 줄 모르는 혼란으로 지평 땅이 지켜오는 존화양이(尊華攘夷)의 뜻을 뒤흔들고 있었다. 지난 번 동학이 일어나서 토벌하러 갈 때에는 배고팠던 그들이 민가에서 먹을 곡식과 금전을 반강제로 걷어갔기 때문에 이를 동비로 몰았지만 이번에는 지난가을에 궁에서 일어난 변고와 난데없이 내린 변복령으로 민심이 뒤숭숭하던 터에 또 단발령이 내리자 모두 울분을 참지 못하고 모두 일어난 것이다.

백선이 의병을 일으키자고 했을 때에 이는 임금이 내리는 명을 거스르는 일이니 한 고을의 수장으로서 선뜻 나설 일이 아니었다. 임금이 임명한 관리는 그 명이 다소 이치에 어긋나는 점이 있다고 하더라도 그 명을 내린 배경에는 분명히 그럴 만한 이유가 있을 것인즉 그 명에 따라야 할 수밖에 없다는 것이었다. 더욱이 그에게는 어윤중과 신경처럼 연결된 선이 있었으니 어윤중이 그리하라는 데에는 더 이상 다른 갈피를 잡으려고 고민해볼 처지도 아니었다.

동비 토벌 때 같았으면 포군을 이끌고 거기까지 달려갔을 테지만 이번에는 이렇게 사정이 달랐다. 영재 수하의 군사들이 빠져 나갔다. 그들을 잡으려고 해봤자 잡아올 군사도 변변히 없었고 설령 몇몇 군사를 데리고 간다고 해도 그들이 스스로 돌아오지 않는 바에야 강제로 끌고 올 수 있다는 보장이 없었다.

화가 머리끝까지 치올라 어쩔 줄 모르는 영재 앞에서 김이정이 듣고 보아 아는 대로 고했다.

"이번 의병은 곡수에 있는 이춘영이라는 자가 금리정사에서 공부하는 유생들을 꾀어내서 김백선과 합세했다고 합니다. 그 뒤를 금계와 퇴앙이 도왔다는 소문이 지평바닥에 파다합니다."

그렇게 믿고 예우하던 고을에 원로까지 나서서 의병을 도왔다니. 영재는 분함이 가시지 않았다. 무엇보다 분노의 대상은 백선이었다.

"김백선, 사냥이나 하던 너를 불러다가 절충장군이 되도록 해 줬는데 그 공을 모르고 내 앞에서 등을 돌려? 네놈들을 잡아야 할 나더러 의병들과 한 패거리가 되라고? 이런 못된 것. 하늘 높은 줄 모르고 날뛰는데 반드시 후회할 날이 있을 것이다. 이민옥, 내 말 잘 들어라. 의병이 되겠다고 나간 춘영이와 너와는 숙질 간이고 승우와는 외종숙 간이 아니더냐? 그러니 너는 믿을 것이다. 이춘영이 모은다는 의병으로 지금 속히 나가라. 그들 틈에 눈치채지 못하게 끼어들어서 무슨 수를 써서라도 흩으려야 한다. 모두 되돌아오게 해야 한단 말이다. 의병에 나간 자들에게는 나라가 편안케 될 때에 그 일로 인하여 큰 벌을 받게 될 것이라고 은근히 퍼뜨려 알려라. 그래도 싸우겠다는 자들은 놔둬라. 대역의 죄를 지으면 어떤 벌을 받는 것인지 이번 기회에 똑똑히 알게 해주겠다. 네 공으로 의병이 흩어지면 너는 내가 너를 크게 쓰겠다. 백선의 꾐에 빠져서 따라간 포군들을 되돌려서 오면 출세시켜 주겠단 말이다. 봐라. 백선이 그자도 내 힘으로 출세를 시켰잖느냐. 그 은공도 모르고 등을 돌렸지만. 눈치채지 못하게 해야 한다. 그 자들이 맥도 모르고 목구멍이 허해서 따라 나섰겠지 대역부도(大逆不道)의 죄로 참형을 감수하면서까지 의병을 자처하고 나서지는 않았을 것이다. 아무것도 모르고 따라간 무지한 자들을 빨리 데려와야 한다. 이 길로 떠나라."

영재는 만장처럼 기다란 천에 '大逆不道 李春英, 金百先(대역부도 이춘영 김백선)' 이라고 큼지막하게 써서 동헌 앞에 높다랗게 걸어놓고 중얼거렸다.

"총을 어느 쪽으로 겨눠야 할지도 모르는 미련한 것들. 어느 쪽에 붙어야 제 목숨을 살리는지도 모르고 저 죽는 쪽으로 날뛰고 있으니. 제가 잡던 동학쟁이 놈들과 한 패거리가 돼서 관군한테 덤비겠다니 불쌍한 것들. 세상이 외로 도는지 바로 도는 것인지도 모르고서."

하갈에서 의기투합한 이춘영과 김백선은 맹영재에 의해서 졸지에 대역부도한 자가 되었다. 현청 앞은 뒤숭숭했고 소문은 이춘영의 노모와 아내가 사는 곡수에 집과 백선의 식구들이 있는 하갈에 집까지 퍼졌다. 떠나는 본인은 가는 곳을 말하지 않았지만 소문으로 들어 내 아들이 나라를 위하여 일어난 것이 분명한데 대역부도가 웬 말이냐? 그러면 내 아들이 임금을 무너뜨리고 권세라도 잡으러 갔다는 것이냐? 그것은 아니다. 제 할아버지 때도 벼슬하라고 권하는 것을 사양했고 그 할아버지의 그 손자라고 춘영이 또한 아버지 외가에서 벼슬자리를 알선해 준다는 것도 마다했는데 무슨 대역부도란 말이냐. 온 백성의 머리를 깎으라는데 못하겠다고 일어난 것이 대역부도라면 도대체 이 나라는 누구의 나라가 된다고 하더냐?"

괴은의 부인이 밖에서 소문을 듣고 돌아와서 고하는 것을 듣고 괴은의 어머니는 입에 침이 마르고 가슴이 부들부들 떨리고 눈앞이 캄캄했다.

괴은이 뿌린 격문을 보고 마음만 먹고 있다가 아직 안창으로 떠나지 못한 사람들은 주춤했고 마음을 굳힌 사람들은 가족에게 행선지를 똑바로 밝히지 않고 안창으로 내달렸다. 이민옥과 신이백과 김이정은 그날 밤에 안창으로 달려가 의병진 틈에 슬며시 끼어들었다. 서로의 얼굴을 아는 사람도 있고 모르는 사람들도 있었지만 모두 한편인 줄만 알았지 속마음을 모르니 밥을 먹다가 똥을 누다가도 마주 보고 눈 꿈쩍이면 모두들 의병으로 통했다. 그 안으로 이민옥과 김이정이 의병으로 쉽게 끼어든 것이다.

안승우가 수학하고 있는 제천 장담서사에서는 의암을 중심으로 둘러앉아서 시국을 걱정하며 앞으로의 대책을 숙의하고 있었다. 먼저 의암이 무겁게 입을 열었다.

"모두들 나라를 걱정하는 마음은 내 잘 알겠다. 그러나 모든 일은 걱정과 욕망만으로 이룰 수 있는 것이 아니다. 일을 당하여서는 대처하는 방법이 꼭 하나의 길만 있는 것이 아니다. 이번 일은 나라의 명운을 점치는 중대한 고비니 모두다 각자의 뜻대로 결정하고 가야 할 방향을 정하여야 할 것이다. 적과 맞서서 싸우는 일이 첫째요, 둘째는 멀리 이곳을 떠나서 힘을 기르고 재기의 때를 엿보는 일이다. 세 번째는 왜놈 앞에 머리를 깎이느니 스스로 장하게 죽는 일이다. 어찌할지는 각자의 처지와 생각대로 결정할 일이다. 나는 이번 일에 장담을 떠나 요동지방으로 가려고 한다."

이에 이필희와 안승우, 이범직은 죽는 한이 있어도 싸우다 죽겠다고 나섰다. 이들이 시국에 대한 의견을 나누고 있던 중에 지평에서 퇴앙이 보낸 방 서방이 땀을 흘리며 장담서사에 도착했다. 부친의 글을 받아든 승우는 그 자리에서 펼쳤다.

"지평 금리정사에 있는 괴은이 안창에서 거병을 하기로 했다네. 장한 일이야. 이렇게 지체할 수 없으니 우리도 속히 가세."

"안창이라면 김제남 어른의 후손인 연안 김 씨가 세거하는 마을 아닌가. 거기라면 판서 김세기가 벼슬을 마치고 돌아와 있을 테니 의병들 먹일 것을 준비하라고 먼저 이르면 좋겠네."

김 판서라면 연안 김 씨 종손으로 개성 유수 시절 백성들이 일으킨 민요로 인한 책임을 물어 경상도 영양 땅으로 유배를 갔다가 돌아와 있는 중이었다. 지금은 집에서 쉬고 있는 중이니 그에게 맡겨도 되리라고 생각했던 것이다. 승우와 함께 지평을 오간 적이 있는 신지수의 의견이었다.

"방서방의 걸음이 빠르니 먼저 가는 길에 안창에 들러서 김 판서에게 이르시오. 우린 곧바로 뒤따라갈 것이오."

승우는 급히 글을 써서 방 서방에게 주었다. 방 서방이 물 한 모금 마신 후에 오던 길을 되짚어 달리는 것을 보고 이범직과 원철상, 신지수가 의관을 갖추고 안승우를 따라나섰다.

갑신정변 때에 일어나려다 말았고 국모인 민 황후가 변을 당했을 때도 조선 땅이 들끓어서 승우가 앞장서 의병을 일으키려고 하였는데 스승인 의암의 만류로 주저앉았고, 이번에는 꼭 의병을 일으켜야 한다고 논하던 차에 괴은이 의병을 일으킨다니 당장 달려가야 한다. 이제 머뭇거릴 이유도 없고 주저할 틈도 없었다. 안승우는 이범직과 원철상, 신지수와 함께 밤새 달려서 안창에 닿았다. 누구보다 반가워하는 사람이 괴은이었다.

"괴은이 혼자서 이런 큰일을 벌이고 있는데 우리가 늦었구려."

괴은은 우선 승우와 함께 온 사람들에게 백선과 인사를 나누도록 했다. 백선이 지평의 포군대장이었던 사실도 말해 주었다. 승우도 장담에서 대강의 소문은 들은 터였다. 일만 벌였지 앞으로 어떻게 나갈 것인지 함께 숙의할 상대가 마땅치 않았던 차에 승우의 일행이 도착한 것은 괴은에게 큰 힘이 되었다. 그들은 김헌수 댁의 안방을 차지하고 모여 앉았다.

"내 김 판서에게 의병들이 먹을 것을 내여 준비하라고 일렀는데 그리 되었는가?"

"화가 미칠까 두려워서 달아났어요. 아무래도 장차 서울에서 부르면 가야 할 사람이니까 조정에 잘 못 보이고 누를 저지르지 않으려는 게지요. 장인어른과 김사정, 김사승이 연안 김 씨 문중의 도움으로 지금 장정들을 먹이고 있는 중이니 걱정 마오."

"우선 원주군수 이병하에게 청하여 물자를 내놓으라고 해야죠. 왜적패당을 몰아내자는 일이니 관에서도 한 통으로 나서야죠."

승우는 사람을 시켜서 김헌수의 사랑방으로 흰 천을 가져오게 하고 어른의 팔 하나 길이로 잘라 붓으로 '의(義)' 라고 썼다. 천탄은 대를 구해다가 붙들어 매었다. 그렇게 넷을 만들었다. 의군기(義軍旗)는 의병 일백에 하나씩이었다. 우선 의병 사백을 일백씩 네 개의 대(隊)*로 편성했다. 모든 것이 익숙하지 않은 거의 장소에서 세밀한 의진을 편성하기는 무리라고 판단하여 일백씩 나눈 것이다.

방 안에는 괴은과 하사, 백선, 김사정과 이범직, 이풍림이 의기(義旗)를 가운데 놓고 둘러앉았고 천탄과, 김용준, 김진덕 등이 문밖에서 들여다보고 있었다.

"우리 의병이 사기충천하여 죽음을 두려워하지 않고 싸우기를 각오하고 있다 하나 저 왜적과 관군의 무리보다 조직과 병력이 미약한 것은 사실이오. 그러니 작은 힘으로도 큰 승리를 이끌어 내기 위해서는 우리 의병에 협조하지 않는 수령을 골라 만백성의 이름으로 징벌하는 것이 우선일 것이오. 지금 제천에서는 김익진이라는 군수가 단발령이 내리자마자 기다렸던 것처럼 아전과 포졸을 앞세워 유세하던 양반 댁부터 찾아다니면서 머릴 깎으라고 난리치고 있으니 그를 욕하는 인심이 극에 달하고 있소. 이럴 때에 제천으로 가서 이 자를 끌어내 여러 사람 앞에서 징치하면 모두들 우리가 나선 일에 대해 성원하게 될 것이오."

하사는 제천에서부터 달려오면서 내내 궁리했던 생각을 털어놓았다. 그러나 백선은 다른 생각을 가지고 있었다.

---

*당시 의병진의 편성은 1기 3대 6초가 기본이었다. 아직 전열이 정비되지 않은 상태에서 지휘의 편의를 위해서 약 백 명을 단위로 하던 군대의 편제.

"나 백선의 생각은 다르오. 내일 당장 원주군수에게 의병에 필요한 물자를 받아내고 여주, 이천을 거쳐 한양으로 들어가서 적당 우두머리 대갈통을 부셔 놔야 하오. 그런데 왜 뒷걸음질 쳐서 제천까지 가요? 싸움이라는 것은 장기판에 초나라와 한나라 싸움과 같이 적당 모가지 하나만 잘라내면 끝이 나는 일인데. 잘린 사람의 모가지 밑에서 새로 움이 솟아날 리도 없고 그 밑에 졸개들은 산산이 흩어지든지 무릎 꿇고 들어오던지 하면 끝나는 싸움인데. 그리고 또 고을에 수령들을 징벌하려면 내가 사는 지평 땅에 영재부터 손을 대야 할 것이오. 길을 나서기 전에 내 집안 단속부터 하고 갑시다. 임금의 명이라고 따르겠다니 어느 것이 진짜 임금의 뜻인지도 모르는 사람 아니오. 내 뒤에 온 우리 포군 얘기를 들으니 나 백선이 하고 괴은 선생을 대역부도라고 관아에 만장처럼 써서 붙였다는데 누가 대역부도인지 가서 똑똑히 가르쳐주고 나서 원주 관아에 손을 대는 것이 순서가 될 것이오."

승우가 백선의 제의에 반박하고 나섰다.

"싸움이라는 것이 그렇게 두서없이 해서는 일을 그르치는 법이오. 내가 듣기로 한양 쪽은 김하락의 의병진이 근처 사람들을 모아서 남한산성을 치고 들어갈 것이라는 소식이오. 지난 갑오년에도 그랬듯이 왜적들이 부산에서 경상도, 충청도를 거쳐 한양으로 올라갔는데 그때 우리가 의병을 일으켜서 막지 못한 것이 한이오. 우린 지금 이곳 호서에 물자가 한양으로 가지 못하도록 목을 지켜 막고, 그 물자를 우리가 쓸 수 있도록 먼저 차지하는 것이 급선무요. 그리고 그대 말대로 우리가 지평을 치고 오자면 의진에서 적잖은 혼란이 일어날 것이오. 연줄연줄 걸린 것이 인맥이고 핏줄인데 잘잘못을 떠나서 그 일가붙이들이 가만히 있지 않을 것이고 혹여 여기에 함께 온 사람 중에도 그쪽 사람이 있으면 오히려 그대로 둠만도 못한 것이오."

승우의 생각이 맞았다. 군사를 되돌려 맹 군수를 치고 간다면 그와 연줄연줄로 얽혀 있는 사람들의 심사를 건드리게 되어 의병진에 커다란 혼란을 가져올 수도 있는 일이었다. 괴은도 같은 의견을 냈다.

그러나 백선은 자신의 경험으로 봐서 이렇게 거꾸로 나서는 싸움은 보기 드물었다.

"모르는 얘기요. 조정을 장악하면 변방은 저절로 굴복하게 되어 있소. 굳이 겉으로 나돌면서 힘을 흩뜨리고 물자를 거둬서 양민을 괴롭힐 필요가 있겠어요?"

백선도 전투에서는 글을 배웠다는 승우에게 지지 않았다. 듣다 못해 괴은이 나섰다. 괴은도 승우와 같은 생각일 수밖에 없는 것이 이미 민승민 영감의 언질을 받은 바 있기 때문이었다.

"백선도 승우도 모두 맞는 말이오. 그런데 이번 의병은 한양으로 가는 충주 가흥의 병참선을 막는 일이 우리에겐 막중하오. 물자가 강으로 갈 것이니 강만 지키고 있으면 되겠지만 그 병참기지를 우리가 차지해야 한양으로 가는 왜병들의 물자 보급도 끊고 그 물자를 우리 손에 넣어 앞으로 싸울 기반도 튼튼히 할 수 있을 것이오."

괴은의 말에 백선은 더 이상 토를 달지 않았다. 그러나 백선만 모르고 있었다. 포군을 모아오는 동안 그의 머릿속에는 줄곧 군사를 모아 왜적 당들이 점거하고 있는 서울에 궁을 친다는 생각으로 꽉 차 있었지만 이 사람들은 겨우 자기네들 앉아있는 터나 지키려는 것이라고 서운해 했다. 승우의 말도 일리가 아주 없는 것은 아니었지만 백선은 회의 내내 못마땅해 했다.

괴은은 의병들이 횃불을 밝히고 줄지어 선 만수암으로 승우의 일행을 안내했다. 올 만한 사람들이 다 모였으니 이제 굵직한 가닥은 모두 갖춘 셈이었다.

"괴은이 대단한 일을 했어. 내 어릴 때부터 큰일을 할 사람이라고 알아봤지."

승우는 흡족해 하면서 괴은을 치사했다.

"그동안 형님이 뜻을 다져 놓은 덕이지요. 민 황후 변란 적에 형님이 의병을 일으키려고 사람들을 모았던 게 결코 헛일이 아니었어요. 모두들 그때에도 언젠가는 의병이 일어나서 왜병과 맞서야겠다는 생각들이 있던 차에 소모(召募)를 했기 때문에 모두들 흔쾌히 나선 것이지요. 그러니 형님이 그때에 뿌린 씨앗을 이제 거두게 되는 셈이지요."

승우는 괴은의 등을 두드렸다. 사백여 병사가 운집한 만수암에서 괴은은 승우 일행을 소개하고 승우가 일장 연설을 했다.

"여러분! 나는 지평 상동 목골에서 태어난 안승우올시다. 나라가 어려운 때에 이렇게 일어섰다는 소식을 듣고 멀리 제천에서 이범직, 원철상, 신지수 동문들과 함께 이 밤길을 달려왔소이다. 지금 왜적패당들은 을미사변이 나고 변복령을 내리더니 단발령을 내려서 조선 민족을 모두 금수로 만들려 하고 있습니다. 우리는 이 싸움판에 승세가 어느 쪽에 있는지는 중요하지 않습니다. 싸움에 이렇게 나선 이상 우린 이미 이긴 겁니다. 목숨을 버리고 의(義)를 구하는 길, 이게 바로 오늘 우리가 분연히 일어나야 하는 의병정신입니다."

우렁찬 승우에 목소리와 말맥(脈)이 병정들의 웅성거리던 소란을 압도

했다. 민승민 영감이 보내서 따라왔던 농민들도, 맹영재에 대한 적개심으로 뭉쳐 백선을 따라왔던 포군들도, 금리정사에서 글을 읽던 유생들도 모두 승우의 연설에 고개를 끄덕였다. 승우는 이미 의병을 이끌 준비를 하고 있었던 것이다. 안창으로 넘어오면서 내내 이 많은 군사를 어떻게 이끌까 하는 부담으로 가득 찼던 괴은은 자신감을 얻었다.

천탄은 의병들 틈에서 승우의 연설을 듣고 있다가 뒤에서 수군거리는 소리에 귀를 기울였다.

"여기서 눈치채지 못하게끔 대열에 끼도록 하지. 박 주사, 신 처사, 김 이정 모두 행동 조심하고." 귀가 번쩍 뜨였다. 천탄은 세 사람과 악수를 나누고 대열 속으로 사라지는 두루마기의 뒤꽁무니를 따라갔다. 그는 태연스럽게 횃불 밑에서 얼굴을 내놓고 승우의 연설을 듣는 척했다. 차림과 행동으로 보아 여기서 밥을 먹고 밤새 추위에 떨던 자가 아니다. 머리 위에 오르는 열기로 보아 방금 먼 길을 달려온 것이 분명하다. 누굴까? 천탄은 그에게 다가가서 슬그머니 손가락을 깨물었다. 끈적끈적한 피가 만져지자 그의 두루마기에 슬쩍 묻혔다. 나머지 셋을 찾으려 했지만 어느새 사라져서 아직도 맨 뒤에서 어른거리고 있는 자에게만 남은 피를 묻혀 놓았을 뿐이었다.

이 많은 사람들 중에서 얼굴을 모르는 사람이 태반인데 모두가 뜻을 갖고 참여한 것은 아닐 것이다. 더욱이 이렇게 늦게 당도한 자들이 입구에 앉은 김사정에게 고하지도 않고 슬그머니 대열로 끼어든 것은 분명 무슨 속셈이 있을 것이다. 천탄은 백선에게 달려가 귀에 대고 이 사실을 알려주었다. 그러자 백선은 단 위에 올라 외쳤다.

"지금 도착한 의병은 늦게 왔다고 미안해하지 말고 어서 앞으로 나와서 군안에 이름을 올리시오." 그러나 앞으로 나오는 자는 없었다.

동학군들과 싸움을 해본 백선의 포군과 구식군대에서 녹을 받아먹다가 쫓겨난 군인들은 그래도 싸움할 준비가 갖추어져 있었지만 민승민 영감 댁에 땅을 소작하다 땅뙈기가 떨어질까 봐 끌려나오다시피 한 사람들은 슬슬 눈치나 보면서 삭료는 얼마나 줄 것인가 이 난리가 언제쯤 끝나서 돌아갈 수 있을 것인가 하는 궁리로 하룻밤을 지새우다시피 했다.

그중에는 천탄처럼 동학에 나갔던 사람들도 몇이 있었는데 눈에 익어 아는 사람들이 몇몇 눈에 띄었다. 동학을 나갔던 사람들은 관군에게 지긋지긋하게 쫓기던 몸에서 관군을 쫓는 몸이니 그렇게 통쾌할 수가 없었다. 신 처사(申 處士) 그는 스스로를 처사라고 자칭하면서 동학군에서도 앞에 잘 나서지 않던 자였다. 처음에 천탄을 보자 당황하는 빛이더니 이내 알아보고 반갑다는 손을 내밀었다. 동학에 있을 때에 서먹하던 사람이었는데 십년지기 친구라도 만난 듯 반가워하고 친절해 하니 어리둥절해하는 쪽은 오히려 천탄이었다.

"이게 누구야? 천탄이 아닌가. 나 동학에 있던 신 처살세. 신무구, 고석주, 이풍구, 신창희, 신재규, 이런 사람들 생각 안 나나. 우리가 강원도 서석에서 시체더미에 묻혔다가 살아난 사람이 아닌가, 그때에 맹 현감이 우릴 살려주지 않았으면 이 세상 못 보는 거였지. 그래도 지평 사람이라고 용설 해서 이렇게 살아나지 않았나. 하하하하."

천탄은 그가 잡고 흔드는 손에 잡혀 흔들렸고 그가 손을 놓을 때에 놓고 그가 하하거리며 웃을 때에 입으로만 웃었다. 그 호들갑에 억지가 풍겼다. 군안에 등록한 사람을 아무리 생각해봐도 지평 사람 중에서 신무구라는 사람은 그의 기억에 없었다.

동학군과 포군은 서로 적이 되어 싸우다가 이제는 의병을 나간다고 한 패거리가 되었는데 동학은 옛적이나 지금이나 관군이 적이었지만, 포군들은 동비를 잡는다고 나섰다가 이제 관군과 싸운다고 나섰으니 처지가 바뀐 셈이다. 그런데도 동학 사람들은 예나 지금이나 나그네였고 포군들은 터잡이 주인 행세를 했다.

천탄은 백선에게 가서 수상한 자가 끼어들었음을 귀띔했다.

"누가 누군지 모르는 마당에 오로지 거병을 하자는 뜻 하나로 뭉쳤는데 의심만 가지고 잡아낸다면 초장부터 그르치게 되지 않을까? 그대로 두기로 하지. 어차피 잘못될 놈은 잘못될 것이니까. 그보다 급한 게 신이야."

"신? 귀신?"

"아니. 짚신."

백선은 천탄의 발을 가리켰다.

"우리 사냥꾼들이야 각자 챙겨둔 짐승가죽으로 만들어 신었지만 하루 칠팔십 리 길을 걷자면 저 숱한 짚신들이 이틀도 못 가서 바닥이 날 테지. 토끼사냥을 나서든지 왜놈 사냥을 나서든지 발바닥이 튼튼해야 사냥감의 모가지가 내 손에 들어오는 걸 몰라? 나야 가죽신을 신었으니까 발바닥이 마냥 든든한 줄 알고 있지만 저자들은 짚신바닥 다 헤지고 신울만 남으면 가마 태워 갈 수도 없고 나귀 태워 갈 수도 없고 상전 모시듯 해야 할 거야."

"먼 길 떠나 싸움터로 가는 마당에 짚신이든 미투리든 당혜든지 각자 챙겨왔어야지."

"그게 아니오. 저 사람들이 의병 하겠다고 나선 이상 발은 저들의 발이 아니고 조선의 발이오. 저들의 발바닥이 아프면 우리 조선의 발이 아픈 거요."

두 사람의 얘기를 듣고 끼어든 사람은 괴은이었다. 준비성 있는 의병들은 어디서 구했는지 무명천을 발에 두르고 겉으로 노끈을 감았다.

"땅짐승이든 날짐승이든 발이 네 개고 날개가 발에 힘을 덜어주니까 맨발로 그 먼 길을 견디는 것이지 우리네 사람이야 오로지 두 발바닥 아니면 산송장이나 다름없잖아. 짐승들처럼 손이 발을 거들어주는 것도 아니고." 백선은 오랫동안 경험해온 사냥으로 이 싸움을 나서려면 총보다 신이 더 긴하다는 걸 알았다.

"신은 김 진사가 맡아줘야겠네. 사람을 보내 원주 바닥 다 뒤져서라도 짚신이고 가죽신이고 신이라는 신은 다 모아들여야 해."

허리와 어깨로 짚신 꾸러미를 찬 의병들이 꽤 있었지만 멋모르고 버선발에 짚신 한 켤레로 나온 의병들이 태반이었다.

의병들의 진을 편성하고 조직을 갖추는 것이 시급했다. 병사에 관한 기본 훈련도 필요했다. 떠나기 전에 괴은은 틈틈이 봐두었던 병서대로 밤새 구상하던 의병진을 편성하여 대와 초를 조직하고 앞으로 지켜야 할 군율을 가르쳤다. 백선은 무기 다루는 법과 싸움에서 쫓고 피하고 흩어지고 모이는 행동을 가르쳤다. 마지막으로 승우가 그들에게 작금의 나라의 현실과 거의의 명분과 필요를 알기 쉽게 얘기했다. 단순이 분풀이로 왜적의 원수를 갚자는 것이 아니라 춘추대의로 존화양이를 위한 거병의 명분을 얘기했다. 승우는 비록 경험이 적거나 전혀 없는 의병이지만 명분과 목적이 뚜렷하다면 싸움에서 이길 수 있는 힘이 되는 것이라고 믿었다.

김사정이 바삐 마을을 돌며 물자를 마련하고 뒤를 도왔다. 오합지졸이 어느 정도 지휘부의 지도로 전열이 갖추어질 때쯤 괴은은 의병들을 안창 역말 앞으로 모았다.

앞에서 의(義)의 깃발을 높이 올리고 지평과 안창에서 모은 사백여 명이 의병을 일으키는 군례를 거행했다. 분위기에 고무된 의병들은 각자 손에 들고 있는 총과 창과 활, 삼지창에 낫과 도끼까지 무기가 될 수 있는 것이면 무엇이든이 가지고 나와서 하늘로 높이 쳐들며 다가올 두려움을 떨쳐냈다.

괴은이 맨 앞에 나섰다. 금리정사에서 함께 온 박연화, 신우균, 이풍림, 이봉하, 이석하, 신혁희, 윤양섭, 윤정학, 정해문, 조종익, 황면호가 앞에 서서 괴은을 응원하고, 장담에서 함께 온 이범직, 원철상, 신지수가 안승우와 동아리를 지었다. 천탄이 민의식과 함께 포군 몇몇을 뽑아내 백선의 곁을 지켰다. 김헌수 댁에서 끓여낸 소고깃국에 밥을 말아 속을 채운 의병들이 섬강을 건너 원주로 향하기 전, 괴은은 흐트러진 병사들을 정열하고 일장 연설을 했다.

"여러분! 이제 우린 금수이적(禽獸夷狄)들에게 짓밟힌 이 나라를 되찾아 바로 세우기 위하여 나갑니다. 지금 나라의 녹을 먹는 자들은 왜적패당의 앞잡이로 백성의 머리를 깎으라고 영이 내리니까 신이 나서 날뛰는 추태가 이만저만이 아니라고 합니다. 먼저 원주 관아로 들어갑니다. 우리 편에 서지 않는 관리는 적으로 간주하여 국적(國賊)의 이름으로 참형을 내릴 것입니다. 여러분! 짐승으로 살렵니까? 사람으로 죽으렵니까? 아직까지 망설이는 사람이 있으면 네발로 걸어서 집으로 돌아가시오. 자, 함께 가렵니까?"

괴은의 쩌렁쩌렁하는 음성이 다시 한 번 안창 마을을 울리고 의병들의 환호와 함께 의기(義旗)와 총과 칼과 삼지창들이 다시 한 번 하늘을 향해 치솟았다가 내려왔다. 달도 없는 섣달 스무여드레. 임금이 단발령을 내린지 열사흘 만이다. 괴은은 그동안 곳곳을 돌아다니며 사람을 모으고 준비를 하던 짧은 나날이 잠시 스쳐갔다. 이제야 시작인데 이 순간 모든 것을 다 이룬 것 같은 뿌듯함으로 가슴이 벅차올랐다.

천탄은 의병들 사이를 바삐 돌아다니면서 옷깃을 살폈다. 모두 그 사람이 그 사람 같고 안창에서 출발할 때에 붉은 피를 묻혀둔 자를 찾기란 쉽지 않았다.

승자의 패주

의병들은 관군과 대적할 마음에 잔뜩 벼르며 긴장하고 원주 관아로 들어갔는데 군수 이병하는 안창에서 의병 수천이 모여 쳐들어오고 있다는 소식을 듣고 관찰사가 있는 충주로 줄행랑을 쳤다. 군수가 없는 동헌은 아전 하나 찾아볼 수 없이 텅 비었고 먼 길을 달려온 의병들은 허탈하여 관아 마당에 주저앉았다.

원주 읍내에 백성들의 곳간은 비어 있었지만 관아 창고에는 곡식이 가득했다.

포군들은 무기 창고를 잠근 자물통을 도끼로 내리쳐서 문을 따고 들어가 총을 꺼내다가 낫과 곡괭이를 든 의병들에게 나누어 주었다. 총을 쏘고 안 쏘고는 나중 일이었다. 나라에 관리라는 자들이 옳다고 생각해서 저질렀으면 끝까지 버티면서 목숨을 내놓더라도 지조 있게 굽히지를 말아야지 왜적놈들 앞잡이 노릇 한 죄로 벌 받기가 무서워 도망치니 저들이 한 짓이 제발이 저리도록 중한지는 알고 있을 터, 나라 살림이야 어찌 되든 제 목숨 하나 살려보겠다고 도망치는 자들에게 일을 맡겼으니 이 모양 이 꼴이 되지 않았는가.

"고을에 수령이라는 자가 제 몸 하나 살자고 모든 걸 내팽개치고 도망을 가니 참으로 한심한 노릇이다. 이 자는 적의 무리와 같으니 왜적은 힘이 부쳐 모두 멸하지 못할지라도 이 자만은 반드시 죽여 없앨 것이다."

마당에서 동헌에 대고 우렁차게 소리치는 괴은의 노기 띤 호령은 함께 온 의병들조차도 오금이 저리도록 숨을 죽이게 했다. 첫 싸움에 막연한 두려움을 갖고 있던 의병들은 원주 관아에 들어서자 군수와 관리가 도망하고 텅 비어 있다는 데에 사기가 한껏 올라 있었다. 원주에서 가세하여 팔백여 의병이 모여든 기세만으로도 관군들은 기겁을 하고 도망했을 것이다. 마음만 바꿔 먹으면 한 편이 되는 것인데.

천탄은 쌀을 꺼내는 의병들을 도왔다. 언제 이렇게 푸짐한 물화를 만져봤던가. 의병들은 모두 갑작스럽게 부자가 된 기분으로 들떠 있었다.

"모두 잘 들으시오. 이 관아 창고에 있는 곡식은 군민에게 세곡으로 거둔 귀하고 값진 공물이요. 그러니 우리가 꼭 필요한 양만 가져가고 남겨두길 바라오. 우리는 썩어빠진 관리를 대신해서 이 싸움에 나선 것이고 싸우기 위해 필요하니 거둔 세곡을 취하는 것이오. 그러니 내 살림을 대하듯이 소중하게 다루고 아껴야 할 것이오."

무주공산에 들어섰다고 생각했던 의병들은 괴은의 말에 들뜬 마음을 가라앉히고 필요한 만큼의 무기와 식량을 챙겼다. 관아의 문간채에는 군데군데 머리카락이 몇 채 목 잘린 것처럼 끔찍하게 흩어져 있었고 시퍼렇게 날이 선 면도칼도 아궁이 쪽으로 내던져져 있었다. 관아에 모여 머리 깎는 일은 함께 했지만 도망은 각자 간 듯했다. 아전들의 방은 싸늘하게 식어 있었고 술과 함께 먹다 남은 된장과 생마늘도 말라 비틀어져 있었다. 군수가 기거하던 동헌 옆방에 받아 놓은 밥상은 국그릇에 아직 온기가 남아있었다. 아마도 의병들이 안창역을 출발했을 때에 아전과 잘 통하는 사람이 발 빠르게 달려와서 고했을 것이다. 그게 누구인지는 모른다. 이미 안창역말에 의병 사백이 모여 떠들썩했다는 사실은 근동에서 다 아는 얘기고 그들이 방향을 원주 관아로 잡고 간다는 소식을 접해서야 원주 군수 이병하가 달아난 것이다.

군수의 방 서안(書案) 위에 벼루와 먹과 붓이 가지런하게 놓여 있었다. 천탄은 그 앞에서 머뭇거리다가 가느다란 붓과 먹을 집어 고의춤에 넣었다. 여태껏 버드나무 숯으로 황토 흑판에만 써봤지 붓을 써본 적이 없었으니 천탄에게는 무엇보다 귀중한 물건이었다. 그런데 도둑질하는 손 때문에 오금이 저렸다. 아니다. 이건 도망친 군수에 대한 압수품이다. 내가 의병을 위한 일에 쓸 것이다. 천탄이 스스로 위안하며 서랍을 여니 손바닥만 하게 오려 묶은 종이뭉치가 있었다. 이 역시 귀한 물건이었다. 얼른 집어 옷 속에 넣고 주변을 둘러보았다. 쓸 수 있는 것을 손에 넣었다. 버드나무 숯이나 황토 판보다도 귀한 것이었다. 모두들 정신없이 곡식 창고와 무기 창고에 몰려가 있었고 이쪽에 관심을 갖는 의병은 없었다.

천탄은 슬그머니 군수의 방을 나와서 무기를 꺼내는 틈에 끼어 손에 익숙한 화승총 하나를 어깨에 걸머멨다. 사냥꾼들이 갖고 다니는 것은 손때가 묻어 반질반질했는데 관아에 무기창고 화승총은 먼지가 잔뜩 쌓이고 군데군데 녹이 슬어 있었다. 그래도 총은 총, 적을 쏘는 데에는 요긴하게 쓰일 것이다. 목숨을 살려야 할 총이었다. 맨주먹이던 의병들은 총을 받아들고 이제야 포군들과 어깨를 맞겨루게 되었다고 군인이 된 티를 내고 있었다. 손에 들린 총 한 자루씩으로 그들은 이미 괴은과 승우가 말한 의병정신이 가득 들어 있었다.

김사정과 박운서가 원주읍을 돌며 사람과 짚신을 더 모아 와서 세를 불렸다. 어수선한 의병들의 대열을 정리하고 초별로 편성하는데 김사정이 괴은에게 다가왔다.

"충주로 도망쳤던 이병하가 관찰사에게 사정을 해서 중앙 관군 지원을 요청했다네. 친위대 일 개 중대가 원주 쪽으로 온다는 소식이 왔어. 어떡하나."

아직 기본 훈련도 안 된 의병들이 무장을 한 정규군 일 개 중대와 맞서서 싸운다는 것은 쉬운 일이 아니었다. 저쪽은 훈련을 받은 군사들이었고 신식 조총을 능숙하게 다루는 군사였다. 괴은은 급히 초장들을 불러 모았다.

"내일 친위대 일 개 중대가 원주로 쳐들어온다는 소식이오. 가흥 병참 수비대에서도 일본군이 이쪽으로 정찰을 하러 왔다고 하오. 우리 의병들 진영이 완전하게 갖추어지지 않은 채 저들과 맞서 싸우기는 아직 이르오. 원주에서 무기도 취하고 양식도 구했으니 우선 이곳을 빠져나가야겠소."

괴은은 신중하게 좌중의 의견을 구했다. 그러나 백선은 또다시 여주를 통하여 서울 쪽으로 치고 올라가자고 했다.

"무기를 얻었으니 그냥 한양으로 치고 올라가자고요. 한양 근방에서 일어나는 의병들과 합치면 될 것이요."

"결코 저들에게 쫓기는 게 아니라 개구리가 멀리 뛰기 위해 웅크리는 것과 같소. 의병을 더 모으려면 제천으로 가야 하오. 그쪽에서 의병과 무기를 더 모으면 충주 쪽을 치고 들어갈 수 있을 것이오. 이 숫자로는 부족하니 나는 군사를 몇몇 데리고 영월 주천 쪽으로 가서 새로이 의병과 물자와 자금을 더 모을 것이오. 제천에 가면 장담서사에 동문들이 기다리고 있을 것이니 합치시오. 그럼 난 의병을 더 모아서 제천으로 가겠소."

안승우였다. 그는 주천을 거쳐 영월 쪽으로 돌면서 의병을 더 모을 작정을 했다. 지평 의병진에 지휘부는 김사정(金思鼎)을 소모장(召募將)으로 박운서(朴雲瑞)를 도령장(都領將)으로 임명하고 김사정이 원주에서 군사를 더 모아올 것을 맡기고 제천으로 발길을 내딛었다.

천탄은 대열의 맨 뒤에서 걸었다. 이제는 거의 모든 의병이 총을 지녔으니 어깨에 걸친 탄환조끼만 아니라면 누가 포군이었고 누가 농민 출신인지 구별하기 어렵게 되었다. 발걸음이 고향인 지평 땅과 원주 안창에서 멀어질수록 그들은 은근히 돌아올 길을 걱정하며 느릿느릿 걸었다. 반드시 제 발로 걸어서 되돌아와야 할 길이었다.

괴은의 장인 김헌수는 원주 관아까지 뒤따라와서 괴은이 의병들을 이끌고 떠나는 모습을 멀리서 바라보며 배웅했다. 사위와 장인의 연을 맺은 지가 벌써 일곱 해. 처가를 몇 번 오가면서 사람됨을 이미 알고 있었지만 막상 나라에 큰일로 나서는 모습을 보니 자랑스럽기 그지없었다. 부디 성공하고 돌아와라. 김헌수는 마음속으로 되뇌면서 무사히 돌아오기를 바라고 있었다.

불현듯 홀로된 안사돈을 모시고 있을 여식 생각이 났다. 장인이야 사내의 심정으로 사위가 나라에 큰일 하겠다고 나섰으니 자랑스러웠지만 의지하던 아들마저 전장에 보내는 안사돈의 심정이 편할 리 없었을 것이다. 김헌수는 집으로 돌아와서 부인에게 일러 의병에게 먹인 대로 떡을 더 찌고 돼지를 더 잡도록 했다. 그날로 일꾼 두 사람에게 등짐을 지워

사돈댁으로 보냈다.

저녁이 되어 안창 김헌수의 일꾼 두 사람이 곡수 괴은에 집에 커다란 보퉁이를 하나씩 지고 찾아들었다.

"마님. 안창에 사돈어른이 보내서 왔습니다. 먹을 것을 챙겨 갖다 드리라고 해서요."

그가 짐을 내려놓는데 한 짐은 붉은 고깃덩이고 한 짐은 마구설기 떡이었다. 얼마나 급히 왔는지 아직 뜨끈한 온기가 식지 않았다.

"바깥사돈어른께서는 괴은 서방님이 난리를 치르러 나가셨다고 너무 염려 상심 마시라고 하셨습니다. 의병들 먹이려고 음식을 많이 준비했는데 홀로 계신 마님이 걸려서 이렇게 보내시고서 안부 여쭙고 오라고 하셨습니다."

"그랬구나. 지어미 걱정할까봐서 지평 산골에 들어가 있겠다고 했더니, 내 짐작이 맞았던 게로구나."

괴은의 부인 김 씨는 그가 내려놓은 짐을 보자 친정 부모 생각에, 전장 나간 지아비 생각에 눈물을 글썽거렸다.

"장한 것. 그래 부끄럽지 않게 싸워라."

노모 최 씨도 아들의 몸을 만지듯 사돈 영감의 정성이 담긴 짐을 쓰다듬었다.

"애야. 사돈어른께서 보내셨구나. 고기와 떡을 썰어 담아라."

노모는 일일이 부인 김 씨와 함께 고기와 떡을 썰어서 그릇에 하나하나 담았다. 이십여 몫이 되었다.

"의병 나간 집에 모두 돌리자. 나도 함께 나누마."

노모 최 씨는 채반에 떡과 고기가 든 접시를 얹어들고 마을로 나갔다.

민숭민 영감 댁에서 들은 대로 그 집 소작을 하는 집은 모조리 돌았다. 우두산 밑에 집을 지은 외딴집 싸리문을 열고 들어가 방문을 빼꼼 열고 내다보는 할멈에게 다가가서 떡 접시를 방 안에 들여놔 주었다. 그대로 나오려다가 흔들리는 손목이 눈에 걸려 부엌 솥에 물을 붓고 아궁이에 불을 넣었다. 물이 끓자 고깃덩이를 넣고 팔팔 끓였다. 이리저리 뒤져서 소금이라고 생각되는 알갱이를 집어넣었다. 숟가락으로 국물을 떠서 맛을 보았다. 고기를 건져서 썰어 대접에 국물을 퍼 넣고 고기를 담았다. 그 솜씨가 익숙했다. 내 집처럼 방문을 열고 들어가서 할멈 앞에 놓았다. 할멈은 숟가락으로 국물을 떠먹더니 고깃덩이 하나를 건져 입에 넣고 우물거렸다. 누린 맛이 구수할 것이다. 노모는 고개를 끄덕이며 더 먹기를 재촉했다.

"돈 벌러 멀리 갔지? 아주 멀리. 봄이 되면 돌아온다지?"

할멈은 최 씨 부인에게 천진스럽게 물었다. 모두들 할멈의 집처럼 의병은 그저 겨울 한철 부족한 양식을 채우려고 돈 벌러 간 거였다. 할멈은 홀로였다. 홀아비 아들이 홀어미를 모시다가 의병을 나갔으니 홀로 남았다. 이면수가 격문을 돌릴 때에 이 집은 빼놨었다. 그런데 소문을 듣고 찾아온 것이다. 자기도 간다고 넣어 달라는 것이다. 의병에 나가면 돈을 번다는 소문을 듣고 쫓아온 것이다. 이면수는 그에게 의병을 나가면 죽을지도 모른다고 했다. 그래도 간다고 했다. 홀아비는 막쇠였다. 죽으면 목숨 값은 홀어미에게 갈 것이라고 생각했다. 그러면 할멈은 자기 목숨 값으로 살 것이다. 막쇠는 떠나면서 자기가 죽으면 홀어미 좀 잘 보살펴 달라고 최 씨 부인에게 신신부탁을 하고 갔다.

노모는 그 생각을 하고 벽에다 고개를 끄덕이며 할멈에게 떡을 더 떼어

먹였다. 할멈은 입을 우물거리며 단맛을 느끼는 듯 표정이 흐뭇했다. 노모는 남은 접시를 들고 나와 그렇게 어둡도록 십여 집 넘게 휘휘 돌아 들어왔다.

"이게 뭔 고생들인고."

의병에 나가면 돈을 준다고 했으니 모두들 돈을 벌려고 의병을 나갔다고 했다. 의병은 쇠스랑과 곡괭이로 싸운다고 했고 돌멩이로도 싸운다고도 했다. 그러니 죽지는 않을 거라고 했다. 못된 관리와 왜적놈들 한번 혼내주러 간다고 했다. 이면수는 그렇게 힘주어 말하며 이십여 집을 돌았었다. 그 집들을 괴은의 부인 김 씨와 노모 최 씨가 떡 접시를 만들어 하루 종일 돈 것이다.

집으로 돌아온 괴은의 노모는 남은 떡을 장독대에 올렸다. 밖으로 나가기 전에 먼저 그리했어야 했다. 살아있는 사람보다 눈에 뵈지 않는 귀신이 사는 장독대에 먼저 올렸어야 했다. 노모는 허리를 굽혀 눈을 감고 두 손을 모아서 싹싹 비볐다. 입을 우물거리며 괴은의 무사를 소원했다. 그 굽은 등을 부인 김 씨가 물끄러미 쳐다봤다. 아비가 죽자 홀로 길러낸 끔찍이도 위하던 아들이 아닌가.

춘추대의(春秋大義) 존화양이(尊華攘夷)를 되뇌며 금계 선생은 방 안에 들어앉아 점점 불편해가는 몸을 걱정했다. 이렇게 어렵고 어수선한 때에 자신이라도 건강을 지켜 유생들이 뜻을 이룰 수 있도록 뒷받침을 잘 해주어야 하는데. 가는 곳마다 관리들이 왜병을 끌고 와서 머리를 깎으라고 윽박지르면서 지평은 물론이고 지방 곳곳이 난리가 일어날 것이다. 젊은 유생들이 대견하고 자랑스러웠다. 이미 화서에서 유중교로 이어지는 학맥을 이어 받아 많은 것들을 배웠다. 거의 결심은 그 동안의 배움에서 비롯된 것이리라. 선생은 자신이 직접 나서지는 못할망정 사기를 돋울 수 있는 힘을 더해주기로 했다. 승설에게 뒷감당을 하도록 일렀다. 금리정사에 적을 둔 혈족들에게도 도움을 구하여 의병 거의에 필요한 자금을 내도록 도왔다.

의병을 일으키는 안창까지 다녀온 승설은 선생에게 사백여 명이 안창역을 뒤덮어 결기를 다지는 모습을 보니 우레와 같은 함성이 하늘을 찌를 듯 했고, 앞에 나선 괴은과 하사의 늠름한 모습은 고래(古來)의 어느 장수 못지않았다고 전했다. 승설은 지평에서 모은 자금 이백오십 냥을 김사정에게 전해 주고 원주 관아를 향해 떠나는 대열이 섬강을 건너 문막쪽으로 꼬리를 감출 때까지 바라보다가 돌아왔다. 선생은 그 얘기를 듣고서야 며칠 밤 근심을 놓았다. 이제 수하에 제자들이 나섰으니 죽어도 여한이 없다. 죽더라도 저들이 대의를 세워 존화양이 한다면 이 나라의 근본은 바로 설 것이다.

천탄은 괴은과 백선의 당부로 의병들과 어울리면서 그들의 동태를 살피는 일에 주력했다. 하루가 저물면 잠자는 처소에서 손바닥만 한 종이에 그날의 일을 서투른 글씨로 일일이 적었다. 안창에서 군안을 보고 따로 빼 놓은 인물들을 관찰하여 남모르게 적는 것이다. 그뿐 아니라 의병의 그날 일들을 낱낱이 적어나갔다. 주변을 둘러 봐도 적는 사람은 아무도 없으니 글이 부족하지만 자기라도 적어야겠다는 생각이었다.

맹영재의 끄나풀이라고 생각되는 이민옥과 서울에서 왔다는 여일과 박주사, 동학 하다 왔다는 신 처사 모두들 매일 살피는 인물이었다. 또 의병들 사이에 오가는 불만을 슬그머니 전했고 지휘부는 받아들일 수 있는 불만들을 풀어주었다. 특히 여일이라는 자를 주시했다. 군영이 어수선한 틈을 타서 가끔 어디론가 나갔다 오는데 그곳이 어디인지 모른다. 행군대열이 원주를 떠나 신림에서 점심을 먹는데 그가 소변을 보는 척하면서 어디론가 사라졌다가 돌아왔다.

금대, 치악, 신림을 지났으니 용암, 학산으로 들어와서 봉양, 장담에 있는 유생들과 합쳤다. 제천 관아에 들어간 시각이 이튿날 새벽이었다. 군수 김익진은 어찌나 다급했던지 방 안에 촛불도 끄지 못하고 뒷문으로 달아났다.

그의 악행은 이미 인근 고을까지 소문이 난 뒤여서 잡히면 살아남지 못할 것이라는 것을 알고 도망을 서둘렀을 것이다. 김익진은 아전을 앞세워 그동안 점찍어 두었던 몇몇을 찾아가서 본보기로 머리를 잘랐다. 오랑캐 같은 머리를 하고 꽁지가 빠지도록 도망치던 꼴이 가관이었을 것이다. 이것이 조선 땅에서 글 읽고 과거에 급제하여 관직을 얻었다는 자들의 됨됨이였다.

유가의 도를 깨우쳐 과거를 보고 관리가 되었다면 죽음 앞이라도 소신을 지킬 것이며 어느 협박과 압력에도 굽히지 말았어야 했다. 제가 한 짓이 못할 짓임을 알면서 호구지책으로 저지른 것이라는 것을 그나마 깨달았으면 죗값을 치루는 마음으로 의병을 도와야 하는데 그렇지도 못했으니 죽음이 두려웠던 것이다.

"아니. 장인어른이 어쩐 일로 여기까지."

안승우의 장인 이민정이이었다. 갑자기 제천 관아로 찾아온 장인을 보고 승우는 놀라서 맞았다.

"내가 못 올 곳에 왔나. 자네가 의병을 일으켰다는 얘길 듣고 나도 이렇게 나섰지. 먼 길을 다니려면 신이 질겨야 돼. 제천 바닥을 다 뒤져서 의병들 발에 신길 신이란 신은 다 뫘어. 자네가 먼 곳에 처가를 둔 덕에 한 번 나서면 짚신 대여섯 켤레씩 메고 다니던 생각이 났지. 조선팔도 걸어 다니려면 제일 소용되는 게 이거겠다 싶어서 의병들 발에 신기라고 가져왔네. 싸움에 나서려면 뭣보다도 발바닥이 튼튼해야 하는 거여."

이민정은 어디서 구했는지 사람을 시켜 짚신을 두 짐이나 가져왔다. 먼 길을 함께 온 이춘영, 김백선, 신지수, 이범직, 원철상 등이 이민정 앞에 나서서 절을 하자 이민정이 흡족하여 맞절을 하고 물러섰다.

괴은과 함께 온 이풍림과, 안승우를 따라온 이범직, 원철상, 신지수, 그리고 백선을 따르는 민의식과 포군들이 두 겹으로 제천 관아 작청(作廳)* 에 둘러앉았다. 원주에서부터 줄곧 괴은이 군사를 이끌고 왔고 백선은 날랜 포군 몇을 데리고 앞장을 서서 들어왔다. 김사정이 소모한 군사들도 김백선 포군에 무리 없이 끼어들어 함께 움직였다. 의병들 대부분 산포수 출신들이었기 때문에 김백선의 포군들과 호흡을 맞추는 데에는 긴 시간이 걸리지 않았다.

서상열이 포천에서 의병이 일어났다는 소식을 듣고 달려왔고 장담서사에서 수학하던 안승우의 동문들도 제천 관아 동헌 옆 작청에 둘러앉았다.

"제천군수 김익진, 이 자도 우리가 두려워 달아나고 말았소. 일개 고을

---

*아전이 집무하는 청사.

을 맡은 군수가 제 한목숨 살리자고 모든 걸 내팽개쳐버리고 달아나다니 참으로 한심한 노릇이오. 여기서 대장을 추대하고 각대를 지휘하는 조직을 제대로 짜야 할 것이오. 서상열 동문이 관직 경험도 있고 하니 우리 의병의 대장을 맡아주시오."

"나는 이제야 의병에 참여한 사람으로 진영에 군사들을 잘 모르기 때문에 의진 전체를 이끌 수 있는 그릇은 못 되오. 백의종군을 해도 좋으니 내게는 다른 일을 맡겨주시오."

서상렬은 한사코 사양하였다. 무과에 급제하여 관직을 경험했으나 서양인이 벼슬을 하는 것을 보고 스스로 관복을 내던지고 가족과 함께 제천으로 와서 공부하는 중이었는데 지평에 괴은이 의병을 일으켰다는 소문을 듣고 달려온 것이다.

"그럼 우리 포군들이 괴은을 잘 따르고 있으니 괴은 선생이 맡아야 하지 않겠소."

백선이 괴은을 추천했다.

"아니오. 난 아무래도 배움이 부족하기 때문에 장담 쪽에서 학문이 깊은 분이 하시는 게 좋겠소. 군사를 다루는 것도 학문이고 기술인데 아무래도 더 깊이 익히고 깨우친 분이 나을 것이요. 진심에서 하는 말이니 그리 해주길 바라오."

괴은 역시 백선의 뜻하지 않은 추천에 난처한 듯 사양을 했다.

"그러면 실곡(實谷)이 맡아 주셔야겠어요. 배움도 깊고 연조도 있으니 충분히 잘 할 수 있을 것이요. 우리가 뒤에서 돕겠소."

하사는 간곡히 실곡 이필희(李弼熙)에게 대장을 맡아달라고 요구했다. 그는 본관이 덕수이고 충무공의 8세손으로 무장 출신 집안인데도 과거에 나가지 않고 유가의 도를 공부하는 사람이다. 하사가 이필희를 추천하자 서상열과 오인영, 배시강, 이춘영, 김백선 등이 모여 이필희를 대장으로 추대했다. 그는 장담에서 의암이 상을 당한 후에 유생들을 불러 놓고 처변삼사를 이야기 할 때에 '오늘의 일은 싸우지 않으려면 죽는 길이요, 죽지 않으려면 싸우는 길이니, 그대로 앉아서 죽음을 기다리기보다는 일어나 적을 토벌하는 것만 같지 못하다'고 하면서 일어나 싸울 것을 천명하던 사람이었다. 그가 올해 마흔이니 대장의 재목 중에서는 제일 나이가 많았고 배움이 앞서 추대를 받은 것이다.

중군(中軍)은 괴은이 맡고 선봉(先鋒)은 백선이 맡았다. 서상열을 군사(軍師)로 하고 안승우는 군무도유사(軍務都有司)를 맡고 서기에 원용정, 참모에 이필근으로 의병진을 짰다. 안창에서 모여 원주를 거쳐 제천으로 와서야 비로소 제대로 된 의병진의 모습을 갖추었다. 의병들은 지평과 원주 안창 사람이 대부분인데 함께 수학하던 유생들에게는 잘 알려져 있었지만 유생이 아닌 평범한 의병에게는 낯이 설었다. 의병들은 관아에 모여 대장을 추대하는 군례를 거행했다. 그러자 진영은 여기저기서 수군수군했다. 그들은 원주 안창에 모여 원주 관아를 점령하고 제천으로 오는 동안 괴은과 백선이 앞장선 지휘에 익숙해 있었다. 관아 안에 여기저기 모여 있던 의병들 중에서 하나가 먼저 말문을 열었다.

"이 일은 아무래도 잘못된 것 같네. 이번에 대장은 춘영이나 백선이 맡아야 하지 않나? 의병을 일으킨 사람이 춘영이고, 포군을 이끌 수 있는 사람이 백선인데 싸움이라면 백선을 당할 자가 없지."

그러나 이 소리를 들은 제천 장담 쪽에서 유생 하나가 점잖게 목소리를 높이면 훈계하듯 끼어들었다.

"무슨 소리들을 하는 거요. 우리 이필희 대장이 못마땅하단 말이요? 각진의 장수를 지휘하는 사람이 의병대장이요. 대장이려면 『무경십서』에 『병학지남』, 『기효신서』 같은 병법서를 두루 읽고 병영과 전투의 생리를 터득한 사람이라야 하는 거요. 지략과 전술과 용병이 함께 조화가 되어야 전투를 지휘할 수가 있는데 그 조건을 모두 갖춘 사람이 바로 이필희 대장이라는 말이요. 내 그대들을 보니 고향 사람이라고 사사로운 정리로 대장의 자리에 흑심을 두고 있는 것 같은데 이는 병영에서 적보다 더 악한 것이오. 더 이상 그 따위로 대장을 헐뜯는 언사를 하고 다니면 군율로 다스리도록 고할 것이오."

옹기종기 모여서 수군대던 사람들이 슬금슬금 흩어졌다. 그 유생은 큰기침을 하면서 그들 곁에서 멀어졌다.

"그러니까 우린 명령 내리는 대로 싸우기나 할 것이지 대장이 누가 되든 상관 말라는 얘기로군. 그럼 어디 그 싸움을 지휘하는 솜씨 한 번 보자구. 충무공의 후손이라고 하니 과연 그에 비견할 만한가 보세."

의병진에서는 여전히 비아냥거리고 있었다.

"갓 쓰고 두루마기 입은 양반들 배움이 깊어서 그리했겠지요. 싸움을 꼭 몸으로만 하는 것은 아니니까."

장담 출신 유생 하나가 듣고 슬쩍 끼어들면서 참견했다. 천탄이 보기에도 지평에서부터 군사를 일으켜 끌고 온 괴은이 대장을 맡아야지 제천에서 공부만 하던 유생이 맡는다는 데에는 의아했다.

지평포군 몇몇이 숫제 들으란 듯이 불만을 나타냈다.

"지평 사람에게 제천까지 와서 저 사람 명령을 따르라니 이게 어디 될 말인가? 대장이 되려면 괴은 선생이나 백선 장군이 되어야지. 나이 많다고 대장을 하라 한다면 우리 할아버질 모셔올 걸 그랬네그려."

"글줄이라면 나도 읽을 만큼 읽었고 병서에 무예를 배울 만큼 배워서 의병 하겠다고 왔는데 내게는 종사 감투도 한쪽 안 씌워주는구먼. 내가 여기까지 군졸 노릇이나 하겠다고 온 것은 아닌데."

신이백이었다. 그는 애초부터 흑심을 갖고 의병에서 한자리 차지하여 보겠다는 마음을 갖고 왔는데 그를 알아주고 추천해 주는 사람이 없으니 불만을 대놓고 했다. 비비 꼬기까지 하는 말투가 도를 넘어가고 있었다.

"우리가 나라를 위하여 나섰는데 지금 지평 제천을 따져들고 있을 땐가. 실곡이 우리 중에 제일 연장이고 배움도 깊어 다 알 만한 사람들이 추대했는데. 씨잘 데 없는 얘기들 말고 먼 길 떠나려면 발감개나 더 구해서 감아두게."

이범직과 신지수가 이들의 말을 듣고 나서서 책망하자 이춘영이 거들었다.

"우리가 지평, 원주, 제천에서 모였지만 지평의병도 아니고 원주의병도 아니고 제천의병도 아닌 조선에 의병이란 말이요. 조선 팔도 안에서 왜적패당 놈들과 맞서서 싸우려고 나섰는데 내 쪽 네 쪽 따지고 들면 모두가 적이 되는 것이고, 마음을 합치면 힘도 합치게 돼서 모두가 내편이 되는 거요. 우리에게 적은 오로지 왜적패당 하나란 말이오."

점잖았지만 꾸지람이었다. 그 소릴 듣고 모두 흩어졌고 탐을 나갔던 의병들이 돌아왔다.

"김익진이가 도망을 친줄 알았더니 관군을 데리고 온다는구먼."

"관군이 온다면 필시 일본군의 지원을 받아 우리를 공격하려는 것인데 우리가 아직 무기와 훈련이 월등한 저들을 당하기는 어려울 거요. 우리가 유리한 곳으로 유인해서 대적이 가능한 장소와 병력으로 싸워야 승산이 있을 것이오. 그러자면 지세가 험한 단양으로 우선 물러나서 의병을 더 모으고 기회를 보는 것이 좋겠소."

서상열이 단양으로 빠질 것을 제안했다.

"같은 생각이오. 이곳에서 관군을 맞아 싸운다면 제천바닥이 모두 싸움터가 될 터인데 고을 양민들의 피해도 만만치 않을 것이오. 소수의 군사와 무기의 열세로 대적을 하려면 산악으로 들어가는 것이 유리할 것이오. 제장들의 의견은 어떻소?"

이필희의 물음에 이춘영과 김백선, 안승우가 동의했다. 그때 군무도유사를 맡은 하사는 군사를 더 모으기 위하여 제천에 머물러 지키기로 했다. 장담에서 함께 수학하던 홍사구가 하사를 따라다니면서 일을 도왔다. 제천은 하사의 처가가 있어 자주 드나들어 고향이나 다름없는 곳이었고 장담에서 오랫동안 수학하고 있었으니 지리와 이치에 밝은 제천을 하사가 맡도록 했다. 서상열이 맞장구로 실곡(이필희)의 말을 거들었다.

"단양이라면 우암(송시열) 선생의 제자 수암(권상하)의 후손인 권숙이 군수 자리에 앉아있으니 도움이 될 것이오. 단양을 터로 해서 제천을 되찾아 올 수 있는 방법을 찾아봅시다."

의병들은 그날로 갑산을 넘어서 매포로 향했다. 일백 리 길이니 하루 밤낮이 꼬박 걸리는 길이었다. 원주에서 제천을 거쳐 단양으로 향하는 의병들의 발걸음은 지쳐 있었지만 제천에서 합류하여 걷는 장담에 유생 의병들은 의병을 일으킨다는 의욕으로 가득차서 앞장서 걷고 있었다.

의병의 행렬이 어느덧 갑산재를 넘어 단양 매포를 지나 나루를 건너니 횃불을 밝히고 의병들을 맞는 사람들이 있었다.

"먼 길 오시느라고 노고가 많았소이다. 나, 단양 사는 장충식이외다."

장충식은 함께 나온 두 아들과 거의에 참여한 이정의와 송지영을 소개하며 이필희 대장이 이끄는 의병들을 맞았다. 그는 올해 나이 육십의 노구였다. 이필희 대장이 반가워서 어쩔 줄 모르면서 장충식의 마중을 받았다.

"아니, 장 선생께서 추운데 이렇게 직접 나오셔서 우릴 맞으시니 송구하오이다."

"고맙고 반갑소. 우린 단양에서 뜻만 갖고 있었지 힘이 모자라서 안절부절못하던 차에 이렇게 와주니 힘이 되는구려. 자 인사 나누시오. 여긴 우리와 뜻을 같이하는 이정의, 송지영. 그리고 내 아들 익환이와 진환이가 나왔소. 뒤에는 우리가 모은 의병이오. 다소라도 도움이 될 것이오."

장충식은 뒤에 서 있던 사람들을 이필희에게 소개하고 나서 괴은과 백선이 손을 맞잡고 흔들며 굳은 인사를 나누었다. 한밤중 추위도 아랑곳않고 배에서 내린 의병들은 그렇게 뜨겁게 단양에 의병들과 합쳤다.

"단양군수 권숙을 설득해서 힘을 합칠 생각인데 먼저 관아로 가야 하지 않겠어요?"

서상열이 나서서 장충식에게 관아로 가자고 했다.

"허허. 그 자는 의병들에게 물 한 모금 도와주지 말라고 해서. 의병을 돕는 자는 엄한 벌을 준다기에 그 엄한 벌이 도대체 어떤 벌인가 좀 받아보려고 내가 이렇게 나왔소. 오늘은 우리가 마련한 곳에서 하룻밤 유하고 내일 듭시다."

군사 서상열이 권숙에게 핀잔을 해댔다.

"아니오. 오늘 관아에 들어가 객사에서 묵으려고 단양군수 권숙을 수암의 후손이라 믿고 왔더니만 조상을 욕되게 하는 일을 거리낌 저지르고 있는 것 같소이다."

"그러하오. 의병에게 밥을 주거나 물자를 대주면 엄벌하겠다고 아전들이 단양바닥을 휘돌아 쳤으니 모두 겁을 먹고 있을 것이오. 그렇다고 움츠릴 우리가 아니잖소. 자 길을 안내할 테니 가십시다."

군사를 이끌고 관아 쪽으로 들어가는 도중 주변 고을 사람들의 시선이 싸늘했다. 감히 거부는 못하겠고 그렇다고 반기는 눈치도 아니다. 단발령이 내려서 이에 반발해 일어난 의병이란 것은 알고 있을 터인데 의병들을 대하는 표정들이 잔뜩 경계하는 눈빛들이었다. 관아에서 권숙은 도망가지 않고 당당하게 지키고 있었다. 괴은은 그의 앞에 다가가서 호통을 치며 이미 알고 들어왔던 감정을 쏟아 놨다.

"그대가 우암(송시열)의 제자인 수암(권상하)의 후손인데 어찌 이렇게 도의를 모르는가? 지금 적당들이 조선에 주자의 예를 꺾고 변복도 모자라 머리 깎으라고 덤벼드는데 그대로 당할 것이란 말인가."

우암 송시열은 주자의 대가이고 그의 수제자가 수암이다. 그 후손인 권숙이 어째서 왜적패당과 뭉쳐서 예를 무너뜨리는 일에 함께하고 있느냐는 꾸지람이었다. 그러나 권숙은 호락호락 이들을 받아들이지 않았다. 머리를 꼿꼿이 세우고 대장 이필희에게 호령하듯 하대했다.

"옛적에 한탁주라는 사람도 있었다."

한탁주(韓侂胄)는 중국 남송(南宋)의 정치가인데 우승상인 조여우(趙汝愚)와 대립하여, 그를 유배 보내고 그가 추천한 주희(朱熹 : 주자)와 그 학파마저 거짓 학문으로 몰아 추방했다. 옛 한탁주까지 끄집어내는 것을 보면 만만치 않은 상대였다.

"그럼 주자를 거짓 학문으로 몰았던 한탁주의 결말도 알겠구나. 그러길 원한다면 그리해주리라."

경암(서상열)이 점잖게 나섰지만 무서운 예고였다. 한탁주는 금나라를 쳤다가 목이 베어져 금나라에 보낸 자였기 때문이다. 권숙이 그걸 모를리 없었으나, 다만 그는 주자를 거부한 한탁주만 말하고 있을 뿐이었다.

"그 뒤는 내가 알 바 아니다. 나는 단지 나라의 관리된 도리로서 처음도 끝도 임금의 명령만 따를 뿐이다."

"무엇이 임금의 속뜻인지도 모르고, 아직도 선조의 뜻을 깨닫지 못하고 고을 백성의 머리를 팔아 출세를 하려드는구나. 우선 옥에 가두고 죄를 뉘우칠 기회를 주겠다."

돌아가는 낌새를 눈치챈 아전들은 쥐도 모르게 달아났고 관아는 의병들의 차지가 되었다. 군수 권숙이 의병들에게 잡혀서 옥에 갇혔다는 소문은 삽시간에 단양 고을에 퍼졌고 눈치만 보던 민심은 그때에서야 의병들 쪽으로 돌아갔다. 머리를 잘릴지언정 머리카락은 못 자르겠다면서 강제로 머리를 깎으러 오면 죽기를 각오하고 싸우겠다고 벼르던 올곧은 선비들은 의병에 힘을 더했다. 그러나 늘어나는 단양의병에 고무되는 것도 잠시였다.

"나, 장회촌에 이장 아무개요. 지금 청풍 쪽에서 일군과 관군 이백여 명이 장회 쪽으로 들어온다는 소식이요. 단양에 온다면 우리가 맨 처음 당할 것이니 장회촌부터 막아주시오."

의병이 단양에 들어와서 관군의 앞잡이 노릇을 하고 있는 권숙을 잡아 가두었다는 소식을 듣고 안심해 하던 장회촌에서는 관군이 들어온다는 소문을 듣고 급히 달려와서 의병들에게 알린 것이다.

청풍 쪽에서 단양으로 들어오려면 외길목인 장회를 거쳐야만 한다. 이필희 대장은 급히 김백선의 선봉대를 장회나루 쪽으로 보냈다. 의병진을 둘로 나누어 하나는 이필희 대장 자신이 직접 군사들을 데리고 긴숲(長林) 쪽으로 갔고, 이범직에게 느릅나무다리(楡橋)에서 지키도록 하였다.

중군장 이춘영은 먼저 나선 선봉대의 뒤를 따라 병사 일백을 데리고 장회 쪽으로 달렸다. 그들이 장회에 이르기 전에 먼저 도달해야 한다.

장회나루에서 큰 강을 따라 거슬러 오르면 단양이고 고평 쪽에서 내려오는 내를 따라 들어가면 바위를 깎은 것 같은 벼랑이 양쪽으로 경사져 있는 협곡인데 단양으로 가는 강변길과 이곳 고평으로 들어가는 길을 막는다면 적은 되돌아갈 길밖에 남지 않는 곳이다.

중군장은 청풍에서 단양 쪽으로 거슬러 오르는 강변길을 맡았다. 길이라고 하지만 밑은 물이고 위로는 바위산이어서 두 사람이 손을 잡고 걸으면 꽉 차는 외길이었다. 그 길 위에 바위 틈틈이 총잡이 병사들을 고임새 하듯 곳곳에 채워 넣었다. 만약을 대비해서 그 뒤에 칼잡이 병사를 숨겨두고 멀리 청풍 쪽에서 들어오는 강변길을 주시하고 있었다.

선봉장 백선의 병사들은 고평 쪽 협곡에 눈 섞인 바위틈으로 기어 올라가서 각자 몸을 숨기고 나루 쪽에서 신호가 오기만 기다렸다. 모두 흩어져 있었지만 눈들은 구담봉 밑을 돌아오는 장회 쪽으로 쏠려 있었다.

전투가 시작되기 전까지 기다림은 추위와의 싸움이었다. 원주에서 제천, 제천에서 단양으로 먼 길을 여러 날 걸어온 의병들은 피로에 지치고 추위에 걷기를 멈춘 발이 서서히 얼기 시작했지만 처음 당하는 전투에 모두 긴장했다. 탄환이 아까워서 시험사격도 못해 본 총이었다. 다행히 선봉부대는 포군들이라 이미 싸워본 경험이 있어서 말을 타고오든 걸어오든 어디쯤에 왔을 때에 불을 붙여 방아쇠를 당겨야 하는지를 알고 있었다. 천탄은 민의식과 함께 백선을 따랐다. 백선은 매복한 선봉대원들 뒤에서 주문을 외우듯 낮은 목소리로 당부했다.

"우린 근본이 사냥꾼이다. 오늘은 호랑이 사냥이다. 노루사냥과 다르다. 노루는 쫓다가 포기하면 그만이지만 호랑이는 쫓기지 않는다. 사냥을 포기하면 호랑이 먹이가 될 뿐이다. 포기하려면 목숨을 내놔야 한다. 죽음을 각오하고 싸우지 않으면 내가 죽을 뿐이다. 호랑이는 숨통을 끊어놓지 않고 살려두면 언젠가는 다시 덤벼들어 해코지한다. 단단히 각오하고 싸워주기 바란다."

백선의 목소리는 짧고 다급하고 침착했다. 호랑이급 사냥은 흔치 않았다. 동비 토벌도 조금 사나운 멧돼지에 불과했다. 그런데 이번에는 사정이 다른 것이다. 덤벼든 호랑이를 숨통 끊어 죽인다 해도 뒤에서 기다리던 또 다른 호랑이 떼들이 덤벼들 것이다. 도대체 몇 마리가 더 있는지 모른다. 이제 사냥 아닌 싸움의 시작이었다. 모두들 장회나루 쪽을 내려다보면서 긴장을 하고 있었다.

상대보다 비록 적은 수지만 매복해서 공격한다면 적은 나를 모르고 나는 적을 알게 되어 백배 유리한 싸움이 된다. 문제는 동지섣달 밤에 몰려오는 추위였다. 당분간 의병들은 적을 기다리며 숨 막히는 시간이 흐르고 있었다. 적과 붙기도 전에 강바람을 그대로 맞으며 얼어붙는 추위와 먼저 싸워야 했다.

"발을 구르고 손을 비벼라. 움직여라. 졸면 죽는다."

선봉은 졸고 있는 어린 포군의 머리를 손바닥으로 후려쳤다. 정신이 번쩍 든 의병이 총을 곧추 잡고 장회 쪽으로 겨눴다.

의병들로서는 첫 교전이었다. 침착해라. 괴은은 스스로에게 얘기하고 있었다. 날이 밝으면서 아침이라고 요기를 하려다가 급히 왔으니 여태껏 빈속이었다. 속이 허전하다는 것을 아는 순간 추위가 몰려왔다. 의병을 일으켰다고 하지만 자신들은 지금 관병에게 추격을 당하고 있는 처지였다. 싸우자고 일어났으면 관군이든 왜적이든 공격을 해서 이겨야 하는데 첫 싸움이 쫓기는 싸움이 된 것이다.

화포군들은 얼마 전까지만 해도 영재의 포군으로 나가서 동비를 토벌하던 생각을 떠올리며 쫓는 관군에 비하면 쫓기는 의병 쪽이 싸움에서 얼마나 불리하고 위험한지를 잘 알고 있었다. 서로 말을 꺼내지 않아서 그렇지 가슴속에는 두려움이 잔뜩 감춰져 있었다. 첫 전투다. 이겨야 한다. 숨죽이는 기다림이 지속되었고 선봉장 백선의 총소리가 울리기만 기다렸다.

멀리서 관병들이 보이기 시작했을 때에 백선은 포군 이십을 첨병처럼 강가로 나오게 하여 미끼를 보였다. 관군들은 멀리 의병의 모습이 보이자 말을 탄 대장을 앞세워 달리기 시작했다. 관군을 유인하던 백선의 이십여 선봉대가 강가 굽이진 길을 돌아 산으로 몸을 감추었다.

나룻가 마을에서 어정거리던 선발대 유인 병사 둘이 급히 깃발을 흔들면서 고평으로 들어가는 협곡으로 도망치는 것이 보였고 하나는 중군이 숨어있는 단양 쪽으로 있는 힘을 다해 내뛰는 것이 보였다. 적의 힘을 나누기 위함이다. 백선은 선봉대가 매복해 있는 곳에서 조금 더 올라가 나무에 등을 기대고 아래를 향해 총을 겨누고 기다렸다. 장회마을 강가에 얼어붙은 추위를 뚫고 멀리 구담봉을 돌아오는 관군과 일본군이 본진과 후진을 합하여 이백 명쯤은 되어 보였다.

곳곳에 숨어서 추위에 떨고 있는 병사들은 지레 겁을 먹고 있었다. 앞장서서 도망치고 있을 것으로 알고 쫓던 관군은 산굽이를 돌면서 의병들이 보이지 않자 당황하는 모습이었다. 쫓기던 의병이 모퉁이를 돌아 사라졌다면 인근 숲으로 숨었다는 것은 어린아이라도 알아챌 일이었다. 백선이 선방을 쏘기 전까지는 아무도 먼저 총을 쏘지 않는 것이 훈련된 묵계였다.

장회 마을 앞으로 기세 좋게 뽀얀 먼지를 일으키며 달려오는 무리들이 보였다. 숨 가삐 달려온 유인 병사는 나루에서 산기슭으로 치달려 고평리 바위 숲으로 기어들었다. 관병들은 그들을 찾으려고 쫓아 올라갔고 한 패거리는 협곡으로 들어가서 숨어버린 백선의 선봉대원 쪽을 찾고 있었다. 모두 숨을 죽이고 관군의 동태를 살폈다. 관군 역시 주변에 의병들이 숨어있을 것으로 의심하며 조심스럽게 수색을 하기 시작했다.

그러나 싸움에서는 먼저 보는 편이 승세를 타는 것이다. 백선의 선봉대원들은 적을 알고 있는데 관군들은 의병이 어디 있는지조차 모르고 허둥대며 찾고 있었다. 적이 사거리 안으로 다가올 때까지 의병들은 얼어붙는 발의 아픔을 참으며 숨을 죽이고 있었다.

"선봉. 쏠까요?" 민의식이 옆에서 들릴 듯 말 듯 속삭였다.

"그런데 왜놈들은 안 보여요."

"저 아래 강가에서 지켜만 보고 있어요."

"여우같은 놈들. 제 놈들은 목숨이 아까워서 뒤에 빠지고 조선사람 만 보내?"

"할 수 없다. 둘 다 잡으려다 우리가 당한다." 관군의 대열이 선봉대가 매복한 앞을 모두 다가왔을 때에 맨 앞에서 백선이 신호탄을 쏘자 순식간에 일제히 사격을 퍼부었다.

약속도 하지 않았는데 중군 쪽과 선봉대 쪽에서 거의 동시에 총성이 울렸다. 미리 심지에 불을 붙이고 있던 육십여 대원들은 그와 동시에 일제히 불을 뿜으며 관군을 향해 사격을 가했다. 길 양옆을 수색하며 지나가던 관군이 맥없이 쓰러졌다. 자기네들이 포위되었다고 생각한 순간 계곡 아래로 들어오던 관군들은 납작 엎드려서 몸을 숨기고 의병들이 잠복한 산중턱을 향하여 총을 쏘기 시작했다. 그러나 올려 쏘는 총은 바위만 튀겼고 내리 쏘는 총은 그들의 은폐를 허락하지 않았다. 납작 엎드린다고 해도 까만 등짝이 그대로 보이는데 살아날 수가 있겠는가. 골짜기가 갑자기 총소리로 꽉 찼고 화약 냄새가 가득했다.

적은 필사적으로 반격을 했지만 너무 쉽게 생각하고 달려오다가 선제공격에 놀라서 이미 기세가 꺾였다. 의병들은 관군의 전체를 알고 있는데 관군은 의병이 몇이나 잠복해 있는지 실체를 모르고 있었다. 총소리를 듣고 뒤에 매복해 있던 의병들이 내려오면서 보충사격을 가했다. 길바닥에 이미 관병 수십 명이 쓰러지고 말을 탄 기병마저 총에 맞아 떨어지자 방향을 잃고 갈팡질팡하다가 오던 길로 되돌아 도망을 치고 있었다. 서로 다른 두 종류의 총소리가 계곡을 요란하게 뒤흔들더니 잠잠해졌다. 백선은 긴장했다. 멀리서 기다리던 왜병들이 2차 공격을 해올 줄 알았는데 기수를 돌려 도망하고 있었다. 다행히 총을 피해 살아난 관군들은 등을 보이며 왜병들을 따라 도망가고 있었다. 멀리서 추격하라는 소리가 들렸다. 이필의 대장의 종사가 달려와 관군의 잔병을 추격하라고 전했다.

백선은 잠복했던 의병들을 데리고 달아나는 관병들을 추격했지만 죽고 죽이는 싸움에서는 쫓기는 쪽이 쫓는 쪽보다 더 절박했기에 도망가는 적을 따라잡을 수 없었다. 죽고살기로 도망치는 그들의 뒤를 따라가기는 무리였다. 계곡에서 눈길을 달리면서도 그들은 산을 치뛰는 노루보다 빠른 듯했다. 일부는 말을 타고 일부는 뛰면서 강변 숲으로 타고 청풍 쪽으로 달아나고 있었다.

백선의 선봉대는 한 마장쯤을 그렇게 쫓아가다가 포기하고 되돌아왔다. 그들은 신식 총을 가지고 있었기 때문에 죽기를 마음먹고 되돌아서 쏜다면 이쪽 손실이 더했다. 그런데 문제는 여기서 생겼다. 선봉대가 본진으로 돌아오자 이필희 대장은 관군이 반격을 가해올지도 모르는데 선봉의 위치를 지키지 않고 되돌아 왔다고 호통을 쳤고 백선의 선봉대는 먼저 저녁을 먹고 있는 이범직과 이필희의 의병들을 보고 불만을 토해냈다. 천탄도 격전이 붙었을 때에는 잊고 있던 시장기가 더해져 온몸에 기운이 쭉 빠지고 있었다.

길바닥에 쓰러져 있는 관병이 약 사십여 명, 나머지는 부상자를 이끌고 오던 길을 되돌아 강 쪽으로 도망을 치고 있었다. 의병은 한 명이 죽고 부상당한 사람이 십여 인이나 되었다.

주검에 익숙한 백선의 포군들이 쓰러진 관군의 몸을 뒤적이며 쓸 만한 것을 꺼냈고 신식 총을 거두었다. 아직 가득 남은 탄알통과 가죽신, 털모자는 버리기 아까운 물건들이었다. 짚신이 헤어진 의병들은 관군의 가죽신을 벗겨 신었고, 아직까지 총을 못 가졌던 농민군은 포군들로부터 화승총을 얻고 신식총은 포군들이 가졌다. 관군 사십여 명을 사살한 전적보다 그들로부터 얻은 물자가 더 요긴한 승전의 노획물이었다. 물자를 차지한 의병들은 잔뜩 상기되어 있었고 그나마 한 점도 얻지 못한 의병들은 좀 더 거세게 덤벼들지 못했음을 후회했다.

괴은이 군사들을 데리고 와서 부상당한 의병들을 부축해 편안한 곳에 뉘이고 불을 피웠다. 군데군데 모닥불이 오르고 의병들은 장충식의 의병들이 준비해 온 늦은 저녁을 들기 시작했다.

"싸움할 때는 꽁무니나 빼던 것들이 먹을 것 앞에서는 용감하게 덤벼드네. 관군 놈들 몸에 먹기 좋게 참기름 발라 놓으면 그렇게들 처먹으려고 용감하게 덤빌까."

밥이 부족해 굶은 이십여 인이 요기를 마치려면 불을 피워 새로 밥을 마련하기까지 기다려야 할 판이었다. 괴은은 먼저 먹은 군사들의 미숫가루 주머니를 거둬서 그들에게 주었다. 그런데 그걸 나누어주던 병사가 또 빌미를 만들어주었다.

"미안들 하네. 한 앞에 한 개씩만 먹으면 되는데 둘씩 받은 사람이 있어서 그만."

"뭐 싸움에서 꽁무니 빼고 먼저 내려온 주제에 두 개씩 먹었다고? 그게 대장 군사야? 선봉 사람들 몫을 대장 쪽에서 먹었다고. 대장 군사는 선봉 군사보다 더 높으니까 그래도 된다는 얘기지."

싸움 중에서는 먹는 싸움이 제일 치졸한 싸움이지만 그 앞에서는 성인(聖人)이 아닌 한 누구도 양보 못하는 가장 본능적인 싸움이었다. 더구나 대장 쪽은 유생들이 대부분이고 선봉 쪽은 지평에서 온 포군들이었다. 일이 묘하게 돌아가고 있었다.

"여보게들. 사냥할 때 참새 한 마리 구워서 반 갈라 먹던 적을 생각하고 참게 참아. 한 끼 굶는 것 가지고 한 뜻으로 일어난 의병들이 이렇게 등이 져서 되겠나?"

그렇게 백선이 포군 쪽을 무마하려 하는데 포군의 불만 소리를 들은 유생 의병 하나가 나오더니 불을 질렀다.

"난리 치루는 싸움터라고 예의고 도리고 없는 줄 아나? 그렇게 함부로 말하는 네놈 사냥질 하던 본색을 드러내는데, 여기에 몇 푼 받고 따라 왔나? 네놈은 도대체 이 싸움을 왜 하는지 알기나 하나?"

그 유생을 대장이 제지하고 군사들을 정렬시키자 중군장이 나섰다.

"그만하라. 뭉쳐도 모자라는 이때에 우리끼리 싸우려 하면 앞으로 적과 싸움에서 필패한다. 우린 지금 쓰러지려는 나라를 바로 일으키려고 이렇게 나섰다. 위대하고 장대한 길에서 이렇게 먹을 것을 놓고 싸운다는 것이 말이나 되냐."

장회협곡에서 의병들은 이겼지만 불을 피워 몸을 녹이고 속까지 채우자 관군의 시체를 앞에 두고 설전이 벌어졌다.

"싸움이란 게 힘이 있어야 하는 것인데 빈속으로 날이 저물었는데도 계속 추격을 하라고 명령을 하니 대장은 병법을 알고나 하는 거여? 그리고, 왜 우리 포군 출신들만 앞장을 서야 하나. 글 배운 선비 양반님들은 싸움을 못하나? 입으로는 잘 싸우던데. 뒤에서 이리 와라, 저리 가라, 저놈 쏴라, 이놈 쏴라 하고 명령만 하니, 거추장스러워서 차라리 없는 게 낫지."

막쇠가 타오르는 불 앞에서 침을 튀겨가며 불만을 털어놓았다. 이 말을 들은 유생 하나가 조금 떨어진 곳에서 큰 기침을 하면서 못마땅해 했다. 모닥불에서 조금 떨어진 곳에 지휘부가 모였고 천탄은 부상을 당한 포군들을 불 옆으로 뉘이고 짐을 쌌던 광목천을 찢어 상처를 싸맸다. 산에서 내려오다가 잘 못 짚어서 팔이 부러진 모양이다. 적 총에 가슴을 맞아 숨을 거둔 시신은 산 밑 아늑한 곳에 뉘어놓고 봇짐을 쌌던 광목 보자기를 풀어 덮었다. 첫 전사자였다.

"늙은 홀어머니만 모시던 쇠덕이오. 돌아가서 어머니를 모셔야지 왜 하필 네가 죽냐. 나오지 말하고 했는데 나가면 몇 푼이라도 받는다고 겨울 벌이 괜찮다고 따라오더니만."

첫 싸움이자 첫 죽음에 울먹이는 목소리는 막쇠였다. 이필희 대장을 비롯한 지휘부가 그 앞에 둘러서서 고개 숙여 눈을 감고 예를 대신했다.

"우리 의병이 겨우 삼백인데 그중 싸우는 사람은 겨우 일백밖에 안 되니 오늘은 우리가 운이 좋아 이겼지 이대로 가다가는 언제 저자들 총에 몰살당할지 모르겠소. 총 잘 쏘고 쌈 잘하는 포군을 더 모으든지 해야지 그렇지 않고 이대로 또 붙었다가는 우리 목 바쳐서 관군들 출셋길만 터 주는 싸움이 되겠어요?"

백선이었다. 이필희 대장은 그 앞에서 묵직한 침묵으로 서상열, 이춘영, 원용정, 이필근을 쭉 돌아봤다. 모두들 첫 싸움에 지쳐 있었다. 의지만 앞섰지 몸이 따라주지 않음을 느끼고 있었다. 앞으로 어떻게 할 것인가. 아무도 선뜻 입을 열지 않자 괴은이 나섰다.

"하사 쪽에 연락을 해서 소모한 군사들과 합쳐야 할 것이오. 우리가 원주에서부터 제천, 단양을 점령했는데 제천은 김익진이 군사를 이끌고 다시 들어왔다는 소식이오. 고을을 우리 손에 넣으면 든든한 수성장을 세워서 지키게 해야 하는데 아직 그런 체제가 갖춰 있지 않으니 어려움이 많소."

"싸움이라는 것이 사람만 많다고 되는 것이 아니요. 사람에 따라서는 하나가 백을 물리칠 수도 있으니 출중한 싸움꾼이 필요하다는 얘기요. 밥만 축내는 사람은 고향에서 집이나 지키고 있는 게 훨씬 낫단 말이오. 싸움은 무슨 수를 써서라도 이겨야 하는 거요. 앞으로 질 게 빤한 싸움은 처음부터 하지 않는 게 상책이요."

백선이 볼멘소리를 했다. 그는 벌써 유생들이 뒤에서 종 다루듯 포군에게 지시를 하고 있었다는 얘기를 들었다. 이에 서상열이 나섰다.

"선봉장의 말은 맞지만 싸움에는 명분도 중요하오. 그리고 싸움 자체에 의미를 둘 수도 있는 것이오. 저쪽에 비해 우린 토비(土匪)에 불과한 힘밖에 갖추지 못했소. 하지만 우리가 나선 것은 싸움에서 이기고 지고 간에 왜적놈들과 그 앞잡이들이 이 땅에 도를 망치고 있는데 대한 경고이자 항거요. 비록 힘이 부족해서 질망정 우린 온몸으로 저들과 싸워낸다는 그 자체만으로도 장렬하게 죽을 수 있는 명분을 얻은 것이오. 우리 이천만 조선 민족이 죽지 않고 살아있다는 걸 저들에게 보여준 것으로도 우린 큰일을 한 것이요."

포군 출신 의병들은 천탄과 김용준, 민의식과 함께 나무를 더 모아 불가로 모여들었다. 불꽃이 살아 어두운 하늘을 밝히는데 둘러선 서로의 가슴은 싸늘했다. 얼마간 불 앞에서 몸을 녹인 후에 이필희 대장이 의병들을 모았다.

"여러분. 오늘 우리 쪽에선 한 사람을 잃었지만 관군과 왜적놈들을 사십이나 거꾸러뜨렸고 쫓아내는 승리를 거두었소. 저 자들은 끝까지 쫓지 못한 것이 아쉽지만 잘 싸워주었소."

"틀렸어요."

외마디에 천탄이 돌아보니 이민옥이었다. 그는 입이 뾰로통하여 무리를 데리고 슬그머니 뒤로 물러났다. 무슨 일을 꾸미고 있는 게 분명해 보였지만 아랑곳 않고 천탄은 널브러진 짐을 챙기는 궂은일을 도맡았다. 칼과 도끼, 활과 총, 제 목숨같이 다뤄야 할 것들을 아무렇게나 내던지고 밥을 먹었다.

오로지 먹는 것에 정신이 없었던 의병들은 불 앞에 모여들어 지휘부 쪽에서 의논한 결과가 떨어지기만을 바랐다. 따뜻함에 졸음이 스르르 밀려왔지만 천탄은 정신을 바짝 차리고 주변에 있는 사람들을 하나하나 둘러봤다. 함께 온 김용준은 의연하게 사냥하던 눈으로 주변을 살피고 있었고 민의식은 백선의 노루가죽 조끼와 화약통을 들고 서서 기다렸다.

장담 쪽에 신지수와 유생 의병들은 슬그머니 포군의 모닥불에서 빠져나와서 따로 불을 쬐고 있었다. 자연스럽게 모닥불은 두 군데다 피웠고 유생들과 포군 틈에 섞인 농민, 잡군들이 한 무리가 되었다.

"양반님들도 곁불을 쬐는가보네."

누군가가 유생 의병 쪽을 힐끗 보면서 아무렇지 않게 내뱉었다. 뒤에서 이래라저래라 하고 손가락질로 시키더니 백선의 선봉 포군들에게 관군의 잔병 추격을 맡기고 저희들끼리 밥을 먹은 일 때문에 고깝고 서운한 기분이 아직 가시지 않았다.

"양반도 쭈그리고 앉아서 주먹밥을 먹던걸. 굶을지언정 네모진 소반에 정갈히 차려 올리는 밥이 아니면 안 먹어야 할 텐데, 이 난리가 난리는 난리인 모양이어. 총 쏘는 법을 배우긴 배워야 할 텐데 사냥질이나 하던 우리한테 배우자니 체면이 깎일 테고 어쩔 수 없이 대장한테나 배워야 할 텐데. 언제나 배우나?"

불 앞에서 이기죽거리는 소리를 천탄이 듣고 있다가 유생들 쪽으로 귀를 기울였다.

“이번에 대장 꾀가 탁월했어. 우리가 두 패로 나눠서 숨어 지키기를 잘한 일이지. 무조건 저자들과 총질만 했다가는 당할 뻔 했는데 말일세. 역시 전투라는 것은 몸으로 싸워서만 되는 게 아니고 지혜로 해야 하는 걸세. 그 지혜가 누구에게서 나오겠나. 바로 대장에게서 나오지. 우리 이대장이 나라에 장수감이란 말이야. 여보게들 아니 그런가? 하하하하.”

웃음소리까지 들렸다.

“뭐 대장의 머리통에서 나온 생각을 갖고 싸웠더니 이겼더라? 그래서 웃고 있다? 그게 누구 생각이었는데?”

민의식의 불만이 침을 튀겼다.

“우리 김백선 대장이 옛날에 강원도에서 동비 토벌할 때에 썼던 재준데 그걸 자기가 했다고? 그건 아니 될 말이지. 일장공(一將功)은 성만골고(成萬骨枯)라고 했는데 장수가 부하의 공을 가로채면 쓰나?”

“내가 보기에 이필희는 대장감이 못 돼. 글줄이나 읽었다고 해서 대장을 하나? 군사들이 따라야 대장을 하지. 군사들이 따르려면 대장의 위엄을 보여야 하는 거여. 내 군사 네 군사 가려서도 안 되는 것이고.”

한마디 끼어들어 거드는 자는 신 처사라고 했다. 이렇게 민의식을 싸고 돌면서 장담 유생 쪽을 힐끗힐끗 돌아봤다. 그러니까 천탄만 그쪽에 관심 있게 귀를 기울였던 것이 아니었다. 더욱이 이 심각한 상황에서 저들은 하하 웃으면서 승리가 자기네들 공이라며 자축하고 있으니 콧방귀가 절로 나올 수밖에. 좌우지당간에 처음부터 이렇게 하자고 나선 것은 아니었다. 차라리 포군끼리 싸우다 죽더라도 따로 싸웠으면 저 꼴들 안보리라.

"우리가 지금 누구하고 뭣 때문에 싸우는 것인지나 알고들 있는 거요?"

막쇠가 눈을 부릅뜨고 주변을 휘둘러보았다.

"바로 양반 족속인 저자들 사촌 때문에 이러는 거 아니오. 저자들이 양반입네 하면서 관직을 얻어갖고 왜적당 앞잡이로 나선 현감에 군수에 관찰사들이 모두 글 읽은 사촌들이잖나. 우리야 이 난리 끝나면 되돌아가서 농사짓고 사냥질이나 하겠지만 저쪽은 이 싸움에서 공을 세우면 벼슬을 받으니 어화둥둥 할 텐데, 우린 까막눈이라서 벼슬을 줘도 못할 게 아닌가. 우린 나라에 비해 목숨 하나쯤 아깝지 않아서 죽고살기로 싸울 테지만 저들은 눈앞에 다가온 벼슬이 아까워서도 죽지도 못할 테지. 벼슬 받을 목숨을 살려둬야 하니 먼저 나가 죽음 무릅 쓰고 싸우지도 못하고 그러니 우릴 앞세우는 거지."

"차라리 우리끼리 싸우는 게 낫지. 우리 오늘 밤 안으로 저들과 헤어지세. 우리가 이 세상에 일어난 게 저 꼴 안 보자고 일어났는데 난리 터에 와서도 양반네들이나 받들어야 하겠나."

모두 동조하는 분위기였다. 너무 헐어내리고 있는 말은 양반 아닌 천탄이 듣기에도 점점 거북해지고 있었다.

"그 말이 맞네그려. 우리 포군들이 갑오년에 목숨 걸고 홍천에서 장야촌이며 동창이며 서석으로 다니면서 싸워갖고 결국 영재 하나 군수로 출세시키지 않았나. 그런데 영재가 지금 어떤가. 현감입네 하고 에헴 하면서 수염 쓰다듬고 있지 않는가 말이네. 이번 싸움도 그 짝으로 만들려면 애당초 작파하고 고향에 돌아가서 논밭두렁에 불 놓고 씨 뿌릴 준비나 하는 게 낫지. 석 달 열흘 총질해봐야 꿩 맛 한 번 못 볼 짓을 왜 하고 있나."

그 소리를 들으면서 모두 불 앞에서 고개를 끄덕였지만 이민옥은 고개를 돌렸다. 그가 영재 쪽이었다는 건 다 알고 있는 일이고 아무리 백선이 관아에서 총을 부수고 나올 때에 따라 나왔다고 했지만 영재를 헐뜯을 때에는 모두 자기를 의식하는 것 같아서 마음은 켕겼다.

천탄이 이민옥을 지켜보는 눈은 날카로웠다. 눈을 감은 것인지 뜬 것인지 알 수 없는 표정, 잠을 자는 것인지 깨어 있는 것인지 모르는 얼굴, 이민옥은 얼굴 자체가 불분명한 사람이었다. 천탄은 처음부터 그의 그런 얼굴이 마음에 들지 않았다. 안창에서도 제일 늦게 나타나서 먹을 것부터 찾는 눈치며 의병에 끼어든 것이 도무지 괴은과 같은 뜻을 가지고 덤벼든 것 같지는 않았다. 그런데 여기서 말하는 것을 보니 제법 줏대가 있어 보이고 주변 사람들의 고개를 끄덕이게 하도록 언변을 부리고 있었다.

"우리 죽령을 넘세. 그쪽에서 소모활동을 해서라도 사람을 더 모아야 해."

중군은 선봉에게 죽령을 넘자고 했다.

"우리가 지금 첫 싸움을 이겨 놓고도 달아나자는 것이지요?" 선봉의 물음은 죽령을 오르는 골짜기로 스며들고 있었다.

조선의 발바닥

제천까지 와서 전세를 파악한 다나카는 그동안에 의병 이동상황을 '폭도상황' 이라는 보고서로 작성하였다.

원주에 폭도 상황보고.

지난 15일 원주 관찰부와 군청에서 무기를 탈취한 폭도들은 砥平(지평)에서 발단이 되었고 두목은 李春永(이춘영)이라고 하는 자입니다. 이들은 단발령에 반발하여 김백선이라는 자와 함께 지평군 포군들을 꾀어내서 제천에 있는 유생 안승우 일당과 합세하였고 지난 18일 원주에서 제천으로 이동했습니다.

친위대 1개 중대가 제천으로 이들을 토벌하러 갔으나 단양으로 퇴각한 것을 다시 청풍에서 장회나루 쪽으로 200명이 공격을 했는데 폭도들이 험지를 선점하여 맹렬히 저항하므로 토벌을 중단하고 철수하였습니다. 폭도들은 안동을 비롯한 경상도, 강원도 지역과 세력을 규합하려고 합니다.

폭도가 공공연히 말하는 바에 따르면, 충청·강원·전라·경상의 동지를 규합하여 경성에 이르러 단발령을 철회시켜야 한다고 말하고 있습니다.

그때에 모친상례를 마친 의암은 요동 땅으로 가기 위해 짐을 꾸려 주용규와 함께 이정규의 집으로 가서 묵고 있었다.

"요즈음 의병들의 사정에 대해 뭣 좀 들은 게 있나? 제천에서 단양으로 갔다는 소릴 들었는데, 그 후로 소식이 없으니……."

이정규의 집에서 저녁을 마치고 내일 요동으로 떠나기 위해 일행을 모으려던 차에 의병들 소식이 궁금해서 물은 것이다.

"제천에서 단양으로 간 의병들은 장충식이 안내해줘서 단양 관아에 들어갔는데 경군들이 장회협 쪽으로 공격하는 걸 보기 좋게 막아내고 적 사십여 명을 죽였답니다. 그렇게 이겼는데도 의병들은 뿔뿔이 흩어져서 제천으로 돌아오고 죽령을 넘어 풍기를 지나 경상도로 갔다고 합니다. 거기서 서로 흩어져 몇몇은 제천으로 다시 돌아와서 소식을 전하고 몇몇은 계속 순흥으로 가서 이춘영을 대장으로 세우고 영천을 지나 영월로 들어가는 중이라고 합니다."

"그럼 이상하지 않나. 단양에서 승리를 했다면 사기가 올라서 더 굳게 뭉쳤을 테고 다시 제천으로 돌아왔을 텐데 뿔뿔이 흩어지다니."

"여기서 이필희가 대장이 되어 떠났었는데 의병들은 대장으로 쳐주지도 않고 심지어는 죽이려고까지 했다는 소문이 돌고 있습니다. 어찌 된 일인지."

"그럼 필시 무슨 곡절이 있을 게야. 의병들 안에 방해하는 자가 있어. 그렇지 않고는 그렇게 쉽게 흩어질 수가 없지. 어떻게 일어난 의병들인데. 내 요동으로 가는 길을 조금 늦추더라도 이 일만은 알아 밝혀보고 가야겠어."

그러고 있는 중에 이정규의 부인이 문밖에서 누가 찾아왔다고 전했다.

"들어오시오. 밤늦게 무슨 일로 이렇게 먼 길을."

"나 심상훈이오. 의암 선생께서 이곳에 드셨다는 얘길 듣고 이렇게 왔소."

"심 판서께서 웬일로 이렇게 멀고 누추한 곳까지. 어서 들어오시오."

유인석은 듣기만 하던 심상훈이라는 말에 반갑게 맞았다. 심상훈은 고종임금과 이종사촌으로 이조판서를 지냈다. 그가 유인석을 찾아온 뜻이 무엇일까? 유인석은 겉으로는 반가웠지만 무슨 말이 나올지 부담스러웠다.

"의암께서 요동으로 가신다고요? 젊은 유생들이 나라를 구하겠다고 목숨을 걸고 나서는 데도요? 임금께서 내리신 단발령이 진정한 속뜻이 아니라는 것을 아실 만한 분께서 그리 결정하시면 선생께 배운 많은 선비들은 어떻게 처신을 하라고요? 이 어려운 난국에 임금께서 왜놈들에게 그토록 협박을 당하고 굴욕을 당하고 계신데 이 나라에 선비들이 나서서 임금을 돕지 않으면 누가 돕는단 말이오. 평민들도 목숨 걸고 일어나는 판인데요."

심상훈은 올해 마흔넷, 유인석은 쉰다섯, 유인석이 무려 열한 살이 위였지만 왕실에 가까운 권세로 유인석을 점잖게 힐문하고 있었다. 심상훈은 유인석이 말할 틈을 주지 않고 계속했다.

"주상께서는 이렇게 밀칙을 내리셨소. 자 보시오. 전국에 일곱 군데에 근왕병을 두되 의병을 일으킨 선비에게는 초토사를 제수하고 비밀 병부를 내줘서 각 군의 인장을 스스로 새겨서 쓰라고 했소. 이곳 충청 땅 호서(湖西)에는 충의군(忠義軍), 관동(關東)은 용의군(勇義軍), 영남(嶺南)은 장의군(壯義軍), 해서(海西)는 효의군(效義軍), 호남(湖南)은 분의군(奮義軍), 관서

(關西)는 강의군(剛義軍), 관북(關北)은 감의군(憨義軍)으로 명명하여 기를 세우도록 하였소. 군수와 관찰사를 종사관으로 가려서 쓰고 상과 벌을 할 수 있게 하며, 조세감면, 죄수 사면을 할 수 있도록 하셨소. 그동안 주상께서 왜놈의 협박에 못 이겨 남발했던 새 법령도 없었던 것으로 하라고 하셨소. 이쯤 되면 주상의 속마음이 무엇인지 알아들으시겠지요. 주상께서 종묘사직을 지키려고 사직에서 죽기를 결심했다고 하시니 비록 벼슬로 관직에 몸을 담지는 않았지만 이 나라 선비의 도리로 당연히 따라야 하는 것이 법도가 아니오이까?"

유인석은 차분하게 심상훈의 말을 다 듣고 있다가 그가 펼쳤던 서지를 거두자 입을 열었다.

"심판서 말씀 백 번 지당하고 옳은 말씀이오. 지금 도처에서 의병이 일어났다고는 하나 대장의 지휘가 아래까지 제대로 미치지 않아 매우 혼란스럽고 잡군과 같은 무뢰와 무질서가 판을 치고 있어요. 이는 육신의 힘으로 모든 군사를 제압한다면 비적 떼와 같이 우두머리의 지휘가 통할 것이지만 의병들은 지휘할 힘의 근원이 없었기 때문이요. 주상께서 전국에 선비들에게 이와 같은 명을 내리셨다면 이 몸 늙었다고 피하는 게 거역이라는 것을 왜 모르겠어요. 지금 이 순간 내 심판서의 말을 듣고 결심했소이다. 내 늙은 몸이 뼛가루만 남게 되더라도 요동으로 갈 길을 여기서 멈추고 흩어진 의병들을 모아서 충의군을 만들 것이니 주상께 그리 올려주시오."

유인석은 심상훈으로부터 받은 밀서를 앞에 놓고 큰절을 올렸다.

"아무쪼록 훌륭한 의군으로 대의를 이루어주시길 바라오. 그리 알고 내 주상께 고하겠소."

호서에 충의군. 임금이 전국을 일곱 개로 나누어 충청도에 붙인 이름이었다. 유인석은 심상훈을 보내고 나서 이정규에게 말했다.

"정규 자네가 가야겠네. 지금 영남으로 급히 가서 흩어진 군사들을 불러오게. 나는 제생들과 영월에 가서 기다리겠네."

이정규가 급히 떠나서 서상열을 데려오고, 마침 영월로 들어온 신지수가 이춘영이 이끄는 의병과 제천, 단양에서 모은 의병들을 데리고 들어왔다.

안승우는 김사정과 박운서가 모은 의병을 서울에서 온 민용호라는 자가 강릉 쪽으로 데리고 갔다는 얘길 듣고 뒤쫓아 평창으로 가다가 뒤늦게 유인석이 사람을 보내 영월로 돌아오라는 소식을 듣고 돌아왔다.

영월로 모여든 의병들의 군율이나 기강은 엉망진창이 되어 있었다. 순흥에서 세운 이필희의 후임 대장 이춘영에게 대드는가 하면 의진 안에는 연령이나 직책도 없고 비적 떼만도 못한 잡병처럼 떠들어대고 있었다. 천탄은 영춘에서 이춘영과 김백선을 따라 영월로 들어왔고 영남으로 간 서상열은 이정규를 만나 군사를 이끌고 들어왔다. 이렇게 해서 이춘영과 안승우, 서상열, 신지수, 주용규, 이범직이 모두 영월에 모였다.

춘영은 순흥에서 의병들의 권유로 대장의 직임을 맡았지만 영이 제대로 서지 않아서 모이라면 어슬렁거렸고 대열을 정리하려면 부지하세월로 늘어지지를 않나 먹을 것 앞에서는 짐승처럼 너도 나도 먼저 많이 먹기를 다투니 아무리 들판에서 굶주린 배라 하더라도 사람의 도는 땅에 떨어뜨리고 다니는 듯하였다. 이 점을 느끼기는 안승우도 마찬가지였다. 의병으로 사람만 모았지 제대로 훈련 한 번 못하고 의병정신을 목이 쉬도록 외쳐댔지만 이들에게 점잖은 군자의 도를 바라는 것은 애초부터 무리인 듯싶었다.

“선생께서 지휘를 맡아주시지 않으면 앞으로는 더 이상 의병을 유지하기 어렵습니다.”

“네. 선생께서 대장을 맡아서 지휘를 해주십시오. 그래야 전 의병이 불평 없이 따를 것입니다.”

승우와 춘영을 비롯한 상열, 지수, 용규, 범직, 필희 등이 유인석 앞에서 대장이 되기를 요청하자 제장들이 모두 엎드려 대장에 오르기를 청했다. 그러나 유인석은 거절했다. 무관의 경험도 없고 무사의 도들 닦은 것도 아니고 오로지 오십 평생 글만 읽고 유가의 도만 깨우치려 했던 사람인데 무슨 힘을 가지고 저들을 지휘할 것인가. 의병 조직은 그대로 두고 뒤에서 돕는다면 얼마든지 도우려고 영월로 위로 겸 찾아온 것인데 갑자기 경험도 없이 큰 짐을 지라는 유생들의 강권으로 깊은 고민에 빠졌다.

“내 밤새도록 고민해 보고 내일 아침에 얘기하겠다. 모두 돌아가서 쉬도록 해라.”

월두는 다나카에게 잘 길들여진 칼이었다. 잘못 쓰면 자신이 베일 수도 있는 칼, 잘라야 할 물건을 거침없이 싹둑 잘라내는 칼. 이제야 쓸 때가 되었다고 생각하면서 다나카는 시퍼렇게 날이 선 칼을 만지듯 월두를 쓰다듬었다. 글을 터득하는 총기가 너무 뛰어나니 무서운 자다. 다나카는 은근한 눈으로 월두를 바라봤다.

“너는 이제 대 일본 제국을 위해서 충성스런 신민이 된다. 각오는 되어 있느냐?”

“하!”

월두는 꼿꼿하게 서서, 빳빳하게 모아 펼친 오른손 끝을 눈가에 대고

'하'를 외쳤다.

"난적들이 불쌍하다. 개화하여 잘 살자는 것인데 뭘 지키겠다고 저리들 야단인가. 방 안에서 글만 읽고 지키겠다는 건 모두 헛것이다. 월두 네가 이번에 나서서 조선 사람을 구해라. 너는 중대한 책임을 맡았다. 오늘 저녁 떠나라."

월두는 일본 군복을 벗어 놓고 검은 두루마기로 갈아입었다.

"조선 옷을 다시 입는다고 되돌아가는 것이 아니다. 대 일본 제국의 신민이 되었음을 잊지 말아라."

월두는 다나카의 말 한마디로 조선옷을 걸친 대 일본 제국의 신민이 되어 있었다. 글을 배우지 말라는 아비의 충고는 잊은 지 오래였다.

공주 병참대 소속으로 충주 가흥에 파견을 나와 있던 미야케(三宅)의 중대는 조선의 관군과 함께 단양으로 의병들을 토벌하러 갔다가 장회에서 기습공격을 당해 수십 명이 몰살하는 참패를 당하고 잔병들이 겨우 그곳을 빠져 나왔다. 미야케 대위는 그 분을 못 풀고 화가 머리끝까지 치밀어 올랐다. 낫과 곡괭이와 도끼를 들고 일어난 의병들이라고 해서 얕잡아 보고 덤벼든 것이 화근이었다. 쫓으면 도망할 줄 알았던 의병들이 오히려 단양에서 장회나루까지 앞서 나와서 험지에 병사를 매복시켜 놓고 관군을 유인까지 해서 역으로 공격을 했다. 단순한 저항이 아닌 공격이었다. 의병진에 심어 놓은 밀정의 정보로는 형편없는 군대라고 했는데 그 말만 믿고 나갔다가 당한 것이다.

참패한 미야케의 중대가 주둔하고 있는 병영 안으로 다나카가 들이닥쳤다.

"대 일본국 미야케 대위가 조선에 사냥꾼에게 당했고요? 이거 할복자

살을 해야 할 일 아니오?”

미야케 대위는 얼굴이 붉으락푸르락 했지만 모든 정보를 장악하고 있는 선임 대위 다나카 앞에서는 고개를 숙였다. 첩자의 말을 너무 믿은 게 잘못이었다. 그날 제천에서 출발한 이필희 대장의 의병은 일백 명도 못 되는 무리로 알았는데 그게 아니었다. 의병들이 단양 군수 권숙을 잡아 가두었다는 소식을 듣고 단양 관아를 습격하여 사로잡거나 처단하려던 것이 단양에 가기도 전에 보기 좋게 당한 것이다. 관군을 앞세우고 미야케의 중대원들은 뒤에서 행군했기 때문에 일군 피해는 없었지만 의기양양하게 공주에서 호서지역을 석권하려던 호기가 좌절된 것이다. 다나카가 내려와서 점잖게 질책하니 미야케 대위의 꼴이 말이 아니었다.

“귀관의 패인은 정보의 과신이고 폭도를 과소평가한 결과요. 그 나태한 정신으로는 폭도에게 당하기만 할 것이요. 앞으로 비적들의 정보는 내가 맡을 테니 모든 작전은 내게 보고하시오. 적정은 이 자가 맡을 것이오.”

월두를 가리켰다. 다나카 역시 이번에 패한 것이 분하여 월두에게도 특별한 명을 내렸다.

“영월에서 유인석이라는 자가 흩어진 폭도들을 모아서 두목이 되었다는 소식이다. 오늘 말을 타고 영월로 가서 폭도들의 동태를 관찰하라. 만일 공격의 징후가 보이면 즉시 달려와라. 영월 쪽으로 들어가기 전에 원골이라는 데가 있다. 오늘 밤은 영월 들어가지 말고 원골에 있는 원집에서 묵어라. 그러면 너에게 의병 소식을 주러 오는 자가 있을 것이다.”

월두는 충주에서 홀로 말을 타고 영월 쪽으로 먼 길을 잡았다. 걸어서 이틀, 말을 타고 간다면 하룻길이었다. 말먹이와 사람의 요깃거리를 싣고 역참(驛站)을 피해서 달렸다.

목멱산 밑에서 여지도를 놓고 조선팔도 지리를 익힌 덕에 가는 곳이 대충 머릿속에 그려졌다. 초행길이지만 헤매지 않고 영월 땅에 들어갔다. 저물녘에 다나카가 말해준 영월 읍내 가까운 원골(院谷)에 원집(여관)에 들어갔다. 초저녁잠이 들었던지 아낙이 눈을 비비며 나와 졸리는 목소리로 월두를 맞았다.

관아 구실아치 같은데도 양연역(楊淵驛)에 머무르지 않고 이리로 온 게 의아하다는 표정이다.

"보아하니 한양 나리 같은데 양연역참에 묵을 방이 없었나 보네요. 영월읍이 여기서 지척인데."

"내 오늘 꼭 여기서 묵을 사정이 있소."

"제천에 유인석이라는 양반이 영월에 와서 의병대장 되었다고 이 바닥에 소문이 파다한데. 조심해요."

주인은 월두에게서 풍기는 관내를 맡고 넌지시 어느 쪽인지 떠보는 모양이다.

"폭도들이 그리도 밉소?"

"어디서 온 젊은 나리신지 모르지만 앞길이 창창하니 조심하란 얘기예요."

"걱정은 고마우나 폭도들 조심하오. 못된 벼슬아치 하나 재워줬다고 소문냈다가 폭도들한테 분풀이 당하지 말고."

상을 물리자마자 잠이 들었는데 얼마 안 돼서 숨이 막혀왔다. 이게 웬일인가. 깨어보니 낯선 손이 오라로 몸을 묶고 있었다. 어둠 속에서 뜬 눈이 보이지 않았지만 몸이 놀라는 낌새를 채자 칼끝이 목에 들어왔다. 들려던 머리를 바닥에 붙이면서 포기의 뜻을 나타내자 낯선 손은 입에 재갈을 물렸다. 입이 막히고 손이 묶였으니 배운 칼도 소용이 없었다. 방에서 끌려 나오자 주모도 기둥에 묶여 허우적거렸다. 이게 어찌 된 사단인가. 어처구니없이 정체 모를 비적에게 결박당한 꼴이 되었다. 등 뒤를 예리한 것이 찌르고 있는데 이끄는 대로 아니 갈 수 없는 노릇. 주모는 기둥에 묶여 있고 월두는 끌려서 어둠을 헤쳐 뒷산으로 올라갔다.

이월이라지만 밤바람은 이가 닥닥 마주치도록 시리고 떨리고 추웠다. 다나카가 안전할 것이라고 짚어 준 여막인데 이렇게 당할지는 생각도 못한 일이었다. 그자는 어둠에 익숙하게 월두를 끌고 뒷산으로 숨 가쁘게 오르더니 주저앉히고 묶인 줄을 풀었다.

"미안하오. 난 서울에서 온 박이오. 이렇게 안 하면 여각에 주모가 의심하여 밀고할 것 같아서."

그제야 월두는 그가 낯설지만 만나야 할 사람임을 직감했다.

"그래도 그렇지 사람을 다루는 손이 거칠구려. 난 또 영월 땅에 와서 목이 달아나는 줄 알았지 뭐요. 난 월두요."

"난 박이요."

박이라는 자가 월두의 묶은 몸을 풀고 월두의 손을 잡았다. 그는 주머니에서 향나무로 깎아 새긴 신표를 꺼내 어둠 속에서 손으로 만져보게 했다. 월두도 품에서 향나무를 꺼내 서로의 아귀를 맞춰 보았다. 톱니가 서로 맞아서 물고기 한 마리가 되었다. 틀림없이 반쪽이 모여 한 마리가 되었다.

"어제 유인석을 대장으로 세우고 잔병들을 모아서 의병진을 새로 짰소. 지평에서 온 이춘영이라는 자가 중군장이 되고, 장담 유생 안승우가 전군장, 같은 장담 유생 신지수가 후군장을 맡았고 지평에 포군 출신 김백선이 선봉장이오. 여기에 그간에 일을 낱낱이 적었소. 수일 안에 제천으로 떠날 것이오. 줄잡아 오백이니 만만히 보아서는 아니 될 것이오. 단양 장회나루에서 의병들이 매복하여 관군 수십을 죽였는데 맹 현감 쪽 사람 이민옥과 우리 쪽 몇몇이 움직여서 자중지란을 일으켰소. 이필희가 대장인데 유생들이 지평 포군을 괄시하여 일어난 일이오. 흩어진 의병들을 그러모으기는 했지만 아직 오합지졸이오. 제천으로 떠날 때에 또 연통을 넣을 것이니 그때까지는 영월에 머무시오. 여긴 바닥이 좁아서 나다니기가 어려울 것이오. 아니 차라리 드러내놓고 저잣거리에서서 걸식하는 처사로 거처하든지."

박은 그 말을 남기고 홀연히 사라졌다. 월두는 아닌 밤중에 홍두깨 만난 격으로 멍한 채 산을 내려왔다. 이제껏 말 타기와 왜말, 왜글 익히기만 해왔지 이런 일을 당해보기는 처음이다. 여숙에 주모는 여전히 기둥에 묶인 채로 버둥거리고 있었다. 월두는 부엌에서 칼을 가져다가 줄을 끊고 입에 물렸던 재갈을 풀었다.

"큰 욕을 당할 뻔했소. 목숨 살린 걸 다행으로 생각하오."

"벌써 욕은 당했네요."

"가진 게 없어 내 목을 따려는 걸 이거 한방으로 놈의 멱을 따놓고 왔지요. 지금쯤 저세상 가서 잘 자고 있을 거요."

주모는 믿기지 않는 듯 고개를 갸웃거리더니 방 안으로 들어갔다. 월두는 날이 밝기를 기다려 아직도 곤하게 떨어진 안채에 주인을 깨우지 않으려고 말에게 재갈을 물린 채 끌고 나왔다.

대장에 서기로 마음을 굳힌 유인석은 그날 밤으로 이춘영을 중군장으로 세우고, 전군장 안승우, 후군장 신지수, 선봉장에 김백선, 사객으로 장충식을 맡겨 참모와 종사를 임명하는 진용을 짰고 이른 새벽잠에서 깨어 제장들과 함께 군막을 한 바퀴 돌았다. 군데군데 불을 피우고 잠들었던 의병들은 사위어 가는 불과 함께 으슬으슬해 오는 추위에 못 견디고 깨어났다. 먼 길을 걸어온 발들은 해어져가는 발바닥에 칡으로 감고 노끈으로 감아 묶은 채 이리저리 뒹굴다가 하나둘씩 깨어났다.

추위를 못 견디고 뜬눈으로 밤을 샌 의병들은 가마솥을 걸고 장작불을 지펴 물을 끓이는 아궁에 앞으로 옹기종기 모여 발감개를 풀었다. 지평에서 안창, 안창에서 원주, 원주에서 제천, 제천에서 단양, 단양에서, 풍기와 순흥, 영천을 거쳐 영월로 불과 며칠 사이에 수백 리 길을 걸어온 발이었다. 짚신을 제대로 못 얻어서 갈아 신지 못한 발은 발감개마저 헤어져서 발바닥이 그대로 드러났고 군데군데 물집이 터져 진물이 흐르는데도 고된 행군을 견디고 있었다.

대장의 뒤를 따르던 춘영이 옷고름을 떼어내 불을 쬐고 있는 그 발을 처맸다.

"고맙습니다. 대장. 이놈에 발바닥이 어서 나아야 왜적패당 놈들 본때를 보여주는데. 장회에서 놈들과 싸우다가 눈에 젖은 발을 말리지 못했더니만 이렇게."

의병은 발의 통증이 괴로운 듯 얼굴을 찡그리면서 불 앞으로 더 바짝 다가갔다. 불 앞에서 언 발이 녹자 발감개 대신 처맨 옷고름 사이로 진물과 핏물이 스몄다.

"이대론 안 되겠소. 집으로 돌아가야지."

"안 돼요. 아버지가 놈들한테 머리 안 깎이려고 체두관 놈의 가위를 빼앗아 분질러버리다가 내 앞에서 목이 잘렸소. 앙심 먹은 관리 놈은 숨을 거두신 아버지의 머리를 기어이 깎아놓고 말았소. 한 놈은 덤벼들려는 나를 꼭 붙들어놓고 말이오. 가위는 임금이 내린 가윈데 그걸 분질렀으니 목이 잘려 마땅하다고 하는 걸 똑똑히 봤소. 내 그놈들을 내 손으로 죽이기 전에는 절대로 못 돌아가요."

그는 어느새 벌떡 일어나서 아픈 발도 잊고 있었다.

물을 끓이는 가마솥에는 바싹 말라서 바삭바삭 부서지는 시래기가 한 아름씩 들어갔고, 끓는 물을 한 바가지 퍼내어 된장을 풀고 있었다. 한쪽 가마솥에는 강냉이와 조와 보리와 쌀을 조금씩 섞어 안치고 불을 때니 아궁이에 장작불이 이글이글 타오를 즈음에 솥뚜껑이 들먹거릴 정도로 김이 솟구쳤다. 가마솥 주변으로 빙 둘러서 언 손을 김의 온기로 녹였지만 이내 축축한 물기가 얼음이 되어 울상이 되었다. 시래기 된장국에 밥을 말아서 한 바가지씩 먹고 나면 밤을 새운 추위는 싹 풀릴 것이다. 모두들 그 기대가 있었다. 대장이 밥하는 곳으로 다가가자 병사들은 아궁이 쪽을 양보했다. 모두 한뎃잠을 잔 병사들이었다.

"군막 가운데에 불을 피워라."

병사들이 불을 가운데 두고 둘러앉아 대장과 함께 아침밥을 먹었다. 이정규가 따로 앉을 자리를 폈으나 대장은 시래깃국에 밥 한 주걱 말은 바가지를 들고 낯이 설은 병사들이 옹기종기 모인 틈에 끼어들어 함께 아침식사를 했다. 곁에 있는 병사들은 가지런하게 묶어올린 대장의 상투와 맵시 있게 바느질 땀이 드러나는 도포의 깨끗한 위엄 때문에 입으로 들어가는 숟가락 소리도 조심하면서 밥을 먹었다.

"아침에 일어나서 고향 쪽으로 부모님께 인사를 드렸느냐?"

대장은 제일 어린 병사를 보고 아들에게 하듯 물었다. 병사는 밥을 먹다가 대답을 못하고 얼굴을 붉혔다.

"대장, 우린 언제 집으로 돌아가요?"

어린 의병은 밥을 먹다가 밥알을 입에 가득 물고 눈물이 가득 고인 채로 대장을 쳐다보면서 물었다.

"우린 왜적들을 이 땅에서 몰아내지 않으면 돌아갈 집이 없다. 왜적이 이 땅에 있는 한 고향에 있는 집은 내 집이 아니다."

그예 눈물은 얼굴로 주르르 흐르면서 터지고 말았다. 그 병사는 손에 들고 먹던 바가지를 바닥에 내려놓고 슬그머니 일어서서 몸을 돌렸다.

대장은 밥을 먹고 나서 장소 안에 들어가 서기 원용정을 불렀다.

"군안을 가져와라."

원용정이 부랴부랴 군안을 대장에게 가져다 보이자 대장은 고개를 갸우뚱거렸다.

"이 군안에 현재 남아있는 자들만 표를 해 둬라. 의병을 나와서 죽은 자가 없다면 나머지는 모두 고향으로 돌아갔을 것이다. 의병에도 군율이 있는 법. 진영을 함부로 이탈한 자들은 이 싸움이 끝나면 반드시 그 대가를 치르게 될 것이다." 하면서 대장은 군안을 한 장씩 들춰 넘겼다.

군안에 적혀 있는 인원이 줄잡아 오백여 명, 지평·원주·제천·단양에서부터 따라온 사람들은 반도 남지 않았다. 영월 현지에서 모은 군사와 서상열, 안승우가 모아온 군사를 합하여 오백여 명. 군안 중에는 특별한 연고도 없는 경성사람이 끼어 있었다. 무리끼리는 얼굴을 알고 고향이 같아 친근했지만 다른 무리와 무리 간에는 아직 서로가 서먹했다.

"이 자는 누구냐?"

"의병 하겠다고 서울에서 온 자입니다. 말을 잘하고 아는 게 많고 의병과 잘 사귄다는 자입니다."

대장이 고개를 갸우뚱거렸다. 대장은 아침을 마치고 대장소로 들어가서 골몰히 생각에 잠겼다.

아침을 먹고 난 천탄이 대장소 앞에서 기웃거렸다. 밤새도록 뜬눈으로 지새웠다. 누구에게 말해야 할 것인가. 괴은이나 백선에게 말한다면 대장에게 전해야 할 것이고 사실을 확인하려고 시간이 지체되면 때를 놓친다. 어젯밤 두 눈으로 똑똑히 본 일들을 대장에게 직접 말하는 게 빠를 것이다.

"무슨 일이요?"

"나는 지평에서 백선 대장과 함께 온 천탄이오. 대장을 뵙고 긴히 올릴 말씀이 있어 왔소."

천탄은 대장소 앞에서 기웃거리다가 이정규에게 청을 넣어 겨우 안으로 들어갔다.

"내게 할 말이란 게 뭐냐?"

의암은 군안을 아직도 뒤적거리면서 안으로 든 천탄에게 건성으로 물었다.

"첩자가 있어요. 두루마긴데 양반 행세를 하는 잡니다요. 그 자를 표시해 두려고 안창에서 손가락을 깨물어 피를 묻혀놓고 한 달간을 눈여겨보니 첩자가 틀림없어요. 이름이 이민옥이라고 하는데 지평에 맹영재가 보냈다는 잡니다요. 안창에서부터 작정하고 병사들과 친하게 지내면서 이 싸움이 끝나면 모두 큰 벌을 받게 된다는 소문을 퍼뜨리고 있어요. 또 농사짓는 농민군들은 의병 토벌이 끝나면 그 벌로 부쳐 먹던 논밭을 모두 떼일 것이고 포군과 유생은 모두 노비가 될 것이라고 떠들고 있고요. 그 소릴 듣고 밤마다 병사들이 고향으로 돌아가고 있습니다요. 또 어떤 자에게는 고향에 부모가 중병을 앓고 있다고 하고 또 어떤 자는 아이가 사고를 당했다 하고 또 어떤 자는 부인이 집을 나갔다고 하면서 집으로 돌아가게 만들고 있습니다요."

"그래? 그럼 넌 왜 안 돌아갔느냐?"

곰곰이 듣고 있던 대장은 천탄에게 되레 물었다.

"소인은 지평 상동에 안퇴앙 어른의 댁에서 기거하던 사냥꾼이고 숯쟁이였었는데 김백선의 포군이 되어 여기 왔어요. 해서 이 싸움이 끝나기 전에는 절대로 돌아갈 수가 없어요."

의암은 고개를 끄덕였다.

"그런데 그런 얘기를 왜 이제 나에게 하느냐. 이필희 대장이나 서상열 군사에게 하였더라면 더 일찍 막았을 터인데."

"그때 이필희 대장은 힘이 없었어요. 중군장이나 선봉에게 얘기할까도 했었는데, 의병이 편이 갈려서 더 큰 분란이 일어날까봐 기회만 엿보고 있다가 선생께서 대장으로 오르시니 이제야 말씀 드리는 것이요."

"내 짐작은 했었지만 사실이라니 더욱 놀랍구나. 이 얘기를 누구에게 또 했느냐?

"아무에게도 안 했어요."

"잘했다. 발설하지 마라."

천탄이 대장소를 나오는데 막쇠가 몸이 묶인 채로 대장소에 끌려오고 있었다. 천탄과 눈이 마주쳤다.

"형님! 나 억울해요."

영문을 모르는 천탄이 그에게 말을 붙이려고 하였으나 이미 안으로 끌려들어갔다. 밖으로 고성을 지르는 의암의 목소리가 흘러나왔다.

"밤새 성문을 지켜야 할 놈이 밖으로 나갔다가 새벽에 들어왔단 말이냐? 그 사이에 적이 들어왔다면 우리 의병은 몰살을 했을 것인즉 네 목이 열 개라도 변명할 말이 없으렷다."

천탄은 막쇠를 누구보다 더 잘 알았기에 발이 떨어지지 않았다. 그가 그렇게 무모한 짓을 할 리가 없었을 테고 분명히 무슨 사연이 있을 것이다.

"예. 대장 나으리. 소인 어젯밤에 성문을 지키지 못하고 군대를 이탈한 것은 백 번 죽어 마땅한 사실이옵니다요. 하지만 그럴 만한 사정이 있으니 죽을 때 죽더라도 들어만 주시면 원이 없겠습니다."

"저 자의 변명은 들을 것도 없다. 무슨 변설로 목숨을 구하려는지 음흉한 마음이 벌써 눈에 뵈지 않느냐. 다시는 저런 자가 나오지 않도록 어서 끌고 나가서 성문 앞에다 목을 베어 걸어라."

의암의 눈은 날카롭고 매서웠다. 결코 용서치 않을 것임을 이미 정해놓고 있었다. 천탄은 급히 괴은을 찾아갔다.

"중군장. 지평에서 함께 온 막쇠란 자가 대장소에 잡혀 있소. 내가 보기에는 초군을 이탈했다는 누명을 쓴 것 같은데 그는 그럴 위인이 못 되는 자요. 일의 시종도 듣지 않고 무조건 처형하라고 하니 이게 어느 나라 법이냔 말이오. 막쇠는 내 아우 같은 자인데 절대로 허튼짓은 저지를 자가 아니요. 그러니 구해주시오."

괴은도 놀랐다. 막쇠라면 괴은도 모르는 자가 아니기 때문이다. 비록 배움이 없다고 하나 안창에서부터 똘똘 뭉쳐 함께 여기까지 왔던 사람 중에 하나였다. 괴은은 그길로 대장소로 달려갔다. 이미 막쇠는 병사들에게 끌려나오고 있었다.

"멈추시오."

괴은은 막쇠를 거세게 낚아채면서 대장소로 다시 끌고 들어갔다.

"중군장 이춘영, 대장께 드릴 말씀이 있습니다. 이 자는 내가 데리고 왔는데 초병의 임무를 다하지 못하고 이탈을 했다면 무슨 곡절이 있을 것입니다. 매사에 성실한 자이니 옳고 그름은 나중에 따지기로 하고 우선 자초지종을 들어보기라도 해야 하지 않습니까."

"중군장까지 나서서 왜 이러나. 군문에서 사사로운 정리가 쌓이면 그 무게로 더는 일어설 수 있는 힘을 잃게 된다는 것을 모르는가."

"좋습니다. 그러면 어젯밤 성을 지켜야 할 책임을 진 사람은 저 중군장이니 저를 먼저 처벌해 주시오. 부하가 성문을 똑바로 지키도록 가르치지 못하고, 부하를 억울하게 죽도록 내버려두는 무능한 장수는 적과 대항해도 결코 이길 수 없으니 더 이상 살아있어야 할 필요가 없지 않습니까?"

괴은은 그 자리에서 무릎을 꿇고 허리에 찬 총을 바닥에 내려놓았다. 옆에서 이정규가 만류했다. 침묵하고 있던 대장은 잔뜩 날을 세웠던 불편한 심기를 스스로 다스렸다.

"좋다. 중군이 그러자니 들어보자. 허나, 행여 살기 위해서 변설을 늘어놓을 생각은 추호도 하지 말라."

막쇠는 눈물을 쏟으면서 말문을 텄다.

"어젯밤 자시경이었습니다. 보초를 서고 있는데 우리 진영에서 낯익은 병사 하나가 주변을 살피면서 성 밖으로 나가는 것이 보였습니다. 불러세울까 하다가 호기심이 생겨서 그를 뒤따라갔습니다. 그자는 성에서 이십여 리가 족히 되는 길을 어디론가 바삐 갔습니다. 처음엔 의병에서 도망을 치려는 것으로 알았는데 그게 아니었습니다. 스스로 자청해서 의병에 들어와서 모든 일을 열심히 하는 자인데 그럴 리가 없겠기에 더욱 궁금하여 따라갔습니다. 그자는 연당역말에서 얼마 떨어지지 않는 곳 여숙으로 드는 것이었습니다. 처음에는 처자들의 밑이 그리워서 그러겠거니 하면서 성을 벗어난 두려움 반 호기심 반으로 여숙 밖에서 그를 지켜봤습니다. 역시 그자는 안방으로 들어갔습니다. 그런데 불과 숨 한 번 돌리는 시간에 주인 아낙을 결박해 끌어냈고 기둥에 묶었습니다. 그리고 다시 객방으로 들어가더니 웬 사내 하나를 묶어서 끌고 나왔습니다. 그를 칼로 위협하면서 산으로 끌고 올라갔습니다. 저는 따라가면서 살인을 저지를 순간에 덮쳐서 죄를 막을 생각이었습니다."

막쇠는 막힘없이 차분하게 얘기를 하면서 다음 말을 이어갔다.

"그런데 그자는 끌고 갔던 여객을 스스로 풀어주었습니다. 그러고 보니 두 사람이 어떤 사이인지 부쩍 궁금해졌습니다. 서로 모르는 것 같으면서도 통하는 게 있는 것처럼 보였습니다. 두 사람은 한동안 이야기를 나누더니 잡혀간 자는 다시 여숙으로 들어가고 나갔던 병사는 아무 일도 없었던 것처럼 태연하게 성으로 되돌아왔습니다. 불행하게도 성을 거의 다 와서 그자에게 제 몸을 들켜버렸습니다. 그자는 성을 이탈한 죄를 벌받기가 겁이 났을 겁니다. 아마도 저를 초병 이탈로 밀고한 자가 그자일 겁니다."

"막쇠만 남고 모두 나가 있거라."

대장은 막쇠에게 넌지시 물었다.

"그 자가 누구냐?"

"박이라고 하는 자입니다. 서울 출신으로 의병들 간에 우애가 두텁고 모든 일에 앞서는 자인데 도무지 이해가 되지 않습니다. 밖에 사람과 내

통하는 것이 분명한데 이 사실을 어떻게 고할까 하고 고민하던 중에 잡혀왔습니다. 제 얘기를 모두 털어놨으니 초병에서 이탈한 벌은 달게 받겠습니다."

막쇠는 그의 앞에서 소리 내어 울고 있었다.

"밖에 들어와서 이자를 풀어줘라. 내 이번에 처음이고 하니 특별히 용서한다. 다음에 또 초군을 서다가 이탈한다면 결코 용서치 않을 것이다."

대장이 예상치 않게 방면하자 막쇠는 머리를 땅에 박고 절을 하며 물러났다. 의암은 대장소에 앉아서 금계로부터 온 편지를 펼쳐들어 다시 읽었다.

"의암. 문하생을 데리고 요동으로 들어가겠다는 얘기는 내 이미 들어 알고 있소. 그런데 괴은과 하사가 이끄는 의병이 걱정이 되어 이렇게 붓을 들었소. 지난 동짓달에 의기도 당차게 지평에서 사백여 의병이 나갔다는데 하나둘씩 되돌아오더니 이제는 무리를 지어서 돌아오고 있소. 어떻게 된 영문인지는 모르지만 그곳 의병은 지금 와해되고 있는 것이 분명한 듯하오. 돌아오는 족족 맹 군수의 환영을 받았다는 소문을 들으니 필시 맹의 사주가 있었던 게 분명한 것 같소. 사주를 하려면 의진 안에 첩자가 있을 것이 분명한데 그자가 누구인지 모른다는 것이오. 바다같이 물을 채운 보(洑)도 땅강아지 한 마리가 뚫어 놓은 작은 구멍 하나로 터지듯이 병가에서 첩자는 일만의 적과 맞먹는 해악이오. 이를 괴은이 알았으면 좋으련만 병학이 부족하여 깨닫지 못할 것이 염려되오. 서상열 군사가 병학이 깊어 의진에 도움이 될 듯도 한데 첩자를 가려낼 만치 영민하지는 못한 듯해서 더욱 걱정이 되오. 의암께서 요동을 갈 때 가더라도 이 일만은 살펴주고 가길 바라오. 늙은 나라도 나서야 하겠지만 몸이 불편하여 나서지 못하는 것이 한스럽기만 하오."

금계의 서한은 간곡했다. 이미 그는 후방이라고 할 수 있는 고향에서 되돌아오는 병사들의 전언을 통해 의진의 깊숙한 내용을 모두 알고 있었다. 생각다 못해 안승설 편에 의암에게 서한을 보낸 것이다.

대장은 부하들로부터 들은 혐의자들을 조각난 종이에 적었다. 모두 넷이었다. 이민옥, 김이정, 신처사, 박주사. 의병장들로부터 들으니 모두 의진에서 적극적으로 나서서 싸우고 일하는 자들이었다. 의암은 새로 보임한 전군장부터 각 장을 모두 불러들였다. 바닥에 천을 펼치고 복수보형(復讐保形)이라고 굵고 짙게 썼다. 먹물이 마르기를 기다려 깃대에 걸고 문루에 달았다.

"내 제장들의 권유로 대장의 직임을 맡기로 했소. 우리가 의병으로 나선 뜻은 이 땅이 오랑캐로 물들어 온 백성이 왜적의 종으로 살아가게 될 처지에 몰려 이를 물리치고 존중화를 세우기 위함임은 모두 다 아는 바이오. 허나 아무리 우리의 뜻이 굳고 바르다고 하더라도 사욕을 버리지 못하고 의가 무엇인지도 모른다면 싸워서 이겨도 이기는 것이 아니고 산다고 해도 살아있는 것이 아니요. 이기고 지는 것은 중요한 게 아니오. 살고 죽는 것도 중한 게 아니오. 우리는 오직 이 땅에 존중화를 지켰느냐 무너뜨렸느냐 하는 것이 삶과 죽음보다, 승리와 패배보다 더 소중하다는 것을 알아야 할 것이오. 혹 자는 이 싸움이 끝난 후에 보복과 처벌이 두려워서 머뭇거리는 자가 있다고 하는데, 그런 자는 내가 보는 앞에서 당장 짐을 싸서 돌아가시오. 붙잡지 않을 것이오. 또한 세상이 바뀌어 왜적이 물러가고 이 땅에 존중화의 나라가 다시 서게 될 때에 오늘 싸운 공로로 입신하려는 자가 있으면 그러한 자도 당장 돌아가시오. 우린 오로지 조상 대대로 이어온 소중화의 뜻을 이 땅에서 지키기 위함이지 세도를 잡으려 함도 아니고 부귀영화를 구하려 함도 아니오. 모두의 뜻이 나와 같다면 총칼을 들고 환호로 화답하시오."

대장의 함성은 영월읍내를 뒤흔들 정도로 우렁차게 울려 퍼져나갔다. 군사 주용규에게는 오늘 의병을 일으킨 뜻을 담아 격고팔도열읍이라는 제하의 글을 유인석의 이름으로 전국 팔도에 보내도록 했다. 그동안 분란했던 의병진의 전열이 가다듬어지고 있는 순간이었다. 의암은 연설이 끝난 후 시종 무거운 침묵을 지키다가 저녁을 먹고 난 밤에 제장들을 불러들였다.

"성문 밖으로 나가서 이 봉서를 뜯어보고 봉서 안에 쓰여 있는 대로 속히 시행하라."

봉서 안에 적힌 사람은 모두 넷이었다. 즉시 잡아 묶어 들이라는 글이었다.

"아니, 이 사람들이라면 우리 의병에서 제일 먼저 앞에 나가 싸우고 모든 일에 앞장서던 자들이 아니요. 의병들 간에 신의도 두텁고."

누구랄 것도 없이 제장들 대부분이 비슷한 의견이었다. 더욱이 대장으로 나선 지 얼마 안 되었으니 의병들의 면면을 알 수 없을 것이라 여겨 더욱 그랬다.

"억울한 처형을 당하게 해서는 아니 될 것이오. 대장께서 무언가 잘못 알고 이리했을 수도 있으니 다시 한 번 고려하도록 말씀을 드려보는 게 어떻겠소?"

그러나 의암의 명은 확고했다.

"내가 대장에 오르고 나서 내리는 첫 영이다. 거역할 셈이냐?"

잡혀온 자들은 얼굴을 붉히며 모두 억울하다는 표정이었다. 모함이라고 항변했다. 대장은 잡혀온 자들 중 하나하나 그들의 죄를 밝혀 나갔다.

"이민옥. 너는 중군장과 숙질 간이고 전군장과는 외종숙이다. 그런데도 상으로 받을 벼슬과 재물에 눈이 뒤집혀서 의병들을 꾀어내 집으로 돌려보내지 않았느냐. 부인하지는 못할 것이다. 네 말을 듣고 되돌아갔다가 뉘우치며 다시 찾아온 의병이 있다. 원하면 죽기 전에 증인이 되는 자를 네 앞에 보여주겠다. 더 할 말 있느냐? 저자의 두루마기를 벗겨라. 이것 또한 그 증거다. 네가 어둠에서 의병을 꾀어낼 때에 뜻있는 병사가 손가락까지 깨물고 피를 내어 표시해두었던 것이다."

대장은 벗겨낸 두루마기에 묻은 검붉은 핏자국을 가리켰다. 이 말을 듣고 모두 깜짝 놀랐다. 전군장과 중군장의 인척이고 나이도 많은 자가 평소에 나잇값을 한다고 매사에 본을 보이던 자였는데 그가 의병을 해하는 짓을 한 줄은 아무도 몰랐다. 하기야 그 사실을 아는 자들은 모두 의병진을 이탈하여 돌아갔으니 남은 사람들은 그의 죄를 알 리가 없었다. 이민옥도 더 이상 변명하지 않았다.

"끌고 나가 목을 베어라!"

이민옥이 끌려 나가고 진중에는 무거운 침묵이 흘렀다. 나머지 세 사람은 새파랗게 질려 있었다.

"최 진사, 박 주사. 먼저 박에게 묻겠다. 네 말대로 막쇠를 처형했다면 네 죄는 덮어졌을 것이다. 네 죄를 덮으려고 동료를 밀고해 죽이려 한 죄만 해도 목을 베어 아깝지 않다. 그런데 너는 적과 밀통까지 했다. 네 죄를 안다면 차마 목숨을 구걸치 못할 것이다."

"억울하오. 멀리 서울에서 날 보러 온 사람이니 뿌리칠 수 없어서 만나러 갔다 왔는데 그 일로 이렇게 중형을 내린다면 너무하오. 내가 적과 밀통을 했다는 것은 무슨 근거로 뒤집어씌우는 거요."

박이라는 자는 이판사판이라는 표정으로 보고 있는 제장들이 민망할 정도로 대장에게 대들었다. 그때까지만 해도 제장들은 잠시 군영을 떠났다는 이유로 참형을 내린다면 너무하다는 생각이었다. 그런데 대장은 더욱 엄한 체벌을 주문했다.

"저 자의 옷을 모두 벗겨라. 스스로 자복할 때까지 무릎 사이에 끼운 장대를 당겨라."

명령이 끝나기도 전에 두 사람의 옷을 두루마기부터 모두 벗겼다. 두 손, 두 발의 묶인 곳은 칼로 도려냈다.

"옷 솔기를 모두 뜯어서 샅샅이 살펴라. 밀통을 하려면 낯모르는 자와 만나야 하기 때문에 서로의 신분을 확인할 수 있는 신표가 분명히 있을 것이다."

서상열이 직접 나서서 두루마기의 실밥을 찾아 뜯어내고 솜을 풀어 뒤적였다. 진중 제장들의 눈이 그리로 집중되었다. 명을 내려놓고 대장은 더욱더 긴장했다. 제장들 앞에서 밝혀지지 않는다면 내린 영의 중대한 손상을 입게 되는 것이다. 서상열은 대장과 같은 심정으로 뜯어낸 옷을 속속들이 뒤졌다.

"이게 뭐냐?"

그의 몸에서 향나무로 깎은 반쪽짜리 물고기 모양이 나왔다. 쪼개진 부분이 톱니모양으로 깎여 있었다.

"의병에 나오면서 내 어머니가 주신 것이오. 이걸 지니면 전장에 나가도 산다고 했소."

"그럼 낚싯바늘 끝에 실타래 엉킨 것처럼 꼬부려서 한자와 섞어 새긴 이 글자는 뭐냐?"

"부적이오."

"아닙니다, 선생. 이건 왜놈의 글입니다. 신표(信標)입니다. 첩자가 분명합니다."

무슨 글자인지는 모르지만 쓰다만 한자 획 모양이 섞여 있는 걸 보면 왜놈의 글임이 분명했다. 서상열은 신표를 대장에게 내보였다. 천탄의 말을 듣고 처음에는 반신반의 했던 대장이 분노했다.

"이래도 토설하지 못하겠느냐? 원한다면 저걸로 네놈의 입을 열겠다."

대장은 장작불 안에서 달고 있는 시뻘건 쇠젓가락을 가리키며 호통을 쳤다.

"맞다. 이제 죽여라."

그래도 은근히 사실이 아니기를 바랐는데. 버티기를 포기하고 실토한 둘은 유길준과 유세남의 무리였다. 의병들의 동태를 파악하여 그들에게 알리는 첩자였다. 호랑이 새끼보다 더한 여우 새끼를 안에 두고 있었으니 얼마나 섬뜩한 일인가. 둘의 목을 한꺼번에 베자 남은 하나도 스스로 자복을 하였다. 안창에서 천탄에게 맨 먼저 알은척을 했던 동학을 했다는 신 처사였다.

그는 갑오년에 동학에 나갔다가 실패하자 선비가 의병을 일으킨다는 말을 듣고 들어왔노라고 했다. 천탄의 고(告)함을 듣고 이미 대강은 짐작을 하고 있던 자였다. 설령 그때에 동학을 했더라도 마음을 고쳐먹고 의병에 전념한다면 용서하고 놓아줄 생각이었다. 그러나 그는 스스로 의병에 들어와서 기회를 엿보다가 군사를 빼어 나갈 생각이었다고 했다. 지금도 그 생각은 변함없다고 하니 벨 수밖에 없었다.

"당돌하구나. 죽음 앞에 비굴하지 않으니 떳떳해서 좋다. 그러나 너 역시 우리와 함께할 수 없는 자다. 끌고 나가 베어라."

하루아침에 첩자 넷을 처단하였다. 대장이 첩자를 가려내서 깨끗하게 처단하였다는 소식은 순식간에 의병 전체에 퍼졌다. 의병 중에 적을 이롭게 하는 첩자를 본보기로 벰으로써 행여 마음을 먹었던 자가 있었더라도 목숨과 바꿀 배짱이 없는 한 다시는 처형된 자와 같은 짓을 못하도록 하고, 올곧은 선비로서 죄는 일벌백계한다는 의지를 보임으로써 의병을 지휘하는 대장의 힘을 얻었다.

모두 첩자를 처단하는 데로 가고 대장소에는 종사와 대장만 남아있는데 얼굴이 포군도 아니고 농민군 같지도 않고 그렇다고 유생도 아닌 의병 하나가 대장소로 들어가서 엎드렸다.

"무슨 일이냐."

"대장께 긴히 드릴 말씀이 있습니다."

"해 보거라."

"대장, 저도 실은 왜병의 첩자입니다. 똑같은 신표가 여기 있습니다. 이름은 여일이고 서울생입니다. 목을 베일 각오로 왔습니다."

여일이라는 자는 처형된 자가 갖고 있던 것과 같은 신표를 대장 앞에 내놓았다.

"내 앞에서 자복하는 속내가 뭐냐? 들키지 않고 십년감수했으면 적당한 기회에 도망쳐서 네 목숨 살릴 것이지."

"지평에서 폭도가 일어난다는 소문을 듣고 서울에서 돈을 주어 절 보냈습니다. 폭도 무리에 들어가서 적정을 알려라. 그러면 대가로 돈을 주겠다고 했습니다. 그런데 안창에서 여기까지 오는 동안 순흥에서 세운 이춘영 대장을 따라보고서 의병이 결코 폭도가 아님을 똑똑히 봤습니다. 소문만 듣던 선생께서 기꺼이 대장이 되시니 목을 바쳐도 아깝지 않습니다. 절 똑같이 베시겠다면 이 자리에서 칼을 받겠습니다. 하지만 기회를 주시면 다시 살아난 목숨으로 진정 의병이 되겠습니다."

"네 맘을 어떻게 믿느냐?"

"할 수만 있다면 마음먹은 가슴이라도 열어서 보여 드리겠습니다. 저쪽엔 왜말 잘하는 조선인 첩자가 있습니다. 갑일(甲日)과 기일(己日), 닷새만에 한 번 만납니다. 그자와 통해서 다나카라는 자의 목 자른 머릴 갖고 오겠습니다."

"도망치려는 수작이 아니냐?"

대장은 눈을 엄하게 부릅떴다.

"도망치려면 이렇게 자복하지 않겠지요. 못 믿으시면 이 자리에서 저의 목을 베십시오."

여일은 그 자리에 엎드렸다. 그 목소리와 표정에 거짓이 없어 보여 대장은 그에게 신표를 내주었다.

"아니다. 일어나라. 이걸 갖고 첩자 노릇을 계속해라. 이쪽에서 흘려주는 만큼 알아 와라. 그걸 보고 널 믿겠다. 넌 이제 이 안에서 적의 유일한 첩자다. 아무도 모르게 하라. 제장들이 들어오기 전에 급히 나가라. 그러나 네 목을 항상 칼 앞에 있음을 알아라. 아직 너를 믿은 건 아니니까 허튼 생각은 마라. 변심을 했다가는 네 뒤를 따르는 칼이 용서치 않을 것이다."

그는 엎드려 절하고 신표를 받아 대장소를 나왔다. 그 모습을 바라본 사람은 천탄 밖에 없었다. 첩자를 처단한 의병들은 성안에 도열하였다.

"나는 칼을 써본 무장이 아니고 벼슬을 한 무관도 아니다. 그러나 병법과 경서는 읽어 무인의 도를 깨우쳤고 의를 깨달아 마땅히 나라에 충성이 의를 지키는 길임을 알고 있다. 그런데 사백여 병사를 이끌고 적과 싸워 이기려면 명령으로만 되는 것이 아니고 내 손발이 움직이듯 한마디 명령에도 헝클어지거나 어지럽지 않게 따르는 군사가 있어야 하는 것이다. 즉 싸움을 어떻게 할 것인가는 대장이 목을 걸고 책임질 것이다. 그러나 명을 거스르거나 따르지 않는 자는 적에 이로운 자로 간주하여 누구든지, 언제든지, 어디서든지 이유 여하를 막론하고 군율로 다스릴 것이니 이 점 명심하길 바란다. 의병 내부에 영이 서지 않으면 병력이 아무리 많아도, 병사가 아무리 강해도, 전술과 전략이 아무리 철두철미해도 적과 싸워서 결코 이길 수 없다. 오늘과 같이 내 부하를 내 손으로 처형하는 일이 없도록 의를 지켜 싸우기 바란다."

영월문루에 복수보형(復讐保形)의 기를 내걸고 대장에 직으로 내리는 의암의 명령은 의병들의 가슴을 울리도록 위엄이 서렸고 그 소리가 영월읍내를 흔들 것처럼 우렁찼다. 복수와 보형. 민 황후의 변에 대한 원수 갚음이고 단발령에 맞서 머리 터럭을 지키려는 각오였다.

천탄은 의병들이 영월에서 며칠 더 머무는 동안 손바닥만 하게 썰어두었던 종이를 고이 춤에서 꺼내 처형된 자들의 이름과 죄목을 일일이 적었다. 그들이 유인석 대장 앞에서 죄를 자복하거나 유인석 대장이 증거로 죄를 입증했음도 적었다. 그렇게 의병들은 영월에서 머물면서 제장들의 책임 아래 남산에서 군인의 모습을 갖추기 위한 훈련을 하여 겨우 의병 군대로서의 진용을 갖추고 제천으로 떠났다. 제천에 머문 지 팔 일 만이었다.

영월에서 유인석을 대장으로 세운 오백여 의병들은 날이 저물녘에 무거운 다리를 이끌고 제천 송학에 속속 도착하여 무도리(務道里)에서 머물러 묵을 곳을 찾는데 사객(司客) 장충식이 대장을 찾아왔다.

"대장. 제천에서 새로 온 군수 정영원(鄭英源)이라는 자가 대장을 만나러 왔소."

"정영원이라면 그 자는 개화 쪽 사람 아니오. 내가 그자를 만날 일은 없소. 베어진 목으로 만난다면 모를까."

대장은 의병대를 진군시켜 제천 고을로 들어갔다.

"대장. 제천에서 유진하려면 관군을 우리 쪽으로 끌어들여 함께하는 것이 좋을 것이오. 정영화 그자는 비록 개화 쪽에 서서 군수가 되었지만 의병을 도울 생각을 갖고 있는 사람이오. 지금 우리가 제천 군수를 내쳐 버린다면 그에 딸린 군사와 재물을 잃는 게 되고 일본군은 더 악독한 자를 제천 군수로 보내고 다스리게 할 빌미를 주는 것이오. 우리가 하고 있는 이 싸움이 결코 감정만으로 풀릴 일은 아니라는 얘기요."

제천으로 들어와서 사객 장충식의 말을 듣고 있던 대장은 고개를 끄덕였다.

"하지만 그 속내가 다른지는 파볼 필요가 있소."

정영원은 제천으로 들어오는 의진을 따라 들어와서 다시 대장 앞에서 엎드렸다. 피아를 떠나서 학문이 깊기로 소문 난 노장에 대한 예의였다.

"의암 선생. 내가 비록 개화 쪽에 이름을 올려 제천 수령이 되었지만 목숨 걸고 개화를 하려는 쪽은 아닙니다. 수령이 되어 의병과 힘을 더해야 더 큰 대업을 이룰 것이기에 세간의 오해를 무릅쓰고 관직을 얻은 것입니다. 저에 대한 오해를 푸시고 제천에 머무시오."

"김익진 다음으로 제천 군수가 되려고 제일 먼저 머릴 깎고 오지 않았느냐. 그게 개화가 아니라고 그대가 내 앞에서 숙이는 저의가 진정 무어냐?"

"지금 머릴 깎는 것은 시대 흐름의 대세요. 위생상 청결하고 생활이 간편해서이지 결코 예를 그르치고 외세를 끌어들이기 위함이 아니요. 다만 머리 깎기를 명분으로 싸우는 것보다 저들로부터 득이 되는 것을 받아들여 힘을 기른 다음에 되받아 치려는 실리를 찾고자 함이오. 나라를 위하는 마음은 같은데 어찌하느냐만 다를 뿐이오. 왜놈들 앞잡이가 되어 내 부모 형제를 억압한다면 그야말로 패당이겠지요. 나라에 정부가 없지 않는 한, 현감이 있어야 하고 군수도 있어야 하고 관찰사도 있어야 하는데 그걸 누군가는 해야 한단 말이오. 지금 힘은 왜놈들 손에 들어 있기 때문에 소중화만 고집했다가는 나보다 더한 개화당 놈의 왜적 앞잡이가 얼씨구나 하고 자리에 앉아 백성들을 못살게 굴 것이란 말이오. 그렇다고 해서 왜놈들에게 군수 자리를 내어 줄 수도 없고 저놈들이 비어 두지는 않을 텐데, 군수라고 모조리 개화당으로 몰아 배척한다면 누구와 손잡고 힘을 쓸 것이오."

이에 전군장 안승우가 나섰다.

"네, 이놈. 네 말을 들어보니 결국 왜놈과 손을 잡자는 얘긴데 그게 네가 살아 출세하기 위한 방도가 아니냐. 네가 진정 나라를 위하고 백성을 위한다면 마땅히 척화와 손을 잡고 당당히 나서서 싸워야지 제천 군민의 안녕을 팔아 네 영화를 보려는 속셈을 내 모를 줄 아느냐. 그럼에도 가증스럽게 우리 의병의 징벌이 두려워서 더 이상 해괴한 변설로 현혹시키려 한다면 내 가만두지 못할 것이다."

곁에서 듣고 있던 주용규도 어느새 칼을 빼어들고 정영원에게 대들었다. 거기에 이범직이 동조하고 나섰다.

"맞소. 이 자의 생각이 진정 우리와 같다면 당장 관복을 벗고 의병에 들든지 의병을 돕는 수성장으로라도 나서야 하는데 우리와 감히 타협하자는 뜻을 들이대니 받아들일 수가 없소."

장충식은 판세가 험하게 돌아가고 있음을 알고 점잖게 수염을 쓰다듬으면서 나섰다.

"정영원, 이 자가 개화에 붙어서 군수가 된 것은 맞는 말이오. 그리고 개화에 앞서는 자들을 처단하려고 우리가 이렇게 나선 것도 옳은 일이오. 허나 고래에 옛 명장이 적장을 잡아 나의 충군으로 만들고 대군의 장수가 되었듯이 우리와 대적하지 않겠다는 뜻이 분명한 이상 받아들여서 우리 힘을 더하는 것이 현명한 처사일 것이요."

이필희도 거들었다.

"왜적놈들에게 붙어서 역적패당 짓을 할 자는 아니니 받아주시오. 대장."

거기다가 이정규도 그를 옹호하고 나섰다. 대장이 보기에도 이자가 속까지 검지만 않다면 의진이 제천에 머무는 동안 먹고 입고 자면서 싸울 준비를 하는 데에 많은 일을 도울 것이라고 생각했다.

"내 그대를 받아들이겠다. 군사들이 먼 길을 오느라고 매우 지쳐 있으니 먹을 것을 준비하라."

제천 군수는 그 길로 나가서 오백여 군사에게 먹일 소를 잡았다. 마침 이튿날은 을미년 한 해가 저물어가는 그믐날이었다.

병신년 이른 아침. 대장은 홍선표와 정화용, 박주순을 대장소로 불러들였다.

“지금부터 홍선표 종사는 군사를 데리고 가서 단양 군수 권숙을 끌고 와라, 정화용 종사는 참모와 함께 청풍 군수 서상기를 잡아와라. 다른 일을 도모하기 전에 이 두 자를 반드시 치죄해야 후환이 없을 것이다. 빈틈없이 처리해야 한다.”

그 호기롭던 단양 군수 권숙이 끌려와서 고개가 땅에 떨어졌다. 청풍군수 서상기도 초췌한 모습으로 대장 앞에 꿇어앉아 처분을 기다리고 있었다. 이미 그들은 왜병에 앞서 백성을 들볶던 자로 불과 몇 마디의 논죄로 처단할 것을 결정하였다. 두 군수가 처단되었다는 소식은 발을 달고 제천과 충주, 원주까지 펴져나갔다. 대장은 제장들을 대장소로 불러 모았다.

중군장 이춘영, 전군장 안승우, 후군장 신지수, 우군장 안성해, 좌군장 원규상, 선봉장 김백선, 그리고 장충식 사객과 종사 이종승, 홍선표, 이기진, 정화용이었다.

“오늘 왜적패당의 앞잡이들을 처단했다. 앞으로 부임하는 주변 고을의 현령과 군수들에게도 좋은 본보기가 될 것이다. 제천 군수는 비록 개화쪽에 붙어 군수가 되었지만 존화양이의 뜻을 가지고 우리를 돕고 있다. 그래서 살려 두었다. 이제 우리는 충주로 간다. 충주 관찰사 김규식은 왜병보다 더한 자다. 앞장서서 백성들의 머리 깎기를 일삼아 고을 백성들의 원성이 높다. 충주 부민의 그 원성을 우리가 풀어주러 간다. 충주는 부산에서 대구, 한양으로 들어가는 길목이다. 우리가 들어가 그 길목을 지키고 막을 것이다. 이 두 가지가 충주로 가야 할 이유다. 충주에 가면 민병들이 일어나서 우릴 도울 것이다.”

대장은 제장들에게 책임을 맡기고 나서 후군 신지수와 총독 조달승을 불러 앞서도록 했다.

"민병은 평창에서 온 이원하와 제천에 승지 우기정을 장수로 세워 이끌게 하였다. 밤에는 무장 포군이 행군하고 낮에는 민병이 행인을 가장해서 수십 명씩 나누어 수리씩 떨어져 가라. 가는 중에 급한 일이 있으면 각 대간에 이어 전하고 달려와 내게 보고하라."

"후군장 신지수 대장께 여쭙니다. 민병이라고 하나 저들은 싸울 무기도 없고 싸움의 의지도 약한데 오히려 짐이 되지 않을까 염려가 앞섭니다."

"내가 들은 바로 적은 정예군사 일천이 넘는 군사가 성을 지킨다고 한다. 적은 분명, 밀정을 보내서 우리 행군을 살필 것이다. 수많은 사람 중에 누가 적의 첩자인지 우린 모른다. 그런데 우린 총 가진 군사 사백을 제외하면 수천의 민병이 있을 뿐이다. 귀장의 말대로 싸울 만한 군사가 없다. 그러나 싸우기 전까지는 그 힘을 아무도 모른다. 힘이 부족하다면 병사의 수라도 늘려서 적을 제압해야 한다. 그러니 충주로 가는 동안 감추는 것처럼 하면서 수천 군사의 기세를 은근히 드러낼 것이다. 첩자가 있으면 우리 군사의 군세를 왜적에게 전하는 데 좋은 도움이 될 것이다."

신지수와 조달승은 처음에 어리둥절하더니 고개를 끄덕이면서 물러났다. 과연 대장의 생각대로 제천에서 충주에 이르는 길은 수십 명씩 무리지어 가는 길손들로 넘쳐났다. 마을마다 구경하는 사람들이 즐비해서 닥쳐올 난리를 예감하고 제천에서 대군이 충주를 치러 간다는 소문이 암암리에 돌아 충주읍성까지 전해졌다. 그렇게 의병대는 제천을 떠나 충주로 가고 있었다.

천탄은 제천에서 걸어오는 내내 영월에서 대장을 찾아갔던 여일이라는 자의 움직임을 주시하고 있었다. 서울에서 왔다고 했는데 행동이 빠르고 여러 사람들과 말을 잘 트고 예의 바르고 해서 누구 하나 거부감이 없는 자였다. 그 많은 군사 중에 용기 있게 대장을 찾아가서 독대를 하고 나온다는 것은 드문 일이었다.

제천에서부터 걸어오는 발걸음이 모두 지쳐있을 만도 한데 단령(檀嶺: 박달재) 오르막을 딛는 의병들의 기세는 초목을 흔들어 대고 있었다.

전군장 안승우는 앞서 가면서 의병들에게 의병정신의 구호를 선창했다. 안승우가 '사생' 하면 의병들은 '취의'로 답했고, '성패' 하면 '불수'로 답했다. 이렇게 해서 앞에 대열이 '사생취의' 하면 뒤에 오는 대열은 '성패불수'의 연호를 외치며 진군하고 있었다.

"대의 앞에서 사생취의, 삶을 버리고 의를 택하라. 대의를 위하여 마땅히 할 일이라면 성패를 따지지 말고 해라. 이것이 우리가 일어선 의병정신이다. 사-생-취-의(捨生取義), 성-패-불-수(成敗不須)!"

의병들은 안승우의 외침을 귀에 못이 박히도록 듣고 있었다. 그러다가 지치면 행군을 멈추고 쉬면서 의병들에게 진군가를 만들어 가르쳤다. 틈틈이 의병을 일으킨 뜻을 적다가 「지워버린 너」라는 제목으로 쓴 시구를 노래로 만들었다. 대장에게 보여주니 잘 쓴 내용이라고 해서 적어둔 종이를 펼쳐 한 소절씩 가르쳤다. 의병이 일어난 뜻을 알고 어떻게 가야 하는지를 은연중 배우게 하는 가사로 의병정신을 박히게 하기 위함이었다. 의병의 노래를 부르는 의병들은 그 목소리가 합쳐서 진동할 때마다 함성으로 변하고 길가에 사는 사람들을 놀라게 하고 있었다.

을미사변 단발령에 분기충천 일어났다.
유두가단(有頭可斷), 발부가단(髮不可斷)
모든 걸 다 버리고 모여든 우리

의(義) 하나로 깃발 세워 싸워온 나날
부모형제 무사 빌며 너를 기다려
너 가는 곳 어디더냐 의로운 세상
기필코 이루리라 의로운 세상
오늘도 잠 못 들며 다짐하건만
금수이적(禽獸夷賊) 총포성은 높아만 가네.

모여라 형제여 나가 싸우자
복수보형(復讐保形) 한 물결 된 호좌충의군(湖左忠義軍)
승패 앞에 의연하다 죽음마저 두렵잖다
의병정신 하나로 기 앞에 뭉쳐
이 나라 짓밟는 왜적 몰아내
존중화가 바로 서는 이 땅 위에서
목숨 바친 승리 끝에 지워버린 너
몸 죽자 이름 지워 영원히 사니
한 떨기 들꽃 되어 피어나련다.

"형님. 사생취의, 사생취의 하는데 의라는 게 도대체 뭐요? 형님은 틈틈이 글을 좀 배워서 뭣 좀 알 게 아니요."

막쇠가 천탄에게 다가와서 고개를 갸우뚱거리며 물었다.

"의는 목숨보다 더 귀한 것이다. 그래서 목숨은 버리더라도 결코 버릴 수 없는 것이 의란 말이다."

천탄이 대신 유생 하나가 뒤에서 듣고 점잖게 끼어들었다.

"글쎄요. 나도 그 의라는 게 하늘에서만 뱅뱅 돌고 손에 확 잡히지 않으니까 하는 얘기요."

천탄이 유생에게 되물었다.

"맹자께서 생선과 곰발바닥 중에서 더 귀한 곰발바닥을 택하였듯이 의는 목숨을 내놓더라도 지켜야 하는 소중한 것이다."

"그러니까 의라는 것이 곰발바닥과 같은 거라 이런 말이네요. 내 발이 곰의 발바닥이라면 짚신짝 벗어던지고도 천릿길을 너끈히 갈 수 있을 텐데 이놈의 짚신짝 신은 발바닥 때문에 물집이 맺히고 터져서."

막쇠가 고개를 끄덕이자 듣고 있던 의병들은 모처럼만에 폭소를 터뜨렸다.

"발바닥도 다 같은 발바닥이 아니지. 가죽신 발바닥은 곰발바닥이고 짚신 발바닥은 조선 농사꾼 발바닥이겠지요. 우린 가죽신 언저리를 기웃거리는 변두리 발바닥이겠지."

막쇠가 다시 발을 치켜 흔들었다.

"네놈이 맹자를 능멸해?"

막쇠에게 응대해주었던 유생이 멱살을 잡았다.

"멈추시오. 가죽신이고 짚신이고 우리가 의병의 이름으로 나선 이상 모두 다 조선의 발바닥이오. 새는 날개로 발바닥의 힘을 덜고 네발 가진 짐승은 앞발로 뒷발을 돕지만 우리네 사람은 오로지 두 발바닥으로만 세상을 딛어야 하오. 그래서 우리 의병은 오로지 두발로 조선을 지켜서 이끌고 가야 할 소중한 발바닥이란 말이오. 모두 알아듣겠소?"

전군장 안승우가 나서서 얘기하자 의병들은 고개를 끄덕이면서 각자 자기 발을 내려다보았다. 먼 길을 걸어온 발은 얼마나 더 걸어야 할지를 모르면서 의병들은 풀어진 들메끈을 고쳐 묶고 있었다.

"폭도들이 오늘 단령을 넘을 것이다. 이 조기 봇짐을 메고 가서 이 물건 살 사람을 만나라. 물건을 팔아야 할 사람인지 거절해야 할 사람인지 잘 분별해야 한다."

다나카는 월두에게 어물 봇짐을 지워 보내면서 여유롭게 등 뒤에 대고 말했다. 월두를 시험하는 중요한 일을 맡긴 것이다.

"일이 끝나면 읍성 서문 밖 객점에 묵어라. 결과는 거기서 듣겠다."

월두가 봇짐을 지고 가흥을 떠나 단령까지 갔을 때에 고개를 넘어오는 첫 무리들이 보였다. 월두는 고갯마루에서 짐을 풀고 물건을 펼쳤다. 짠내가 진동하는 마른 조기였다. 행군 대열이 모두 지나가고 행인들이 뒤를 이었지만 선뜻 사려고 나서는 사람이 없었다. 냄새는 살 사람을 찾는 신호였다. 한동안 앉아서 지나가는 사람들을 살피다가 막 짐을 거두려는데 젊은이 하나가 다가왔다.

"혹시 가흥에서 온 물건이요?"

"그렇소만. 팔리지 않아서 이젠 거두려오."

"내게 한 마리만 파쇼."

월두가 꿰미에서 한 마리를 떼어내서 건넸다.

"조기 값으로 이거면 되겠소? 가진 게 없어서요."

객은 반쪽 고기 모양의 향나무 신표를 꺼내 보였다.

"이리 줘 보시오."

월두는 주위를 두리번거리며 신표를 받아 뒤돌아서 자신이 갖고 있는 것과 맞추어 보았다. 배를 가른 톱니가 꼭 맞았다. 월두는 황급히 짐을 걷고 그의 손을 잡아 근처 나무숲으로 끌고 들어갔다.

"지금 충주로 가는 의병이 경상도와 강원도에서 모여들어 무려 삼천이오. 띄엄띄엄 지나가는 사람들이 행인처럼 보이지만 모두 총칼 지닌 의병이요. 오늘 밤 충주읍성을 칠 것이오."

월두가 한숨을 쉬면서 대답했다.

"지금 가흥에는 미야케 중대와 다나카 중대가 있소. 다나카 중대가 가흥을 지키고 미야케 중대가 충주읍성을 지원할 것이오."

"의병들은 전후좌우중군이 충주읍성 동서남북으로 공격할 것이오. 다나카는 부하들의 목숨을 무척 아끼는 대장이오. 이번에는 관군을 앞세우고 일본군은 나서지 않을 것이오."

멀찌감치 소나무 뒤에서 두 사람을 지켜보던 천탄은 아래를 향하여 손짓을 했다. 순식간이었다. 김백선의 포군들이 몰려들어 그들을 둘러싸고 창을 들이대고 손발을 묶어 대장이 임시로 머무를 장소로 끌고 갔다.

"대장. 단령에서 수상한 자를 잡아왔습니다."

대장은 여지도를 펼쳐 행군 방향에 대해 이야기 나누고 있다가 잡혀온 여일과 월두를 보자 제장과 종사들을 내보냈다.

"이 자들이냐?"

병사가 고개 숙여 '예' 하고 천탄이 뒤에서 고개를 끄덕였다.

"이천만 조선 백성이 모두 일어나는데 네 놈은 조선 사람으로서 함께 일어나지는 못할망정 어째서 왜적놈 편에 붙어 첩자 짓이냐?"

"내게 조선은 없다. 조선을 나를 낳지 않았다. 조선은 내 조상을 모두 죽였다."

"이름은 뭐냐?"

"이름은 없다."

"성은 뭐냐?"

"이름이 없으니 성도 없다."

"네 근본을 모르는구나. 어디서 살았느냐?"

"모른다."

"혹시 글을 아느냐."

대장은 향나무 물고기 모양 신표를 꺼내 그의 눈앞에 대었다. 월두는 고개를 양 옆으로 흔들었다.

"두 놈 다 묶어서 광 속에 가둬라."

대장은 둘을 묶어 그들이 임시로 주둔한 군영, 민가 광 속에 가두라고 했다. 행군 중에 적의 첩자를 잡았으니 목을 베어야 할 일이였다.

"대장. 우린 지금 적을 치러 행군 중입니다. 무거운 짐을 지고 가시렵니까?"

중군 이춘영이 곁에 있다가 걱정스럽게 물었다.

"오늘 우린 여기서 묵는다. 제장들은 군사들을 쉬게 하고 넉넉히 먹여라. 그리고 저자는 오늘 내게 맡겨라."

천탄은 그 뒤에서 눈을 떼지 않았다. 머리가 짧고 입은 옷이 어색한 봇짐장수였지만 얼굴은 틀림없는 월두였다. 천탄은 월두에게서 관원에게 끌려가던 아비의 모습을 보았다.

네가 어떻게 봇짐장수로 나서서 여기까지 왔냐. 살아야 한다. 여기서 살아나야 한다.

월두와 여일이 광 안에서 덜덜 떨며 밤을 견디고 있을 무렵 광문이 열렸다. 한 손에는 두 사람분의 밥을 챙겨들고 한 손에는 등불을 들고 광 안으로 들어온 사람은 천탄이었다. 포군 하나가 뒤따라 들더니 여일을 따로 데리고 나갔다. 월두 홀로 남았을 때에 천탄은 등불을 치켜들고 자신의 얼굴을 비췄다.

"월두지? 날 알아보겠니?"

월두는 천탄의 얼굴을 뚫어지도록 바라보더니 대답 없이 고개를 흔들었다. 천탄은 불을 비춰 얼굴의 불똥으로 흉이 진 자국을 보였다. 월두는 대꾸도 않고 문 쪽만 노렸다. 그러나 그의 눈은 불빛에 흔들리고 있었다. 오랜 세월이 흘렀지만 그토록 글을 배우지 말라고 야단치던 아비임을 알아보고 있었다. 냉정을 잃지 않으려는 듯 애쓰는 표정이 역력해 보였다. 천탄의 눈빛이 월두의 변하는 표정을 놓치지 않았다.

반쯤 열린 문밖에는 창과 총을 든 군사 둘이 지키고 있었다. 창을 피한다 해도 달아나면서 총알보다 빠르기는 어려울 것 같았다. 앞엔 월두의 힘으로 능히 해치울 만한 오십 줄이 다된 늙은이다. 매사에 능란한 월두가 이대로 잡혀 죽는다면 말도 안 될 일이다.

"다시 한 번 봐라. 불똥 맞아 난 흉터가 안 보이냐. 아무리 어렸을 적이라도 잊지 않았을 것이다."

월두는 천탄이 비춰준 얼굴을 살폈다. 오른쪽 볼 밑에 푹 파인 흉터가 있었다. 숯가마에서 어린 월두가 불똥을 잘못 튀겨서 천탄의 얼굴에 떨어졌던 것이다.

"숯가마?"

"그래 맞다. 숯가마다."

월두는 천탄에게서 떠나기 전에 어렴풋이 옛 기억이 되살아났다. 지평에서 서당 근처에 얼씬거렸다가 호되게 야단을 맞고 그대로 집을 나와 산으로 들로 떠돌아다니다가 다나카를 만났다. 월두의 변하는 얼굴을 읽은 천탄이 재우쳐 물었다.

"어디서 뭣하고 살았냐. 어떻게 그놈들한테로……."

"그놈? 내게 먹여주고 입혀주고 글을 가르쳐 주었어요."

"글이 그렇게도 배우고 싶었냐? 네가 글을 배우지 않았더라면 넌 여기까지 안 왔다."

"운이 없어 잡혔을 뿐예요."

천탄은 월두에게 다가가서 귀에 입을 바짝 대고 말했다.

"네가 아무리 그놈들 밑에서 발버둥 쳐도 넌 그놈들이 될 수 없다." 천탄은 월두의 몸을 묶은 줄을 칼로 끊었다.

"이 칼로 내 팔을 찌르고 튀어나가라. 뒤로 돌면 얕은 담이 있다. 뛰어넘어 달아나라. 다시는 날 보지 마라. 그래야 너와 내가 산다. 저자는 내가 맡는다."

천탄이 나무 몽둥이 하나를 집어 들고 일어서는 순간 숯가마 앞에서 얼굴에 불똥이 튀어 고통스러워하던 기억이 되살아났다. 월두의 불장난 때문이었다. 월두는 일어서는 천탄의 뒤에서 꼼짝 못하게 양팔을 껴안았다.

"안 가겠어요. 대장을 만나게 해줘요. 죽더라도 할 말이 있어요."

기척을 느끼고 광으로 들어온 초병이 월두의 등을 총 머리로 내려치자 팔이 풀렸다.

"끌고 가자." 월두는 임시 대장소로 쓰고 있는 민가 대청마루로 끌려갔다.

"의병이 되겠소. 받아주지 않으려면 내목을 치시오."

"넌 조선을 부정하고 욕하고 버리지 않았느냐. 그런데 왜 의병이 되려느냐. 이중 첩자 질을 하려고?"

"맞소. 그래야 이 싸움을 이길 수 있소. 내 조상을 죽인 건, 조선에 못된 권세였소. 난 조선을 위해 의병이 되는 거지, 조선의 관리를 위해서 의병이 되려는 게 아니오. 내가 여기서 달아나지 못하면 많은 의병들이 죽을 것이오."

"그건 또 무슨 해괴한 변설이고 협박이냐? 네가 살려고 함이 아니냐?"

"난 왜병을 너무 많이 알고 있소. 그들의 흉계를 알고 그 음흉을 꾀하는 사람을 알고 있소. 어차피 저들은 이 난리가 끝나면 날 내차 버릴 것이오. 내가 돌아가지 않고 여기에 잡혀 있다는 사실을 알면 나 하나 때문에 이쪽에 여러 사람이 죽게 될 것이오. 자 이제 나를 받지 않으려면 목을 베시오. 목은 반드시 저들에게 보여주시오. 그래야 여러 사람이 살 것이오."

월두가 그 앞에서 지그시 눈을 감자 대장은 고개를 끄덕였다.

"여일을 데려와라."

대장은 월두 앞에 여일을 데려오게 했다. 여일이 대장 앞으로 오자 대장은 갖고 있던 신표를 각각 나눠 줬다.

"네놈들은 조선에 피다. 조선에서 하루 이틀 살 놈들이 아니란 말이다. 이걸 갖고 양쪽을 거침없는 조선의 피로 흘러라. 오늘 밤 충주 근방 내사군에 일만 군사가 충주읍성으로 쳐들어갈 것이다. 네 대장에게 똑바로 알리고 손님 맞을 준빌 하라고 일러라."

월두가 풀려난 후 천탄은 뜬눈으로 밤을 꼬박 새웠다. 어디서 어떻게 살아왔을까. 의병대장에 올라서 첩자부터 처형한 유인석이 자기를 살려 준 속뜻이 뭘까. 진정으로 자기 마음속을 꿰뚫은 걸까.

고장 난 육혈포

그 무렵 중군은 원서에서 숙영을 하면서 참모 이조승을 불렀다.

"성안에 군사가 일천이라면 그들 중에는 반드시 개화 쪽을 반대하는 자가 있을 것이요. 우린 일만이라고 하시오. 실제로 충주에서 오천여 민병이 돕기로 했으니 모두 합하면 일만은 될 것이오. 수는 일만이지만 힘이 문젠데 성안에 있는 자들과 내응이 된다면 우린 풍천노숙하면서 이를 갈고 훈련을 해온 사람들이라고 이르도록 하시오. 죽기를 각오하고 성을 취할 것이라고 단단히 이르도록 해야 한단 말이오. 저들은 분명, 호구지책으로 나가는 자들이 태반일 테니 지키고 있는 성을 목숨과 바꾸려하지는 않을 것이오."

이조승이 나섰다.

"내 형이 성안에 있어요. 이번 일은 형과 내응이 된다면 우리 일만 군사가 충주성을 치겠다는 사실을 흘려 적병에게 겁을 주어야 할 것이오. 내가 나서겠어요."

중군장은 이조승과 서장석에게 돈이 묵직이 든 주머니 두 개를 내주었다. 의병들의 끼니를 굶기지 않도록 민승민 영감에게 받아둔 돈이었다.

"이 돈은 의병과 중군보다 조선을 살리는 데 써야겠소. 안에 있는 자에게 쓰시오. 우리가 성공하면 더 푸짐한 금전을 상으로 주겠다고 하오. 우리 의병은 이번 일에 매우 큰 성패가 달려 있소. 성안에서 몇 사람만 우리 편을 도우면 틀림없이 우리가 이길 것이오."

끈이 닿는다면 자중지란을 일으키는 방법이 최선이었다. 더욱이 오천의 읍민들 마음이 의병 쪽으로 기운 가운데 성안을 들락거리는 벼슬아치들이라도 개화에 목숨을 걸고 지킬 사람은 많지 않을 것이다.

"중군. 저 이조승의 형 이주승 휘하에는 지방군의 대장 노릇을 하는 자가 있는데 뒤에서는 관찰사 김규식을 대놓고 입에 거품 물면서 욕을 하고 있더래요. 성안에 들어와 있는 일본군 대장 요시다의 말에는 껌뻑 죽고 서울에서 내려온 경병대장은 며느리가 된 시어미 모시듯 굽실거리면서 우리 지방군은 노비 다루듯 한다고 하네요. 아무리 큰 죄를 지었어도 고을 읍내에서 금붙이를 가져다 바치는 자는 벌을 면하게 해주고, 세곡을 감해주고 군역을 없애주고 머리 깎는 것도 제삿날 이후로 미루어 준다고 한다니 충주바닥에서는 지금 김규식이 아니라 금규식이라는 말이 나돌고 있어요. 모든 일이 금이면 통한대요. 그래서 부호들은 금을 구하려고 난리를 치르고 금값은 부르는 게 값이래요. 또 서울에서 온 병사들에게는 소를 잡아 먹이고 지방병들은 돼지 내장찌꺼기와 닭의 발목쟁이를 삶아 먹인대요. 그래서 지방병들은 군영에서 깨어나면 '꿀꿀' 거리기도 하고 '꼬끼오' 한다니 우스운 얘기죠."

이조승은 형으로부터 들은 얘기를 중군장 앞에 죽 펼쳤다.

"김규식. 이 자는 순검과 순포를 패악한 무리들로 모아 늘리고 저 자신은 제일 먼저 머리를 깎고 왜복을 입고 왜놈의 칼을 차고 신과 모자까지도 왜놈들 것으로 쓰고 있답니다. 순검·순포를 내보내서 닥치는 대로 머리를 깎게 하니 이를 피해서 고향을 떠나는 자가 한둘이 아니라고 합니다."

"그래서, 그대의 형이 분명히 우리 편을 돕겠다고 했느냐?"

"여부가 있나요. 마음먹는데 따라서는 성안에 병사 일천 중 육백은 우리 아군이나 다름없어요."

이조승이 자신 있게 중군장에게 장담했다.

의병들이 원서에서 진을 치고 하룻밤을 지내는 사이에 월두는 대장에게 풀려나서 충주읍성 서문 밖 저잣거리 객점에서 묵었다. 거기서 아비를 만날 줄이야. 믿기지가 않았다. 언제 자기를 위해 몸을 던져준 사람이 있었던가. 월두를 도망 보내겠다고 칼을 건넨 아비며, 첩자임이 분명한데 살려 보내는 대장이 다나카에게 배운 생각으로 보면 도저히 이해 못할 사람들이었다. 피 때문일까? 월두는 객점에서 차려내주는 저녁밥을 물에 말아 들이켜고 방 안에 드러누워서 천정을 바라보다가 등잔불을 훅 꺼버렸다. 그때서야 비록 검지만 높은 하늘이 드러났다. 아비를 그렇게 오랫동안 떠났어도 이제 보니 같은 하늘 밑이었던 것이다.

밤이 깊어 월두가 묵는 곳으로 다나카가 혼자서 찾아왔다. 밖에서 부르는 목소리에 월두가 황급히 마당으로 나가 맞았다.

"네가 돌아본 생각이 어떠냐? 재 넘어오는 폭도들이 충주읍성 문을 뚫을 수 있을 것 같으냐 말이다?"

"적의 행군 대열이 제천에서 원서까지 길을 메웠으니 일만 군사는 족히 될 듯하오. 폭도가 일만이니, 그 기세에 눌려 성안에 일천은 성문을 스스로 열지도 모르오."

“알았다. 충주성은 내일 밤 안으로 저들의 손에 넘어갈 것이다.”

“그러길 바라오?”

“예비할 따름이다. 저들이 홀로 지켜냈다면 목이 뻣뻣해져서 우리말을 듣지 않을 것이고 그럴 힘이 없어야 우리에게 손을 벌릴 것이니 우린 연약하고 불쌍한 조선에 벼슬아치들이 궁지에 몰려 우리 도움을 고마워 할 때까지 기다려야 할 것이다. 관찰사 김규식은 내일 안으로 내 앞에서 무릎 꿇고 충주읍성을 되찾게 해달라고 애걸복걸 할 것이다. 그자들은 우리가 조선에 온 고마움을 그때서야 알게 될 것이란 말이다. 알아듣겠느냐?”

월두는 왼쪽 무릎을 땅에 꿇고 다나카 앞에 고개를 숙였다.

“월두, 너는 이제부터 내 아들이다. 우리 대 일본 제국은 너 같은 아들이 필요하다. 이걸 받아라.”

칼이었다.

“칼은 나라를 세우는 손이고 지키는 손이다. 네가 내 아들이 되었으니 넌 일본인이다. 너는 이 칼로 일본을 지켜야 한다. 네가 태어난 곳이 어떠하든 너는 이제부터 일본의 아들이니 죽어도 일본을 위해서 죽어야 한단 말이다.”

월두는 가슴을 들킬까봐 떨리는 몸을 감추려고 애를 썼다. 다나카는 월두에게 오늘 밤 일본을 심어주기 위해서 부대로 불러들이지 않고 직접 찾아온 것이다. 월두는 이제야 다나카 뒤에 일본이 있음을 알았다. 다나카가 굳이 이날 밤 자기에게 와서 일본을 심어주려고 하는 이유가 뭘까?

월두는 떨리는 몸을 추슬렀다. 언제 이렇게 몸을 가누지 못할 정도로 흔들려 본 적이 있었던가.

“춥냐?”

"예. 오늘 따라."

"됐다. 들어가자."

두 사람은 방 안으로 들어갔다.

"내일 적들이 충주읍성을 공격할 것이다. 너는 내일 적을 도와서 충주읍성 공격을 도와라. 의병 일만이라면 서로의 얼굴을 모르기는 마찬가지다. 충주읍성을 공격하는 의병들은 너를 모두 아군으로 알 것이다. 그게 네가 일본을 위하는 일이다."

"예."

월두는 그제야 다나카가 조선과 싸우는 일본군 대위로 보였다. 어제까지만 해도 다나카는 빈 배를 채워주는 몸의 주인일 뿐이었다.

"네가 어렸을 적에 말 그림이 있는 패를 달라고 하지 않았느냐? 생말을 한 필 주겠다. 말은 네 몸을 살리는 데 쓰고 칼은 일본을 살리는 데에 써라."

월두는 대답 대신 다나카가 준 칼을 방바닥에 놓고 내려다보았다. 용의 몸통 같은 무늬를 새긴 칼집에 들어있는 일본도는 번쩍거리며 빛이 났다. 다나카는 그대로 방을 나갔지만 월두는 잠이 오지 않았다. 지금까지 무엇에 홀려 뛰어다녔는가. 조선이라는 게 도대체 무엇인가. 일본은 또 무엇인가. 조선의 역사를 알 리 없는 월두는 다나카로부터 배운 일본말을 지껄여 보았다.

"나는 일본인이다?"

월두는 머리를 좌우로 흔들면서 품에 넣었던 서책『묘서련』을 꺼내 읽기 시작했다. 이제는 막히지 않고 읽을 만큼 글을 익혔다. 쥐가 고양이를 잡으려면 자기 목숨을 바쳐서 쥐약을 먹고 고양이에게 먹혀야 한다. 그래야 다른 쥐들이 산다.

충주읍성안, 청녕헌(淸寧軒)에는 경병대장과 일군장교, 그리고 지방대장이 관찰사 김규식을 중심으로 모여 앉았다.

"폭도들이 일만이오. 다나카상 가흥에 있는 병력을 더 보내 주시오."

김규식은 다나카에게 일군 병력을 더 보내줄 것을 요청하였다.

"가흥병력은 지금 여주에서 일어난 심상희 쪽 폭도들을 진압하러 떠났기 때문에 어렵소. 성안에 군사들만으로 사수를 해야 하오."

왜복에 왜색 머리를 하고 게다를 신은 김규식은 불안했다. 일만이라면 육탄전으로 싸운다고 하더라도 맞대응하면 종단 간에는 폭도 일천 이상은 살아남을 것이고 결국 그들의 세상이 될 것이다. 아무리 무기와 병력이 우세하다고 하지만 성문 하나만 뚫리면 끝장이 날 것이다. 싸움은 한 가닥이라도 이길 승산이 있을 때에 벌이는 것이다. 패가 분명해졌을 경우라면 살아남은 군사들은 제 목숨 살리려고 더 이상의 싸움은 포기할 것이다. 김규식의 이러한 두려움을 삼군 제장들은 이미 눈치를 채고 있었다.

의병들이 강을 건너고 연원역을 지나 충주읍성의 외곽으로 몰려들었다. 이른 아침부터 읍내 거리는 난리가 터질 것이라는 소문으로 흉흉했고 장마를 앞둔 개미떼가 줄지어 이동하듯 부산하게 움직였다. 저잣거리에는 날이 밝아도 아예 물건을 내놓지 않았다. 동쪽 심항산(계명산)과 금봉산(남산) 사이, 마즈막재 쪽에서 감돌고 있는 붉은빛이 잠자고 있는 자들에게 세상에서 깨어나기를 재촉하고 있었다. 그러나 사람들이 잠자고 있어야 할 집은 모두 비어 있었다. 눈치 빠른 장사꾼들은 짐을 싸서 대림산 쪽으로 물러났고 월두는 밤을 꼬박 새우고 의병들이 북창 나루를 건너 들어오기만 기다렸다.

관군과 왜병들은 관찰사 김규식을 앞세워 충주읍성을 지키고 있었다.

천탄이 따라나선 백선의 선봉대는 이미 물을 건너고 충주읍성으로부터 오 리쯤 떨어진 곳에 머물러서 첨병을 보내놓고 성문 열 궁리를 하고 있었다. 충주 출신인 장석과 팔용이 충주성의 안에 모습을 백선에게 말로 열심히 그려주고 있었다.

"충주읍성은 동서남북 네 군데에 문루가 있는데 북문은 성안에 거하는 관리들이 주로 드나들고 외객은 남문으로 들어가는데, 남문이든 북문이든 제일 높이 보이는 망루 밑에 있는 것이 화약고고 관찰사 김규식이는 남문을 열면 바로 눈앞에 바라보이는 청녕헌 방 안에서 그날 모아들인 금 조각 세다가 잠이 든답니다요. 그러니 곧바로 김규식의 방을 급습하면 우리 의병들이 한 달 동안 기름진 밥을 먹을 금이 나올 거구먼요."

"닥쳐라! 이놈아. 쓸데없는 소리 그만 지껄이고 어서 앞장이나 서라."

백선이 주변을 돌아보며 각자 임무를 맡긴 초장들의 얼굴을 확인했고 천탄은 백선의 뒤에서 탄알과 화살집을 챙겨 따라갔다. 민의식은 백선의 뒤에 바짝 붙어 사방을 살피며 따라갔다. 민가에서 남문까지는 오십여 보를 더 나아가야 한다. 선봉대는 남문을 앞에 두고 끝닿은 골목마다 차지하여 담 뒤로 숨었다. 얼마 안 있으면 뒤따라오는 후진들이 임무대로 각 문을 앞에 두고 포진할 것이다.

중군과 대장이 이끄는 본진은 북창 나루를 건너 충주 벌을 누비며 성을 향해 몰려들고 있었다. 충주에서 일어난 민군을 합하여 그 수가 무려 일만.

월두는 서문 밖 텅 빈 저잣거리에 숨어있다가 선봉이 지나간 후에 중군이 이끄는 부대 틈에 화승총 하나를 메고 끼어들었다. 원서에서 합쳐진 중군의 군사와 민군들은 어차피 서로를 모르고 있었다.

갑자기 성안에 사람들이 술렁거리기 시작했다. 성안에 포졸과 군졸들이 무장을 하고 청녕헌 앞으로 아전과 향리들이 모여들었다. 경병들은 성벽으로 올라가서 성가퀴에 몸을 숨기고 밖을 살피면서 청령헌과 네 개의 문에서 깊이 질러놓은 빗장을 지켰다. 지방군은 성벽으로 올라가고 성의 문루를 지켰다. 관찰사 김규식이 마루에서 내려와 우뚝 섰다. 망루에는 왜병 장교가 올라가서 성곽 주변을 둘러보고 있었다. 가흥에서 지원 나온 요시다 중위는 김규식을 옆에서 지켜보고 있었다.

"적이 성을 공격할 것이다. 성문을 굳게 닫고 군기고와 화약고를 열어서 무기를 모두 풀어라. 모두 성곽에 올라가서 눈 똑바로 뜨고 굳게 지켜라. 피아가 뒤섞이면 상투만 쏴라. 상투 튼 자들은 모두 적이다."

김규식의 성안에서 감히 상투를 보존하고 있는 자는 하나도 없었다. 그가 일천여 군사들이 듣도록 목청껏 외치자 청녕헌 앞으로 모여든 아전과 향리, 노비들까지도 모두 긴장했다.

"충주 사람들이 삼천이고 유인석 의병이 삼천이니 모두 합하여 육천인데 그들이 한꺼번에 성을 둘러싸고 공격할 거래요. 우리 군사 일천으로는 어림도 없어요."

"지금 밖에서는 들어올 시간만 재면서 칼날을 갈고 있어요. 이럴 땐 도망치는 게 상수지요."

모인 군졸들 틈에서 누군가 수군거렸다.

"머뭇거리는 자는 즉시 베겠다."

군중이 소란하자 김규식은 칼을 빼어들었다. 관찰사 김규식은 군졸을 성벽 위로 올려 보내놓고 방 안으로 들어가서 급히 문갑을 열어 금붙이들을 그러모아 허리에 찬 주머니가 묵직하게 늘어지도록 넣었다. 왜복을 벗어던지고 검은 두루마기로 갈아입었다. 성벽 위에서 남문을 바라봤다.

의병들의 신호는 북문에서 날리는 불화살이었다. 백선은 선봉대를 북문 쪽으로 다섯 명 보내서 청녕헌 뒤편으로 불화살을 높이 쏘아 올리게 했다. 북쪽에서 불화살을 쏘아 올림으로써 그쪽에서 공격하는 줄 알게 하고 남쪽을 치자는 계획이었다. 그러니 북쪽은 군사 다섯으로 오백쯤의 효과를 얻게 되는 것이다.

청녕헌 지붕 기왓장에 불화살 세 개가 한꺼번에 떨어지자 성안에서는 동요가 일어났다. 북문 쪽 화약고 뒤 망루에서 '북문 쪽에 적이 있다!' 하고 소리치자 성안에 대기하고 있던 수비군들은 북문 성벽 위로 몰려들었다. 모두들 총에 화약을 담고 활시위를 당겨 살을 겨누고 있었다.

그러나 화살이 올랐을 뿐 공격군이 나타나지 않자 성안에서는 긴장하기 시작했다. 뒤이어 두 개의 불화살이 북문루 뒤에 있는 망루를 향해 날아갔다. 문루 위에서는 왜병 둘이 북문 밖 화살이 날아온 곳을 향해 포를 쏘고 있었다. 이렇게 되자 성벽 위에서 구간 경계를 하는 군사를 빼고는 모두 북문 쪽으로 몰려들었다.

북문 쪽에서 불화살이 두 번째 솟아오르는 것을 본 백선은 휘파람으로 주변에다 쏘라는 신호를 보냈다. 수백여 화승총과 화살이 문루를 향해 쏘아대니 살아남을 자가 없었다. 마지막 남은 서너 명이 응원을 구하러 북문 쪽으로 소리치며 달려갈 때에 백선은 남문루로 달려가 갈고리 달린 밧줄을 던져 문루 난간에 걸었다.

백선은 제일 먼저 밧줄을 잡고 문루로 기어오르고 뒤에서 선봉의 의병들이 줄줄이 따라 오르고 있었다. 그때서야 북쪽으로 몰렸던 성안에 수비 관병들이 남문을 향해 몰려오고 있었다. 커다란 체구의 몸이 그토록 날랠까. 성벽에 기어오른 백선과 선봉대원들은 문루로 올라오는 수비군 서넛을 순식간에 처치하고 밑으로 내려갔다. 문을 지키던 자는 양쪽 성벽에서 내려온 선봉대의 칼에 쓰러졌고 백선은 도끼로 성문의 빗장을 내리쳤다.

"선봉장 어서 오시오. 내가 이조승의 형 이주승이요."

성안에 심어 놓았다는 수문장 종사 이조승의 형이었다. 상황을 간파한 수문장은 벌써 달아나고 없었다. 성문이 열리자 선봉대를 앞세운 의병들은 함성을 지르면서 성안으로 물밀듯이 몰려 들어갔다.

망루에 올라간 왜병 대장이 북을 울리며 노란 깃발로 원을 크게 그렸다. 적들이 성을 포위하고 몰려온다는 신호였다. 성 밖에서 의병들이 몰려들자 망루에 함께 올라갔던 일본군이 포를 쏘고 총잡이는 밖을 향해 총을 난사했다.

청녕헌에서 남문 쪽을 바라보고 있던 김규식은 속에 두루마기를 입고 겉에는 관복을 입은 채 어디로 갈지 몰라 허둥대면서 남문이 뚫렸는지도 모르고 소리를 질렀다.

"무슨 일이 있어도 성을 사수해야 한다. 적이 가까지 오지 못하도록 계속 발포하라."

김규식은 성벽을 향하여 우렁차게 병사들을 향해 외치면서 밖을 살피다가 황급히 남문 옆에 나 있는 조그마한 굴문(아문, 야문) 쪽으로 갔다. 아무도 지키지 않았고 문은 안에서 빗장이 걸려 있었다. 그는 주변을 두리번거리다가 관복을 벗어버리고 빗장을 열자마자 쏜살같이 민가 쪽을 향해 있는 힘을 다해 도망쳤다. 그 뒷모습을 본 관병 하나가 남문 쪽에서 소리쳤다.

"관찰사가 도망쳤다."

관병 하나가 용케 왜놈의 머리를 한 관찰사 김규식임을 알아차린 것이다. 그러나 그 자는 날아오는 총탄에 맞아 그 자리에서 고꾸라졌다. 그 소리를 들은 자가 있는지 없는지 관병들은 총 쏘기를 멈추고 허둥대고 있었다. 북문이 빼꼼히 열렸고 눈치를 챈 이방과 아전들은 소리 없이 하나둘 밖으로 빠져 나갔다. 그들은 이미 지방군 대장으로부터 어젯밤 박달고개를 넘은 의병 삼천이 새벽에 원서를 출발해서 북창나루를 건너 이리로 오고 있다는 소식과 충주읍내에 힘을 쓸 만한 젊은이들은 모두들 손에 쇠붙이를 들고 성을 향해 공격해올 것이라는 소식을 들어둔 터였다. 새벽부터 성안으로 들어오면서 언제쯤 성 밖으로 도망칠까 하는 궁리만 하던 자들이었다.

망루 올라가서 포를 쏘는 왜적 둘이 내려오다가 천탄의 앞에서 쏘던 선봉대의 총에 맞아서 떨어졌다. 갑자기 사방이 쥐죽은 듯 고요해지고 누군가 큰 소리로 외쳤다.

"적군 수만이 몰려온다. 이대로 성안에 있다가는 우리 모두 어육을 면치 못할 것이다. 도망가자."

"남문이 뚫렸다. 모두 도망가자. 북문도 열렸다."

대장과 중군이 이끄는 의병 본진은 선봉대가 열어 놓은 서문으로 향하고 있었다.

지방군들이 먼저 열린 성문을 향해 슬금슬금 빠져나가가고 있었다. 네 개 문에 빗장이 부러지면서 문이 열리자 밖에서 몰려든 의병들은 함성을 지르며 성안으로 밀어닥쳤다. 월두는 그들 틈에서 서툴지 않게 함께 의병이 되었다. 수천의 의병들 중에서 아무도 월두를 알아보는 사람은 없었다. 그와 동시에 칼을 휘두르는 백선의 선봉이 동문과 서문 쪽으로 달려가자 두 문은 제풀에 모두 열렸다. 도망병들이 동문과 서문으로 몰려들면서 문루에서 불길이 치솟았다.

"여기 있다가는 다 죽는다."

누군가 크게 외쳤다. 성벽 위에 있던 군졸들이 열린 성문으로 빠져나갔다. 천탄은 선봉대를 따라 안으로 들어가 성안에 이곳 저곳을 뒤지면서 다녔다.

"관찰사가 도망을 친지도 모르는 동문과 서문에서 들어온 의병들이 김규식을 잡으려고 청녕헌 쪽을 향해 달려가 에워쌌다. 마루에 올라 방문을 발로 걷어차서 넘어뜨리고 방 안에 든 백선은 빈방에 흐트러진 문갑을 보면서 김규식이라는 자가 이미 도망쳐버린 것을 직감하고 분통을 터뜨렸다. 민의식이 뒤따라 들어가 이것저것 뒤지면서 살폈다. 성안에 있던 관군들은 북문으로 모두 도망치고 관노들만 객사와 제금당에 모여서 덜덜 떨고 있었다.

중군장은 동문과 서문에서 진입해 도망치는 관군과 왜군을 베면서 성안으로 들어갔다. 미처 도망가지 못하고 잡힌 자들이 깎은 머리를 드러내고 의병들에게 잡혀 청녕헌 앞마당으로 끌려나왔다. 그들은 몸을 벌벌 떨고 있었다.

"김규식인 어디 숨었느냐?"

중군장이 그들 중 하나의 목에 칼을 대고 관찰사의 행방을 물었지만 그는 고개를 흔들 뿐이었다. 김규식이 간 곳은 아무도 몰랐다.

"모두 풀어줘라. 이자들이 무슨 죄가 있겠느냐?"

언제 들어왔는지 대장이 마루에 올라서서 명령을 내렸다. 그날 충주성의 주인이 바뀌었다.

"관찰사 김규식을 잡아오는 자에게는 큰 상을 내리겠다. 멀리는 못 갔을 것이다. 충주 바닥을 샅샅이 뒤져서 잡아 와라."

중군장은 성안을 돌아다니면서 창고와 무기고부터 살폈다. 잔뜩 쌓여 있어야 할 창고가 허룩하게 비었다. 무기와 탄환도 얼마 남아있지 않았다. 의병을 대비했어야 할 성 치고는 너무 허술했다. 그동안 일본군과 경병이 먹고 마시고 했겠지만 가을에 잔뜩 거두어들여 쌓았을 곡식이 모두 어디로 사라진 것일까. 중군장이 재빠르게 계산해도 성안을 장악한 의병들이 열흘을 먹고 나면 바닥이 날 정도였다.

민병이라는 이름으로 의병들과 합세하여 성안으로 들어온 충주읍민들은 환호하면서 성안 이리저리로 김규식을 찾으려고 눈에 핏줄을 세우고 돌아다녔다. 대장의 종사들이 청녕헌에 대장소를 차리자 밖에서 하나둘씩 의병을 돕겠다고 사객 장충식을 통하여 성안으로 몰려들었다.

"나는 청풍에 사는 윤정섭이오. 내 아우 양섭이 의병 중에 있소. 우선 천 냥을 가져왔소. 내 가산을 모두 털어 도울 테니 부디 대의를 지켜주기 바라오."

그 뒤로 심학수와 임영호가 들어왔다.

"그동안 밖에서 들으니 김규식이 거둬들인 곡식을 팔아 금으로 바꾸고 서울로 빼돌렸다는 소문이 자자했으니 성안에 창고가 넉넉지 못할 것이오. 우리가 비록 살림은 풍족치는 않으나 충주 바닥에 산다 하는 자들의 뜻을 모아 군사들의 식량을 돕겠소."

대장은 이들에게 정중하게 답례했다.

"모두들 고맙소. 고을에서 이렇게 환영하고 도와주니 백배 힘이 솟는구려. 이제는 의병들이 성을 굳게 지킬 것이니 염려들 마시오."

대장은 이범직을 강제 삭발이 가장 심하다는 천안과 공주로 보내서 천안 군수 김병숙과 공주 군수 이종원을 베도록 하고 군사를 더 모으도록 했다. 서상열과 원용정, 홍선표를 영남으로 보내 군사를 모으고 이를 훼방하려는 예천에 유 모(某)를 처단했다.

중군장이 안창에서 의병을 일으킬 때에 돕지 않고 도망했던 원주 군수 이병화를 찾아내라는 명령을 내리고 수색하기 시작하자 자수를 해왔다.

"이자는 자수를 했으니 용서해 주는 것이 옳겠소."

대장과 참모가 앞에 엎드려 사죄하는 이병화를 보고 중군장의 의견을 기다렸다.

"이자는 우리가 안창에서 의병을 일으켜 원주 관아로 가서 협조를 구할 때에 도망을 쳤던 자요. 처단하지 않으면 내가 중군에서 물러가겠소."

중군장은 그 때를 생각하면서 앞에 엎드린 이병화를 보다 분노가 치솟았다. 그 모습을 본 대장은 우선 옥에 가두도록 했다.

영춘 군수 신영휴가 와서 도왔고 새로 부임한 천안 군수 김병수가 자주 와서 의병들을 도왔다.

부자들은 어느 쪽에 선을 대야 할지 눈치만 살피고 있었다. 아무리 의병들이 읍성을 차지했다고 하지만 관군과 왜병이 되찾을 것이다. 그때에 의병을 도왔다는 사실이 들통 나면 또 곤욕을 면치 못한다. 죽은 듯 고요하게 숨어있어야 한다. 벼슬아치들도 마찬가지였다. 의병은 의병일 뿐이다.

대장이 장소 안에서 중군장과 제장들을 모아 앞날을 궁리하고 있을 때에 밖이 떠들썩하게 웅성거렸다. 충주성에 진을 치고 밖으로 나간 의병들은 머리를 깎은 자들을 잡아들였다. 머리에 쓴 수건과 복면 같은 두건을 홱 벗겨내자 박박 깎은 머리가 그대로 드러났다. 어떤 자는 밑을 다듬은 상고머리였고 어떤 자는 고슴도치 같은 머리털이 벌써 꽤 자라 있었다. 줄잡아 사오십 명. 그들은 청녕헌 앞 차디찬 흙바닥에 꿇어 앉아 오들오들 떨고 있었다. 중군장이 하나하나 출신과 죄를 물었다.

"네 출신이 무엇이냐?"

"순검입니다."

"너는?"

"순포입니다."

"왜적의 심부름꾼이구나. 가둬라."

"살려주시오."

"누가 널 죽인다고 했더냐?"

"폭도들에게 잡히면 머리 깎은 자는 모두 죽인다고 해서요."

"그래서 도망가라고 하드냐?"

"예."

"그런데 왜 도망가지 않았느냐?"

"목이 잘리면 머리 터럭은 자라기를 멈출 것이지만 목숨이 붙어 있으면 다시 자라날 것입니다. 진정으로 잘리지 말아야 할 것은 목이지 머리카락이 아니라서."

"개화 놈이로구나. 쳐라."

그자의 목을 치려는 사이에 의병 한 사람이 남문 쪽에서 달려왔다.

"대장. 호암촌에 이규명이라는 자가 긴히 드릴 말씀이 있다고 뵙기를 청합니다요."

"무슨 일이냐. 이 밤중에. 호암촌이라면."

"여기서 남쪽으로 오 리 길, 금봉산 끝자락에 있습니다요."

"들어오라. 무슨 일이냐."

"관찰사의 탈을 쓰고 충주 고을민의 머리를 무참하게 삭발하던 김규식이 저의 집에 있습니다."

"지금 당장 병사를 데리고 가서 그자를 잡아오라."

종사 오명춘이 대장의 명을 받고 이규명을 앞세워 남문을 나가 호암촌으로 내달렸다.

대장은 잡아온 개화당 순검들을 옥사에서 재우고 이튿날 다시 끌어냈다. 잡힌 자의 애비와 에미와 마누라와 자식까지 성안으로 밀고 들어와서 대장 앞에 엎드려 살려달라며 울고불고 야단이었다.

"모두 풀어줘라. 스스로 깎은 것이 아니라면 목숨을 부지하기 위하여 깎였을 것이다. 오늘 소를 잡고 음식을 마련하여 성 밖에 아전들과 백성들을 불러들여 실컷 먹여라. 김규식, 저자와 왜병들의 행악이지 힘없는 백성들이 무슨 죄가 있겠느냐?"

대장이 불러들이라는 사람들 중에는 아전들도 끼어 있었다. 아전들은 김규식이 열을 거두면 둘을 더하여 자기 배를 채운 자들이었다. 종사들이 못마땅해 했다.

"대장. 아전들은 베어서 본을 보여야……."

"한다, 이 말이냐? 내 그를 모르는 게 아니다. 그러나 구별 말고 함께 먹여라."

대장은 아전들을 잡아다가 징치하자는 것을 단호하게 막았다. 모두 필요가 있기 때문이었다. 성안에서 잔치가 벌어졌다. 이를테면 싸움에서 이기고 읍성을 점령한 자축연이었다. 그때서야 웅크리고만 있던 성 밖에 부호 몇이 대장에게 찾아와서 넙죽넙죽 절을 했고 김규식에게 금을 갖다 바치고 쌀가마를 챙겨 뒤가 구린 몇몇은 아예 마차에 쌀가마를 앞세우고 들어와서 허룩했던 창고 본래의 자리에 쌓았다. 병사들은 오랜만에 추위도 잊으면서 거방지게 먹고 마시며 움츠렸던 가슴을 풀었다.

"대장, 호암촌에 숨어있던 김규식을 잡아왔습니다."

붉은 밧줄에 꽁꽁 묶여서 들어오는 김규식은 검은 두루마기에 상고머리, 도망칠 때 그대로였다. 눈에 두려움은커녕 의기양양한 생기가 돌았다. 그런 눈을 보니 대장의 눈에 살기가 돌면서 가슴에 피가 눈으로 붉게 뻗쳤다.

"살기를 바라느냐?"

"살려만 준다면 내게 왜놈들을 쳐부술 계책이 있소."

"네 주인을 쳐부수겠다고? 넌 왜놈의 주구(走狗)였지 않느냐? 네놈에겐 어느 쪽이 간이고 어느 쪽이 쓸개더냐? 다시 왜놈의 세상이 오면 또 그쪽에 붙을 놈이다."

김규식은 눈을 부라렸다.

"네 놈의 목 값은 네가 자른 백성들의 머리터럭 한 오라기만도 못하다. 뭣 하느냐. 머리카락 한 올 값어치도 안 되는 저놈 목을 당장 베어라."

북문루에 대장이 올라앉아서 머리를 베게 했고 그 목은 장대 끝에 달아 북문에 삼 일을 두고 백성들의 원한을 달랬다. 김규식의 잘린 머리를 보고 나서야 백성들은 안도의 한숨을 쉬면서 뿔뿔이 헤어져 돌아갔다.

김규식을 잡아온 오명춘에게는 상을 내렸다. 그러나 김규식의 손발이 되어 날뛰던 참서관, 경무관 같은 자들은 어디로 도망을 쳐서 숨었는지 알 수 없었다.

성안에서 의병들과 휩쓸려 다니던 월두는 풀려나는 삭발자들의 틈에 끼어 성을 빠져나가 성안에 상황을 다나카에게 보고했다.

"충주읍성을 점거한 폭도들은 성문을 굳게 닫고 수비하고 있습니다. 안에서는 양곡을 풀어 군사들을 먹이고 밖으로는 머리 깎은 자들을 잡아들이고 있습니다. 양반 부호들에게는 폭도를 지원할 물자를 협박하고 다니고 있습니다. 대장은 유인석이고 중군장은 이춘영인데 관찰사 김규식을 목 베고 원주 군수 이병하는 옥에 가두었답니다. 폭도들의 움직임을 보면 제법 조직과 지휘체계가 갖추어져 있는 듯하고 무기와 탄환도 충분히 확보하여 충주읍성 탈환은 다소 시간이 걸려야 할 것 같습니다. 성안에는 식량이 그리 많지 않은데도 군사들에게 넉넉히 먹이고 있으며 이들은 가흥과 수안보를 공격할 준비를 하고 있다고 합니다."

월두는 충주읍성을 공격하는 틈에 끼어 성안으로 들어갔고 머리 깎은 사람들을 잡아다가 문초하고 풀어주는 틈에 끼어 밖으로 나왔다. 성안에서는 여일이 도왔다. 다나카의 얍삽하고 기름진 얼굴에 음흉한 웃음과는 달리 의병 대장은 초로의 주름진 얼굴에 근엄한 미소를 띠면서 흰 수염을 쓸어내리는 승자의 여유가 보였다. 조선은 쫓기고 있었지만 그는 분명히 관군과 일본군을 쫓고 있었다. 여일의 유인으로 월두가 첩자임을 알았는데도 대하는 태도가 인자하고 부드러웠다. 그는 무인이 아니고 선비임이 분명했다. 선비가 조선 폭도를 이끌고 지휘한다. 월두로서는 이해하지 못할 일이었다.

"너는 이제부터 대 일본 제국의 군인이다."

다나카의 말을 되새기며 월두는 눈을 감고 고개를 흔들었다. 얍삽하고 기름진 얼굴에 음흉한 웃음이 일본의 얼굴이었다.

여일과 월두에게 대담하게 신표를 도로 내어주는 믿음 앞에 그는 그 방자하던 호기를 잃고 주눅이 들어 고개도 못 들고 진영을 빠져나왔다. 대장이라는 조선폭도 두목의 말을 되뇌면서 월두는 눈을 감고 고개를 끄덕이고 있었다. 여일은 머리를 깎은 자들 틈에 묻어나오는 월두를 보며 손을 흔들었다.

금계 선생 편에 충주성을 점령했다는 소식을 들은 민승민 영감은 안채에다 봉송을 준비하도록 이르고 충복의 손에 들려 괴은의 모친 댁으로 보냈다.

"마님. 저 충복입니다요. 그간 괴은 서방님 걱정을 얼마나 많이 하셨어요? 영감 댁에서 이걸 좀 갖다 드리라고 해서 왔어요."

"그래. 충복이로구나. 어서 들어와라. 모두 무고하시지?"

어머니 최 씨 부인은 충복을 아들 보듯 반갑게 맞았다. 목판에 담아 보자기에 싼 것은 약식과 쌀강정이었다.

"영감마님께서 이런 일 저런 일로 걱정이 많으실 텐데 이런 걸 다 보내시고. 송구해서 어쩌나."

"귀한 댁 자제분을 사지(死地)에 보냈다고 영감마님께서 괴은 서방님 걱정이 더하시는 걸요."

"장부가 할 일이라면 의당 해야지. 그게 나라를 위한 일이라는데."

최 씨 부인은 충복의 말에 잠시 잊고 있던 괴은 생각으로 미간을 찌푸렸다. 두 달이나 되어 가는데 소식 한 장 없었다. 무소식이 희소식이라지만 가끔씩 꿈을 꿀 때면 이 생각 저 생각으로 잠을 못 이룬 적이 한두 날이 아니었다. 뛰어 노는 어린 손자를 볼 때마다 '저것들이 애비 얼굴을 꼭 봐야할 텐데' 하는 기대와 걱정뿐이었다.

"영감께서 사람을 보내 소식을 알아봤는데 의병들이 충주성에 있는 왜적놈들과 그 앞잡이 놈들을 내쫓고 그 안에서 주인 노릇을 하고 있답니다. 서방님이 그중에서 제일 무거운 책임을 맡은 중군 장수라고 해요. 제천에 유인석이라고 하는 분이 오천도 넘는 의병의 대장인데 서방님은 병사 일천을 거느리는 중군장을 맡고 있대요. 서방님도 매일 밤잠 드시기 전에 마님 생각을 하시겠지만 나라 일 때문에 마음뿐이시겠지요."

충복은 민승민 영감이 시켜서 충주에 다녀온 얘기를 최 씨 부인에게 자세히 전하고 있었다. 걱정하고 있을 것을 염려한 민승민 영감의 배려였다.

"고맙고 고맙네. 영감께도 고맙다고 전하게."

충복은 밖으로 나가서 나뭇단을 날라다 부엌에 들여놓았다. 부인 김 씨는 어느새 부엌으로 나가서 쌀을 씻어 솥에 안쳤다. 간다고 하는 충복을 최 씨 마님이 붙잡아 저녁밥을 굳이 먹여 보냈다. 그렇게 해야만 아들 같은 손님을 편안하게 보낼 것 같았다.

"마님. 사실은요, 보름에 한 번은 의병들에게 다녀오고 있어서 그곳 소식을 전해 듣고 있어요. 전세도 알아보고 의병들에게 부족한 물건도 보내주고 하면서요. 마님께서 서방님 소식을 들으시면 걱정이 더하실까봐 뜨막하게 알려드리러 온 것이니 용서하세요."

충복은 어른스럽게 민 영감의 속마음을 대신 전하고 있었다.

"애기야. 내일은 목골에 좀 다녀와야겠다. 큰댁 며느님하고, 손주며늘 애가 제대로 지내는지 궁금하기도 하고 섬실에 안 서방 댁도 들려봐야 하겠다. 의병 나간 아들을 둔 에미 마음이 잘 있다는 소식을 듣고도 왜 이리 불안하냐. 방정맞은 생각을 하지 말아야 하는데."

충복이 돌아가고 나서 김 씨 부인은 시어머니 최 씨의 자리를 펴 드리고 방으로 돌아와서 먹을 갈아 종이를 펼쳐놓고 무릎을 꿇었다. 붓을 쥔 손의 힘을 조이고 늦추면서 매화나무 가지를 쳤다. 겨우내 불어온 바람은 부인의 저고리 섶 밑으로 스며들어 살을 시리게 했다. 가지를 그려놓고 그 가지를 시리게 하는 바람을 그리려 했지만 보이지 않는 바람을 어떻게 그릴 것인가. 붓을 놓고 망설이다 저고리 섶을 여몄다. 그녀는 차가운 맹물을 붓에 찍어 화지에다 싸늘한 바람결을 그렸다. 붓이 가지와 꽃을 스치자 종이에 그린 먹물을 퍼뜨려 바람을 일으켰다. 뼛속까지 파고들던 시린 바람은 괴은의 부인 손끝에서 그렇게 불고 있었다.

그녀는 종이 위에 이는 바람이 멈추기를 기다려 눈을 감고 있다가 다시 붓을 들어 그 끝으로 조심스럽게 꽃을 한 잎씩 찍어 한 송이를 피워냈다. 살림이라고는 나 몰라라 하고 밖으로만 내돌아치더니 남편은 그렇게 의병을 나갔다. 지금쯤 어디서 한뎃잠을 자고 있을 것인가. 저녁은 먹었을까. 의복은 성할까. 문풍지 뚫고 스며드는 이 찬바람이 거기도 불까. 맹물로 그린 바람이 말라 멈추자 부인은 붓을 들어 끝을 살짝 내리고 가늘게 출렁거리는 바람을 줄줄이 그어놓았다. 이제 피어난 꽃이 바람에 흔들릴 것이다. 이쯤 해두자. 김 씨 부인은 먹물이 마르기를 기다려 고이

접었다. 차곡차곡 대광주리 안에 넣었다. 봄이 오기 전에 한가득 꽃을 담을 것이다.

부인은 잠든 아이가 걷어찬 이불을 끌어 덮어 주었다. 며칠 동안 아비를 그렇게 찾더니 이제 아주 잊어버렸나보다. 아이에게 남편이 떠나는 모습을 보여주지 못한 게 못내 아쉽다. 다시 무릎을 꿇고 앉아서 눈을 감았다. 남편이 떠나 있을 땅을 감고 있는 눈앞으로 불러왔다. 어느 곳을 가나 산이 있고 물이 있고 들이 있을 터이지만 한겨울엔 모든 것이 얼어붙어 머물러 있을 것이고 흐르는 것은 오로지 바람뿐, 눈 감아 정돈된 세상이 떠오르는 남편 곁으로 불어 그 모습을 흩어버리고 마는 바람이 미웠다. 그래도 바람이 불어야 봄이 오고 꽃이 피고 남편이 돌아올 때가 되는 것을.

윗방에 누운 시어머니 최 씨 부인도 잠을 못 들기는 매한가지였다. 이제는 돌아간 남편과 함께 살았던 목골로 돌아가야겠다. 아무래도 고향 같은 목골로 가면 불면은 덜하겠지. 최 씨 부인은 요즘 와서 잠 못 자는 밤이 더 늘어났다. 며늘애도 편치 않아 하는 심기가 빤하다. 허공으로 빠져나가려는 넋을 애써 붙잡고 밥을 해대며 빨래를 해 널고 땔나무를 모아오는 게 눈에 보였다.

어제는 막쇠 어미가 찾아왔다.

"뭐 좀 들은 소식이 있슈? 괜찮겠쥬? 벨일 없겠쥬?"

대답을 기다리는 물음이 아니라 그냥 그러기를 바라는 주문이었다.

"총이라는 것이 있는데 등잔처럼 심지라는 게 달려 있고 그 안에서 총알이라는 게 있어서 불을 붙여 쏘면 '빵' 하고 날아가서 사람 살에 맞는데 보기에는 손가락 한 마디밖에 안 되는 조그마한 알이 콕 박혀 그 자리에서 죽는다던데. 왜적놈들을 만나면 그걸로 먼저 빵 쏘아야 지가 산다던데. 숯만 굽던 우리 아들이 그걸 잘 할라나. 그 험한 짓을 해가지고 벌어서 엽전 한 꿰미를 보냈으니 가여운 것. 목숨 걸고 그렇게 돈벌이하다가 죽으믄 즈이 에미 가슴에 얼마나 큰 대못을 박을려구."

문지방 밑 댓돌에 털퍼덕 앉아서 들어오래도 듣지 않고 생각나는 대로 의병 나간 아들 얘기를 주워섬기는데 의병에 데리고 나간 사람이 최 씨 부인의 아들이니 그 앞에서 죄인 된 듯 민망할 수밖에 없었다. 감자를 찔 때도 그녀의 몫까지 넉넉하게 더 쪄서 가져갔고 고뿔들어 코를 훌쩍거리며 눈물까지 흘릴 때는 아예 밥과 국을 목판에 담아다 방 안에 디밀어 주었다.

막쇠 어미가 아니었다면 더 붙어있을 이유가 없으니 오래전에 곡수에서 떠나 벌써 목골에 돌아갔을 일이었다. 마음이 견디기 어려울 때면 찾아오는 막쇠 어미를 두고 고향으로 돌아간다는 것이 전장에 함께 나온 의병을 적병 앞에 내버려 두고 혼자서 돌아가는 것만큼이나 죄스럽고 미안했다. 그래서 미적미적했던 것인데 요즘 들어 이러다가는 영영 목골에 돌아가지 못할 것 같다는 생각이 부쩍 들어 마음 정리하기를 서둘렀다.

며늘아기는 어떻게 생각하고 있을까. 물어보려니 또 하루 종일 남편 생각만 하면서 일을 그르칠까 두렵다. 어두워지는 귀였지만 창호지 겨우 두 장 사이로 건넌방에서 뒤척거리며 잠을 못 이루는 기척은 몸으로 느껴도 선하게 그 얼굴이 그려졌다. 그렇게 괴은이 없는 밤은 최 씨 부인과 김 씨 부인 모두에게 길고 춥고 무섭고 아프고 지루했다.

잠이 깨기가 무섭게 최 씨 부인은 농 안에서 주섬주섬 옷가지를 꺼내 보퉁이를 쌌다. 며늘아기 시집올 때에 예단으로 받았던 은은한 검은색에 자줏빛 띠는 공단 두루마기 위로 여우털을 둘렀다. 이만하면 상동에 목골로 가는 한치고개 바람은 너끈히 피하고도 넘을 것이다. 최 씨 부인은 아침상을 받으면서 며늘아기에게 일러주었다.

"오늘 목골에 좀 다녀와야겠다. 별일이 없으면 사나흘 만에 올 것이고 이웃에 좀 돌아보다가 늦어지면 보름은 걸릴 것이다. 의병을 나간 사람들이 모두 괴은이한테는 소식이 오는지 우리 집 쪽만 쳐다보고 있다더라. 내가 민 영감처럼 묵직하게 엽전 한 꿰미씩은 못 전해주더라도 어제 충복이에게 들은 얘기라도 전해줘서 맘이라도 편케 해줘야겠구나. 모두들 돌아올 사람이 있다는 희망이라도 갖구서 살게 해줘야지."

"햇살이라도 퍼지거든 가시지요."

김 씨 부인은 부랴부랴 쌀을 불려 담그고 맷돌을 돌렸다. 민 영감 댁에서 가져온 귀한 쌀이었다. 남편이 오면 언제 오든지 보리 한 알 섞지 않고 씻어 앉혀서 곱게 한 사발을 밥으로 지으려던 쌀이었다. 떠난다니 손이 바쁘다. 그를 보고 있는 최 씨 부인이 그만두라는 소릴 하지 않았다. 저것이 분명 괴은을 위해 두었던 것일 텐데 시어미 손에 들려 큰집에 윗동서에게 전하려는 것이겠거니.

최 씨 부인은 못이기는 척하고 방 안으로 들어가서 기다렸다. 얼마 지나지 않아 아궁이에 불을 때고 쌀가루를 안친 시루에서 김이 솟았다. 어젯밤 먹물로 꽃을 만들던 종이바닥같이 흰 백설기가 시루에서 익은 채로 구수한 쌀 익는 내를 풍겼다. 들기 좋게 썰어 목판에 담고 보자기로 쌌다. 아무래도 노모에게 짐을 들려 보내기가 민망했다. 김 씨 부인은 아들을 불러냈다.

"할머니 모시고 목골에 좀 다녀와라."

아들은 올해 열 살. 할머니를 퍽이나 따랐다. 귀까지 가리는 방한모를 눌러쓰고 솜을 두둑이 넣은 바지에 동저고리를 입혔다. 아들은 강아지가 주인 따라 나서듯 보퉁이를 들고 앞장섰다. 상동으로 가는 한치고개를 오르면서 열이 오르는 아들은 떡 보퉁이를 고쳐들고 할머니에게 물었다.

"할머니. 아버지가 머리 안 깎을라구 의병 갔어요?"

"아니다. 애비는 머리 깎는 왜적놈들 죽이러 간 거다."

대장은 종사들을 시켜 충주고을 안에 앞장설 만한 사람들을 찾아다니면서 의병에 나설 것을 종용했다. 충주에다 터를 잡고 서쪽으로 나아가려면 의병들을 더 모아야 할 것이다. 그러나 이미 싸움의 이쪽저쪽에서 삶과 죽음 사이를 오고간 사람들은 선뜻 나서기를 꺼려했다. 문을 잠그거나 숫제 활짝 열어젖혀 놓고 집을 나가서 몸을 피해 난이 끝나기만 기다렸다. 대장은 가슴을 쓸어내리면서 안타까운 일이라고 저녁마다 제장들 앞에서 걱정을 했다.

성을 빼앗긴 왜병과 관병들은 가흥과 안보에서 진을 치고 매일 약한 곳을 골라서 집적거리며 덤벼들었지만 대장은 일절 응사하지 못하도록 했다. 적이 성에 접근하면 총알이 닿을 수 있는 거리 안에 들었을 때에 일제히 발포하도록 단단히 일러두었다. 적의 교란작전에 넘어가지 않기 위함이고 귀한 총알을 아끼기 위함이었다. 머잖아 흩어진 관병을 모아서 성을 반격할 것이라는 소문이 성안에 뒤숭숭하게 나돌았다. 천탄은 여전히 백선을 따라다니면서 산발적으로 덤벼드는 관군과 왜적잔당을 소탕하고 성으로 돌아왔다. 설이 지난 정월 초열흘 밤이었다. 천탄이 성문 수직 교대를 하고 들어와서 잠이 들었는데 밖에서 누군가 들어와서 깨우고 있었다.

"형님, 저 막쇠요. 군사들을 먹일 밥을 해야 하는데, 불 피우기가 쉽지 않아요. 형님이 좀 도와줘야."

천탄은 눈을 비비며 일어나서 제금당 옆에 가마솥을 걸어놓은 쪽으로 갔다.

"장작이 얼마 남지 않았어요. 숯불을 지피려는 데 불이 붙지 않아요."

천탄은 나뭇단 밑을 들치고 부스러기를 긁어모아 아궁이에 넣고 밑불을 만들었다. 백탄 덩어리를 그 위로 얹고 마른바가지를 흔들어 바람을 일으켰다. 으스스한 몸에 열기가 오를 무렵 불도 빨갛게 피어올랐다. 바라보고 있던 막쇠가 안도하면서 끓인 물에 쌀을 씻기 시작했다.

"불 피우는 데는 형님을 당할 사람 없네요. 전군장 홍대석이 군사들을 데리고 유주막에 나가서 왜병들을 치고 돌아오는 중인데 엊저녁을 굶었대요. 성문이 열리기 전에 밥을 지어내라고 하니 급하긴 하고 해서."

막쇠는 미안해했다. 막쇠 외에도 대여섯 병사가 부산하게 오가면서 밥을 하고 국을 끓이고 있었다.

"형님, 중군장이 매일 밖에 나가서 양식을 모아들이고 있는데 양이 날마다 줄어요. 지금 창고에 있는 걸로는 열흘 견디기 어려워요. 땔나무도 줄고요. 밖에서는 지금 성안에 양식과 땔감을 대주는 자들을 찾아다니면서 훼방을 놓고 있대요. 의병들이 성안에서 얼마 못 갈 것이다. 관군과 일본군이 곧 성을 되찾으면 그동안 의병을 도운 자들을 찾아내서 의병들과 똑같이 벌할 것이다. 이런 소문이 돌고 있대요. 성을 포위하고 먹을 것만 끊어도 머지않아 말라 죽을 것이니 그때까지만 기다리라고 한대요. 형님. 우린 앞으로 어떻게 될까요?"

“선봉과 중군이 있다. 우린 둘만 믿음 된다.”

막쇠가 천탄을 불러낸 것은 불을 피우기 위함이 아니리라. 객지 타향에 나와서 아는 이라고는 천탄뿐. 마음은 점점 불안하여 누구 하나 붙들고 얘기할 사람이 없었는데 마침 수직을 마치고 들어가는 천탄을 찬간 쪽에서 본 것이다.

“고향에 부모님은 걱정이 많으실 텐데요.”

“소식 없음이 다행인 줄 아실 거다. 소식이 갈 일이라면 죽었다는 소식밖에는 없을 테니까. 대장이 당신 아들들 잘 싸우고 있으니 걱정 말라고 우리 모두의 부모에게 편지 쓸 리도 없을 테고. 나야 그 마저도 없지만.”

천탄은 아궁이에 피어오르는 불을 물끄러미 바라보면서 숯가마에 불을 넣던 시절을 떠올렸다. 자신이 어떻게 해서 여기까지 왔나. 충주읍성을 빼앗아 들어가면 모든 것이 끝날 줄 알았는데 쌀과 나무가 점점 줄어들고 있었다. 왜병들은 성안에서 밥을 먹을 때만 되면 귀신같이 알고 포를 쏘았다. 어제는 밥을 먹는 중에 찬간에 불이 붙어 밥그릇을 들고 성벽 위로 피했는데 그쪽으로 총알이 날아와서 먹던 밥을 내던지고 맞사격을 가했었다.

막쇠의 말대로 새벽에 들어온 홍대석의 군사는 국에 밥을 말아 한 바가지씩 배를 채우자 모두들 그대로 쓰러졌다. 어제 낮부터 접전한 왜병들을 유주막 근처에서 모두 섬멸한 것이다. 대장과 중군이 마중을 나와 위로하고 칭찬했다. 중군은 전군이 식사를 하고 있는 곳을 일일이 돌아다니며 부족한 것이 없나, 양껏 먹으라고 음식을 직접 날라주면서 다독였다. 병사들이 잘 싸우도록 먹이고 입히고 재우는 것이 모두 중군의 책임이다. 날이 밝으면서 제장들이 대장소에 모여 어제의 전과를 듣고 앞으로 갈 길을 얘기했다.

"무너진 성 쌓기는 이제 멈춰야 합니다. 우린 여기서 한평생 살 게 아닙니다. 이번 승세를 살려서 서울로 가야 해요. 우리 목표는 서울 도성이지 충주 땅이 아니라는 말입니다. 여기서 언제까지 저 왜놈들 잔챙이하고 집적거리며 싸울 겁니까?"

선봉이었다. 그는 감히 대장이 하고 있는 축성 보수에 이견을 내고 나섰다. 옆에서 중군이 팔을 끌면서 말렸다.

"선봉. 그만해요."

대장이 응답하지 않았고 아무도 선봉의 말에 응하지 않았다. 어색한 분위기를 수습하기 위하여 중군이 나섰다.

"제가 생각하는 앞으로의 계책을 이렇습니다. 먼저 수안보에 있는 적의 병참기지를 점령하여 부산에서 서울로 이어지는 목을 끊어야 합니다. 다음에는 군량을 영구적으로 확보할 수 있는 선을 마련하는 것입니다. 이미 각 도에 창의문을 보냈듯이 여러 군데서 호응하여 의병이 일어나고 있는데 호남 곡창에서 군량은 대 준다면 양식 걱정은 덜 것입니다. 그런 다음엔 군사를 늘려 서울로 진격해야 합니다. 선봉의 말대로 우리의 최종 목표는 서울 도성입니다. 도성을 장악하고 있는 왜적패, 개화당을 모두 내쫓고 척화의 나라를 세워 지켜야 합니다. 당돌하지만 대장께서 헤아려 주십시오."

대장이 눈을 감고 고개를 끄덕이자 제장들이 모두 수긍을 했다. 그러던 중에 대장이 입을 열었다.

"싸움에는 세 가지가 있다. 하나는 쫓는 싸움이고 하나는 쫓기는 싸움이고 하나는 지키는 싸움이다. 우린 지금 지키고 있는 것이다. 그런데 지키는 싸움에서 쫓는 싸움으로 나아가려면 전술과 전력이 적보다 능히 우월하다는 판단이 서야 하는데, 지금 적은 오히려 우리에게 덤벼들어 쫓는 싸움을 걸어오고 있다. 승세를 먼저 차지하려면 군량과 병력을 먼저 차지해야 쫓는 싸움을 할 수 있다."

"충주 부민들의 호응이 생각보다 더딥니다. 세상이 어떻게 뒤바뀔지 재고만 있어요. 저들을 안심시킬 수 있는 선무(宣撫)가 필요합니다."

안승우가 나서서 제의 했지만 뚜렷한 방법은 나오지 않았다.

"전군 중에서 홍대석 초장이 어제 군사를 데리고 유주막에 나가서 승리를 거두었다. 모두 홍대석에게 힘을 북돋워 줘라. 장수감이다. 오늘은 밀린 옥사를 끝내 털고 갈 것이다. 원주에서 도망쳤던 이병하를 끌어내라."

대장은 옥에 가두었던 왜적패당의 앞잡이를 거의 처단하고 마지막으로 의견이 분분하여 살려두었던 전 원주 군수 이병하를 끌어내도록 했다.

"이자를 살려 둔다면 두고두고 후환이 될 것입니다."

중군장이 처단할 것을 강하게 진언했다. 이병하의 논죄를 모두 끝내고 처단하려던 순간에 달강 쪽으로 첨병을 나가 있던 병사 하나가 급보를 갖고 남문으로 들어왔다.

"큰일 났습니다. 대장. 어제 유주막에서 패하고 달아났던 왜병들이 세력을 규합하여 달천까지 왔다고 합니다. 속히 방책을 세워야 합니다." 성안이 다시 혼란스러워지기 시작했다.

"중군은 성을 굳게 지키고 제장들은 출전을 서둘러라."

"대장! 소장이 중군이라는 이유로 성안에서 식사와 물자 지원을 해왔지만 다른 장임들이 나가서 죽을힘을 다해 싸우는 것을 보고 마음이 항상 편치 못했습니다. 이번에는 소장이 직접 병사들을 데리고 나가 싸우겠습니다."

"그리하라. 그러면 어젯밤에는 전군이 나가서 싸웠으니 이번에는 성을 지키도록 하라." 대장은 중군이 직접 전장에 나갈 것을 허락했다.

"모두 들으라. 적병이 수백이라고 하나 싸움의 성패는 수로 판가름이 나는 것이 아니고 얼마나 사납게 달려들어 싸우느냐 하는 것이다. 우리가 비록 적은 수의 군사지만 죽기를 두려워하지 않고 싸운다면 무찌르지 못할 적이 없다."

중군은 병사를 거느리고 성을 빠져나가 달천을 향해 내달렸다. 그 뒤로 신지수가 이끄는 후군이 따랐다. 어젯밤에 된통 당한 왜병들은 아직 강을 건너오지 못하고 유주막 건너에서 진을 친 채 때만 재고 있었다. 중군은 병사들을 이끌고 유주막에서 한 마장 더 올라와서 강 건너 왜병의 진영과 마주보는 능선 너머에 엎드려 잠복했다. 왜병들이 족히 이삼백은 되어 보였다. 몇몇은 얼음 위로 왔다 갔다 하면서 여기저기 디뎌봤고 강가 진영에서는 진을 친 의병들이 부산하게 움직이고 있었다. 본진은 옹기종기 모여서 점심을 먹는 듯, 초병들은 강가를 오가면서 진지 주변을 살폈다. 어젯밤에 패하고 달아난 안보(대수안보) 쪽에 요시다의 중대는 전열을 갖추고 다시 온 것이다.

가흥병참기지와 수안보기지에서 번갈아가며 병사를 충주로 보내 화포를 쏘아댔으나 성안에서는 꿈쩍하지 않았다. 그렇다고 그대로 군사를 몰아 성을 공격하는 것은 너무 많은 희생이 따랐다.

"걱정할 것 없다. 놈들은 먹을 것이 떨어지면 밖으로 나올 테고 그때는 나오는 족족 죽일 것이며 안으로 물자가 들어가는 길을 막으면 고사할 수밖에 없다. 길어야 한 달이다. 그때까지 놈들이 졸지 않도록 따끔따끔

쏴 줘라."

관찰사가 달아나다 잡혀 죽고 충주읍성을 의병들이 점령한 지금 다나카는 관군과 일군을 통할하는 충주지역의 사령관이나 다름없었다. 다나카는 공주에 병참기지 사령부 본부와 충주, 가흥을 오가며 관일연합대를 지휘했다. 그는 성안에 병력을 분산시키고 그 안에 사정을 정탐할 계산으로 안보 쪽에 부대도 충주로 불러들였다.

의병들이 충주읍성을 공격할 때에 빠져나간 관병들은 곳곳에 모여 왜병들이 성을 되찾아주기만 기다렸고 서울에서 온 경병들은 포기하고 무리무리 모여서 되돌아갔다.

멀리 왜병들의 진지가 보이는 강 건너 유주막에는 검은 도포에 갓을 쓴 사내가 목로에 앉아 술 한 대접을 앞에 놓고 달강 쪽을 바라보고 있었다.

"쉿. 이러다가 중군장에게 걸리면 요 모가지 댕강 날아가는 거야. 주모 여기 탁배기 한 사발씩. 술값 예 있소. 여길 또 올 것이니께 우리가 들러 갔다는 말 함부로 하면 재미없소."

그들은 시시덕거리면서 주모가 내주는 막걸리를 한 사발씩 받아 마시고 시래기 절임 한 줄기를 입에 물어 질겅질겅 씹으면서 옆에 앉아있는 낯선 사내가 맘에 걸리는 듯 트림을 크게 하며 밖으로 나갔다.

"가세. 중군장에게 들키면 곧바로 이거네."

"주모, 강 건너 왜놈들이 곧 건너올 거요. 아까운 술 다 퍼주지 말고 당장 문 닫아요."

주모가 '언제' 냐고 묻고 도포가 '자시요, 오늘 정오' 라고 대답했다. 의병 둘이 나가려다 말고 멈춰 서서 그 소릴 다 듣고 갔다. 그중 하나가 뒤돌아 말을 붙이려다 황급히 주막을 빠져나갔다.

도포는 눈치채지 않게 그들이 나간 뒤를 쫓아가자 달강을 끼고 늘어진 능선을 담벼락 삼아 의병들이 간 곳을 살폈다. 그 뒤로 이백여 의병들이 잠복하고 있었다.

"그새를 못 참고 주막에 나가서 술을 마시고 왔다고? 싸움터에서 제멋대로 이탈하면 어떤 벌을 받는지 알겠지?"

중군장은 유주막 쪽에서 올라오는 의병 둘을 잡아 황소 같은 눈을 부릅뜨고 야단을 쳤다. 장난기가 가득한 의병의 눈은 중군장을 바로 못 보고 땅에 박혔다.

"오늘 낮에 왜병들이 달강을 건너온답니다. 주막에서 들은 소식이요. 저희 둘이 두 귀로 똑똑히 들었습니다. 장군. 웬 젊은 도포 차림 하나가 주막에서 주모에게 하는 얘길……."

"지금 그 말, 네 목과 바꿀 수 있겠냐? 도포라고 했겠다."

둘은 고개를 끄덕였다.

그 무렵 다나카는 지휘부에서 도포 입은 월두를 기다렸다.

"읍성에서 정탐을 나온 여일을 만났어요. 폭도들은 오늘 밤 어둠을 틈타 강을 건너 우릴 공격하러 나온다는 소식이요."

"후후, 너도 이제 제국의 군인이 되었구나."

강을 앞에 두고 접전하자면 건너려는 쪽이 불리했다. 싸움이 붙기 전에 건너야 한다.

"그럼 우리가 먼저 마중을 나가야지. 시간은 정오다."

다나카는 빨랐다. 이른 점심을 먹이고 병사들을 얼음 위로 몰아넣었다.

중군장은 능선 너머에서 화승총을 재고 왜병들이 사정거리에 다가올 때까지 숨죽여 기다리도록 했다. 얼음을 타고 강을 거의 다 건너왔을 무렵 능선 위에서 의병들이 사격을 가했다. 그런데 총알은 일제히 왜병들의 머리를 넘어 얼음을 때렸다. 뒤에서 떨어지는 총탄을 보고 놀란 왜병들이 앞으로 나아가자 화살이 빗발쳤다. 되돌아가려던 왜병들은 깨진 얼음물에 빠져 허우적거렸다. 그때서야 의병들은 일제히 넘어와서 허둥대는 왜병들에게 화살과 총탄을 쏘아댔다.

멀리서 허벅지까지 차는 장화를 신고 바라보던 다나카는 고래고래 소리 질러 전원 퇴각명령을 내렸다. 얼음 조각에 여기저기 붉은 물이 들었다.

"월두! 이노옴." 다나카는 허둥대며 월두를 찾았으나 대답이 없었다.

조선 땅 안에서 계급을 떠나 왜병들을 휘어잡고 뒤흔들던 다나카는 이번 공격 실패로 체면이 말이 아니었다. 그의 머릿속에는 상부에 보고할 걱정으로 전전긍긍하였다. 다른 부대가 패했을 때에 호되게 질책하던 자신이 패배하였으니 웃음거리가 될 것이라는 걱정부터 앞섰다. 아들같이 아끼던 월두는 아무리 찾아도 눈앞에 나타나지 않았다. 후퇴하는 병사들을 수안보로 복귀하도록 하고 자신은 가흥병참으로 되돌아갔다. 이번 싸움은 자신과의 관련 고리를 끊어야 했다. 가흥 쪽에 부대를 도우려 하다가 당한 것이다. 그런데 월두는 어디로 간 것일까.

왜병들을 물리친 중군장은 바삐 대장에게 청을 넣었다.

"대장. 이참에 승세를 몰아서 안보(水安堡)에 병참기지 쪽을 쳐야 합니다. 조령에서 넘어오는 중로를 끊으면 적의 중심세력이 분산되어 힘이

쇠할 것입니다."

중군은 대장에게 적 잔병들을 추격하겠다고 보고했고 대장이 이를 허락했다.

중군은 유주막에서 왜병을 격퇴한 승기를 잡아 안보 쪽으로 퇴각하는 왜병들의 뒤를 쫓았다. 중군장은 도망하는 왜병들을 따라잡아 거리가 가까워질 무렵에 앞장서 달리다가 가슴에 품은 육혈포를 매만졌다.

"죽음 앞에서 너를 살릴 것이다."

쏘아보지도 못한 육혈포를 내어주는 민승민 영감의 걱정스런 눈빛이 선했다. 괴은은 육혈포를 꺼내서 총구를 하늘로 향하고 방아쇠를 당겨보았다. 그러나 어찌 된 일인지 탄환이 나가지 않았다. 병사들이 모두 몸을 숨기고 앞서가는 왜병들을 주시했다. 괴은은 아름드리 참나무 뒤로 몸을 숨기고 육혈포를 종사에게 맡겼다.

"총알이 나가지 않네. 자네가 한번 보게."

중군장은 뒤따르던 홍선표에게 총을 건넸다. 팔만 뻗어 홍선표에게 건네준 것이 아니라 나무 뒤로 숨겼던 머리가 드러났다. 바로 그때였다. 나무 밖으로 드러난 중군장의 얼굴이 팽 돌면서 목이 꺾여 쓰러졌다. 나무 뒤에 몸을 숨기는 중군장을 적이 정조준 하여 쏜 탄환에 얼굴을 맞은 것이다.

"중군장이 죽었다!"

뒤를 따르던 종사 하나가 놀라서 자신도 모르게 소리쳤다. 이를 알아챈 적병들은 쫓기던 발길을 되돌려서 사격을 가하면서 덤벼들자 의병들이 모두 흩어져 달아났다. 홍선표는 종사의 입을 틀어막았다.

"중군은 죽지 않았다. 모두 공격하라."

그러나 이미 늦었다. 이 소리를 듣자 도망하던 왜병들이 방향을 돌려 덤벼들었다. 싸우던 중군의 병사들은 기운을 잃고 넋이 빠져 맥없이 방아쇠만 당기고 있었다. 맑은 하늘에 구름이 끼면서 눈발이 휘날리고 있었다. 한동안 밀고 밀리는 싸움이 계속되다가 왜병들은 수안보 쪽으로 달아났다. 그 틈을 이용하여 홍선표와 배동환이 중군의 시신 양어깨를 부축이고 적지에서 물러나왔다. 언제 풀렸는지 중군의 상투머리가 길게 흘러내려 끌려왔다.

뒤를 따르던 후군 신지수와 좌익장 이건영이 병사들과 함께 시신을 수습하여 들것에 메고 충주읍성으로 향했다. 길에서 만나는 사람마다 그가 머리 깎는 일로 왜병과 싸우다가 죽은 사람이라면서 죽음을 함께 슬퍼했다. 대장은 중군의 전사소식을 듣고 놀라 뛰쳐나와 시신을 부여잡고 흔들면서 애곡(哀哭)했다.

"중군을 청녕헌 앞에 안치하고 속히 고향에 기별하라. 어서 병풍을 가져다 두르고 병사들이 돌아오는 대로 중군과 마지막 인사를 하여 예를 다하도록 하라."

성안이 초상집이었다. 대장에게 간청하여 싸움에 나가겠다고 나서서 목숨을 아끼지 않고 적을 공격하다가 숨을 거둔 중군장 괴은 이춘영. 단발령이 내리자 분연(憤然)히 나서서 의병을 모은 이춘영, 지평에서 원주, 원주에서 제천, 제천에서 단양, 단양에서 풍기·순흥·영천·영월로, 영월에서 의암을 대장으로 내세우고 제천으로 들어와 충주읍성을 점령한 지평의진의 중심 기둥이였던 이춘영 의병장. 고향에는 노모와 부인과 아들을 남겨둔 채, 함께 거의한 동료들은 살아있건만 스물여덟의 짧은 생을 끝내고 눈을 감은 것이다. 눈발이 질척이는 진눈개비로 변하여 하늘도 울고 있었다. 임시로 청녕헌 앞에 마련한 빈소에는 제장들과 전군이 찾아와서 곡을 하며 애도했다.

천탄은 백선과 함께 남산 쪽으로 적을 쫓으러 나갔다가 들어와서 중군이 전사했다는 소식을 듣고 다리에 힘을 잃어 그 자리에 주저앉았다. 날도 흐려 사방이 일찌감치 컴컴해졌다. 하늘이 사라져버리는 것 같은 어둠을 맞았다. 하늘이 없어진다면 이 땅에는 빛 없는 어둠만 남을 것이다. 지금이 바로 그때였다. 천탄은 괴은의 시신 앞에서 동학을 나가기 전에 외우던 하늘과 땅의 글귀를 웅얼거렸다. 갑자기 하늘이 없어져버린 것이다.

이튿날, 의병들은 중군의 상여를 꾸몄고 고향에는 사람을 보내서 중군의 조카 종덕(種德)이 먼 길을 급히 달려왔다. 괴은이 태어나기 구 년 전에 형이 죽었으니 그 조카는 괴은보다 아홉 살이나 많았다. 비록 다른 배에서 낳은 연하의 숙부였지만 몸가짐과 마음가짐이 배울 만하고 제 몸 아끼지 않으면서 전장에 와서 싸웠는데 결국 문중보다는 나라를 택하여 먼저 간 것이다.

집안에서 함께 의병에 참여한 좌익장 이건영과 홍선표, 안홍원 등 병사를 붙여 중군의 상여를 메게 했다. 대장을 필두로 오군 장졸들과 선봉이 고개 숙여 울음을 참지 못하고 떠나는 중군을 전송했다. 부하를 잃은 마음이 이토록 가슴 쓰린 적이 있었던가. 상관을 잃은 병졸의 가슴이 이토록 아픈 적이 있었던가. 존화양이로 의를 지키겠다고 함께 일어선 동료의 죽음으로 안승우는 다리에 힘을 잃고 혈육의 형제를 잃은 것보다 더하게 주저앉아 통곡을 했다.

장미산 회군

괴은이 떠난 중군장의 빈자리에 이경기(李敬器)를 세웠으니 백선은 고립무원(孤立無援)이 된 심정이었다. 괴은만 보고 따라온 지평 의병들은 충주읍성에 남아서 괴은이 떠나간 남문을 바라보며 넋을 놓고 있었다.

천탄은 충격과 슬픔을 감추고 포군장의 체통을 지키려고 안간힘을 쓰고 있는 백선에게 다가갔다.

"선봉, 이제 우리 지평에서 온 군사들은 반쪽이 됐네. 그동안 중군을 의지하면서 믿고 힘을 얻어 싸웠는데 이젠 손에 쥘 것이 없으니 뭘로 싸우지?"

백선이 천탄에게 주먹을 말아 쥐고 팔을 굽혔다.

"그 힘도 따르는 무리가 있을 때에 제대로 쓰는 것이지 홀로는 소용이 없어. 아무리 센 힘도 스스로가 주인이 되지 못하면 남의 연장이 될 뿐이지."

천탄의 말에 백선은 고개를 끄덕였다. 말을 못하고 몸으로만 보이는 것은 사내로서 꾹 참고 견뎌야 할 울음이 어린아이처럼 터질 것 같은 아슬아슬함 때문이었다.

"우리도 언젠가는 중군처럼 죽겠지? 그때도 저렇게 모여서 끈적끈적하게 울어줄까?"

겨우 감정을 다스린 백선은 선봉장답지 않게 여린 맘을 드러냈다.

"천탄이, 자네도 글을 알지?"

"글? 왜?"

"우리 포군들을 각 군에 흩으려 놨는데 우두머리는 붓잡이가 죄다 차지하고 있더라는구먼. 싸움에 나가서는 총도 제대로 못 쏘는 것들이 돌아와서는 모두 제 공으로 이겼네 하고, 병법에 쓰여 있기를 이러네, 저러네 하니 말만 많고 소용도 안 되는데 윗사람 노릇은 자기네들이 하고 있다네. 우리가 없으면 자기네들 혼자서 이 싸움을 이기겠다고? 어림도 없지. 이 싸움이 어디 총칼로 싸우는 것이지 붓으로 싸우는 것인가? 싸움터에까지 와서 먹물을 튀기고 있으니 의병 진영이 시꺼멓게 물이 들지 않았나."

천탄이 맞장구를 쳤다.

"그것도 출세라고 서로들 감투를 차지하지 못해서 대장소에 얼굴 들이밀려고 야단이니. 이 바닥도 벼슬이라고 감투 하나 써보겠다고 서로 나서니. 이게 모두 젯밥 타령이 아닌가."

"두루마기에 갓 쓰고 뒷짐 지고 따라다니다가 어려운 세월 다 끝나면 나도 의병 했었네, 하고 나설 사람들이 너무 많이 끼어들었어."

"내가 중군 밑에서 며칠 일하다 보니까 싸움보다는 밖에서 걷어오는 물자에 관심 보이는 자들이 더 많아."

"천탄. 내 중군을 저렇게 보내고 마음이 편치 않아 못 있겠네. 목골로 간다니까 가서 고향 땅속에 묻히는 걸 꼭 보고 와야겠네."

백선은 선봉답지 않게 천탄 앞에서 약한 모습을 보이고 있었다. 선봉은 그 길로 대장을 찾아갔다.

"중군의 저승길 배웅하고 오게 해주십시오."

의아했지만 대장은 고개를 끄덕였다. 그가 누군가. 의병에 나서서 조선의 머리를 함부로 건드리는 왜적패당을 이 땅에서 몰아내자고 하던 사람이 아닌가. 맹영재에게 배신당하고 자결하려 한 자신의 집에 와서 손을 맞잡던 괴은이 아니던가. 마지막 가는 길을 배웅하지 않고는 도저히 남은 삶을 살아갈 수 없다는 자괴감이 이미 떠난 상여를 뒤따라 나섰다. 백선은 말을 달려 원주가 가까워서야 상여를 따라잡았다. 상여를 따르면서 쏟아지는 눈물을 주체할 수 없었다. 흐느끼는 울음은 그칠 줄 몰랐다. 밤낮으로 걷는다고 해도 꼬박 이틀이 걸리는 길이었다. 상여꾼들은 잠을 안 자고 교대하면서 밤새 걸어 원주 물막이 마을(문막)을 지나 새벽이 되어서야 안창으로 들어섰다. 안창에서 거의한 지 두 달도 못 되는 45일 만에 주검으로 되돌아오는 것이었다. 함께 떠난 의병들이 살아있는데, 함께 떠난 의병은 살아서 함께 오는데.

백선이 뒤따라간 상여는 처가인 김헌수 댁 앞에 멈춰 섰다. 상여 운구를 책임진 이건영은 사람을 먼저 보내 덜 놀라도록 고인의 장인을 깨우도록 했다. 충격과 놀람은 항상 예상하지 못한 일이 눈앞에 닥치는 데서 비롯된다. 사위를 사지에 내보내면서도 전사를 하리라고는 꿈에도 생각지 못했던 일이었다. 사위는 싸워 이기고 당당하게 고향으로 돌아와야 할 남다른 사람이었다. 앞서 싸워서 공을 세우고 세상이 편안해질 때에 비록 관직은 없지만 자랑스러운 사위가 영원한 의병으로 남기를 바라면서 떠나보냈던 것이다. 김헌수는 딸이 죽은 것보다 더하게 세상에 모든 것을 잃은 것 같은 슬픔과 회한이 몰려왔다. 버선발로 나와 언 땅 바닥에 주저앉아 통곡하니 마을 사람들이 모두 나와서 애도했다. 그토록 바라던 세상을 못 보고 이렇게 가는 것을.

"안사돈이 기다릴 테니 어서 목골로 가시게."

고인의 장인은 부여잡았던 상여의 밧줄을 손에서 놓고 일어서려다 다시 쓰다듬었다. 상여는 처가와 만수암을 한 바퀴 돌아 솔치를 넘었다. 목골에서는 마을 사람들이 마중을 나왔고 최 씨 부인이 반듯하게 앉아서 기다리고 있었다. 괴은의 아내는 이건영으로부터 아들이 앞장서서 싸우다가 죽었다는 말을 듣고 고인의 숭고한 죽음에 예를 표했지만 이내 복받치는 울음을 참지 못하고 터뜨렸다. 지아비라는 기둥은 세상 어디에든지 살아있다는 믿음만으로도 든든한 힘이 되었는데 눈앞에 닥친 시신은 부인의 모든 것을 무너뜨렸다.

괴은이 고향으로 죽어서 돌아왔다는 소식을 듣고 지평 상동 사람들이 목골로 꾸역꾸역 몰려들었다. 의병을 내보낸 식구들은 혈육의 죽음과 다름없이 달려와서 장사 치루는 일을 도왔고, 의병 나가서 애를 삭이지 못하고 먼저 돌아온 사람들도 하나둘씩 상가를 기웃거리며 모여들어 괴은의 장례에 궂은일을 도우는 걸로 미안한 마음을 덜어냈다. 모두 백선에게 낯익은 얼굴들이었다.

괴은의 빈소에 상복을 입고 다소곳이 앉아있는 아이는 아직 아비의 죽음이 실감이 안 나는지 조문하는 낯선 사람들을 호기심 어린 표정으로 바라보고 있었다. 부인은 흐느끼면서 눈물을 무명수건에 꾹꾹 찍어내고 울음을 삼키다가 사람을 시켜 포목을 지우고 집 안으로 들어서는 친정아버지를 보자 실신할 듯 그 자리에 까부라졌다. 괴은의 어린 아들은 그제야 외할아버지 앞에 덩달아 울면서 매달렸다.

금계 선생이 금리에서 소식을 듣고 안승설과 유생들을 앞세워 황급히 찾아왔고 곡수에서 민승민 영감이 충복을 앞세워 괴은에게 마지막 인사를 하려고 급히 왔다.

조문을 하고 나오는 포군 박만길의 앞을 백선이 막아서자 놀라면서 움찔했다. 의병을 나가서 제멋대로 돌아왔으니 백선 앞에서 죄지은 몸이다. 백선은 그의 팔을 붙들고 사립문을 나와 울타리 뒤로 돌아갔다. 박만길과 함께 왔던 포군들이 그 뒤를 따라왔다.

"형님, 내 죽을 죌 졌소. 이민옥이 꾐에 빠져 돌아오긴 했지만 형님 볼 낯이 없소."

"맹영재의 해코지가 겁이 났겠지."

만길은 흙바닥에 무릎을 꿇자 백선은 그를 잡아 일으켰다. 따라온 포군들 여럿이 백선의 손을 뭉쳐 잡았다.

"중군장은 충주읍성을 점령하고 왜병을 추격하다 적 총에 맞아 운명했다. 함께 싸우다가 죽지 못하고 홀로 살아온 나도 중군장에게 부끄러울 뿐이다. 하지만 기회는 있다. 지금 의병의 사정이 매우 어렵다. 여기서 멈춘다면 우린 애초부터 발길을 내딛지 않음만 못하다. 배움이 깊은 중군도 목숨을 아까워하지 않고 바쳤는데 우리가 뭐냐?"

"선봉. 아니 형님. 우리가 다시 가겠소. 이 싸움의 끝을 보고야 말겠소."

만길이 나서자 함께 온 포군들이 따랐다.

"고맙네. 뜻이 있다면 나를 따라오게. 하지만 아직도 용문산 토끼 맛이 그립다면 그리로 사냥질 하러 가게. 어느 쪽을 택할지는 알아서 하게. 맹영재가 여전히 훼방을 놓을지 모르니 뜻이 있다면 소문내지 말고 내일 저녁에 솔고개로 모이게."

그들은 고개를 끄덕이며 백선의 손을 다시 한 번 굳게 잡고 돌아갔다. 의병에 내보낸 혈육들도 남의 일 같지 않아 목골로 몰려들어 장례를 함께 했다. 산역꾼들은 괴은의 목골 고향집 뒷산에서 남향받이 양지바른 비탈에 묻힐 자리를 팠다.

백선은 하갈 집으로 돌아와서 흩어진 포군들을 모았다. 이미 맹영재 쪽으로 돌아선 자들은 백선이 돌아왔다는 소문을 듣고 몸을 피해 관아에서 먹고 자면서 집으로 들어오지 않았다. 박만길과 함께 밤낮없이 돌아다녀 집에 남은 포군을 다시 모으니 겨우 일백이 되었다.

장례 준비를 마치고 발인 날에 막 하관을 하려는데 김 씨 부인이 헐떡거리며 궤짝을 안고 와서 내려놓았다. 곱게 싼 보자기를 푸니 화지(畵紙)였다. 그동안 그려온 그림들이었다. 부인은 그림을 한 장 한 장씩 꺼내서 괴은에게 보여주듯이 관 위에 덮었다. 남편이 없는 동안 숱한 날들을 그려왔던 것이다. 살아 돌아오면 꼭 보여주고 싶었던 것들이었다.

"이걸 덮어 넣어주세요."

추운 밤 붓바람에 흔들리던 풀꽃들이었다. 그리다가 부러진 꽃도 그대로였다. 찬 눈을 맞은 매화도 있었다. 지아비의 혼이 있다면 이제라도 볼 수 있으리라. 부인은 그나마 돌아왔음이 반가웠다. 이제는 그의 돌아온 영혼이 바람을 그리고 있는 방 안을 지켜줄 것이라고 생각했다.

"얼마나 추웠어요? 매일 한데서 잠을 잤다면서요. 식구보다 더 소중한 것이 나라라고 하시더니. 그렇게 싸워서 당신이 원하는 세상을 얻었나요. 나는 당신만 보고 살았는데 당신은 나라만 보고 살았군요. 고향으로 이렇게라도 돌아왔으니 뭐라고 말 좀 해 보세요."

부인은 결관바를 붙잡고 엎드려서 그제야 울부짖었다. 흰 소복과 풀어헤친 검은 머리가 관을 덮었다. 산역꾼들이 부인을 떼어내려 하자 누군가 뒤에서 제지했다.

"그냥 두시오. 마지막 가는 길인데 원이나 풀게."

김헌수였다. 언제 뒤에 서 있었는지 딸의 지아비 잃은 슬픔을 함께 해주고 있었다. 그 역시 아들 같은 사위를 잃은 가슴이 찢어지고 있었다. 안창에서 상여를 보내놓고 보니 울부짖고 있을 딸 생각에 달려온 것이다.

일손을 놓고 있던 사람들이 울컥 치오르는 눈물을 쏟으며 산역꾼들조차 통곡을 했다. 멀리서 나그네처럼 바라보던 백선이 소리 없이 굵은 눈물만 줄줄 흘리고 있었다. 괴은은 그렇게 그가 이루려는 세상을 못 본 채 기다리던 일가친지와 동문수학하던 유생들과 그가 모은 의병들을 두고 홀로 흙 속에서 깊은 잠이 들었다.

백선은 괴은의 장례를 마치고 지평의 포군 일백을 다시 모아서 충주읍성으로 달렸다.

충주읍성을 빼앗긴 관병과 왜병들은 3개 중대가 연합하여 가흥과 수안보 쪽에서 맹렬히 공격을 해왔다. 성 밖에서는 물자가 들어오는 길을 막아 양식이 줄어들고 있었다. 괴은이 전사한데 이어 대장소로 가던 주용규가 날아온 적 포탄에 맞아 죽었다. 대장은 주용규의 장사행렬을 수습하여 본가로 보내던 날, 백선은 지평에서 포군 일백을 이끌고 충주읍성으로 다시 돌아왔다.

"선봉. 이렇게 어려운 때에 의병을 모아 힘을 더하니 고맙네."

대장은 성문까지 마중을 나와서 돌아온 선봉을 반갑게 맞았다. 그런데 더 걱정스러운 것은 성안에 식량이었다. 식량은 줄어들고 먹어야 할 군사를 더하니 버텨낼 날이 더 줄어들 수밖에 없었다. 성안으로 들어오는 물자를 차단한 왜병들의 작전에 말려들고 있었다. 대장은 새로 세운 중군장 이경기를 대장소로 불러들였다.

“지금 남은 식량이 얼마나 되나?”

“사흘분이 못 됩니다.”

“성안에 있는 먹을 것은 오늘 저녁에 모두 꺼내 풍족하게 먹이게. 끼니를 준비하는 군사에게는 입단속을 시키고 성안에 식량은 넉넉하다는 소문을 내란 말이네. 동요하지 않게.”

“내일 끼니를 당장 굶어야 할 텐데요.”

“내일을 오늘 걱정하지 말게. 남기면 적들을 배불릴 테니까.”

대장은 어렵게 점령한 충주읍성에서 이미 뜰 채비를 하고 있었다. 중군장 이경기가 눈치 빠르게 그 말을 알아들었다. 그날 저녁 중군은 쌀을 넉넉히 안쳐 밥을 하게 하고 부식을 넉넉히 하여 군사들을 먹였다. 항상 모자라해 하던 군사들은 모처럼 배불리 먹었다. 성안에 식량이 그득하니 마음껏 먹으라고 소리치는 중군의 목소리를 들으며 눈치가 빤한 군사들은 그 소리가 거짓이라는 것을 이미 알고 있었다.

마음껏 먹고도 성안에 공기는 이춘영 중군장과 주용규의 죽음을 가셔내지 못하고 침울하게 가라앉았다. 병사들은 모처럼 깊은 잠이 들었다. 천탄은 선봉을 찾아갔다. 고향 소식이 궁금하기도 했고 어디까지 갈지 모르는 이 싸움에 대해 얘기해 보고 싶어서였다.

“선봉은 이 싸움이 어떻게 될 것 같은가? 우리가 언제 왜적들을 누르고 서울로 진격할 날이 올 것이냐, 이 말이네.”

"그건 누구도 모르지. 다만 우린 두 개의 적과 싸우니 더 힘들다는 말이네."

"두 개의 적이라?"

천탄은 짐작을 하고 있으면서 되물었다.

"자네도 알다시피 우리 지평 포군들은 영재의 훼방으로 뿔뿔이 흩어져서 사백이 사십도 안 남았잖아. 선봉이라고 세워 놨지만 이 무식한 백선이 말을 먹물들이 들으려고나 하겠나. 전장에서는 아무리 글 잘 읽는 선비도 소용이 없어. 제 목숨 살리고 적을 많이 죽이는 재주만 있으면 돼. 그러니까 총칼만 잘 쓰면 돼. 그런데 붓으로 적을 죽이려는 자들만 들끓고 있으니 아군의 목숨만 아깝게 죽어나가지. 그들은 싸움에 나가면 숫자만 채우고 들러리만 서서 짐이나 되었지 이기는 데에 도움이 되지 않아. 그런데 여기서도 붓대가 여전히 상전이야. 저자들은 싸움에 나선 것이 의라면서 싸워서 지는지 이기는지는 상관 안 한다고 하는데, 그건 쓸데없는 짓에 귀한 목숨을 싸구려로 거는 어리석은 짓이야. 싸움은 무슨 수를 쓰든지 이기고 봐야 하는 거야. 우리가 이기려고 싸움에 나섰지 죽어서 왜적과 그 앞잽이놈들 사기 올려주려고 여기 나왔겠나?"

백선의 목소리는 점점 높아지고 자신도 모르게 흥분해가고 있는 것을 천탄이 진정시켰다.

"그 맘 내가 잘 아네. 이 싸움이 우리가 이기는 싸움으로 끝이 난다고 하더라도 우리 포군들의 죽음은 땅속에 묻히고 붓대들의 공으로 남겠지."

"저 자들은 공을 세우려고 싸움에 나왔지, 적과 싸워 이기려고 나온 게 아니네. 싸움에 뜻이 같지 않아 힘을 합쳐도 단단하게 뭉쳐지질 않으니 소용이 없지."

"그럼 왜 군사들을 데려왔어? 돌아간 김에 아주 눌러앉지."

"이제 맹영재 땅에서는 함께 살고 싶지 않네. 나는 설령 이 싸움에서 우리가 이긴다고 해도 살아서는 그 작자가 있는 땅으로는 안 돌아갈 걸세."

"선봉 같은 장수가 어떻게 그런 생각을 해. 그 자를 몰아내기 위해서라도 돌아가야지."

"부족해. 세상은 먹물을 먹은 자가 다스리는 것이고 칼을 든 자는 적을 용감하게 베어도 먹물 먹은 붓대 앞에서는 무릎을 꿇고 복종할 수밖에 없는 게 이 세상 이치야. 칼은 자르면 죽음만 남지만 붓대는 그 흘러간 자리가 생명이 되어서 영원히 살아있거든."

"그런데 이상하지 않나. 붓 앞에 칼 힘이 더 센 것은 분명한데 왜 칼이 항상 붓에게 지고 마는지."

"붓들은 칼로 칼을 쳐서 부러뜨리는 법을 알고 있거든. 칼들은 절대로 그걸 몰라. 아니 안다고 해도 결코 그렇게 못하지. 이게 칼이 붓 앞에서 무릎 꿇고 살아야 하는 필연적인 이유야. 하하하하."

"그럼 그걸 깨달은 선봉은 왜 붓을 잡지 못했나?"

"하하하하. 사람마다 식성은 다른 법이지."

백선은 천탄의 등을 두드렸다.

"여일이 그자에게 당했어요. 그놈은 이미 폭도로 넘어갔어요."

월두는 거지꼴을 하고 다나카 앞에 나타났다.

"사실이냐?"

"예, 제게 그자를 없앨 기회를 주세요."

그날 폭도가 저녁에 온다는 소식은 분명히 여일을 만나서 들은 얘기라고 했다. 자신도 폭도에게 쫓겨 이 꼴이 되었다고 했다. 다나카는 날카롭게 월두의 눈을 살폈다.

"알았다. 믿겠다. 그렇지 않아도 그놈의 정탐 보고가 이상하다 했는데 꼭 없애야 할 자로구나. 내일 새벽에 가흥과 안보에 꼭 필요한 수비군만 남겨두고 모두 출동한다. 경군들은 성을 공격하고 우린 뒤에서 사격 지원을 맡는다. 어차피 희생은 이 나라 땅 사람들의 몫이다."

"그럴 필요까지 있을까요. 백기 들고 나올 때까지 기다리다가 못 이기는 척하고 받아주면 무혈입성할 수 있을 텐데요."

다나카는 머리를 좌우로 흔들었다. 틀렸다는 얘기다.

"그러면 모처럼 쌓은 공이 무너진다. 맹렬히 저항하는 적을 우리가 목숨 걸고 과감하게 공격하여 무찔렀다는 전과를 만들어 내야 전승의 효과도 극대화되는 것이다. 넌 군복을 입었지만 아직 싸움을 몰라."

"무혈입성이 우리 쪽 피해도 줄이는 최선의 방법이 아닐까요?"

"그렇다면 우리 군인은 본국으로 돌아가야지. 여기에 있을 필요가 없다. 관리들만 이 땅에 있으면 된단 말이지. 기왕 이렇게 된 마당에 자네도 이번 싸움에서 용감하게 싸워서 충주읍성을 되찾은 공을 세워야 하지 않겠나? 그러니 적은 아직 강해야 하고 우린 강한 적과 싸워 이긴 더 강한 군대가 되는 거야. 내말 무슨 뜻인지 알아듣겠나? 그러면 네 앞에도 승진과 포상이 기다리고 있어."

다나카는 옆에 있는 요시다에게 의미 있는 웃음을 던졌다.

이튿날 새벽에 서울에서 온 경군을 주력군으로 해서 가흥과 안보 병참기지에 주둔한 일본군의 총포로 화력 지원을 받으면서 충주읍성을 가운데 두고 사방에서 포성을 터뜨렸다. 대장은 한잠도 못 자고 성을 돌았다.

어둠 속에서 소리로만 적의 동태를 파악하자니 성 밖에 민가 골목으로 속속들이 몰려드는 관군과 일본군의 움직임을 알 수가 없었다.

관군과 왜병들은 근처 남산 쪽에서 총포를 쏘며 맹렬한 공격을 퍼부었다. 밥하는 여인들이 놀라고 성벽이 무너지고 하는 혼란이 계속되었다. 대장은 중군장 이경기에게 무너진 성벽을 보수하도록 하고 매일 밤 성벽에 올라가서 병사들의 힘을 북돋우는 일을 게을리 하지 않았다.

"적을 먼저 발견해서 먼저 쏘지 못하면 내가 죽는다. 모두 정신 차리고 성 밖에 나타나는 적을 똑바로 살펴라."

하지만 적 총탄보다 무서운 것이 시시때때로 몰려오는 졸음이었다. 그 차디찬 밤에도 성벽 위에서 눈은 감겼다. 천탄은 성 앞에서 고꾸라지다가 양손으로 굳게 잡고 있던 총을 떨어뜨렸다. 화들짝 놀라 깨어보면 곤한 잠에 빠졌다가 깨어난 것처럼 등에 서늘한 바람이 스쳤다. 저들이 언제 몰려올 것인가. 성안에 양식창고가 비었다는 것은 겉으로 얘기를 안 해서 그렇지 알만한 병사들은 다 알고 있는 사실이었다. 그래도 믿는 구석은 대장과 간부들이 외부로부터 구해올 방도를 알고 있으리라는 막연한 기대였다.

민의식이 남문에서 멀지 않은 곳에 서 있는 천탄의 곁으로 다가왔다.

"천탄. 이 싸움은 오늘 밤 끝나. 지금 궁리해야 할 것은 적을 어떻게 죽이느냐 하는 게 아니고 어떻게 이 성을 온전히 빠져나가서 목숨을 보전하느냐 하는 거야. 모진 목숨을 살려야 돼."

천탄의 생각도 같았다. 싸움은 살아남기 위해서 하는 것이고 살아남는 자가 이기는 것이다. 그런데 양반들은 죽음을 두려워하지 않고 싸운다는 게 무슨 말인가. 이기고 지는 게 중요하지 않다니 그건 또 무슨 해괴한 말인가. 모두들 손을 비비고 몸을 움직여 추위를 풀면서 날이 밝으면 쏟아질 총포탄을 피해서 살아날 궁리를 하고 있었다.

날이 밝으면서 또 포성이 울리기 시작하자 중군과 전후좌우 제장들이 급히 대장소로 모였다. 밤을 새운 석유등이 지친 듯 희미하게 대장소를 밝히고 있었다. 대장은 종사에게 이 성에서 빠진다면 어디로 가는 게 좋을지를 물었다.

"청주나 공주 같은 곳으로 가는 게 더 나을 것입니다. 남쪽에 인재와 재물을 끓어다 쓸 수 있으니 틈이 나면 그리로 빠져 나가야 합니다."

대장은 제장들을 모아 놓고 의견을 물었다.

"우린 이 성을 포기할 수밖에 없다. 지금은 물러서서 다시 일어날 기회를 만들어야 한다. 제장들은 어디로 빠지는 게 좋겠는지 의견을 더 말해라."

"향후 서울로 가려면 서문으로 빠져 북창나루를 건너가 주둔하면서 가흥을 공격할 준비를 해야 합니다. 가흥병참을 우리 손에 넣는다면 우리는 한강 이남을 모두 얻은 것이나 다름없습니다. 그리로 간다면 우리는 비록 충주읍성을 버리고 가지만 적당들의 소굴인 서울을 향해서는 일보 전진하는 것이니 후퇴하면서도 공격을 도모하는 결과가 됩니다."

중군장 이경기가 선뜻 외서촌(外西村)* 으로 가자는 의견을 냈다. 충주읍성을 수비대에 맡기고 서울을 향하여 진일보하자는 것이다. 대장이 고개를 끄덕이자 전군장 안승우가 나섰다.

"중군의 의견도 좋지만 그건 우리의 물자와 병력 기반이 튼튼할 때에 맞는 얘깁니다. 지금은 물러서서 재기를 도모해야 하기 때문에 제천이

*충주읍성 밖에 서쪽

가까운 청풍 쪽으로 물러서서 때를 만들어야 합니다."

백선은 답답한 듯 중군장 이경기의 의견에 찬성하는 의견을 보탰다.

"우리가 단양까지 밀려갔다가 내사군*을 다 돌아서 여기까지 왔는데 또다시 뒤로 물러난다면 언제 서울로 치고 들어갈 거요. 서울 근처로 들어가기만 하면 우리 호서뿐 아니라 관서, 관북과, 관동, 해서, 영남에서 한꺼번에 서울로 몰려들어서 힘을 합쳐 적을 깨부수게 될 것이요."

그러나 후군장 신지수가 다른 의견을 냈다.

"우리가 무조건 서울로 향한다고 승리가 보장되는 것이 아니요. 이곳 충주는 영남에서 서울로 가는 길목이기 때문에 여길 막고 있는 적의 힘을 무력화하지 않으면 절대로 힘을 쓸 수가 없어요. 그러니 서울로 향하는 문제는 일단 내사군으로 옮겨 잘 듣고 방향을 잡아야 할 것이요."

대장은 침묵하다가 고개를 끄덕이면서 제장들을 내보냈다.

이튿날 저녁 날이 어두워지자 적의 총소리가 그치고 사방이 조용했다. 대장은 기회다 싶어 조용히 군사들을 움직여서 짐을 꾸리고 북문을 열어 달천 쪽으로 나가려고 했다.

"대장. 누군가 북문을 자물쇠로 잠갔는데 도무지 열 수가 없습니다. 총대로 내리쳤는데도 자물통이 꿈쩍 않으니 다른 문으로 나가야 합니다."

"그럼 동문으로 나가라." 병사들이 동문으로 나가 성곽 밑으로 돌아 북문으로 가니 달천 쪽에서 총성이 울렸다.

"안 되겠다. 군사들을 돌려 청풍 쪽으로 가라."

충주읍성을 점령한 지 보름 만이었다.

---

*단양, 영춘, 제천, 청풍, 4개 군을 말함.

동문으로 나온 군사들은 마치(마즈막재) 쪽으로 내달렸다. 밖에서 잠복하고 있던 관군과 왜병들은 의병들이 퇴각하는 것을 알아차리고 성안으로 들어와서 불에 탈 수 있는 곳은 모두 불을 질렀다. 대장은 마즈막재에서 잠시 쉬면서 불타는 충주읍성을 바라보고 있었다. 만약에 북문이 잘 열려서 군사들을 데리고 달천 쪽으로 갔다면 왜병들을 만나서 일전을 치르다가 몰살을 당했을지도 모를 일이었다. 그렇다면 어제 제장들을 모아 놓고 의견을 나눌 때에 오간 얘기가 적들에게 새어 나갔다는 얘긴데 누굴까. 대장이 곰곰이 생각해 봐도 알 수 없는 노릇이었다.

의병들은 신당점에서 하룻밤을 묵고 청풍으로 들어갔다.

"중군장. 충주성에서 행군해온 군사들을 점고해 보라. 만일 아직 도착하지 않는 군사가 있거든 도망을 친 것인지, 낙오된 것인지, 부상을 당한 것인지, 잃어버렸는지 그 연유를 반드시 밝혀라."

그러나 중군장은 대답을 못하고 머뭇거렸다.

"대장. 실은 충주성에서 빠져나오다가 군안 책을 잃어버렸습니다."

"뭐라고? 중군이 어찌 그런 실수를………." 군안을 잃어버렸다는 소문은 군영에 급속도로 퍼졌다.

"군안이 왜적이나 관군들 손에 들어갔으면 고향을 찾아 가족을 괴롭힐 것이다. 우리 몸이 송두리째 잡힌 것이나 다름없다." 병사 하나가 몰려든 의병들을 향해서 불안하게 떠들었다.

"그 입 닥치지 못해! 찾을 수도 있는데 함부로 떠들면 그냥 두지 않겠다." 중군의 종사가 그의 멱을 잡아 흔들었다.

"군안을 잃어버렸다고 불안해하는 건 의병을 떳떳치 못하게 생각하고 있다는 증거다. 무엇이 그리 떳떳치 못하냐. 의병정신이 똑바로 배겨 있다면 의병으로 이름이 세상에 알려지는 게 오히려 자랑스러워야 할 것이다. 훗날 우리의 날이 오면 의병은 의의 나라를 세운 역사에 공훈록에 오르게 될 것이다. 의병의 이름으로 관군에게 보복을 당할 것이라는 패자의 생각은 지금 당장 버려라."

"종사. 그 손 놔. 병사의 멱살을 잡고 무슨 짓을 하려는 거야?"

우락부락하게 생긴 의병이 잡은 손을 비틀어 풀었다. 몰려 있던 중군의 병사들이 종사를 비난하면서 모여들었다. 이경기는 그날 밤에 책임을 다하지 못한 자책감으로 군영을 빠져나와 집으로 가버렸다. 대장은 중군장 자리에 전군을 맡고 있던 안승우를 중군장으로 임명하고 전열을 정비한 의병진은 제천으로 돌아왔다.

의병들이 제천 고을로 돌아온다는 소문을 듣고 사람들은 하나둘씩 마을을 빠져나가기 시작했다. 제천 남산 군영에 모두 도착했을 때에는 고을이 텅 비다시피 했다. 대장은 서상열에게 소를 구해 잡도록 이르고 중군장 안승우에게 진영을 살펴보도록 일렀다. 며칠 동안 몸과 마음이 지친 병사들을 위로하기 위하여 잡은 소를 푸짐하게 먹이자 흩어졌던 군사들이 군영으로 모여들었다.

"이상하지 않느냐. 고을 백성들이 모두 집을 비우고 어디로 갔단 말이냐?"

대장은 제천으로 들어오면서 너무 조용한 고을을 보고 종사 이조승에게 물었다.

"모두 피란을 간 것입니다."

"피란이라니? 우리가 들어왔는데 어디로 피란을 가나? 피란을 갔던 사람들도 돌아와야 할 판인데."

"의병이 들어왔으니 관군이 공격해 올 것이고 그리되면 고을이 난리판이 되서 왜적놈들이 집에 불을 지를 테니까 화마를 피해 피난을 간 것이지요."

"왜적과 싸우는 우리를 반겨 맞을 사람들이 난리가 두려워 피난을 갔단 말인가."

"그게 요즈음에 고을 인심입니다."

"지금 일부에서는 먹고 사는 양식을 더 차지하겠다는 것도 아닌데 머리 깎는 일 하나 가지고 왜 그리도 심한 싸움을 벌이고 있느냐는 사람들이 많아요. "

"아직도 의를 모르고 짐승처럼 사는 자들이 그런 소리를 하는 게지."

후군장 신지수가 대장에게 진영 배치를 보고하러 왔다가 듣고 끼어들었다.

"아하. 그게 아니라오. 사람들은 지금의 싸움을 두려워하고 있는 게 아니고 싸움이 끝난 후를 겁내고 있는 거요. 조선 팔도에 있는 관군과 왜병이 우리 의병에게 쉽게 섬멸이 될 것 같지는 않고 어차피 이 싸움은 밀고 밀리는 싸움이 될 터인데 의병이 오면 먹을 것을 내주어야 하고, 왜병이 오면 의병에게 먹을 것을 대준 집에다 보복으로 불을 지르니 이러지도 저러지도 못하고 차라리 피란을 가는 거요. 빈집에서 털어 가면 도둑맞았다고 하면 그만이지만 내손으로 내 주면 의병과 내통했다고 시달림을 당할 테니 문을 열어놓고 몸을 피한 것이오."

중군장 안승우가 반박하고 나섰다.

"그렇다면 우린 왜적과 싸우는 것보다 먼저 내부의 적을 없애야 할 것이오. 우리가 이렇게 대의를 위해서 싸우겠다고 나섰는데 아무것도 모르는 백성들이 왜 싸우는지도 모르고, 설령 안다고 해도 머리카락 하나 때문에 싸운다고 조롱을 하는 자가 있다고 하니 그런 자를 찾아내서 따끔한 맛을 보여야 해요. 본보기로 몇몇을 혼내주면 그런 생각을 갖는 사람은 없을 것이오."

그에 또 김백선이 나섰다.

"그건 안 돼요. 백성이 우매한 것이 나라의 잘못이지 어찌 그들의 잘못이란 말이오."

대장이 격해지는 제장들을 진정을 시켰다.

"중군과 선봉은 같은 고향 사람이면서 어찌 그리 하는 말마다 의견이 다른가? 이런 일로 다투지 말고 잘 지내보게. 그리고 중군은 의병을 나온 사람들의 가족을 찾아서 걱정근심으로 병들어 누운 부모가 있는지, 양식이 떨어지지 않았는지, 농사지을 사내가 의병에 나갔다고 소작하는 땅은 떼이지 않았는지 살피게. 살펴서 부당함이 없도록 양식을 보태주고 땅을 떼이지 않도록 단단히 이르게. 제천뿐만 아니라, 원주와 지평에도 사람을 보내서 각 고을 수성장에게 그리 이르게."

고종은 러시아 공사관으로 이어(移御)했고 단발령이 중지되었다는 소문이 의병군영 안에도 퍼졌다. 고향을 떠난 의병들은 집으로 돌아갈 날을 기다렸고 대장과 제장들은 복수보형(復讐保形)에서 보형은 이루었으되 민황후를 죽인 원수를 갚는 복수는 아직 멀었다고 의병을 풀지 않았다.

대장은 이정규를 대장소를 불러들였다. 중군장이 바뀌자 군영 안의 공기가 바뀌었다. 이춘영이 중군을 맡았을 때에는 훈련에 쉼이 있고 먹는 것에도 여유가 있었는데 안승우가 중군을 맡고 나니 고된 훈련과 고기반찬이 없는 끼니가 계속되었다.

"우리가 먹는 것은 백성들이 땀 흘려 거둔 것이고 백성들의 먹을 것을 줄이고 덜어다 먹는 것이니 호화 방탕하게 배불리 먹을 수는 없다. 모두 이만한 것을 감사하게 생각하며 알뜰히 먹고 싸워야 한다."

싸워도 기운이 나야 싸울 것이 아닌가 하면서 불만이 늘어나고 있었다. 이 소리가 대장의 귀에 들어가 이정규를 불러 물었다.

"아직도 중군장에 대해 안팎에서 이렇다 저렇다 하고 말들이 많은데 어째서 그런가."

"이춘영이 죽은 때와 단발령 중지가 기묘하게 맞아 떨어져서 그럴 것입니다. 백성들이 단발령을 피하려 할 때에는 마음이 매우 급하여 의병에게 고마워하며 굶주린 자가 먹을 것을 구하는 거보다 더 급했습니다. 또한 이춘영이 갑자기 순절하여 구관이 명관이라고 군사들이 그들 사모하는 마음이 아직 남아있는 것입니다. 그런데 새로운 중군이 병정을 먹이기 위해서 날마다 거둬들여야 하니 백성들의 원망이 어찌 없겠습니까?"

대장은 마음이 편치 않았다. 단발령이 중지되자 의병들의 숫자가 점점 줄어들었다. 누구의 소행인지 의병들을 꼬드겨서 야금야금 빼내가고 있는 것이다. 제천까지 장기렴이 관군을 거느리고 들어오자 후군장 신지수는 군사들을 빈틈없이 배치하여 방비를 더욱 엄중히 하였다. 장기렴의 군사는 섣불리 공격하지 못하고 외곽에서 빙빙 돌면서 부대가 해산하도록 선유사를 보내 설득하고 있었다.

신지수는 의관도 벗지 않고 사졸과 더불어 제천에서 남산성을 지키니 장기렴의 관군도 두려워하고 있었다. 그런데 장기렴의 관군보다 더 무서운 것이 군심의 이반이었다. 새로 된 중군장이 거둔 재물을 사사로이 쓰고 있다면서 의병들 사이에 불만이 들끓고 있었다. 모두 중군과 가까운 사람에게 쉬쉬하면서 군영 밖에서는 마음껏 떠들며 중군을 비난하고 있었다. 후군장 신지수는 우연치 않게 부하들이 모여서 잡담하는 중에 중군을 비방하는 말을 듣고 중군과 가까운 이정규를 찾아갔다.

"후군께서 여기까지 웬일이시오. 적을 방비하는 데에 매우 분주할 텐데."

"맞소. 지금 매우 위태롭고 분주하오. 그런데 밖에서 쳐들어오는 적을 막기보다 앞서 해야 할 것이 내부의 적을 없애는 것이오. 내부의 적이란 화목을 깨뜨리고 사기를 떨어뜨려 스스로 자멸하게 만드는 악귀인데 지금 부대 안에 그런 일이 일어나고 있소. 내 안에 적부터 없앤 다음에 적을 몰아내야 할 것이오."

"어디 한번 말씀해 보시오. 그게 뭔지."

"지금 중군 안에서 하는 짓은 모두 제 뱃속을 채우는 것이라고 원망이 하늘을 찌르고 있어요. 내가 이번에 중군을 베어 군대가 화목하도록 할 것이오."

"후군이 중군을 베겠다고? 후군에게 그럴 권한이 있소?"

"칼로 목을 벤다는 얘기가 아니오. 중군을 만나서 직접 듣고 조처해야겠어요. 지금까지 저지른 사실을 확인하고 사임하라고 권하여 사임하면 목숨은 사는 것이고 그렇지 못하면 대의를 위해 이 칼로 그의 목을 벨 것이오."

신지수는 칼자루를 만지작거렸다.

"그 잘못이라는 것이 도대체 뭐요?"

"죄를 내게 고한 증인이 있소."

"그렇다면 어디 한번 말해 보시오. 중군은 영월 주천에 이노강의 집에서 군수(軍需)로 내는 벼 이십 석을 자기 집으로 보냈소. 이게 첫 번째 죄요."

"그 일이라면 내가 잘 알고 있소. 안승우가 중군이 되었다고 하니까 왜 적패당들이 그의 집을 해치려고 해서 식구들이 모두 산속에 바위 밑으로 피했던 적이 있었소. 그때에 이노강이 하사의 아우를 조용히 불러서 말했소. '그대는 제천으로 가서 의지해야 하는데 아버지와 형이 청렴 정직하니 입에 풀칠도 못할 것이다. 나의 논밭이 주천에 있는데 벼 육십 석을 군영에 바치겠다' 고 했소. 지금 이십 석을 그대에게 줄 테니 가져다가 식구들이 잘못되지 않게 하라고 하여 아우가 가져간 것이오. 그런데 중군이 조모를 뵙고 나오다가 볏섬이 마당에 있기에 아우에게 물어 사실을 듣고는 운량소로 실어 보내라고 하여 즉시 보냈소. 그런데 운량소에 주임 최병식이 되돌려 보내려고 하였지만 하사가 듣지 않았소. 최병식에게 사실을 확인해 보면 밝혀질 것이오. 그 일 때문이라면 후군이 나서서 오해를 풀도록 하는 게 좋겠소."

신지수는 수긍하지 않았다.

"그렇다면 중군이 군포목으로 자기 집 식구들의 옷을 지었다는 건 뭘로 변명을 할 거요?"

"철저하게도 파보았군요. 그 일이라면 내가 내력을 말해주겠소. 충재 김영록이 중군에서 재물을 관리할 때인데 승우의 조모와 아내가 몸을 가릴 옷조차 없다는 말을 듣고 측은해서 이조승과 정화용에게 군포목은 장졸들이 모두 옷을 해 입을 수 있고 이미 여러 차례 나누어 주었으니 백목 세 필을 승우의 집에 보내라고 했소. 며칠 후에 조모가 이를 승우에게 말하니까 '할머님의 옷 없음은 손자의 죄입니다. 이건 군의 물품이니 입지 마십시오' 하여 조모가 얼른 장재소로 돌려보내라고 하여 보냈고, 김영록과 이조승·정화용이 받지 않고 그냥 입으라고 해도 뿌리쳤소. 그가 취한 것이 없으니 죄라 할 수 없을 것이오."

"그럼 선봉 군졸의 논을 빼앗아다가 중군의 군졸에게 준 것도 사실이 아니란 말이요?"

"그건 중군의 부하 조백룡의 짓이었소. 그가 멋대로 중군의 명령이라고 하면서 지평 수성장 안종엽에게 전한 짓이오. 이 일로 중군은 크게 노하여 그를 죽이려고까지 하였소. 더 있으면 얘기해 보시오. 세상을 바로 세우려 하는 자에게는 항상 주변에 적이 많은 법이오. 그 적을 이겨야 밖에 적을 이길 수 있는 것이오."

신지수가 이정규의 손을 잡았다.

"만일 그대에게 먼저 말하지 않았더라면 내가 일을 크게 그르칠 뻔했소. 중군이 오히려 더 돋보이는구려. 내 진중에 떠도는 낭설을 반드시 바로잡으리다."

신지수는 이정규의 얘기를 모두 듣고 나서 오해를 풀고 돌아갔다.

대장이 서울에서 떠도는 소문을 주워듣는 청풍에 황강역과 가흥역, 상동리, 용안, 단월에 역리의 말을 모아보니 남한산성은 김하락이 이끄는 이천, 여주, 광주, 양근 의병들이 점령하였고 이를 되찾기 위한 관군의 반격이 밤낮없이 계속되고 있다고 했다.

대장은 제장들을 불러 모았다. 우기정을 좌군장으로 하여 충주에서 들어오는 길목을 지키도록 단령(檀嶺)으로 보내고, 우군장 안성해를 단령 너머 원서로 전진 배치했다. 후군장 신지수는 충주 엄정에 내창리로 보내서 가흥에 있는 일본군 병참기지 공격을 먼저 도모하도록 했다. 전군장 홍대석은 청풍 서창으로 보내고 유격장 이강년에게는 충주 동창으로 나아가 수안보에서 오는 적을 막기 위해 진을 치도록 했다. 이필 장으로 직임을 맡겨 원주 쪽으로 가도록 했다. 이렇게 해서 제천 으로 가흥을 공격할 수 있는 진영이 갖추어졌다.

대장은 제장들에게 비장한 마음으로 새로운 포상방침을 알렸다. 의 목을 베는 병사에게는 머리 한 개당 오백 냥을 주겠다." 이렇게 은 왜놈에 머리에다 조선 돈 오백 냥씩을 얹어놓고 의병들을 독려했다.

제장들을 요소에 배치하고 본진이 공격을 준비할 무렵 내창리에 나가 있던 신지수의 군사로부터 급한 전갈이 왔다. 내창은 제천에서 장호원으로 가는 길에 충주 엄정에서 목계, 가흥으로 쉽게 이르는 곳이다. 제천에서 볼 때에 가흥이 제일 큰 목표 공격지라면 내창은 가흥에서 가장 가까운 최전선에 해당되었다.

"용산에서 소금과 어물들이 충주 제천으로 올라오려면 가흥 앞에 막흐르기 여울을 지나 목계를 거쳐야 하는데 왜병들이 목계 밑에서 뱃길을 지키고 있으니 이대로 가다가 우리는 소금맛 한 번 못보고 밥 한술에 손가락만 두어 번 빨게 생겼습니다."

듣고 있던 충주 출신 종사 이기진이 한탄을 했다.

"충주에 서울 배가 끊긴 지 벌써 보름이 넘었습니다. 놈들이 지키고 있는 물길을 터주지 않으면 우린 꼼짝 없이 갇히는 꼴이 됩니다." 대장은 고개만 끄덕이고 있었다.

그때쯤에 다나카는 가흥병참기지 안에서 소대장들을 모아 놓고 작전회의를 하고 있었다.

"저들은 강하다. 목숨을 두려워하지 않기 때문이다. 싸움에서는 목숨

놓고 싸우는 상대가 제일 무섭다. 눈에 뵈는 게 없으니 눈앞에 총칼 두려워하지 않고 덤벼들기 때문이다. 그 앞에서 자기목숨을 보전하려고 싸우는 군사는 열에 백도 못 당한다. 공주 본대에는 이렇게 보고를 올려라. 의병은 지금 일만 군사가 십여 개의 제대를 편성하여 가흥과 수안보를 공격하고 있다고 해라. 보고서에 상대는 강해야 하고 군사의 수도 우리보다 훨씬 많아야 한다. 그래야 우리는 그들과 싸워서 이긴 용감한 군대가 되고 설령 패한다고 하더라도 불가항력이 되는 것이다. 네게도 무공을 인정해서 상을 내릴 것이다. 그때를 기다려라."

관이나 군에서 상은 언제나 희생을 요구하는 미끼였다. 참석한 장교들은 다나카의 말을 쉽게 알아들었다. 다나카는 상부에 올리는 폭도토벌 보고서를 만들 때에 항상 적은 맹렬하게 공격하고 그 수가 자기네보다 많다고 부풀렸다. 적과 싸워서 똑같이 이겼다고 하더라도 힘이 세고 더 많은 적과 싸워 이겨야 더 큰 공으로 쳐줄 것이다. 스스로의 공을 키우려면 실제 싸움보다 붓끝에서 공적을 키워내야 한다. 그것이 결과를 배로 거두는 수확이다. 설령 패해서 쫓겨 갔더라도 그건 적의 힘이 너무 강해서 불가항력이어야 한다. 이게 다나카 출세의 방법이었다. 다나카는 항상 위험에서 용케 살아났고 다나카의 군대는 항상 강한 적과 어렵게 싸워서 이겼다는 기록을 남겼다.

"몰려오는 적을 누가 세어 봤느냐. 일백이라고 하면 어떻고 일천이라면 어떠냐. 누가 다시 와서 세어볼 것도 아닌데. 하하하하."

그럴 때에 웃어 제키는 다나카의 얼굴은 지구를 찌그려 구겨놓은 것처럼 음흉했다. 눈치 빠른 월두는 그 마음을 모두 맞추어 주니 믿음직스러울 수밖에 없었다. 네 놈은 반드시 내 본국으로 데려가서 키우리라. 다나카에겐 매우 흡족한 밤이었다.

"혹시라도 딴생각 먹지 말아라. 집을 지키는 개도 먹다가 만 밥찌꺼기 주는 주인보다 맛있는 고깃덩어리 던져주는 문밖에 도둑을 더 반기는 법이다. 착각하지 마라. 조선은 네게 절대로 고기를 던져주지 않는다. 명심해라."

다나카는 이미 월두의 생각하는 뇌를 꿰뚫어보는 듯했다. 그러나 월두는 그 말이 벌써 다나카의 월두에 대한 믿음이 한풀 꺾여 있음으로 알고 들었다. 다나카가 알쏭달쏭한 말을 남기고 숙소로 들어가자 월두는 밖으로 나와서 강가를 걸었다. 아직 차가운 바람인데 목구멍 속에서 일어나는 얼큰한 열기가 얼굴을 시원하게 스친다. 곡수를 떠나온 지가 벌써 여러 해 지났다.

사람들이 천탄이라고 부르는 아버지. 평생 숯막에서 숯만 구우면서 살아갈 줄 알았던 아버지가 의병으로 나선 것은 알다가도 모를 일이었다. 거기서 아버지를 적수로 만나다니. 당신의 몸을 다쳐서 아들을 살려낼 마음이라면 왜 이토록 버려두었는가.

단령을 넘어와서 내창리에 진을 쳤던 후군장 신지수는 날이 밝기 전에 의병들을 목계가 내려다보이는 왕심산(王心山)으로 보내서 가흥 쪽에 왜병들 움직임을 살피도록 했다. 왜병들은 가흥창에 창고를 중심으로 진을 치고 목계 쪽 얼음을 타고 건너와서 나루를 건너는 사람들을 기찰했다. 보나마나 의병과 연통을 하거나 의병이 변복하고 나다니는 것을 잡아내기 위함일 것이다. 왕심산에서 빤하게 지척으로 내려다보이는 목계나루는 왜병들의 밥줄이나 다름없었다.

"이런 젠장. 저들은 우리 속을 훤히 들여다보고 있는 것 같은데 우린 저자들의 속을 도통 모르겠으니."

때마침 제천에서 단령을 넘어온 선봉은 대장의 영을 기다리고 있었다. 대장은 종사들을 데리고 복탄에서부터 목계를 거쳐 하소나루까지 지형과 강의 얼음 사정을 살폈다. 때가 벌써 이월(양력 3월)인지라 강은 녹아있었다. 대장은 임시로 다릿재에 진을 친 후에 제장들을 모두 불러 모았다.

"적의 주력군은 오늘 밤 가흥에서 남한산성으로 떠날 것이다. 기회는 오늘 밤이다. 가흥을 칠 것이다. 선봉은 군사 10초를 줄 테니 하소를 건너 장미산에 올라가 복병하고 소모장은 군사를 데리고 복탄으로 내려가 강은 건너서 봉황천으로 붙어라. 후군은 목계를 직접 건너서 가흥으로 가라. 청룡촌에 불이 오를 때까지 기다렸다가 그때 쳐라. 신호는 불이다. 불이 오르면 소모장은 가흥 북서쪽 봉황천에서 치고 후군은 가흥창을 정면 공격하라. 놈들은 양면 공격을 피해 동쪽에 있는 장미산 쪽으로 달아날 것이다. 그때에 선봉은 장미산으로 퇴각하는 적을 기습 공격하여 전멸시켜라. 이번 싸움에서 가흥을 점령하면 우린 여주를 거쳐 서울로 간다."

대장의 승리를 전제로 한 일성은 제장들을 긴장하게 했다. 서울 쪽으로 간다는 말에 아무도 이의를 다는 사람이 없었다. 후방에서는 전군장 홍대석이 청풍 서창에서 진을 치고 있고, 유격장 이강년이 충주 동창에 나가 있고, 이필희를 원주로 보냈으니 이번 전투에서 이긴다면 후방 군사들이 여세를 몰아 충주읍성도 되찾을 수 있을 것이라는 것이 대장의 판단이었다.

각 군이 가흥공격을 준비하고 있을 때에 참장(參將) 한동직이 원주에서 제천 수비를 지원하기 위해 단령 쪽으로 달려가다가 본진과 마주쳤다.

"참장, 마침 잘 왔네. 참장은 군사를 데리고 후군을 뒤에서 도와 막탄* 에서 기다렸다가 공격하게. 장미산에서 공격하는 불빛을 신호로 삼게. 그러면 적은 피하지 못하고 전멸할 걸세."

후군을 지원하기 위한 예비대까지 편성되었다. 모두 일전불사하고 대장이 배치하는 대로 제장들은 군사를 이끌고 공격을 준비했다. 가흥을 중심으로 삼면에서 접근해가는 의병들은 숨을 죽이며 각자의 위치에서 한 방향으로 발길을 옮겼다. 선봉 김백선과 군사들은 제일 상류 나루인 하소에서 건너고, 그 아래 목계에서 신지수의 후군 군사들이 강을 건넜다. 물은 뼈가 저리도록 아랫도리에 시렸지만 타오르는 결전의 열기로 언 몸을 녹이며 모두들 총을 다잡아 쥐었다. 하류 쪽에는 소모장 이범직의 군사가 무사히 강을 건너서 봉황천으로 접어들었다. 세 군데서 가흥을 향해 거리를 좁혀오는 군사들은 모두 청룡촌 민가에 불이 타오르기만 초조하게 기다렸다.

이때에 천탄과 민의식은 선봉대에서 백선을 따라 장미산으로 올라갔다. 밤이지만 서쪽으로 가흥창 불빛이 훤하게 보이고 있었다. 맞은편 강 건너 왕심산 팔부 능선 주인 모를 묘지터에 자리 잡은 지휘부에서 안승우를 비롯한 중군과 종사들은 긴장을 놓지 않고 가흥 쪽을 내려다보고 있었다. 밤중에 가흥을 중심으로 한 주변이 공기는 팽팽한 긴장감이 감돌았다. 계획대로만 된다면 삼면 공격 작전은 왜병들을 섬멸할 수 있는 절호의 기회였다. 병사들은 각 방(方)에서 가흥으로 가까이 가면서 침을 삼키는 소리가 들릴 정도로 적막한 긴장감이 흐르고 있었다.

*막흘레기여울, 목계 밑 가흥창에 맞닿은 여울.

월두는 날이 밝자마자 급히 다나카를 찾아갔다.

"폭도 일천이 내일 밤 강을 건너 우리 기지를 친다는 소식입니다."

다나카는 밤을 새워 돌아다녔을 붉게 충혈 된 월두의 눈을 바라봤다.

"그것뿐이냐? 알았다."

다나카는 이미 의병들이 오늘 밤 가흥 쪽으로 집중공격을 할 것이라는 제보를 다른 밀정으로부터 들었다.

다나카가 주둔하고 있는 가흥병참에 형식상 전투지휘는 미야케 대위였지만 정보를 장악하고 있는 다나카는 의병들의 움직임을 알려주면서 전략전술까지 미야케 대위에게 조언을 했으므로 실질적인 부대지휘를 하고 있는 셈이었다. 그는 많은 밀정들을 이용하고 있었다. 밀정은 적의 패를 알아내는데 가장 좋은 수단이었다. 다나카가 그 동안 키워낸 그의 개들은 싸움이 있을 때마다 상대의 구린 소식들을 물어오고 있었다.

"너희는 의병에 들어가서 죽을힘을 다해 싸우고 너희 대장에게 몸 바쳐 충성함으로써 신뢰를 얻어야 한다. 그렇지 않으면 너희는 적의 손에 죽는다."

이른바 세작질인데 양쪽에 모두 다리를 걸치고 이쪽과 저쪽의 사정을 모두 옮겨 주라는 것이다. 그래야 적장은 굳게 믿을 것이고 자기네 군사 사항도 알아 낼 수 있는 것이다. 이중첩자다. 그런데 이런 이중 첩자는 마음먹기에 따라서 양 쪽 어디에서든지 죽일 수 있는 명분을 주는 파리 목숨이었다. 이미 적과 내통하고 아군의 비밀을 흘린 사실을 알고 있는 터, 이를 꼬투리로 잡아 처형하면 꼼짝없이 배신의 죄로 처단을 당하게 되는 것이다. 다나카는 언제 어느 때나 그렇게 조선의 개를 죽일 명분을 만들어 놓고 있었다.

아직 싸움이 계속 중이기 때문에 다나카는 이 사람 저 사람으로부터 들어오는 보고를 종합하면서 전세를 예측하고 있었다. 요즘 들어 몇 번이나 월두의 첩보가 어긋나고 있었다. 다나카는 미야케에게 가흥병력의 남한산성 지원을 하루 늦추도록 했다.

선봉의 대원들은 장미산에서 가흥 쪽과 목계와 봉황천을 휘둘러보면서 불빛의 움직임만 보고 전세를 판단하고 있었다. 천탄이 종사 민의식에게 다가갔다.

"선봉. 요즈음에 심기가 안 좋은 것 같아 보여. 중군의 죽음 때문이지?"

"그렇기도 하겠지만 천탄. 선봉은 지금 이 싸움이 못 마땅한 것이여. 내가 듣기로 가흥에 왜적과 관군들은 남한산성이 수세에 몰려 그쪽을 지원하러 갔다고 하는데 여기 올라와서 보니 전혀 아니잖여. 불빛만 봐도 병력이 일천은 될 것 같은데. 우린 모두 털어 봐도 일천이니. 저들은 신식 무기에 훈련받은 군사인데 우린 독송정에서 겨우 진법 훈련을 익히고 화승총에 불붙여 방아쇠 당기는 법이나 익힌 자들이 대부분이여. 여기 올라온 숫자로는 어림도 없는 일이여."

천탄은 무서웠다. 종사라고는 하지만 민의식이 무슨 재주로 저렇게 의병의 사정과 적의 전세까지도 속속들이 알았단 말인가. 선봉은 공격을 할 것인지 말 것인지에 대해 이렇다 할 부인도 시인도 안 하고 가흥 쪽만 주시하고 있었다. 달려가면 반시간이고 걸어가면 한 시간, 십리길이다. 목계에서 이따금씩 움직이는 빛이 보였다. 저것이 후군 신지수의 군사들일 것이다.

예상대로 가흥 군영에서 멀지 않은 청룡촌에 불길이 치솟아 오르고 있었다. 그와 때를 같이해서 가흥 아래 복탄을 건넌 소모장 이범직의 군사들이 가흥창을 공격하는 불빛이 눈에 들어왔다. 얼마간 이범직의 군사들이 가흥 쪽으로 속도감 있게 진격해 들어가는 것이 뚜렷하게 보였다.

가흥창 왜병들의 군영 안에서 불이 환하게 밝혀지고 개미 같은 군사들이 허둥대며 이리 뛰고 저리 숨는 것 같은 모습이 통쾌하게 눈에 들어왔다. 선봉은 군사들을 장미산 성벽 쪽으로 전진 배치시켰다. 그러나 목계를 건너서 사기가 올라 가흥을 정면 공격하던 후군 신지수의 군사들은 적이 쏜 포탄에 산산이 흩어지고 말았다.

왜병들이 관심을 두지 않고 있던 봉황천 쪽 허리를 공격한 것은 좋았는데 화력이 집중된 가흥창 정면을 목계에서 건너가 공격한다는 것은 퇴로조차 포기해야 하는 위험한 공격이었다. 남은 군사들은 부랴부랴 강변을 따라 상류로 후퇴하고 있었다. 예상대로 적은 강하게 역공을 가하고 있었다. 가흥에서 밀린 적이 장미산 쪽으로 피하리라는 것은 장밋빛 바람일 뿐이었다. 대장의 판단으로 왜병들은 가흥에서 신지수와 이범직의 공격을 피해 장미산 쪽으로 후퇴할 것을 예상했는데 오히려 장미산에 복병이 숨어있는 정보를 어떻게 알았는지 아예 공격대형으로 몰려오고 있었다. 불을 피워 강 건너 한동직 군사에게 신호를 하기로 했는데 불조차 피울 시간이 없으니 한동직의 후군 공격을 기대할 처지도 아니었다.

참으로 어처구니가 없는 상황이었다. 건너왔던 하소 나루마저 저들의 손에 들어간다면 꼼짝 없이 무너진 산성에서 포위되어 당하는 꼴이 될 것이다. 선봉은 서둘러 퇴각 명령을 내렸다. 선봉의 군사들은 건너온 강을 되짚어 황급히 돌아가고 있었다.

돌아온 의병

강을 건너는 선봉은 참담했다. 종사 민의식과 천탄과 선봉 군사들도 말없이 그 뒤를 따라서 강을 건넜다. 겨우 이 정도란 말인가. 군사들을 후방에 주둔시키고 세 개 부대만 왜병 공격에 보낸 안일함 때문이었다. 적은 훈련된 전투력과 신식무기와 명령체계를 갖춘 강한 군대였다. 의병 전체가 공격에 가담해도 승세를 장담할 수 없는 처지인데도 이곳 공격을 총 지원하지 않고 엉뚱한 두 곳으로 병력을 보냈다. 선봉과 후군, 소모장의 병사들만 가흥 공격에 참여케 한 것은 총알받이로 내놓은 것이나 다름없다는 생각이었다.

대장소에서는 반격을 시도한 왜병들이 내쳐 제천까지 들어올 것에 대비하여 수비를 단단히 하도록 일렀다. 다릿재 아래에 주둔한 본진으로 돌아오는 동안 선봉은 내내 말이 없었다. 해가 중천에 올라서야 본진에 도착한 선봉과 후군장, 소모장은 대장소로 가서 전날 전투상황을 보고했다.

제장들이 모인 대장소의 분위기는 침울했다.

"이번 전투는 제장들의 책임이 크오. 앞으로 본을 보이기 위해 책임 있는 자를 가려 베어야 하오. 그렇지 않으면 앞으로 중대한 싸움에서 군율을 세우기가 어려울 것이요."

중군이었다. 그들은 전투에서 패하고 쫓겨 돌아온 의병들을 징계할 것을 제의했다. 신지수가 한동직을 지목했다.

"참장이 우릴 제대로 지원했더라면 우리가 이렇게 쫓기지는 않았을 것이오. 참장은 남의 일 보듯이 강 건너에서 지켜보기만 했잖소."

한동직이 머뭇거리더니 나섰다.

"우린 원주에서 제천을 지원하려고 군사를 이끌고 오는 중이었소. 급히 오느라고 끼니도 거르고 병사들이 지쳐 있는데 가흥공격에 내몰린 것이오. 너무하지 않소. 그리고 가흥 공격은 선봉과 후군과 소모장이 합세하여 나가지 사면공격인데 후군과 소모장의 군사만 공격을 했지 멀리 장미산 위에서 내려다보고 있는 선봉의 군사가 꿈쩍을 않으니 필시 무슨 곡절이 있었을 것이요. 선봉의 군사가 움직이지 않는데 섣불리 우리가 공격에 나설 상황이 아니었소."

"정규는 어떻게 생각하나?"

대장은 가까이 서 있는 이정규에게 물었다.

"이번 전투에서 패배한 책임은 모든 장수들에게 있습니다. 어찌 한동직에게만 있겠습니다. 한동직은 원주에서 우리 제천 의진에 참여하여 여러 장수들을 잘 알지 못합니다. 그래서 한동직을 지목했을 것입니다. 만일 이 중에 누군가를 베어 소문이 난다면 어떻게 군사들이 대장을 믿고 따르겠습니까?"

대장은 이정규의 말에 고개를 끄덕였으나 안승우는 선봉에게 물었다.

"선봉은 왜 장미산에서 꿈쩍도 않고 있다가 내려온 것이요? 이번에 각 제장들이 자기 위치에서 제대로 공격만 했다면 이렇게 패하지는 않았을 것이오. 내가 들으니 왜적들은 처음에 갑작스런 우리 공격에 놀라서 허둥댔는데 선봉 쪽 군사가 산 위에서 공격을 하지 아니하는 것을 알아채고 군사를 나누어 산을 포위하고 쳐 올라갔다고 하던데. 혹시 술에 취해서 잠이 들었던 게 아니오."

중군이 대장 앞에서 제장들을 일일이 지적하며 나섰지만 선봉은 그 말에 대답하지 않았다. 제장들의 눈이 모두 선봉에게 쏠렸다. 이미 그들 간에는 말의 벽이 생겨 있었다. 선봉의 얼굴이 심하게 일그러지고 있었다.

"선봉. 왜 대답이 없나? 말해 보라."

대장이 차분한 목소리로 선봉을 재촉했다. 진정한 사실이 무엇인지 모두 듣고 갈 일이었다.

"소장은 사냥질로 뼈가 굵었고 동학군을 쫓아서 싸움을 무수히 해봤소. 각자의 생각이야 다르겠지만 적과 싸우는 것은 장기나 바둑판의 생각으로 하는 것이 아니요. 눈앞에 현실이란 말이오. 공격을 해야 할지 퇴각을 해야 할지는 적과 가장 가까이 있는 장수의 경험과 직감으로 판단하는 것이지 미리 정해놓은 각본대로 하는 게 아니라는 말이오. 책상 앞에 깔아 놓은 종이 지도는 편편하지만 산 위에 올라가서 내려다보면 솟아있고 골이 져서 단숨에 달릴 수 있는 평지가 아니오. 평화로운 산야를 보고 그린 지도와 눈앞에 피를 튀기는 전란을 눈으로 직접 보는 땅이 같지 않단 말이요. 난 배움이 짧아서 책은 모르오. 병법은 병법이고 싸움은 싸움이오. 모든 싸움을 병법에 적어 놓을 수 없는 것처럼 싸울 때마다 수백 가지 위기가 닥칠 때에는 앞장 선 장수의 판단이 그 답이오."

백선의 음성이 높아지고 있었다. 분위기를 간파한 후군장 신지수가 옆에서 그만하고 앉으라고 백선의 옷깃을 붙잡아 아래로 내리 당겼으나 백선은 그치지 않았다.

"장미산에서 내려다본 왜적의 수와 기세는 우리를 능가하고 있었소. 소장이 밤 추위를 이기기 위해 술을 마신 건 사실이오. 일부 병사들에게도 먹였소. 전장에서 술을 먹어 잠을 잤다는 얘긴 음해요. 내가 이끈 군사 중에 그런 음해를 한 자가 있는 것은 부끄러운 일이요. 그리고 다른 군사를 시켜서 이 선봉을 감독한다면 그건 조직의 믿음을 저버리는 짓이오. 부디 이런 일이 아니었기를 바라오. 애초부터 그들이 우리 공격에 쫓겨 장미산으로 피할 것이라는 추측은 우리의 바람이었지 실제 우리가 처한 상황은 아니었단 말이오. 우리가 만일 장미산에서 가흥으로 내려가 적과 맞붙어 싸우려다가 퇴각이 늦었다면 나를 비롯한 선봉군사가 지금쯤 모두 하소 나루에 물귀신이 되었을 것이오. 장미산 밑은 탄금 물이 한번 휘돌아 내려가는 곳인데 적이 산을 포위하고 공격해오면 물을 건너지 않고는 피할 수가 없는 곳이오. 앞에는 강적이고 뒤에는 휘도는 강물이었소. 내 글로 읽진 못했어도 귀로만 들어 아는 얘긴데 우리 선봉대 군사들은 그때 배수진을 쳤다는 얘기요. 만일 우리가 죽기를 각오하고 적과 싸웠다면 일당십에 오십이라도 몇 놈을 잡아 죽이고 죽었겠지요. 하지만 우리 선봉은 선봉장인 나를 비롯한 일백육십여 병사가 몰살했을 것이오. 내 군사를 몰살시켜 적의 군사 일백 배를 죽였다고 해서 그게 승리라 할 수 있겠소? 싸움에 최종 목표는 피를 흘리더라도 살아남기 위한 것이오. 그런데 거기서 우리가 무모하게 적과 싸워서 몰살을 당했어야 속이 편하겠느냔 말이오!"

백선의 말이 고성으로 올라가 격해지자 안승우가 벌떡 일어서며 백선의 말을 막았다.

"변명하지 마오. 싸움에 나가서 죽고 살기로 싸우면 그걸로 의병의 책무를 다하는 것이오. 싸움에서 이기는 것도 중요하지만 적을 두려워 않고 싸우는 것도 장수의 길이오. 이번 싸움은 출전한 제장들의 자신 없는 대적으로 이미 패배가 예고된 싸움이었소."

이 말에 제장들은 웅성거리고 있었다. 이에 대장이 재빠르게 중군의 말을 막고 앉혔다.

"이번 싸움의 결과는 대장이 지겠다. 대장의 책임이다. 그러나 여기 있는 중군을 비롯한 제장들도 책임이 없다고는 할 수 없다. 이번 싸움을 거울 삼아 각 진용을 더 튼튼하게 갖추고 훈련을 더 강화하여 대비하기 바란다."

그렇게 제장들의 회의를 파했지만 대장소를 나오면서 모두들 가슴에 앉은 앙금을 긁고 있었다. 이것이 진정 의병의 길이더냐? 우리가 섬멸하려고 나선 상대는 왜적이지 한 솥에 밥을 삶아먹는 내 형제가 아니지 않느냐. 날이 저물고 높은 하늘에 별이 보이기 시작했다. 백선은 고개를 들어 하늘을 올려다보고 있었다. 고향 쪽이었다. 부인과 노모 그리고 애들 셋. 그들을 두고 무엇 때문에 여기에 와 있는가. 백선은 허벅지를 꼬집었다. 자신이 데리고 왔던 포군 사백, 나중에 데려온 포군 일백이 있다. 총을 가지고 산을 오르내리 뛰는 중핵 전력이었다. 선봉의 직책으로 반드시 저들을 위해 죽어야 한다. 대장부가 뜻을 품고 전장에 나온 이상 고향 생각을 하며 마음을 약하게 가져서는 안 될 일이다. 백선은 자신도 모르게 머리를 뒤흔들었다.

천탄이 뒤에서 바라보다가 그에게 다가갔다.

"선봉, 예전에 포군장이 아닌 것 같아. 용문산에서 호령하던 기개가 모두 어디로 갔는지."

선봉은 쓴 웃음을 보이면서 남의 집 헛간을 임시로 쓰고 있는 군막으로 들어갔다. 그 뒤를 천탄이 따라 들어갔다.

"섬실에 있을 때 생각이 나나? 내 괴은과 함께 이놈 하나씩 새끼줄에 붙잡아 어깨에 메고 선봉의 집으로 갔었지. 그때 선봉이 장군다웠지."

천탄이 준비해 간 탁주 한 병을 내놓자 선봉의 굳은 얼굴이 풀어졌다. 천탄이 병째로 권하자 백선이 한 모금 마시고 다시 천탄에게 권했다. 종사 민의식이 어디서 구했는지 삶은 고기 몇 점을 삼베보자기에 싸가지고 와서 백선과 천탄 사이에 펼쳤다. 백선의 눈이 고기를 보자 휘둥그레졌다. 집게손가락으로 한 점을 집어서 입에 넣고 우물거림도 없이 꿀꺽 삼켰다.

"우리 사냥꾼들은 고길 안 먹음 풀이 죽어서 암것도 못 해요."

백선의 목소리가 커지고 술을 한 대접씩 돌렸다. 그때서야 거북해 하던 천탄이 웃으면서 무릎을 치고 달려들었다.

"이제 보니 전장에 고기가 떨어져서 그랬군."

"이놈에 왜놈 사냥질도 다 고기 먹자고 하는 일인데 사냥감한테 쫓기기나 하고 있으니 용문산 포군장 체면이 말이 아니네."

백선이 입을 씰룩이며 멋쩍게 웃었다.

"이번에 가홍 쪽은 아무래도 끝장을 봐야겠네. 가홍 쪽을 무너뜨리지 못하면 이 싸움은 끝이 안 나. 우리가 왜 일어났나? 충주까지 와서 갓 쓴 양반네들 기나 살려 주자고 왔나? 아닐세, 아녀. 우린 나라 임금님 기 살리자고 이렇게 일어났지 양반네들 기 살리자고 일어난 게 아녀. 그러니까 속히 서울로 가여지. 가는 길에 걸리적거리는 게 있음 치우고 가면 될 것이고. 안 그런가요, 종사."

천탄이 두 사람의 말을 듣고만 있다가 나섰다.

"그럼 이 싸움이 임금을 위해서 하는 거라고? 백성을 괴롭히는 관군과 왜적놈들 쫓아내서 백성을 편케 하려는 게 아니고? 그렇다면 다시 생각해볼 일인데."

민의식이 나섰다.

"이 싸움, 임금님을 위한 싸움이란 건 선봉의 말이 옳아요. 이 땅이 모두 임금의 땅이고 이 백성이 모두 임금의 백성인데 임금이 아니고 누굴 위해 싸우겠어요."

헛간 바닥에 펼쳐 놓은 고기는 어느새 바닥이 나고 그들의 입은 양반 유생들을 씹어대는 것으로 부족한 안주를 대신하다가 취기가 올라 거침없이 임금까지 입에 담고 있었다.

"지난번에는 가흥 왜병들 속을 못 들여다봐서 우리가 졌어. 내게 좋은 소식이 왔는데 가흥에 왜병들이 남한산성을 지원하겠다고 철수를 했어. 놈들이 빠지는 날을 못 맞춰서 그 지경이 되었던 거야. 우리가 가흥을 치겠다는 계획이 저쪽으로 샜거나 우리가 저쪽에 왜병 빠지는 날짜를 제대로 알지 못 했거나 둘 중 하나지."

모두 고개를 끄덕였다.

다음 날 아침, 제장들이 모인 자리에서 백선은 대장소로 가서 가흥을 다시 쳐야 한다고 주장했다. 모든 싸움에는 때가 있는데 그때가 바로 내일 밤이라는 것이다. 백선이 들은 대로라면 가흥창에 왜병들은 수비군만 남기고 모두 남한산성으로 가는 날이 바로 내일 밤이라고 했다. 모두들 반신반의 하더니 제천을 중심으로 왜병들 공격에 대비하여 수비하고 있는 군사들은 그대로 두고 선봉이 자기 군사만 이끌고 공격을 하기로 하는 계획에 동의했다. 선봉대는 삼백여 명의 포군으로 편성하여 가흥으로 진군했다. 부대가 하루를 걸어 단령을 넘고 매운에 이르러서 목계 쪽에서 어물을 지고 올라오는 보부상 한 패를 만났다.

"어디로 가는 상단이냐?" 종사 민의식이 그들의 앞을 막으며 물었다.

"제천으로 가오."

"어디서 오는 것이냐?"

"보면 모르오. 목계에서 단령을 넘으려는 게지."

"목계라면 뱃길이 막혔기에 묻는 게 아니더냐?"

"사통발달인데 길이 막히다니요?"

"왜적들이 뱃길을 막고 있지 않느냐."

"없소. 아무도 없었소." 천탄은 백선의 옆에서 팔을 툭툭 쳤다.

"아무래도 첩자 같아요. 짐에서 갯내가 안 나잖아요."

"저 자들을 잡아 묶어라. 한 놈도 꼼짝 말고 그대로 서 있어라."

백선이 갑자기 소리치며 칼을 빼들어 그들을 막았고 의병들이 모두 묶었다. 짐을 풀어 뒤지자 우두머리로 보이는 자에게서 총과 칼이 나왔다. 나머지 상단의 짐 속에는 마른 양식이 가득 들어 있었다.

"똑바로 대라. 어디서 어디로 가는 놈들이냐?"

백선은 두목으로 보이는 자의 목에 칼을 들이댔다.

"단령에서 부잣집 넉넉한 재물을 덜어 먹고 사는 놈들이오. 이 칼 좀 치우시오. 목 떨어지겠소."

"그럼 비적들 아니냐. 나라가 이런 판국에 의병에 들지 않고 비적질로 먹고살려는 놈들은 살려둘 수 없다."

"내 참. 비적질이나 의병질이나 양민의 재물을 빼앗아 배를 채우는 죄를 짓기는 그게 그거 아니오. 마음만 터놓으면 우리가 모두 한 편이 될 터인데 이거 왜 이러시오."

선봉의 칼이 그의 목 뒤에서 번쩍 들리더니 그대로 내리쳤다.

"왜적패당보다 더한 놈."

보고만 있던 하나가 짐을 벗어던지고 냅다 산으로 도망치는 것을 좇아가면서 총으로 뒷다리를 쏘아 엎어뜨렸다. 나머지 보부꾼들은 학질 걸린 몸처럼 덜덜 떨면서 엎드려 무릎을 꿇었다.

"살려주시오. 목에 풀칠이라도 하려고 왜놈들 밥을 얻어먹었소. 목계까지 오지도 못하고 복탄 밑에서 가흥을 지키는 왜적놈들에게 잡혀가지고 배 한가득 싣고 온 어물을 다 빼앗기고 이걸 지고 단령 넘어 제천으로 가서 유인석이 의병을 정탐하고 오면 보부상도 면하고 출세시켜 준다기에 이 짓거리에 빠졌소."

"그 말이 진정 거짓이 아니더냐."

민의식이 호령하며 문초했다. 그들을 모두 취문하여 얻은 적정은 큰 수확이었다. 가흥 병참기지에는 경군과 왜병이 제천에서 의병들이 습격하러 간다는 걸 알고 남한산성 지원을 늦춰서 역공을 하려 한다는 것이다. 그러니 지난번 공격 때보다 수비는 더욱 강화했을 것이며 상대가 약세라고 판단되면 역공을 서슴지 않을 것이다.

"네놈들이 진정 살려거든 의병에 들어라. 총을 줄 수는 없고 뒤에서 치중을 나르는 일을 도와라. 하겠느냐?"

그들은 땅바닥에 엎드려 절을 했다. 백선은 초장들을 불러 모았다.

"이미 나선 길이다. 물러설 수 없다. 싸움은 항상 상황이 변하는 것이지만 내게 복안이 있으니 장소에다 군사를 더 보내달라고 통기를 해야겠다. 누가 가겠느냐."

초장 하나가 나섰다.

"발 빠른 제가 다녀오겠습니다. 형님."

"아직도 형님이냐. 선봉이다. 삼백을 더 데려와야 한다."

가흥을 향해 진군하던 의병진은 매촌*에서 병력증원을 요청하는 전령이 다녀올 때까지 기다렸다. 그러나 결과는 낙심이었다. 중군은 이미 군사들을 다른 곳에 배치하였으니 더 보내줄 수가 없다는 것이었다. 더 보내려면 전군이나 후군의 군사가 백선의 휘하로 들어가야 하는데 선봉이 그렇게 많은 군사를 지휘하는 것은 곤란하다는 얘기도 덧붙였다. 더욱이 이 싸움은 선봉이 고집하여 나선 것이니 주어진 군사로 이기든 지든 싸움을 끝내야 한다는 것이었다. 소식을 들은 백선은 이를 악물고 군사들을 출발시켰다. 무슨 수를 써서든지 이 싸움을 이겨야 한다. 이겨서 보여줘야 한다.

"선봉. 우리도 포군들만 따로 모아서 독립된 군대를 가집시다. 중군이 뭐요. 적을 무찌르려고 공격 나가는 군사들 지원해 주는 게 임무지 내 군사는 못 내주겠으니 너희들끼리 갔다 와라. 뭐 이런 뜻이 아니오. 이번에 적을 멋있게 한 번 쳐서 우리 선봉대의 힘을 보여줍시다."

종사 민의식이 대원들을 둘러보며 열을 올렸다. 선봉의 의병들은 어둡기를 기다려 강을 건넜다. 천탄은 총을 챙겨들고 뒤를 따랐다. 가흥에 왜

---

*제천 백운면 원월리.

병 진지는 잠들어 있는 것처럼 고요했다. 선봉대는 가흥창 남동쪽으로 총을 쏘면 닿을 수 있는 거리까지 소리를 죽여 진격했다. 초소에는 이따금씩 초병들이 움직이고 군영 안에는 하나둘씩 불이 꺼졌다. 모두 주변에 담장과 엄폐물을 이용하여 몸을 감추고 앞을 살폈다. 긴장하니 천탄은 침을 삼키는 소리까지 크게 들렸다.

백선은 옛날 강원도 서석에 긴등능선 전투를 떠올렸다. 그때는 고양이가 쥐잡이 하는 꼴이었다. 쥐의 숫자가 아무리 많아도 고양이 한 마리 못 당하듯이 일천 동학군이 이삼백의 관포군을 당하지 못하고 몰살을 당한 것이다. 그런데 지금은 강한 이빨과 사나운 발톱을 가진 호랑이와의 싸움이었다. 그러나 상대가 호랑이라고 해서 물러설 수는 없는 일이다.

남한산성 지원을 포기하고 수비에 들어간 가흥병참대는 겉보기에도 철통같은 수비를 하고 있었다.

천탄도 서석 긴등능선 싸움을 기억하고 있었다. 그때 차기석 대장은 수의 힘만 믿고 관군과 일전하여 거의 몰살 지경에 이르렀다. 이 정도면 전술이나 병법이 아니라 사냥 몰이꾼의 상식으로라도 이쯤에서 포기해야 하는 싸움이었다. 오기는 또 다른 오기를 불러와 망함에 이르는 법이다. 천탄이 보기에 백선의 출전은 오기였다. 그러나 지금 그를 설득하고 말릴 계제(階梯)가 아니었다.

"선봉장, 꿈쩍 않는 저들을 이대로 친다는 것은 아무래도 무리요. 본진은 강을 건너지 말고 발이 날랜 이십여 명을 추려서 강 건너 갈대밭으로 보내 유인책을 씁시다. 어차피 저곳을 쑥밭으로 만들어버리지 못할 바에는 저들을 진영 밖으로 끌어내는 유인책으로 몇몇이라도 집중 몰살해야 할 것이오. 저자들 모가지 하나에 오백 냥이라지 않소."

선봉이 망설이는 사이에 민의식이 제안했다. 예상외로 백선은 쉽게 고개를 끄덕였다. 달리 도리가 없었다. 그러나 앞장서서 강을 건넌 이십여 대원들이 불과 한 시간도 못 되어 허겁지겁 되돌아왔다. 반은 사망이고 반은 도망이었다. 뒤에 있던 백선의 선봉대는 의병을 쫓는 왜병들을 향해 맹렬한 반격을 가했다. 그러나 그것이 실수였다. 본진의 위치가 드러나자 어둠 속에 뒤를 따르던 왜병들이 여기저기서 튀어나와 신형 총을 쏘아대니 아무리 용맹한 선봉대라도 당해낼 수가 없었다.

참담했다. 남은 대원이라도 살려야 한다. 무기의 열세를 보충하려면 사격이 끊어지지 않도록 삼사 개의 대열이 번갈아 가면서 일제 사격을 해야 하는데 백선의 선봉 군사만으로는 어림도 없었다. 불과 몇 시간 만에 선봉대원들은 강을 건너 되돌아왔다. 부상을 당한 병사들은 되돌아온 것만이라도 다행이라는 생각에 강변에 주저앉아 버렸다. 천탄과 몸이 성한 의병들은 그들을 업고 부축하며 걸어서 의병진으로 되돌아왔다.

전장에 나갈 때에 패배를 전혀 생각하지 않는 백선의 성격 때문에 이번 패배는 충격이 더욱 컸다. 중군이 군사만 더 지원해 주었더라면 군영 밖으로 쫓아 나온 왜병들을 공격하여 몰살시킬 수 있었는데 워낙 수세에 몰리다 보니 패한 것이다. 의병을 더 지원해 주었더라면 이같이 참패하지는 않았을 것이라는 생각에 분이 솟구쳤다. 백선은 부상당한 대원들을 돌아보면서 상처를 직접 보살폈다. 이제 선봉은 대장 휘하 의병진에서 자신의 입지를 되살릴 수 있는 기회를 잃었다. 이대로 주저앉느냐 다시 일어나느냐 하는 두 마음이 서로 아프게 부딪치고 있었다.

이대로 주저앉는다면 대장소에서는 다시 패전의 책임을 물으려 할 것이다. 그렇지 않아도 여러 번 의견 충돌을 빚어온 자신을 누를 수 있는 좋은 기회가 될 것이다. 포군장에서 도령장으로, 도령장에서 선봉으로 섰는데 책임을 물어 병사로 백의종군하여 싸우라면 들을 것인가. 자신에게 패배를 안겨 준 것은 예정된 수순이라는 생각이 퍼뜩 들었다. 의병이라면 오로지 왜적패당을 쳐부수는 데에 힘을 모아야지 다른 의견이 있을 수 없는 것이다. 그런데도 나가서 싸우겠다는 장수에게 군사를 지원해 주지 않은 중군에 대해 분함을 못 참고 씩씩거리며 되돌아오고 있었다. 양반 유생 앞에서 평민 의병장이 공을 세우면 체면이 깎이기 때문일까. 이리저리 생각해 봐도 이번 일은 자신을 궁지에 몰아넣기 위하여 일부러 군사를 지원하지 않은 것으로밖에 생각이 되지 않았다.

"선봉. 우린 더 이상 여기서 머물러 있을 필요가 없소. 싸움조차 우리 마음대로 못하고 자기네들 마음에 조금이라도 들지 않으면 군율이라는 핑계로 목을 베려 하니 도대체 누가 적이고 누굴 아군으로 생각하고 싸워야 하는 것이오. 오늘 결단을 내립시다. 우리가 이 포군을 이끌고 다른 의병으로 들어가면 이만한 대우 못 받겠소?"

민의식은 백선보다 더 분해하고 있었다. 천탄은 듣기만 하면서 많은 생각들이 스쳤다.

"부상당한 군사들을 치료하고 지친 군사들을 위로해 주시오. 이번에 죽은 병사는 반드시 그 몸을 찾아다가 고이 장사를 지내야 하오. 선봉을 잘못 만나 우리 포군들이 이렇게 고생을 하는구려."

어느새 병사 둘이 어디서 어떻게 구했는지 술을 동이채로 가져왔다. 의병들은 싸움에서 패하고 돌아왔을 때가 제일 괴로웠다. 앞길이 콱 막히는 것 같은 느낌으로 고된 몸을 이끌고 왔음에도 잠이 오지 않았다. 백선은 직접 동이를 들고 병사들에게 한 사람, 한 사람 일일이 돌면서 한 바가지씩 펴주었다. 병사들 하나하나가 형제를 대하듯 살가웠다.

잠이 올 리 없는 백선은 초장들과 둘러앉아서 서로 위로하고 위로받다가 날을 지새웠다.

"민 종사. 떠날 때 떠나더라도 따질 것은 따지고 가야 하겠소. 초장들은 무장을 하고 날 따라오라." 백선은 칼집이 매달린 요대를 허리에 단단히 매고 대장소를 향해 앞장섰다.

대장은 제장들이 소속 군사들을 모아 놓고 남산 독송정에서 진법 훈련하는 것을 지켜보고 있었다.

북을 한번 치면 일어나고 두 번 치면 앞으로 나아간다. 징을 한 번 치면 중지하고 두 번 치면 물러난다. 북소리와 징소리에 맞춰서 모였다가 흩어지고, 앉았다가 일어서고, 나아갔다가 물러나고 다시 달려가서 몰아치기를 반복했다. 각 군 장수의 구호와 호령에 일사불란하게 움직이며 의병들의 진법이 익숙해지고 있었다. 대장은 그 모습을 보고 흐뭇해하면서 다음 공격을 구상하고 있었다.

"선봉의 군사들은 아직 나오지 않았군?"

"어제 저녁에 가흥을 친다고 갔는데 패하고 몸만 겨우 살아왔다니 아직 훈련하기는 이를 겁니다."

중군이 대장 옆에서 어제 선봉의 전투상황을 얘기했다.

"선봉은 언제나 제멋대로군. 적을 공격한다는 것이 제 기분과 욕심대로 그렇게 되는 것인가. 전군이 힘을 합치고 머리를 모아야 되는 것이지. 몸은 앞서는데 머리가 따르지 않으니."

"저기 오고 있습니다. 앞에 오고 있는 게 선봉 같은데 뒤에는 몇 명밖에 따라오지 않는데요."

선봉은 눈이 붉게 충혈이 되어 있었다. 그 뒤를 따르는 초장들도 어젯밤 마신 술로 얼굴이 불콰해 있었다. 그들은 몸에 칼과 총을 차고 멘 채로 독송정 훈련장으로 요란하게 올라왔다.

"중군장. 내가 예상은 했다만 기어이 군사를 보내지 않아 내 부하를 반은 잃었다. 속이 시원하냐? 적을 공격하겠다는 데 군사를 묶어놓고 지원하지 않는 중군이라면 내 함께 할 수 없다. 자, 이 칼을 받아라."

선봉이 칼을 빼서 두 손으로 잡고 치켜들자 대장 옆에 있던 중군의 얼굴이 시퍼렇게 변했다. 중군이 뒤로 몇 걸음 피하더니 순식간에 몸을 돌려 달아났다. 훈련을 받고 있는 초군장급 간부들이 황급히 칼을 들어 선봉의 군사를 포위했다. 그러나 선봉의 칼끝은 어느새 대장을 향했다.

"대장. 중군을 당장 잡아서 베시오."

"중군을 베라니. 병가의 법도라는 게 부하가 대장에게 명하는 것이냐? 싸움에서 패하고 돌아왔으면 조용히 자숙하며 부하들을 보살펴야지. 술 마시고 와서 이 무슨 행패인가. 그 칼 내려놓지 못하겠느냐?"

대장은 몸가짐 하나 흐트러지지 않고 앉아서 조용한 목소리로 엄하게 꾸짖었다. 백선은 그제야 칼끝이 대장을 향하고 있음을 알았다. 순간 격했던 선봉의 기운이 허물어지듯 푹 꺼졌다. 대장에게까지 칼을 겨눌 생각은 아니었다. 중군이 자리를 피하니 칼끝이 대장을 향한 것이 되었다. 평소에 눈에 보이게 중군을 친애하는 모습이 선봉에겐 눈엣가시처럼 보였었다. 백선에게 용력과 포군의 경험을 인정하여 선봉의 자리를 주었지만 배운 게 없는 평민이었다는 이유로 자신은 언제나 그들의 대화에서 돌아났었다. 은연중 그런 불만을 품고 있었으니 칼이 자신도 모르게 대장을 향한 것이다. 지금 자신이 무슨 일을 저지르고 있는 것인가.

"선봉. 이게 무슨 장난인가?"

대장은 표정하나 변하지 않았다. 장난감을 갖고 응석으로 할아버지에게 덤비는 손녀를 대하듯 무거운 목소리로 타일렀다. 순간 혈기 넘치던 백선의 온몸에 힘이 빠지면서 지난날에 모든 회한이 밀려왔다. 술기운이 확 달아나면서 정신이 또렷하게 맑아지고 잠자다 꿈에서 깨어난 것처럼 정신이 들었다. 칼을 땅바닥에 놓자 병사들이 몰려들어 백선을 잡으려고 몰려들었다. 백선은 강하게 뿌리쳤다. 그리고 스스로 허리띠를 풀고 대장 앞에 무릎을 꿇었다.

"소장, 잠시 군영의 율을 잃었습니다. 이 칼로 벌하여 주시오."

"묶어라."

대장의 명령이 떨어지자마자 제장들이 몰려들어 백선을 묶었다. 뒤에서 바라보고 있던 선봉의 종사 민의식은 천탄의 옆구리를 찌르면서 눈을 찔끔거리고 고개를 뒤로 돌렸다. 천탄이 무슨 뜻인지 몰라 머뭇거리자 민의식은 천탄의 옷을 잡아끌었다. 민의식이 슬금슬금 뒷걸음질 쳤다. 천탄은 옷깃을 뿌리쳤다. 백선이 무슨 잘못을 크게 한 것인가. 도무지 모를 일이었다. 싸움이라면 의병이 우리 편이고 관군과 왜적은 맞싸워야 할 적인데 선봉장을 잡아 묶는 것은 무슨 연유인지. 좀 더 가까이 다가가서 알아보아야 할 일이다. 역모라도 했단 말인가. 천탄은 서서히 그들 곁으로 다가갔다.

"선봉은 내 자식이나 다름없이 아끼는 귀한 장수다. 자식으로 생각하면 아비로서 잘못 가르친 죄로, 벌은 내가 받아야 하며 아들을 다시 태어나는 마음으로 그 어떤 잘못도 용서할 수 있다. 그러나 선봉은 군율을 지켜야 하는 대호좌의진의 가장 용맹스런 장수이자 나의 부하다. 군대에서 무엇보다 최우선해야 할 것은 군율이다. 율은 군의 기강을 세우는 힘이다. 율이 무너지면 힘이 빠지고 힘이 빠진 군대는 적과 싸워 승리할 수 없다. 오늘 네가 한 짓이 나의 자식 같은 마음이라면 애비가 못난 죄로 깨달아 용서할 수 있지만 너로 인하여 군의 율이 땅에 떨어지기 때문에 율을 세우기 위해서는 결코 용서할 수 없다. 공명이 마속을 베는 마음으로 너를 벌하니 원망마라. 끌고 나가서 베어라."

"대장. 소장 비록 대장 앞에서 목을 베일 죄를 지었으나 한 번의 기회를 주신다면 이 목숨 나라를 위하는 일에 바쳐 싸우다 죽겠습니다."

백선은 베라는 말에 그 자리에서 무릎을 꿇고 살기를 청하였다. 주변에 제장들도 베라는 뜻은 극형을 명하고 죄를 빌어 살려냄으로써 그동안 군율을 어겼던 죄를 더 이상 저지르지 않도록 하기 위함으로 알아들었다. 그러나 대장은 단호하게 고개를 돌리며 다시 한 번 베라고 명령했다. 백선은 눈앞이 캄캄했다. 안창으로 떠나올 때에 대문까지 나와서 부디 몸조심하라고 배웅하던 고향에 연로한 어머니가 떠올랐다.

"대장. 내게는 연로한 어머니가 있습니다. 꼭 죽어야 한다면 마지막 소원이니 어머니를 한 번 뵙고 죽게 해 주십시오."

역시 대장은 허락하지 않고 처형할 것을 독촉하자 제장들과 그의 종사들이 모두 엎드려 청했다. 그러나 대장은 굳은 얼굴로 제장들의 청을 물리쳤다.

"대장. 이 목숨, 맹영재 앞에서 총을 부수고 나올 때 이미 왜적놈들을 죽이지 못한다면 스스로 죽길 작정했으니 이미 죽은 목숨이나 다름없습니다. 대장 앞에서 잠시 정신을 잃어 칼을 들이댔으니 두 번 죽어도 마땅

하나 기왕에 왜적놈들 죽이려고 나선 몸 한 놈이라도 더 죽이다가 그 놈들 칼에 죽게 해 주시오. 의가 뭔지 아직도 잘은 모르지만 의롭게 죽을 기회를 달라는 말입니다. 마지막 부탁이오."

백선은 눈물을 흘리며 대장 앞에 엎드렸다.

"어서 끌고 나가서 베라고 했다."

제장들이 대장 앞에 다시 무릎을 꿇고 엎드렸다.

"대장, 명령을 거두어 주십시오. 잠시 군율을 잃었던 죄, 다른 벌로도 충분한데 선봉의 목을 베라는 것은 대장께서도 역시 감정을 다스리지 못한 결정이십니다."

후군장 신지수와 서상열이 만류했다.

"만일 너희들이 저 자의 목을 베지 못한다면 그건 군의 기율을 세우지 못한 대장, 나의 잘못이다. 그러니 이 칼로 나의 목을 베라. 이 칼로 저자를 베든지 나를 베든지 선택하란 말이다."

대장은 자신의 칼을 앞에 내놓자 제장들은 울면서 선봉을 끌고 나갔다.

"선봉, 원망 마라. 군대의 기율을 위하여 아까운 네 목숨을 끊어야 한다. 저세상에서 편안히 쉬어라."

선봉은 차분하게 눈을 감았다. 순간 모든 사람과 모든 삶이 한꺼번에 스쳐 지나갔다. 장수 중 하나가 백선의 목을 베고 뿜어져 나온 피에 범벅이 된 얼굴로 그 자리에 무릎을 굽혀 통곡을 했다. 언제 달려왔는지 중군장 안승우가 선봉의 목 잘린 몸을 잡고 혼절하다시피 울었다. 이 무슨 변고인가. 백선을 벤 장수는 피가 흐르는 칼을 들고 대장 앞에 갔다 바쳤다.

"시신을 수습하여 전사한 장수의 예로 장례를 치르도록 고향으로 정중히 모셔라."

천탄이 군대의 틈을 비집고 들어갔을 때에 백선은 머리와 몸이 따로 놓여 있었다. 천탄은 다가가서 몸을 잡고 머리를 잡았다.

도제 김백선. 동학군에서 활을 쏘려는 자의 목을 쳐서 살려낸 포군장이 아니던가. 그 싸움에서도 살렸는데 어처구니없게도 내 편 사람들 칼에 죽다니. 천탄은 분노와 허탈로 복받쳐 오르는 울음을 양 어깨로 들썩이며 백선의 몸을 붙잡고 놓을 줄 모르자 누군가 겨드랑이에 팔을 끼워 일으켰다. 함께 온 선봉대원 몇이 달려들어 목을 놓아 울면서 시신을 수습했다.

"선봉부대원인가? 선봉이 부하는 잘 두었어. 의리로 똘똘 뭉쳤어."

모여들어 시신을 수습하는 백선의 군사들을 보며 신지수가 중얼거렸다. 그날 대장은 물 한 모금 마시지 않고 대장소에서 밖으로 나오지 않았다.

아장(牙將) 서석화(徐石華) 등이 백선의 시체를 호송하여 지평(砥平)으로 갔다. 천탄은 백선의 투구와 갑옷과 사물을 챙겨 메고 임시로 꾸민 상여를 뒤따랐고 백선의 시신은 지평 상북면 하갈의 고향으로 돌아왔다.

"우리 도제가 돌아왔다고? 그런데 도제는 안 오고 웬 상여가 따라오나?"

관이 도착하자마자 노모는 반가워 하려다 실신했고 부인 윤 씨와 동봉, 동학, 동린 세 아들이 오열하면서 상여를 붙잡았다.

"아버지는 용감한 장수였다네. 의병으로서 마땅히 싸워야 할 싸움을 하고 돌아가셨다네."

부인 윤 씨는 깨끗하게 수의를 만들어 염습을 다시 하려고 대장소에서 온 관을 풀었다. 목이 잘린 몸을 보자 큰 아들 동봉은 그 앞에서 까무룩 쓰러졌다. 뒤에서 보던 동학과 동린 두 아들이 대장소에서 온 일행의 옷깃을 붙들고 흔들었다.

"아버지에게 칼을 댄 놈이 누군지 대세요. 관군이 아니죠? 왜적도 아니죠? 왜 이렇게 되신 거요. 말씀 좀 해 보세요."

막연한 설움과 슬픔은 울분으로 변했다. 대장소에서 함께 온 자가 백선의 처형당한 얘기를 짧게 했다.

"나라에 역모를 해도 이렇게 쉽게 죽이지는 않을 것인데 의병을 나간 나의 아버지가 그보다 더 큰 죄를 지었단 말인가요? 의병대장이라는 사람이 이렇게 부하 한 사람의 목을 쉽게 벨 수 있는 건가요? 왜적과 그 패당을 몰아내려고 나선 아버지의 목을 베었다면 그가 바로 왜적패당과 다른 게 무엇이오?"

아들 동봉의 울부짖는 호소에 아무도 나서서 선뜻 답하지 못했다. 대장소에서 운구를 마친 군사들이 돌아간 날 밤에 민의식이 빈소에 나타났다. 천탄이 부인 윤 씨와 아들 동봉에게 그가 선봉의 종사였음을 소개했다.

"우리가 의병의 이름으로 일어난 뜻은 왜놈들에게 변을 당한 민 황후의 한을 풀고, 나라 일을 농단하는 왜적의 앞잡이 개화당들을 처형하기 위함이었어요. 그런데 의병에 들어가 보니 왜적패당과 싸우는 일보다 군례와 법도만 따지고 있는 먹물들만이 판을 치고 있었어요. 무슨 일만 터지면 요나라 때 이랬노라. 한나라 때 저랬노라. 그러니 이렇게 해야 하느니라, 하면서 수염만 쓰다듬고 큰기침만 해댔지 싸우러 나갈 때는 군사들 밥 짓는 일 돕겠다고 뒤꽁무니만 빼고 나서 싸움이 끝나면 무엇이 잘되었네, 무엇이 잘못 되었네 하고 말만 많이 늘어놓고 한바탕 잡고 뒤흔들어 놓으니 우리가 왜적놈들 손에 당하는 것보다 눈앞에 양반나부랭이들한테 당하는 게 더 괴로울 지경이었어요. 어느 군대가 싸움에 패전하고 온 장수라고 하루아침에 목을 벨 수가 있어요. 비적들이나 하는 짓을 저지른 거예요. 쉽게 벨 것은 싸움터에서 덤벼드는 적들의 목이지 우리 편 목숨이 아니었단 말이요."

그러면서 민의식은 자기 일인 듯 소리 내어 울고 있었고 오히려 백선의 부인이 위로하는 꼴이 되어 있었다. 민의식은 한동안 울다가 뚝 그치면서 맏상제인 동봉의 손을 맞잡았다.

"왜적패당 놈들 원수를 갚기 전에 아드님이 나서서 아버지의 원수부터 갚아야지요. 아버지의 원수 갚는 길은 제대로 된 의병에 나가서 공을 세우고 세상에 나가는 것이오. 그러려면 민용호 의병으로 가야 해요. 거기 가면 먹물 핏물 할 것 없이 우리 같은 평민 출신인 포군들도 대우받고 싸운대요. 천탄이 형님도 같이 가요."

그때서야 민의식은 천탄을 의식한 듯, 함께 갈 것을 청했다. 천탄은 고개를 가로저었다.

"난 거기 남아서 할 일이 더 있어요."

선봉은 하갈에서 멀지 않은 처가 쪽 아실 남향받이 그가 총칼을 묻었던 산기슭에 묻혔다. 맞은편에 멀리 몰운 고개로 올라가는 길이 보였다. 맹영재의 포군이 되어 지평 관아를 오갈 적에 몰운고개를 넘고 김진덕의 형제들이 모여 사는 점말을 지나 턱걸이고개를 넘고 한치를 넘어 다니던 길. 한치 넘어 금리에 이춘영이 수학하던 금리정사를 지나쳐 다녔다. 삼백 리 길 타향에서 왜적패당 몰아내겠다고 싸우다가 처자식 남겨놓고 홀로 가니 고향땅에 묻힌 것도 내세의 복이라. 천탄은 장례를 마치자마자 백선이 걸어서 지평 관아로 다니던 길을 무조건 따라 걸었다. 금리를 지나쳐서 지평 관아 쪽으로 들어가지 않고 매봉산 밑으로 해서 민승민 영감 댁이 있는 곡수 쪽으로 갔다.

짚신 바닥이 닳아 올이 풀리고, 얼었다가 풀리는 땅 군데군데 질척이며 발바닥을 적셨다. 천탄은 옷고름을 잘라 발에 들메끈으로 매었다. 고래 등줄기가 검게 누운 민숭민 영감댁으로 들어갔다.

"영감. 소인 용문산에서 숯을 구워 먹다가 의병에 나간 천탄이라는 놈인데 영감께 긴히 올려 드릴 말씀 있어 이렇게 왔습니다."

민숭민 영감은 사랑문밖 댓돌 밑 차가운 땅에 엎드린 그를 충복에게 일으켜 들어오도록 했다.

"의병이라, 내 모르는 자인데 무슨 긴한 얘기가 있어서 이렇게 찾아왔나. 자금이라면 금리에 있는 금계 선생 편에 꼬박꼬박 보내고 있는데."

"그게 아니옵고, 영감 댁에 땅을 부치는 막쇠라는 자가 있는데 내 친형제나 다름없는 아우입니다. 조금 더 있으면 땅에 두엄 내고 씨름 뿌릴 날이 다가 오는데 왜적놈들과 싸움은 끝이 날 줄 모르고 있으니 논밭을 떼어 다른 이에게 줄까봐 걱정근심이 이만저만이 아닙니다. 그러니 부디 밤을 낮 삼아 싸우더라도 얼른 새싹이 돋기 전에 마치고 돌아올 것인즉, 씨 부침이 조금 늦더라도 기다려 달라는 부탁을 하려고 선봉의 장사를 마치고 돌아가는 길에 들렀습니다. 덧붙여 올리자면 의병 중에는 막쇠뿐 아니라 농사짓다가 의병을 나간 자들이 꽤 되는데 이들이 모두 농사 때를 놓칠까 염려하며 고향에 부모, 처자 굶길까 하는 걱정이 이만저만이 아니옵니다."

"그 일이라면 내 할 말이 있던 차인데 잘 만났다. 내 서울을 오가는 사람들 소문을 들으니 임금께서 로서아 공사관으로 파천을 하시고 단발령을 폐하셨다고 하더라. 의병이 일어난 뜻이 황후의 변을 복수하기 위한 뜻도 있다지만 언제까지 그렇게 나가서 싸울 수만은 없는 일이다. 그만 하면 됐으니 가거든 모두 돌아오라 일러라. 그렇지 않아도 내 충복이를 보내려던 참이었다."

천탄은 더 할 말을 잃었다. '아니옵니다' 하고 내댈 자리도 아니었다.

"내 의병에 나간 자들에게 겨울 양식을 댔는데 씨 뿌리기 전에 돌아오지 않으면 논밭을 그대로 놀리지는 않을 것이다. 노자와 양식거리를 조금 줄 테니 갖고 가거라."

민승민 영감은 충복을 시켜 광에 가서 벼 한 섬을 가져다 천탄에게 주도록 하고 함을 열어 엽전 한 꿰미를 건네주었다. 그것을 사양하면 감히 어른이 내리는 것을 사양한다고 불호령이 떨어질까 무서워 천탄은 얼른 받았다. '베푸는 것을 마다하는 것도 볼기 맞을 죄이니 받아라.' 민승민 영감의 눈은 그리 말하고 있었다. 조용한 강압이었다. 천탄은 그걸 받아 등에 지고 막쇠네로 향했다. 낯익은 노모가 반갑게 맞는데 오랜만에 보는 천탄보다 등에 지고 온 볏섬에 눈이 휘둥그레지면서 이빨 빠진 합죽입은 잇몸에 이 뿌리가 박혔던 터를 드러내며 떡 벌어졌다.

"우리 아들이 인자 돌아오는 거여?"

"막쇠는 왜적놈들 모가지 몇 개 더 잘라가지고 두 삭을 더 지나야 온다우. 왜적놈들 모가지 하나에 오백 냥을 준다고 해 놔서라우. 민 영감 댁에서 엄니가 그 안에 양식 떨어져 굶을까봐 이렇게 보냈다우."

"이렇게 고마울 데가. 어여 들어가서 몸 좀 녹이고 점심 요기 하고 가여."

노모는 천탄의 등을 방 안으로 떠밀었다. 방 한구석에는 아들의 회색빛으로 물들인 누비옷이 개켜서 가지런히 놓여 있었다. 언제 빨래를 했는지 부숭부숭한 올이 살아있었다. 부엌에 나가서 부랴부랴 상을 차려 왔는데 검은 된장에서 꺼낸 무가 통째로 대접에 놓였고 보리밥 한 사발에 끓인 물 한 대접이 있었다.

“내 요새 이렇게 먹구 살어. 아들이 벌어서 보내는 돈으로 삼시세끼 거르지 않고 먹는데 우리 아들은 찬밥덩이라두 제대로 먹는지.”

나무숟가락을 손에 쥐어주는 막쇠 어미의 손이 가죽뿐이었다. 목소리가 벌써 눈물에 축축하게 젖었다.

“엄니. 막쇠 곧 돌아와요. 그때까지 죽지 말고 살아있수.”

천탄은 넉살좋게 말하려 하는데 보리밥 한술 떠 넣은 목이 화끈 거리더니 메어버려 물에 말아서 훌훌 마시듯 목으로 부셔 넣었다. 천탄에게도 이런 엄니가 있었던가. 노모가 옷을 베보자기에 싸는 사이에 천탄은 숟가락을 놓고 일어섰다.

“이게 짐이 되겠지? 그 애가 홑잠방이로 그냥 나갔어. 그 추위를 어떻게 견뎠을까.”

노모는 굽은 등 때문에 땅을 바라보는 게 훨씬 편한 얼굴을 꼿꼿하게 꺾어들고 천탄을 바라봤다.

“내 아들이 이렇게 돌아왔으믄 꼭 붙잡고 더는 안 보낼 거여.”

노모는 천탄의 손등을 잡고 비볐다. 천탄의 손이나 노모의 손이나 모두 꺼칠한 가죽이 맞닿아 서로가 살아온 세월의 감촉을 비벼내고 있었다.

“두 삭이 가기 전에 막쇠놈 붙잡아갖고 올 게요.”

천탄은 노모가 싸준 옷 보퉁이를 옆구리에 끼고 막쇠의 집을 나섰다. 섬실에 들리기 전에 먼저 막쇠네 집에 오기를 잘했다는 생각이 들었다. 아들 대신 보여준 얼굴이라고 하지만 천탄의 얼굴이 성하니 아들인 막쇠의 얼굴도 성할 것이라고 마음을 놓았을 것이다. 사립문을 나와서 길이 굽는 곳을 돌기까지 막쇠 어미는 지팡이로 짚고 굽은 허리를 힘겹게 버티고 서 있었다.

섬실에서 천탄의 아내는 퇴앙의 집 주인 행세를 하고 있었다. 나이 마흔이 넘어서 만난 인연이 사냥에다 숯가마에 동학에 의병에 밖으로만 나돈 날을 빼면 둘이 한 이불 덮고 잔 날이 두 발가락 두 손가락을 합하여 열 곱절은 될까 말까 하니 천탄을 맞는 아내의 얼굴은 놀라움 반, 반가움 반에 못 다한 투정기가 서려 있었다.

"난리는 끝났어요?"

"포군장 백선이 죽었어요. 유인석 대장 손에."

아내는 김백선이 누구고 유인석이 누구인지 모른다.

남편은 항상 예고 없이 아내에게서 떠났고 무덤덤하게 돌아왔다. 아내가 퇴앙의 댁에서 얹혀 지낸 이야기를 조곤조곤 들려주었다. 어느 날인지 아들이 의병에서 장수가 되었다며 여기에 있으면 위험하니 처가붙이가 있는 제천으로 가자 해서 식구가 모두 갔다고 했다. 가면서 먹을 만한 것은 다 가지고 갔는데 그게 식구들 한 달 양식도 못 되는 것이었으니 거기 가서 무얼 먹고 살고 있을까 하는 걱정을 했다. 그곳으로 바리바리 싸가지고 간 것도 없지만 그렇다고 집에 쌓아 놓은 것도 없는 살림이었다. 글을 가르치면서 예와 도만 알았지 먹을 것이 항상 궁하여 부엌일을 했던 천탄의 아내는 끼니를 끓여낼 적마다 부족한 양을 물로 부어 보충했다고 했다. 그러니 밥은 죽이 되었을 것이고 죽은 미음이 되었을 것이며 허기증에 배를 붙잡고 살았을 것이다. 그렇다면 아기의 젖도 제대로 못 먹였을 텐데.

아내는 부엌에 들어가서 불을 때고 무언가 끓였고 천탄은 남의 집 같은 곳에서 낯설은 천정을 바라보고 누웠다. 아내의 더부살이가 벌써 삼 년 넘게 흘렀다. 낯선 목소리에 인기척을 듣고 자다가 깨었는지 안방에서 아이가 기어 넘어왔다. 아이의 얼굴이 제법 살이 올랐고 아비를 보자 예전에 보았던 얼굴이라고 옹알옹알 거리며 다가오는데 이게 진정 내 아인가 싶을 정도로 감격하여 양 겨드랑이에 두 손을 끼워 번쩍 들어올렸다. 기다릴 사이도 없이 뚝딱 상을 들여오는 아내가 아이 먹여 살리느라고 그랬는지 얼굴이 많이 상했다.

"아이의 이름을 못 만들었어요."

"이름, 월두라고 하지."

"그 아이 이름도 월두잖아요."

"월두는 개 혼자 이름이 아냐."

"성은요?"

"내 성을 버렸으니 아이 성이 있을 리 없지."

"그래도요."

"모든 싸움이 성 때문에 일어나는 걸."

"싸움이 성 때문에 일어난다고요."

"같은 성이 다른 성을 이기려고."

성을 가진 사람들은 만 가지 욕을 다 부렸다. 성은 세를 불리기 위한 끈이었다. 피 한 방울도 안 섞인 것들이 같은 성을 늘리려고 이리저리 데려다가 이어붙이고 갈아 붙이고 해서 종파를 늘렸다. 갈라진 가지의 맨 위에 있는 성의 뿌리는 신의 대접을 받았다. 같은 성들이 모인 곳에서 다른 성은 모두 적이었다. 성이 다르면 언젠가는 우리와 적이 되는 관계였다.

성이 같으면 원수처럼 싸우다가도 하루아침에 손잡고 웃으며 떠들었다. 천탄은 성이 없다. 아이에게 줄 성도 없었다. 주변 사람들은 성을 만들라고 했지만 그 성이 또 땅을 피로 덮는 욕심을 부를까봐서 아니 갖기로 했다. 아내에게도 오래전에 얘기했다. 그래서 아기를 이름만 붙여 월두라고 했다. 월두. 그 아인 지금 어느 세상에 있을까.

"단발령이 끝났으니 의병 나간 사람들이 모두 돌아올 거래요. 아주 돌아온 거죠? 이 댁 어른도 돌아오시겠네요."

"복수보형(復讐保形) 하려고 일어났는데 단발령은 중지되어 보형은 되었지만 복수는 아직 남아있어."

"난 도통 무슨 얘긴지 모르겠네요."

"복수는 황후 마마 원수 갚자는 것이고 보형은 상투를 그대로 지키자는 것인데 단발령이 중지되었다니 보형은 됐지만 원수 갚는 복수는 아직 끝나지 않았다는 얘기지요."

"돌아오면 포군인가 폭군인가 거기는 다시 갈 수 있어요? 이제 숯 굽는 일도 신통찮고."

"사냥이나 할 수 있으려나?"

"총소리에 놀라서 새들은 하늘로 죄다 날아 갔고, 짐승들은 땅속에 숨었으니 사냥할 게 없을 거예요."

천탄은 밥을 몇 술 뜨다가 밥덩이를 물에 적셔 밥숟가락을 아기의 입에 갖다 댔다. 아기가 받아먹는다. 며칠을 걷고 밤을 지새운 피로가 한꺼번에 밀려왔다. 천탄은 상을 물리고 그대로 쓰러졌다. 아기가 옹알거리며 손으로 천탄의 귀도 만지고 코도 만지고 배로 올라와서 쥐어뜯는데 보드라운 간지러움을 느끼면서 잠은 더 깊게 빠져들었다. 정말 이 싸움이 끝날 것인가.

아내는 상을 치우더니 부엌에서 덜그럭 거리면서 무언가 하고 있는데 천탄은 졸음이 밀려와 그 소리가 자장가처럼 들렸다. 여기가 하사의 집인데. 관군이 해치러 온다는 소식을 듣고 식구들은 제천으로 입은 옷가지에 몸만 갖고 떠났다고 했다. 의병에 중군장이라니 관군이나 왜병들이 닥쳐서 무슨 일을 저지를지 모를 일이기 때문에 바삐 갔다고 했다. 남편이 길을 잃지 않고 찾아올 집이 있으니 그 집에 지켜 있기를 잘했다고 생각했다. 지난번 남편이 동학에 나갔을 때처럼 집에 불이 나지 않고 남았으니 찾아와 만날 곳 있는 게 다행이 아니겠냐는 생각이었다.

천탄은 의병으로 돌아갈 것인가, 산으로 돌아갈 것인가 망설였다. 백선이 없는 관아에 포군으로 간다는 일이 망설여졌다. 지금껏 아낼 버려두고 무엇을 위해 싸우러 다녔는지. 포군장 백선을 죽이는 의병을 위해 그렇게 쏘다녔는가. 백선의 말대로 자신이 진정 나라에서 살게 하고 먹을 것 입을 것과 거처할 곳을 준 임금을 위해서 싸우러 다닌 것인가.

저녁때가 되어서야 천탄은 부스스 깨어나서 막쇠에게 전해줄 옷가지 보퉁이를 챙겼다. 아내가 부엌에서 백설기를 한 덩어리 들여오더니 조그마한 보퉁이 둘을 가져왔다.

“무어요? 이게.”

“가시면 이 댁 어른이 계신 곳에 들르세요. 이사 가신 곳이 제천에 신월리라는데, 계현이 장인어른의 댁 근처래요. 이 애 돌이 이달 열이렌데 돌떡으로 미리 보내는 거예요. 그 댁 마님이 아일 받아 주셨는데. 잘 계시는 건지.”

“또 하나는?” 떡 보퉁이를 보고 하는 말이다.

"계현이 의병에 중군 장수가 되었다면서요."

"거긴 입이 꽤 많은데."

"남겨둔 쌀이 모두 그거였어요."

아내의 목소리가 축축했다. 제천으로 가려고 해서 간 게 아니고 아들 때문에 쫓기듯이 갔으니 모든 게 불편할 것이다. 사돈댁이 있다고 하지만 어려운 게 사돈지간이라.

천탄이 한동안 안고 있었던 아이가 그 새에 품속이 익었는지 떼어놓자 울먹울먹하다가 울음을 터뜨렸다. 그 소리가 귀에 걸리고 우는 얼굴이 눈에 밟혀서 집을 나와 원주 쪽으로 밟아가다가도 몇 번이나 뒤를 돌아다보았다. 제천까지 가자면 이틀을 꼬박 줄달음질 해야 한다.

혼자서 걷는 길이 왜 이렇게 지루하고 힘이 드는가. 한 번의 아침을 맞고 제천으로 들어갔다. 천탄은 군영으로 들어가기 전에 퇴앙이 이사 간 곳이라고 아내가 일러준 신월리 이민정 댁 근처에 외딴 초가로 찾아갔다. 사립짝을 열자 퇴앙이 나왔는데 못 본 동안에 머리는 더 세고 눈빛은 지쳐 있었다. 승우의 부인 덕수 이 씨가 나와서 백설기 보퉁이를 받아들었고 큰 마님은 안방에서 문을 열고 천탄을 맞았다.

"이게 누구야. 어서 오게. 천탄이 아닌가. 어쩐 일로 이렇게."

"선봉장 백선이 죽었어요. 장례를 치르고 오는 길에 들렀어요."

"괴은이 죽더니 참 아까운 사람이 또 죽었어. 이제 계현이만 살아있군."

퇴앙은 죄스러운 듯, 천탄을 마치 백선을 본 듯이 붙잡고 참았던 눈물을 터뜨렸다. 그도 소문은 다 들었을 것이다. 춘영을 통해서 백선을 의병에 끌어들인 사람이 자긴데 춘영이 죽고 백선이 죽었으니 이제 아들 승우의 차례라고 생각하고 있었다. 수척한 얼굴이 두 사람의 죽음을 전해 듣고 그동안 펴지 못했음을 말하고 있었다.

"자넨 내 맘과 승우 맘을 알걸세."

퇴앙이 울컥 목이 메어오면서 뜨거운 눈물을 흘렸다. 매사에 나서고 의리를 지키는 성질로 보아서 혼자 살아난다는 것은 비겁하다는 생각을 하고 있을 아들의 죽음을 필연이라고 생각하고 있었다. 따라 나온 승우의 부인이 초상 난 듯이 울었고 안에서는 큰 마님이 숫제 목을 놓아 울고 있었다. 승우의 부인과 어머니도 그 성미를 알기 때문에 두 사람의 죽음 소식을 듣고 아들의 부음을 들은 것만큼이나 놀랍고 애통했다. 천탄은 퇴앙의 손을 잡고 문간방으로 들어가서 애써 울음을 진정시켰다. 목골에서 머리를 깎으러 오는 놈들을 창으로 찔러 죽이겠다고 날을 세우던 노장의 혈기가 어디로 사라졌는지 보이지 않았다.

"계현이 여섯 살 때였지. 내가 계현이를 시험하느라고 '항아리 깊은 물속에 어린 아이가 빠졌는데 어떻게 하면 좋겠느냐.' 고 물었지. 그런데 계현이는 대뜸 돌을 가져다가 항아리를 깨면 물이 빠질 것이고 그 안에 아이도 살아나지 않겠느냐고 대답했었어. 내 옛날 사마공의 얘기가 생각이 나서 시험 삼아 물은 건데 똑같이 대답하더군. 그때 얼마나 기특하던지."

"계현이 열 살 때는 종들이 광에서 곡식을 훔쳐 달아나는 것을 문구멍으로 보고 제 할머니에게 그들을 잡아들이면 죄가 드러날 것이고 집안에 수치스런 일이 드러나니 처음부터 막는 게 도리라고 했었지. 그때부터 계현이 큰 그릇이 될 거라고 알아 봤어. 부디 큰일을 해내야 할 텐데."

"그래서 일천 군사의 중군으로 큰일은 지금 하고 있어요."

천탄은 퇴앙이 편안하도록 위로했다.

"나이 20적에 계현에게 벼슬자리를 주겠다고 하는 걸 내가 마다했어.

나 없는 새에 그 애를 쓰겠다고 데려간 걸 내가 편지를 보내 돌아오도록 했지. 아비 섬길 줄 모르는데 임금을 섬길 줄 알겠느냐며 꾸짖었어. 그 길로 금계 선생에게 보냈다가 금계 선생이 더 깊이 배우라고 장담에 성재 선생에게 보냈던 거야."

퇴앙은 옛 생각을 하듯이 천탄에게 승우의 옛이야기를 했다. 천탄을 보자 부쩍 아들이 걱정되는 모양이었다.

"계현과 자넨 서로 본 낯이 얼마 안 돼서 퍽 설었을 거야. 사람이 곧고 바르기만 해서 때로는 남에게 미움을 사기도 하지만 속은 깊어서 정이 많아. 이걸 남들이 몰라주거든. 중군을 맡았다고 하니 그게 힘이 들 거야. 자네가 들어가 힘이 될 수 있다면 보태 주길 바라네. 우린 남이 아니니까."

퇴앙은 천탄의 손을 꼭 잡았다.

"아기는 잘 있던가? 벌써 돌이 되가네그려. 이제라도 아일 갖게 되니 다행이지 뭔가."

노마님은 잊었다 생각난 듯 아기의 안부를 물었다. 천탄은 가져온 보퉁이를 가리키며 다음 달 열이레 날이 돌이라고 했다. 노마님이 천탄을 보고 걱정스레 이곳 사정을 얘기했다.

"왜적놈들 기세가 더 드세지나 보구나. 어제도 남산에서 들리는 총탄 소리 때문에 잠 한숨 못 잤다. 이 싸움이 어찌 되려는지. 장기렴이라는 자가 며칠 째 진을 치고 남산성 근처에서 의병들을 노리고 있다는데."

퇴앙은 그 안에서 큰 짐을 맡고 있는 아들이 걱정스러웠다. 그 와중에 부하들이 집안을 돌보겠다고 옷감을 보내고 볏섬을 보냈다니. 아들 성화에 모두 돌려보내기는 했지만 여간 찬찬히 챙기는 게 아니었다. 저녁 요기라도 하고 가라는 것을 천탄은 물 한 모금 마시고 퇴앙의 집을 나와서 남산 군영으로 들어갔다.

막쇠는 천탄이 가져온 옷을 보자마자 제 어미 생각에 눈물을 참지 못하고 펑펑 쏟았다. 김용준을 선봉장으로 세운 군영은 뒤숭숭했다. 백선에 비하면 글을 조금 더 알고 깨어났지만 포군을 모아 이끄는 데에는 백선의 반도 못되었다.

천탄이 선봉의 군영으로 돌아왔을 때에는 반쯤은 보따리를 챙겨서 뿔뿔이 달아났다. 언제 또 새로운 선봉의 목이 잘릴지 모른다는 막연한 두려움 때문이었다. 가장 가까이 있는 사람이 나를 가장 쉽게 죽일 수 있기 때문에 가장 무서운 적이 되는 세상이니 적은 무엇인가. 내 편 네 편 가릴 것 없이 내 목숨을 빼앗는 사람이 적이다. 그런고로 선봉장 백선은 적의 칼에 죽은 것이었다. '선봉장 김백선이 적의 칼에 목 잘려 죽었다.' 의병들은 너도나도 앞을 다투어 군영을 떠나면서 그렇게들 중얼거렸다.

의병의 주력인 포군들이 거의 다 빠져나간 군영은 쓸쓸했다. 이웃 군사들의 마음이 쓸쓸했고 텅 빈 군영을 보고 있는 장수들의 가슴이 허전했다. 쓸쓸하고 허전한 군영은 장기렴의 군사들이 망령처럼 바람을 몰고 와서 휘저어 놓았다. 의병 해산의 책임을 맡은 장기렴은 맞붙어 싸우는 피해를 줄이기 위하여 은근한 말로 글을 써서 대장에게 보냈다.

'너희들이 그토록 반대하던 단발령을 주상께서 거둬들이셨다. 그러니까 단발령 반대를 명분 세워 의병을 일으킨 너희는 해산해야 마땅하다. 이 나라 백성인 너희에게 총칼질을 하고 싶지 않으니 모두 칼과 총을 거두고 고향으로 돌아가서 농사짓고 글을 읽도록 하라.'

이에 대장은 오히려 장기렴에게 꾸짖는 글을 보냈고 관군들은 남산에 주둔한 의병진에 계속해서 총탄을 퍼부었다.

동학 잡는 포군도 의병이 되고 동학도 의병이 되었다. 양반도 의병이 되고 선비도 의병이 되었고 농사꾼도 의병이 되고 민숭민 영감 댁 작인들도 의병이 되었다. 그래서 의병은 모두 같은 의병인 줄 알았었다. 갓 쓰고 도포 입은 붓잡이들이 천것들과 밥을 먹고 함께 싸웠다. 붓잡이들은 글을 알고 병학을 알고 병법을 알아서 싸움에도 명분과 법도를 얘기했지만 천것들은 활을 알고 화살을 알고 총과 탄환만 알았기에 어디를 어떻게 맞추면 명중시켜서 적의 숨통을 끊어 놓는지를 알았다. 선비들은 입으로 싸웠고 평민들은 몸으로 싸웠다. 이겼을 때 선비들은 공을 얘기했고 평민들은 대장이 내려줄 푸짐한 고기와 배불릴 음식을 기대했다. 그러기를 벌써 일백일이 다 되어가고 있었다.

의병 해산을 권유하는 선유 조칙이 내려오고 의병 진영 안에서 관군과 협약하여 명분을 얻고 해산하자는 의견이 있었지만 중군장 안승우는 '복수' 의 뜻을 놓지 않고 끝까지 이를 반대하였다.

중군은 새로 만든 군안을 펼쳐들었다. 각 군별로 다니면서 한 사람, 한 사람씩 점고를 했다. 현재 있는 병사들은 점을 찍고 전사한 병사들의 이름에 붓으로 줄을 그었다. 죽지 않고 사라진 병사들은 이름 밑에 벌린 가위를 그려 표시했다. 그러고 다시 살아있는 군사들만 세어보니 삼백이 조금 넘었다. 전투에서 죽은 병사보다 소식 없이 사라진 병사의 수가 더 많았다. 남아있는 병사의 숫자가 그다음이었다. 이름 밑에 깨알 같이 적혀 있는 출신지는 거의 지평이었다. 제천과 원주, 청풍과 단양, 영월과 평창이 그다음이었다. 병사들의 출신지와 이름을 훑어보고 이름마다 얼굴을 떠올렸다. 말로만 떠들고 설치던 자들이 군영에서 실속 있는 물건을 하나씩 들고 사라졌다. 우직한 병사들이 싸움에 나가서 돌아오지 않았다. 아직 중군을 가족처럼 따르는 병사들이 군영에 남아있었다. 그들은 매일 퍼붓는 왜적의 포탄을 이리저리 피하면서 때로는 기회를 봐서 공격도 하였다. 대장은 불이 환하게 켜 있는 중군장의 처소를 향해 오고 있었다.

"군안이 정리가 되었느냐?"

"예. 선생님. 이 싸움이 끝나면 전사한 시체를 찾아서 혼이라도 달래 주어야지요."

"홀로 직접 하지 말고 종사에게 맡겨라. 중군의 책임이 너무 무겁고 일이 많다."

"살아남은 소장이 꼭 할 일입니다."

대장은 굳게 다문 입에 무게를 실었다.

"어차피 이 싸움은 우리가 이기기 어려운 싸움이었지. 그런데 중군의 얼굴이 많이 상했다. 나 모르는 걱정 근심이 있겠지. 선봉 때문이라면 속히 잊어라."

"선생님. 백선이 소장을 크게 원망하겠지요."

"여긴 군영이다. 사사로운 정리와 감정은 금물이다. 너는 전군을 살려야 하는 중군장이다. 중군은 나라에 정승, 집안에 아내와 같다. 더욱이 지금은 병사들의 마음이 초조해서 사사로운 일까지 생각할 겨를이 없다. 의견 차이가 있으면 무마하고 군진을 정비하는 것이 중군의 책임이니 명심해라."

대장은 승우의 어깨를 두드리며 대장소로 돌아갔다. 중군장 안승우는 창의 대장 중에 홀로 살아남았다. 때는 오월이니 남산성 주변 숲에는 푸른 잎들이 앙상했던 가지를 입혀가고 있었다. 사람의 목숨도 저렇게 겨울잠을 잔 것처럼 다시 살아날 수는 없는 것일까. 그러나 사사로운 감정은 병가에서 금해야 할 일이라 했다.

저녁에 대장은 각초의 십장 이상 직책을 맡은 자들을 대장소로 불러 모았다. 술과 안주를 준비하여 대장이 직접 잔에 따라 권했다. 그 앞에서 중군장은 일장 연설을 하였다.

"우리는 한 사람 한 사람의 왜적과 그 앞잡이들을 죽이기 위해 일어난 것이 아니라 이 땅에 대의를 세우기 위해 일어난 것이다. 그 대의를 거스르는 자들이 왜적오랑캐들이고 그들 앞잡이인 까닭에 싸움에 당하여 죽여 없애려는 것이다. 우리는 이 땅에 대의를 지켰기 때문에 살아도 승리하는 것이고 죽어서도 이기는 싸움을 하고 있는 것이다. 그러니 죽더라도 그 죽음은 결코 헛된 것이 아니다. 우리가 이렇게 이기는 싸움을 하고 있는데 적들은 결코 승리할 수 없다. 싸움에 임하여 절대로 뒤로 물러나거나 겁내서는 아니 될 것이다. 초장들은 각초에 군사들의 힘을 북돋워 당당히 앞으로 나아가 싸우라."

그 소리가 남산성을 진동하듯 쩌렁쩌렁 울렸다. 그 소리에 놀랐는지 동시에 종사청 지붕 기왓장이 떨어져 깨졌다.

"바람도 안 부는데 기왓장이 떨어지다니. 별일이 다 있구먼. 상서롭지 못하게."

그를 본 초장 하나가 중얼거렸다. 원용정이 깨진 기왓장을 바라보면서 고개를 들어 하늘을 보자 멀리서 먹구름이 몰려오고 있었다.

"투항을 하려 한다고? 저쪽에서? 그러니까 자수를 하겠다고?"

"예. 남은 목숨이라도 살리겠다고 결단을 한 모양입니다. 내일 저녁에 남산성 밑으로 나오겠답니다. 단발령도 거둬들였겠다, 자기네들을 관군으로 받아만 준다면 더 이상 대치할 이유가 없다는 겁니다."

다나카는 듣던 중 반가운 소식이었다. 싸우지 않고 이기는 최선의 방책을 월두가 오가며 해낸 것이다.

"그럼 내일 저녁 남산성 밑 솔밭으로 장기렴의 관군을 먼저 보내겠다. 만일 딴 맘을 먹더라도 졸개들이 무기를 버리고 올 때까지는 그쪽에 대장 하나만 잡아두면 된다."

"분명히 졸개들이 아니고 대장 유인석이 직접 나온다고 했겠다?"

"예."

월두로부터 그 소식을 들은 장기렴도 반가워했다. 지루한 토벌을 끝낼 수 있으니 다행이라는 표정이었다. 일본군 장교 복장을 한 월두에게는 수고했고 고맙다는 말까지 했다.

이튿날 저녁, 장기렴의 관군들은 남산성 밑 솔밭에서 진을 치고 의병들을 기다렸다. 멀리서 등에 짐을 지고 내려오는 의병들의 모습이 보였다. 남산성에서 아예 철수하려는 모습이었다. 장기렴은 느긋하게 그들을 기다리고 있었다. 조건은 전부 관군으로 받아 달라는 거였다. 싸움을 끝내려는 마당에 받아들이지 못할 바가 아니었다. 다나카는 허락을 해놓고 멀리서 의병들이 관군과 함께 조우하는 모습을 지켜보고 있었다. 맨 앞에 장수 하나가 서고 그 뒤로 등짐을 지고 의병들이 따르고 있었다. 아무리 투항이라지만 적과 적이 만나려는 순간 양쪽 모두 긴장감이 흘렀다.

"모두 무기를 버리고 손을 높이 들어라."

손에 든 무기는 없었다. 남산성 기슭에 응달진 비탈길은 어제 내린 비로 아직 군데군데 질축하게 젖어 있었다. 중군의 의병들이 손을 든 채로 내려오고 있었다. 양쪽의 사이가 오륙십 보로 가까워졌을 때였다. 의병진에 가운데서 병사 둘이 봇짐을 진채로 나동그라지고 말았다. 손을 들고 내려오던 의병들은 모두 그에게 몰려들었다. 그를 일으키는가 싶었는데 봇짐 안에서 총과 창과 도기와 낫을 꺼내 바로 눈앞에 있는 관군에게 덤벼들었다. 투항을 받아들이려고 방심해 있던 관군은 총을 겨눌 사이도 없이 그 자리에서 찔리고 잘리고 터지고 있었다. 관군 대장 장기렴은 어느새 모습을 감추었다.

육박전이 벌어지는가 싶더니 어느새 의병들이 피하자 성벽 위에서 관군을 향해 총탄이 쏟아지기 시작했다. 관군은 거의 몰살이나 다름없었다. 의병들의 투항을 받으러 나왔다 시신이 된 관군 중에 장기렴은 없었지만 된통 당한 것이다. 높은 곳에서 내려다보고 있던 다나카는 월두를 찾았다. 그러나 월두는 곁에 없었다. 월두는 남산성 위에서 천탄과 함께 다나카를 향해 총을 겨누고 있었다. 어느 쪽이 먼저랄 것도 없이 총탄을 퍼붓듯 쏘아댔다.

"살아나야 한다. 살아나는 게 이기는 거다. 이 싸움은 죽으면 지는 거다."

천탄이 몸을 일으키려는 월두의 어깨를 잡아 눌렀다. 순식간에 당한 관군과 왜병들은 달아나고 있었다. 다나카가 살았는지 죽었는지 도망치는 왜병들의 뒷모습만 보였다.

그날 밤, 왜병들은 패전의 분풀이로 의병을 도운 민가를 골라가며 불을 놓고 양민을 죽였고 물품을 약탈해 갔다. 남산성을 중심으로 외곽에 전진 배치했던 의병들의 수비가 뚫렸다. 의병진은 뒤로 밀리면서 제천까지 들어오고 적들은 계속 밀고 들어오는데 얄궂은 비까지 지적지적 내리고 있었다. 비는 의병의 편이 아니었다. 중군장 안승우는 읍내에 장사꾼과 마부들을 시켜서 벼를 찧고 밥을 지어 비를 맞으면서 진지에 군사들에게 퍼 날랐다. 군사들이 비를 맞으며 밥을 먹고 세 시간 쯤 지나서 진영 안으로 비바람이 몰아치기 시작했다. 먹던 밥그릇이 날아가고 포장이 바람에 쓰러졌다. 적이 그 기세를 몰아서 성을 향해 몰려 올라오고 있었다. 이번에는 대장이 직접 나섰다.

"물러서지 마라. 여기서 밀리면 끝장이다. 나아가 분연히 싸워라."

대장 이하 종사들이 아사봉에 올라서 서쪽으로 내려다보니 관군들은 떼로 몰려 남산성을 향해 사격을 하고 왜적들은 남당마을까지 몰려 들어와서 민가에 불을 질렀다. 새벽부터 전운을 감지한 읍민들은 이미 산속으로 피란하여 마을은 텅텅 비어 있었다.

밀고 밀리는 싸움이 계속 되면서 장기렴의 군사들은 고장림(古場林)*까지 들어와서 불을 지르며 사격을 계속했다. 한 동안 의병들과 관군이 밀고 밀리는 치열한 싸움이 계속되었다. 초기에는 의병들이 결기 어린 힘으로 밀어붙여 관군을 밀어내는가 싶더니 날이 갑자기 흐려지고 세찬 비바람이 몰려오고 있었다. 비는 의병들에게 악령이고 관군들에게는 구세주였다. 물기를 만나면 막대기만도 못한 짐이 되는 화승총의 생리를 알고 있는 적은 비가 내리니 기세를 몰아 진영 깊숙이 들어와서 사격을 퍼부으면서 맹공격을 하였다. 의병진에서는 엎친 데 덮친 격으로 탄환마저

---

*현 제천시 영천동 굴다리 바깥, 청풍에서 제천으로 들어오는 길목.

잃어버리고 말았다. 의병들 뒤에 탄환을 들고 따르던 양학석이라는 자가 관군과 내통하여 갖고 가던 탄환을 보리밭에 버려둔 것이다.

"탄환을 찾아와라."

누군가 소리친 한마디는 적에게 새어 나가 공격신호가 되어버리고 말았다. 의병진에 탄환이 떨어진 것을 알게 된 적은 거침없이 달려들고 있었다. 군사들이 속수무책으로 어리둥절하다가 몸을 피하여 숨고 달아나고 흩어지고 있었다. 중군장 안승우는 죽음이 앞에 와 있음을 직감했다. 그 와중에 먼저 간 중군장 이춘영의 모습이 머리에 스쳤다. 적의 공격에 부득이 퇴각하는 선봉장 백선의 모습도 그려졌다. 매우 짧은 순간이었다. 그들도 이렇게 당했으리라. 그래, 지금이 바로 죽을 수 있는 기회다. 중군장은 성위로 올라가서 돌을 내던지면서 팔을 벌리고 소리쳤다. 넓은 소매가 비바람에 나부끼며 한 마리 학처럼 하늘로 날아갈 듯 펄럭거리고 있었다.

"중군장 안승우 여기 있다. 나를 죽이려거든 어서 덤벼라." 달아나려던 종사 홍사구가 중군장을 성 밑으로 끌어내리려 했으나 이미 늦었다. '피융' 하는 소리가 났는데 중군장은 그 자리에 주저앉아버렸다.

"홍 종사. 어서 달아나라."

그러나 홍사구는 쓰러진 중군장을 부추겨 일으켰다.

"선생께서 이 지경인데 어찌 저 혼자 살려고 달아납니까? 선생과 함께 살고 함께 죽겠습니다."

안승우를 잡으려고 달려드는 왜병을 홍사구가 칼로 휘둘러 쳐서 죽이자 여러 적병이 몰려들어 그를 찔러 죽였다. 집에 처자를 두고 나온 그의 나이 올해 열아홉이었다. 어느새 몰려든 장기렴의 관군들이 중군장을 결박하여 그들의 진영으로 끌고 갔다. 장기렴이 중군장을 회유할 양으로 타일렀다.

"네가 중군장 안승우냐. 세상이 바뀌고 있는데 몸까지 버리면서 덤벼드는 네놈이 참으로 안타깝다. 지금이라도 개화의 뜻을 알아듣고 내 앞에 무릎을 꿇으면 네 목숨 살려 주겠다."

그러나 안승우는 굽히지 않았다.

"네 이놈. 장기렴. 나라가 망하고 임금이 없어지는데 오랑캐의 개가 되어 나라 구하겠다고 일어난 의병을 무참히 학살한 네 죄, 백 번 만 번 죽어 마땅하다. 네 놈을 내손으로 죽여야 하는데 운이 닿지 않아 네놈 앞에 죽지만 네놈같이 사는 것보다는 낫다. 허나 내 왜적놈들을 죽이려고 나섰는데 왜적의 개 같은 네놈의 칼에 죽으니 그게 한일 뿐이다."

이 소리를 듣고 있던 관군이 중군장의 어깨를 내리치자 핏줄기가 하늘로 뻗쳐 솟았다. 승우는 얼굴에 노기를 풀지 않고 그 자리에 쓰러지면서도 여전히 장기렴을 꾸짖고 있었다. 목숨이 끊어지지 않자 적병들이 달려들어 총과 손발로 모진 매를 때려 숨이 끊어졌다. 그의 나이 서른둘이었다.

안종응과 장인 이민정이 연락을 받고 대장소로 달려왔다. 함께 전투에 참여했던 이풍구가 앞장서고 박정수와 이용규, 이정규가 함께 나가서 시신을 찾았다. 장기렴을 바라보며 부릅떴던 눈 그대로 안색이 산 사람처럼 보였지만 몸은 굳어 있었다. 안종응은 다가가서 아들의 시신을 부둥켜안고 손으로 얼굴을 쓰다듬어 노기 띤 눈을 감겨주었다. 지평에서 창의한 중군 두 사람이 죽고 선봉 한 사람의 목이 베어졌다. 지평에서 피어난 들꽃들은 거센 개화의 바람과 맞서서 싸우다가 꽃잎이 흩날리듯 하나씩 사라졌다.

그들이 사라진 군영은 아비를 잃은 듯 어미 없는 듯 쓸쓸하고 허망했다. 결국은 이렇게들 죽는 것을. 그들은 안승우와 홍사구의 시신을 겨우 수습하여 죽은 지 이레 만에 박정수의 집 근처에다 장사를 지냈다. 천탄은 장례에 따라가서 궂은일을 다하면서 속으로만 꿀꺽꿀꺽 눈물을 삼켰다. 이렇게 죽자는 것이 아니었는데. 이렇게 보내는 것이 아니었는데. 홀연히 그들만 떠나간 것이다.

퇴앙은 아들의 봉분 앞에서 떨어질 줄 몰랐다. 장하고 큰일을 했다. 그에게는 아직 목구멍으로 넘기지 못한 울음이 있었다. 승우가 장담에서 보내주었던 편지에 글들이 희미하게 바래서 기억이 흐려지기까지는 울컥울컥 올라오는 울음 삼키지 못할 것이다. 그 울음을 게워내며 세월이 거꾸로 흘러가기만 기다릴 것이다. 이게 아들 승우를 잃은 안종웅의 슬픔이었다. 왜적 없는 세상에서 편안히 잘 자거라. 내 아들아.

제천에서 장례가 끝나자 의병들은 요동으로 향하는 대장을 따르고 일부는 흩어져 고향으로 돌아갔다.

"천탄 형. 이제 어쩔 것이여. 고향으로 가야겠지. 모두들 농사 걱정을 하고 있던데. 지금이라도 가서 모를 심으면 되겠지만 못자리를 했을 리 있겠느냐고 걱정이 태산인데."

막쇠였다. 그는 숯 한 가마를 힘들게 구워낸 사람처럼 하루 일을 무사히 끝내고 며칠을 떠나 있던 집으로 돌아가자는 듯이 천탄 앞에 나섰다.

군영에서는 모두 짐을 싸고 있었지만 온 곳이 다르듯이 갈 곳도 각자 달랐다. 막쇠는 어미가 보내준 누비옷을 제대로 입지도 못하고 간직해 두었던 것을 꺼내 보자기로 다시 쌌다. 날씨가 따뜻해서 홑겹 잠방이만

입고도 견딜 수 있었다. 천탄은 막쇠와 함께 원주 쪽으로 길을 잡아 나섰다. 며칠째 오던 비가 그치지 않고 아직도 하늘은 나라의 운명처럼 검게 흐려 있었다. 이름 없이 죽어간 수많은 의병들이 나도 데려가라면서 머리를 잡고 매달리는 듯 했다.

천탄은 막쇠 앞에 걸으면서 중군장에게 배운 진군가를 읊조렸다. 초여름 길가에는 구름 잔뜩 낀 검은 하늘 밑에서도 이름 모를 들꽃이 가득 피어나고 있었다.

"천탄 형. 올 농사지어 놓고 싸우다 죽은 뼈들을 찾으러 다시 와야겠지. 의병들이 죽어간 자리에도 저렇게 들꽃이 필 거야. 하늘이 먹물처럼 검네."

"하늘이 먹물처럼 검다면 하늘은 아예 없는 거지. 먹물이 하늘을 검게 해 놨어."

"저기가 하늘이잖아."

"아니다. 거기는 거기일 뿐, 하늘이 아니야. 우리가 만져볼 수 있는 하늘은 이 세상에 없어."

천탄은 품에 넣은 종이뭉치를 만지작거리면서 중얼거렸다. 틈틈이 기록한 보물 같은 종이였다.

"내 이를 반드시 세상에 남기리다."